U0115287

文學研究叢書・臺灣文學叢刊

再現文化：
臺灣近現代移動意象與論述

林淑慧　著

目次

圖表目錄

第一章
緒論

　　文學蘊含再現文化的方法，亦是理解世界的方式之一。臺灣文學與文化現象有所關聯，為表達文化的核心，也是重要的知識形態。臺灣近現代的移動意象，蘊含作者的跨界文化比較觀，其論述透露傳播普世價值的意涵。此類議題涉及如何再現時間與空間記憶，以及記憶的影響、互滲的論述過程。因這些臺灣文學中的移動題材，個人與社會記憶的密切，亟待賦予文本新生命。

　　瀏覽臺灣近現代移動意象，呈現宦遊人士來臺或臺人赴海外旅行、留學、考察等移動經驗，並發展成在地與跨界的文化論述。「再現」（representation）為聯繫實在與意義兩層面的符號系統，它是符號語句象徵的集合體。[1] 移動經驗為實質存在，文學則蘊含記錄此類活動的意義。故以「再現文化」為主題，探討臺灣近現代移動意象與論述的特質。本章先從研究素材及範疇、研究方法與核心概念、研究架構及主題等面向，分析全書的研究進程與思路脈絡。

一　研究素材及範疇

　　數位人文學的主題研究方興未艾，資料庫提供有志於旅遊文學研究者豐盈的素材，裨益於蒐集各類型的文本及深化探索議題。藉由廣

1　方孝謙：〈什麼是再現？跨學門觀點初探〉，《新聞學研究》第60期（1999年7月），頁115-148。

泛瀏覽相關的史料，有助於拓展跨領域的研究視野。因文學史的研究
需透過對作家及作品的考察，以探討文學發展過程的特性；同時必須
兼顧複雜的時空背景，始能理解文學史重層的意義。以臺灣旅遊文學
史為例，應用資料庫蒐集相關文本與外緣背景史料，有助於理解臺灣
旅遊文學發展的脈絡。就臺灣清治前期古典文學而言，采風詩文呈顯
十七到十八世紀中葉來臺漢人觀看臺灣的視角，流露作者的書寫策
略。宦遊或流寓文人實地觀察此「邊陲」之地的風土民情，並懷著獵
奇、教化或記錄居民處境等心態創作詩文。應用「臺灣歷史數位圖書
館」（THDL），再結合「臺灣清代官職表」等資料庫系統與工具，以
清治前期為研究範疇，探討采風詩文的特質與文本意義。又如巡臺御
史擔負從中央欽命到臺灣巡視的任務，如此空間移動的經驗，影響到
這群宦遊文人治臺建言的面向，他們的書寫也成為清廷建構及想像臺
灣圖像的參考。應用資料庫並參照臺灣各圖書館或研究機構所典藏
資料及檔案，包括臺北故宮博物院收藏的月摺檔、宮中檔、諭旨、軍
機檔等，以及中央研究院典藏的內閣大庫檔案。亦從中國第一歷史
檔案館編《雍正朝漢文硃批奏摺彙編》、《乾隆朝上諭檔》、《乾隆
帝起居注》及《臺灣文獻叢刊》、《臺灣文獻匯刊》等史料彙編中，
蒐羅研究素材。擇取幾位較具代表性漢巡臺御史黃叔璥、夏之芳、
索琳、錢琦、張湄、范咸、楊二酉，同時閱讀滿巡臺御史吳達禮、禪
濟布、赫碩色、六十七等人的文本為研究素材，以爬梳諸多第一手
文獻。

　　於日治時期的現代性方面，當時留學歐美的知識份子人數極為有
限，更罕見長篇旅遊見聞。其中杜聰明（1893-1986）不僅至歐美留
學考察，且撰寫諸多旅遊紀錄，經後人編纂而成《杜聰明博士世界旅
遊記》，提供分析旅外體驗文化差異的研究文本。此書所收錄〈第一
次歐美留學之印象〉為杜聰明以旅遊回憶的寫作手法，描述日治時期

首次至歐美旅遊經歷及感受，隱含醫學教育及人物形象等論述。故以杜聰明的遊記為主要研究素材，並參酌回憶錄、家書、考察報告、報紙等資料，分析旅外的體驗。臺灣日治時期知識菁英因各種動機而遠赴美國，除杜聰明之外，顏國年（1886-1937）、黃朝琴（1897-1972）與林獻堂（1881-1956）亦為重要代表，其著述分別為《最近歐美旅行記》、〈遊美日記〉或《環球遊記》，此四位知識菁英皆記錄日治時期遊美見聞，若細加爬梳這些遊記並對照史料，將能詮釋作者的書寫策略與文本的特色。日治時期臺灣正處於新舊文化交替之時，有些社會菁英於《臺灣青年》、《臺灣》、《臺灣民報》等報刊雜誌發表具時代改革意識的文章。臺灣總督府於一八九九年制定「官費內地留學」政策，並於一九〇二、一九〇六年擴大適用範圍。因臺灣島內升學管道有限，家境優渥的人士紛紛將子弟送到日本留學，[2]知識份子面臨現代性思想與價值觀的衝擊，基於一些理念而組成社群團體，共同從事若干公眾活動。這些社群組織的成員中，臺灣文化協會會員多曾有赴日參與活動或留學的經驗，並以文字表達改革社會的意圖，藉由印刷刊物的傳播而發揮影響力。

　　有關文化記憶與敘事的研究素材，則以民間文學中的歌仔冊、作家各種文類作品、或是戒嚴時期雜誌的旅外遊記。歌仔冊為民間敘事，蘊含臺灣人文風景記憶，故以《嘉義歌》、《最新週遊歌》、《臺灣故事風俗歌》、《嘉義行進相褒歌》、《對答相褒歌》、《乞食改良新歌》、《最新火車歌》、《楊本縣過臺灣敗地理》、《遊臺勸世歌》、《臺灣舊風景新歌》等歌仔冊為研究素材。臺灣跨時代作家群的作品中，吳

2　臺灣協會是臺灣留學生就學諮詢、入學指導、學費補助的主要管道，1907年改為東洋協會。佐藤由美、渡部宗助，〈戰前の臺灣・朝鮮留學生に關する統計資料について〉，收入日本植民地教育史研究會編：《植民地教育体験の記憶》（東京：皓星社，2005年），頁86-87。

濁流長期敘說對戰亂的記憶，流露有關戰亂的省思，無論質與量皆相當可觀，故以其小說、漢詩及旅外遊記為研究素材。至於臺灣戒嚴時期旅外有諸多限制，又因在圖書查禁法令影響的出版生態下，留存至今的海外遠遊書寫頗為難得。由胡適擔任發行人的《自由中國》雜誌，一九四九年十一月於臺北創刊。主要的編輯為雷震和殷海光，後因編輯群理念與行動觸及國民黨的禁忌，雷震於一九六〇年不幸遭逮捕，《自由中國》於此年被迫停刊。此刊物蘊含特殊時空的記憶與敘事方式，故以此雜誌所載海外遊記為研究素材。

關於移動意象與論述作為科際整合研究，涉及旅遊、空間及論述等。回顧空間的研究方面，多探討旅遊書寫的風景心境與治理政策，或分析小說詩與空間的關聯的面向。各種文類文本中，有關移動的主題研究值得開拓。旅遊和克服空間所得到的權威與知識，遠古以來就一直普遍存在於心理和宇宙秩序之中，是一種普同而近乎必然的欲求，人經由克服空間距離，贏得某種支配能力，建構政治、地位和宗教道德的權威。至於旅遊書寫相關議題的研究，大多從社經地位、人際網絡、旅遊行程安排、文化資本等背景，或是比較寫作風格與題材內容等面向。至於有關臺灣文化協會的研究，則多討論協會的運作情形及代表性人物。臺灣民間文學以文化為底蘊，歌仔冊具敘事文學的特性，以往學者的長期投入歌仔冊的語言、歷史題材、版本及文獻史料校勘等面向。然細觀歌仔冊的空間移動與歷史的敘事視角，不僅具語言與民間文學研究的價值，更蘊含多層面的文化意涵。至於吳濁流的研究多以小說為主，探討有關另類現代性、認同、家族史，較少詮釋戰亂與創傷的主題，小說中遊記及漢詩所抒發旅外所見世界各地戰跡的感受。戒嚴時期《自由中國》雜誌的相關研究，則多以雜誌發行與社會的關聯為主，較少探討所刊載的作品質性。相關研究成果的積累，有助於此類研究議題日益受到關注，更具開展議題深度的可能性。

　　歸納本書相關的問題意識，於數位人文主題研究方面，如現有的資料庫提供哪些臺灣旅遊文學發展的外緣背景與文本？清治時期的詩文蘊含何種再現臺灣風土民情及論述策略？關於現代性的議題方面，知識菁英於日治時期如何鋪陳從離到返的敘事？空間移動的經驗又如何影響他們的論述與實踐？於文化記憶與敘事方面，民間文學的歌仔冊、或是小說、遊記或漢詩等文學承載哪些文化記憶？此類移動意象與論述的相關議題，為本書所欲探究的主要內容。

二　研究方法與核心概念

　　近年來透過數位工程技術協助人文研究，進行觀念與事件互動網絡之研究，提升數位與人文合作的可能性與前瞻性。如以關鍵字為中心的觀念史研究，闡述歷史知識包含在某些關鍵字意義形成之中的關注面向。[3]歷史作為素材再現於文本中，敘事者在擷取原本隸屬於歷史語境中的某一個片段、某一個事件、某一個行動，以其觀念與修辭而重構。開啟數位人文學作為一門新興學科的方法新思維與研究新進路，揭示出從概念史到數位人文學的觀念史研究進程與方法系譜。[4]本書所探討移動議題，多呈現文學與文化對話的概念與空間權力建構，並運用地理資訊系統（GIS）將其移動地點繪製成主題地圖。從臺灣十七世紀到當代的文獻中，觀察到移動的發展脈絡，以及這些作品呈現跨越疆界的所思所感，如此不同主題樣態文本的產生，透露旅遊文學作者的視域。

3　金觀濤、劉青峰：〈隱藏在關鍵詞中的歷史世界〉，《東亞觀念史集刊》第1期（2011年12月），頁80。

4　鄭文惠：〈導言　從概念史到數位人文學：東亞觀念史研究的新視野與新方法〉，《東亞觀念史集刊》第1期（2011年12月），頁48-49。

　　根據列斐伏爾（Henri Lefebvre）《空間生產》所主張空間具有三種層次的意涵：「空間實踐」（spatial practice）、「空間的再現」（representations of space）與「再現空間」（representational spaces）。空間實踐指「每一種社會形構的特徵，包括生產與再生產，特殊的地點與空間設施」，具體的形式表現在建築物的設計規畫、紀念碑與藝術作品等。空間的再現是概念化的（conceptualized）空間，是科學家、規畫師、都市計畫師、技術官僚和社會工程師的空間，他們是具科學傾向的某類藝術家──他們都以構想（conceived）來辨識生活（lived）和感知（perceived）。為「聯繫生產關係以及此關係所賦予的『秩序』，因而與知識、符號、符碼、與『知性』結合」。再現空間則「體現複雜的象徵，也跟藝術結合。透過相關意象和象徵而直接生活出來（lived）的空間，因此，它是「居民」和「使用者」的空間，也是藝術家和那些只想從事描述的少數作家和哲學家的空間。[5]空間概念具不同層次，就城市文本而言，旅外遊記亦是一種「再現空間」。此類文本以文字藝術再現都會意象或各種文化變遷的過程，以及此種發展對於民眾生活的衝擊與影響。至於林區（Kevin Lynch）認為地標（Landmark）是一具有實質特徵的物體及外在性，如建築物、招牌、商店或山嶺，有些地標是可以從遠距離在各種角度下均可看到。每一座城市對市民來說都是具有「可意象性」（image-ability），「場所」是識覺（perception）意義而非概念（conception）意義的，環境所具有的情趣（mood）、氣氛（atmosphere）等。[6]作家以文字描繪都市意象，包括都市的各種空間型態特徵及所給予人之印象及感覺，再現作者對於地景的記憶及氛圍。本書主要採文獻研究、

5　Henri Lefebvre, Donald Nicholson-Smith trans., *The Production of Space* (Oxford: Blackwell, 1991). pp.1-8.

6　莊玟琦、邱上嘉：〈都市空間意象探討〉，《設計學報》第4期（2004年7月），頁118。

文本詮釋的方法，期望藉由廣泛蒐集相關史料，以詮釋臺灣移動意象
與論述特色。

　　移動的主題不僅是個人經歷的敘事，也反映那時代不同的觀看、
思考與存在的方式。敘事研究在認識論層次上，主張社會認同和行動
都是透過故事來建構的；在政治層次上，認為敘事本身具有顛覆和改
造社會的潛力。[7]透過個人經驗定位於歷史結構中，使個體困境成為
社會結構的公共議題，而能從個人傳記與歷史結構的交錯互滲中，更
為深刻的理解個人經驗書寫的意義。[8]敘事學不只關切形式及文本結
構組織，也處理意義、修辭、歷史生產情境，並顧及整體與局部的關
係和細節的安排。因移動的主題從開頭的旅遊動機，到中間發展的過
程，涵括路線、途中與人物的互動或景點的擇選等。至於結尾則為回
歸後的感受與論述，流露作者從離到返的思路歷程，故以敘事學作為
研究方法之一。遊記作者因移動而思索自己的認同位置，同時在這差
異比較的過程，再現文化觀察所得。至於論述層次則因移動經驗產生
對本土文化現象的批判，進而調整在公共政策上的看法，並提出具體
建議的論述。

三　研究架構及主題

　　本書以臺灣近現代文學中的空間移動題材為例，探討如何再現文
化的主題。為理解臺灣移動意象與論述的特色，先結合數位人文學的
應用，再分析各類文本再現文化的面向。茲以圖1-1繪出研究架構。

7　Ewick, Patricia & Susan S. Silbey, "Subversive Stories and Hegemonic Tales: Toward a
　　Sociology of Narrative," *Law& Society Review* 29.2 (1995), pp.197-226.

8　C. Wright Mills 著，張君玫、劉鈐佑譯：《社會學的想像》（臺北市：巨流圖書公司，
　　1995年），頁37-38。

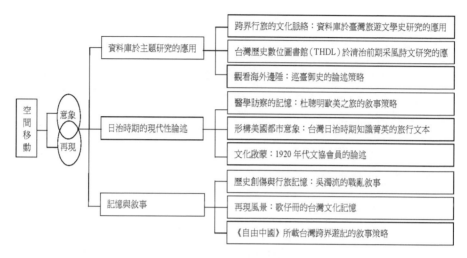

圖1-1　研究架構圖

　　本書章節架構的安排，主要以清治時期、日治時期、戰後及跨時代為序，試圖再現近現代移動文本的歷時性意義。又以空間移動經驗與論述為核心，探討再現文化的共時性議題。先從應用數位人文學著手，因旅遊文學史的研究需透過對作家及作品的考察，以分析文學發展過程的特性；又須兼顧複雜的時空背景，始能理解文學史重層的脈絡意義，故廣泛蒐羅移動的文本與外緣背景史料。再以臺灣清治時期為例，探討采風詩文呈現文人觀看臺灣的視角，以及移動的經驗與文化脈絡的關聯。又因巡臺御史身分職務特殊，故以其巡行論述為例，分析移風易俗及治理建言等面向。

　　至於日治時期的現代性議題，從臺灣日治時期遠至歐美各國的遊記，得以窺見知識菁英所再現的海外意象，故以《杜聰明博士世界旅遊記》為例，分析專業人士在離臺及歸返之後的衝擊。回歸之後的旅遊書寫，更因比較文化差異而改變自我的視界。杜聰明以旅遊回憶的寫作手法，描述日治時期首次至歐美旅遊經歷及感受，論述則流露其世界觀。體驗異地文化為旅遊目的之一，日治時期至美國的旅遊文

本，為知識菁英思索並沉澱後的論述，因而具學術研究的價值。故以日治時期曾遊美的顏國年、黃朝琴、杜聰明與林獻堂為例，又以比較法分析美國都市意象及地景意義。臺灣文化協會會員多曾至日本參訪或留學的經驗，王敏川與施至善畢業於早稻田大學。[9]日本殖民統治下的知識份子，面臨現代性思想與價值觀的衝擊，其論述傳達啟蒙的理念並企圖改革社會，因而開展出文學與文化對話的現代性。

　　在文化記憶與敘事方面，臺灣的自然與人文風景具多樣性，詮釋臺灣文學中風景的意義，有助於召喚臺灣文化的記憶。歌仔冊的題材豐盈，此類文化資產以敘事文學的形式再現臺灣風景，且蘊含多層次的文化意義。如此的文本風景隱含空間意識或現代文明與知識建構的關係，透露作者的觀看視域或表現地方感。戰亂對人類的影響既深且久，閱讀作家戰亂的書寫，有助於理解跨時代的歷史記憶，也是面對創傷的方式之一。故探討吳濁流小說所描繪世變下的人物處境，並從遊記及漢詩分析其旅外所見世界各地戰跡的感受。至於戰後一九四九至一九六〇年出版的《自由中國》所載跨界遊記，蘊含文學與歷史脈絡意義而具研究價值。藉由戒嚴的特殊時期遊記流露移動的差異觀察與批判，透顯作者對移動記憶複雜的思索過程。本書將分章舉例探討臺灣近現代移動意象與論述，以期為臺灣文學與文化的主題研究貢獻心力。

9　陳翠蓮：〈大正民主與臺灣留日學生〉，《師大臺灣史學報》第6期（2013年12月），頁55-71。

第二章
數位人文的主題研究

　　結合數位科技與內容進行人文研究，有助於人文學與資訊科技雙方關係的深化。本章以數位人文學應用於空間移動的主題研究為例，第一節〈跨界行旅的文化脈絡：資料庫於臺灣旅遊文學史研究的應用〉，以臺灣旅遊文學史為主題，廣泛應用資料庫廣泛蒐集相關文本與外緣背景史料，從縱遊古今、跨越疆界到旅者與主題的對話等面向，以理解臺灣旅遊文學發展的脈絡。第二節〈臺灣歷史數位圖書館（THDL）於清治前期采風詩文研究的應用〉，從 THDL 檔案脈絡的應用、文化想像的視域、邊陲敘事的表現策略等面向探討采風詩文的意義。第三節〈觀看海外邊陲：巡臺御史的論述策略〉則從御史的巡視經驗與書寫臺灣原住民視角兩大面向進行詮釋。期望藉助數位人文學的方法，探討不同作者觀看臺灣的視角，以及空間移動經驗的書寫，呈現文本與文化脈絡的關聯。

第一節　跨界行旅的文化脈絡：
資料庫於臺灣旅遊文學史研究的應用

一　前言

　　廣義的旅遊指的是跨越空間與時間的運動，以及離開家園相關的經驗書寫。臺灣文學史上的旅遊文學作品蔚為長流，不論是臺灣在地文人旅外詩文或世界各地來臺人士的旅遊書寫，多蘊含作者的跨界文

化比較觀。新歷史主義著重探討文學與歷史之間是一種循環、交流和協商的關係，而不是一種指涉或反映的關係。[1]十七世紀以來的旅遊文學種類紛繁多樣，這些作品雖非直接指涉或反映歷史事件，卻有助於理解文本與歷史時間脈絡交會的複雜意義。如此看來，文本不再只是旅遊者記錄個人生命經驗，更蘊涵文學與歷史敘事的多重對話。因文學史的研究需透過對作家及作品的考察，以探討文學發展過程中的特性；同時必須兼顧複雜的時空背景，始能理解文學史重層的脈絡意義。故就臺灣旅遊文學史為主題，探討如何應用資料庫蒐集相關文本與外緣背景史料，以期理解臺灣旅遊文學發展的脈絡。

　　人常經由旅遊來克服空間距離，進而贏得某種支配能力，建構政治、地位和宗教道德的權威。在儀式上出生入死、上天入地到達一般人無法拜訪的仙境、地獄，乃至各種位階的玄天。這種旅遊的背後和夢、神話、超自然的能力形成某種程度的關係，是最早期的旅遊。有關旅行的論述，可區分兩種對照的立場，第一種是強調旅行所引發出來的多元流動位置，第二種則為強調殖民與新殖民網絡的不平均權力關係。前者論述旅行概念的位置，較傾向觀光、休閒、旅遊、探險等意象，從不同的時間和族群在跨地域之間的文化流動，此種互動並非是由某一方主導或宰制關係，可以說是在某種程度上的旅行，論述空間移動所造成文化差異的過程。後者則強調無以移動的政治經濟學，此旅行的位置偏重於權力關係不平衡的結構，類似的概念像流亡、漂泊、離散、移民等。[2]當旅遊者離開熟悉的土地到異地之際，為一種「非常」的暫時生活樣態，因而重新思索自己的位置。這些旅遊書寫

1　Michael Ryan 著，趙炎秋譯：《文學作品的多重解讀》（北京市：北京大學出版社，2006年），頁162。

2　廖炳惠：《臺灣與世界文學的匯流》（臺北市：聯合文學出版社，2006年），頁182-220。

蘊含作者對空間移動的感知，以及離開家園至外地參訪的體驗紀錄，同時也因跨越疆界而得以觀察他者的文化。

「空間移動」作為科際整合研究的專題，目前已累積許多成果。相關的研討會如「空間移動之文化詮釋國際學術研討會」、「行旅、離亂、貶謫與明清文學」學術研討會。[3]國外學者對臺灣文史的相關研究有 *Taiwan's Imagined Geography: Chinese Colonial Travel Writing and Pictures, 1683-1895*，[4]此書內容以清治時期來臺文人的旅遊書寫與圖像為研究素材，論述主題涵括：性別、種族、想像地理、治臺理念等修辭策略面向，頗值得研究臺灣文獻者參考。[5]但此書在巡臺御史的探究方面，主要舉黃叔璥為例，未針對更多個案作分析。近年來其他探討旅遊書寫議題，如廖炳惠〈旅行、記憶與認同〉（2002）等論文收錄於《臺灣文學與世界文學的匯流》，提出旅遊文學與文化對話的思考，提供詮釋文本的借鏡。另外，專題期刊論文以及相關的學術研討會，也累積可觀的成果。如臺灣古典文學旅遊議題的專書方面，楊正寬《明清時期臺灣旅遊文學與文獻研究》，以詩、詞、賦、散文等文類及方志、圖像來探討旅遊文學，惜多僅彙集資料，未針對文本作詮釋。

有關日治時期旅遊與空間權力建構的研究，如美國科羅拉多大學東亞系阮斐娜〈目的地臺灣！──日本殖民時期旅行書寫中的臺灣建

3　由漢學研究中心於2008年3月26至28日，會後彙集成《空間與文化場域：空間移動之文化詮釋》一書。此外，2009年12月3、4日中央研究院文哲所亦舉辦「行旅、離亂、貶謫與明清文學」學術研討會。

4　作者 Teng, Emma Jinhua 任教於美國麻省理工學院外語系，曾於2010年於6月26日蒞臨國科會人文學中心會議室讀書會的現場演講，座談主題為：「旅遊論述與圖像的研究：《臺灣的想像地理（1683-1895）》寫作經驗談。

5　Emma J. Teng, *Travel Writing and Colonial Collecting: Chinese Travel Accounts of Taiwan from the Seventeenth through Nineteenth Centuries,* a Thesis Presented to the Department of East Asia Languages and Civilizations of Harvard University for the Degree of Doctor of Philosophy, (Massachusetts: Harvard University, 1997), pp.1-30.

構〉（2007），多以小說為研究素材，從後殖民角度討論空間政治的意識問題，提及受到 Teng, Emma Jinhua 研究清代中國來臺文人旅行書寫的啟發，另分析日人旅行書寫如何對臺灣進行建構。旅遊和克服空間所得到的權威與知識，遠古以來就一直普遍存在於心理和宇宙秩序之中，是一種普同而近乎必然的欲求，人經由克服空間距離，贏得某種支配能力，來建構政治、地位和宗教道德的權威。就臺灣古典文學的研究成果而言，廖振富〈中村櫻溪北臺灣山水遊記的心境映現與創作美學〉（2009）探討中村櫻溪在臺經歷及其北臺灣山水遊記與心境映現，著重於表現形式的研究。陳室如〈誰的風景？——《漢文臺灣日日新報》旅行書寫研究〉（2009），此論文蒐羅眾多報刊文本，然多深入研究作者群的身分及學養，較未著重呈現作者背後創作的目的。至於洪致文《臺灣漢詩人洪以南的現代文明旅遊足跡》（2010）為傳統文人旅遊書寫研究與地理資訊的結合，藉由旅遊文學、家族史的角度，從《臺灣日日新報》、《漢文臺灣日日新報》蒐集相關素材，整理洪以南的旅日行程。作者運用 GIS 資訊系統將其旅遊地點、時間等繪製成旅遊路線的主題地圖，可茲結合空間資訊研究者參考。

臺灣文學史料數位化與資料庫的建置已有相當成果，亦累積不少相關研究。如莊建國〈我國現代文學史史料數位化典藏與服務〉（2002）、羅鳳珠與何淑華〈臺灣文學文獻數位化的回顧與前瞻〉（2004）等。研究內容大多針對文學史料數位化的案例做分析，較不關注於未論述資料庫或文學史料數位化後，如何進一步增進研究效率與深度。臺灣大學數位典藏研究發展中心於2010年舉辦「數位典藏與數位人文國際研討會」，其中多篇論文探討文獻史料數位化的過程，以及資料庫在文學與文化的應用等。此外，關於數位典藏學術定位的研究，廖彩惠、陳泰穎〈從文明科技發展看數位典藏的時代意義——本質、迷思與發展趨勢〉（2009）內容對於數位典藏的本質與意義加

以闡釋，並針對使用者需求提出數位典藏未來的發展趨勢。關於文史類資料庫功能、內容的研究有林佳蓉《歷史類數位典藏資料庫內容之檢視》[6]，此論文以臺灣史學者為對象，探討臺灣史歷史學者對於對數位典藏資源的使用需求、反應與期望，並對資料庫提出具體建議。此外，林淑慧〈資料庫於臺灣文學史教學與研究的應用〉，內容論述臺灣文學史的研究需以詳盡的文學史料為基礎，並與歷史脈絡、社會思潮、文化變遷不斷對話。論文的架構為：（一）臺灣文學史料資料庫的應用：列舉古典或現代散文、詩歌、小說史料為論析之例。（二）臺灣文學外緣背景資料庫的應用：以檔案、古文書、地理資訊系統等層面為例證。（三）資料庫於臺灣文學史教學與研究應用的展望，以作為開拓臺灣文學史資料庫的參考。[7]

　　因目前尚無旅遊文學史的專題資料庫，故需從各領域的資料庫中搜尋相關的文獻。每個資料庫雖涵涉時間、空間、主題等面向，難以截然分類；但研究者可應用資料庫的某種特質及功能，取得其中收錄的相關文獻。本節以資料庫於臺灣旅遊史研究的應用為主題，舉例探討藉由資料庫的檢索搜尋資料的相關議題。故擬以時間、空間及旅者為軸，分析資料庫與旅遊文學史研究的關聯為何？從臺灣十七世紀到當代的文獻中，可觀察到旅遊文學的發展脈絡，以及這些作品在空間移動上呈現跨越疆界的風貌，如此不同主題樣態文本的產生，又透露旅遊文學作者的何種視域。此外，研究文學史常涉及時代背景，現有的資料庫能提供哪些搜尋臺灣旅遊文學發展的外緣背景資料？期望經由文本的探討，能有助於提供廣泛蒐羅臺灣旅遊文學史研究素材的途徑。

6　林佳蓉：〈歷史類數位典藏資料庫內容之檢視〉（國立臺灣師範大學圖書資訊研究所碩士論文，2008年）。

7　林淑慧：〈資料庫於臺灣文學史教學與研究的應用〉，《國立臺北大學中文學報》第2期（2007年3月），頁209-244。

二　縱遊古今：旅遊文學的時間脈絡

　　研究者常耗費心力蒐集散落於臺灣方志、作家個人詩文集中的旅遊作品，以及漫漫時間長流下積累的龐雜史料。若能運用資料庫搜尋相關的文史檔案，則能將節省下來尋覓資料的時間，著力於主題的詮釋。不過，許多資料庫搜尋的結果常無法呈現相關理路，若不知其中脈絡，彷如於茫茫大海中撈針，令人望而卻步。所以，近來有些資料庫建置者，提供人名、地名、年代、出處或詞頻等次分類，不但將龐雜的資料歸類，並有助於激發學術研究的靈感。

　　就目前具後分類的資料庫而言，臺灣大學數位典藏研究發展中心所建立的「臺灣歷史數位圖書館」（THDL）資料庫頗具代表性。此資料庫從明清政府檔案、古契書、地方志、札記等，抽出與臺灣相關的檔案建置而成。第一大類「明清臺灣行政檔案」約有三萬七千件全文資料，為明清時期與臺灣有關的官方行政公文。來源包括故宮收藏之軍機處檔案、起居注、月摺檔、宮中檔、諭旨等，及歷朝官修文獻的《明實錄》、《清實錄》，亦包含中央研究院典藏的內閣大庫檔案，與中國第一歷史檔案館編《雍正朝漢文硃批奏摺彙編》、《乾隆朝上諭檔》、《乾隆帝起居注》及《臺灣文獻匯刊》等一手史料全文。THDL資料庫另一收藏重點「古契書」約有三萬件全文資料，涵蓋年代從清代到日治時期，是研究臺灣早期開墾情況及民間社會交易行為的重要資料。[8]其中以土地契約最多，亦包括相關之公私文書，如契尾或婚姻契等。臺灣歷史數位圖書館仍持續收錄相關資料，並可依作者、出處、西元年進階檢索。檢視文件可按年代或出處排列，透過觀察文件分布或名詞出現頻率，則可推測相關的歷史資訊。至於古契書收錄與

8　內容包括臺灣總督府檔案抄錄契約文書、岸裡大社文書、北市文獻會契書、竹塹北門鄭利源家古契、臺大南部古契書等內容加以數位化。

比較，則可利用輸入地名或手契類別，查詢該書契的上下手契、相似
文件，並觀察古書契之影像檔與全文。另外，查詢結果可依據資料年
代的不同，產生文件分布的折線圖，可提供使用者詮釋史料的訊息。
應用資料庫需思考當時的用語，並熟知旅遊與清代官員的關聯，才能
找到適當的資訊。如「番俗」、「風俗」，甚至是「番＋俗」[9]等不同的
關鍵字。

　　THDL 除基本的關鍵字搜尋之外，還提供許多不同的觀看角度，
不僅有助於快速整理資料的時間順序，且系統性歸類資料來源。在
「分類」的欄位，以「臣工奏事文書」為第一種分類，再以奏摺、附
片、疏、題本等做為次分類，提供篩選所需檔案的功能，並可依年代
排列，呈現出史料的脈絡性。在關鍵字檢索功能中，可顯示「檢索結
果分布圖」，呈現年代分布的特色，並利於與歷史事件結合，引發更
多的研究靈感。如以「番俗」為關鍵字條件，共搜尋到89筆資料，其
檔案年代高峰約是1870至1880年，此時期正值牡丹社事件，故提及
「番俗」與描述原住民文化的檔案顯著增加，故此功能有助於研究者
呈現歷史文化的時間軌跡，並作為清代政治經濟與社會發展方向的佐
證。史家可獨立完成「單向、單線」的引用關係重構，但問題癥結應
在於「多線、雙向」的關係重構。若將整個《明清臺灣行政檔案》之
間的引述關係都重構出來，連結出往返討論同一件事情的檔案，有助
於研究者突破檔案零碎而不易使用的侷限性。[10]官員常在奏摺上互相
引用彼此的說法，故 THDL 特別建置「引用關係重建」功能，將相互

9　此為 THDL 資料庫的檢索功能，此功能提供不同字元在全文上的檢索，能夠在一篇
　　文章中同時檢索兩個以上的關鍵字。

10　陳詩沛：〈成果展示：明清行政檔案引用關係之建構〉收錄於《2010第二期獎助研
　　究生計畫成果發表會：打造歷史資訊平臺》，國立臺灣大學數位典藏研究發展中心
　　主辦，2010年7月30日，頁6。

引用的奏摺與文件做系統性連結。不同作者、日期所上奏的文件可透過此功能以圖像的方式呈現，有助於研究者蒐羅整起事件的官方資料。舉例而言，關於林爽文事件的檔案共可搜尋1718件。如串連林爽文事件後責任歸屬的相關檔案，該議題奏摺、檔案的討論從乾隆五十二年一直延續到同治年間初期，即提供以時間排序羅列整起事件或議題的發展過程。

此外，THDL 關鍵字的檢索結果項目，除了一般的呈現模式以外，另可選取「詞頻與全文」模式。此模式具有人名、地名分析的功能，以人、地等專有名詞出現次數來分析其相關度。此外，該模式有關人名生平的敘述，以國家圖書館明清人物小傳，及故宮人名權威檔為後設資料，提供使用者了解文本歷史脈絡的參考。由於清代官員經常透過巡視地方進行臺灣地理的觀察，「詞頻與全文」模式便可從某官員或是某議題的詩文，分析其空間移動的方向、或是推測其在某個時間點可能行走的路線。此資料庫又具有「文件相似度」比對的功能。相關奏摺、方志、個人文集等內容常有類似或相同的地方，甚至出現於不同年代的作品，容易造成研究者的混淆。比對功能可呈現出相似文件的「相似度百分比」，使用者可得知文件內容的重複度，藉此篩選與研究主題核心相關的物件。透過這些功能研究者可以穿越古今，使研究具系統性及脈絡化。

國家文化資料庫中的子計畫「智慧型全臺詩知識庫」，以出版的《全臺詩》為建置範圍，可依其類別查詢詩人、詩題、詩作等。若要研究巡臺御史的作品，可從全臺詩資料庫中搜尋這些作者的所有詩作。他們欲探訪民情而來臺巡視，其觀察筆記所書寫的空間是在社會關係中產生或形成其概念，故透露出空間本質的權力與眾多的象徵意涵。首任巡臺御使黃叔璥〈番社雜詠〉二十四首記載捕鹿、迎婦等原

住民風俗，[11]夏之芳〈臺陽紀遊百韻〉內容除吟唱任官期間所見的自然景物外，也記錄平埔居民的處境。如其中一首詩呈現當時原住民賦稅負擔沉重的情形：「秋盡官催認餉忙，一絲一粟盡輸將。最憐番俗須重譯，溪壑終疑飽社商。」夏之芳自註道：「社皆有餉，每秋末則縣尹召令認餉，示以時應完納也。番音苦不可曉，必賴通事代辦，故社商雖革，而通事情偽，實難盡除。」[12]「通事」的職責頗多，包含傳譯語言、收管社租、納課、發給口糧。[13]通事掌控平埔聚落與官方接觸的種種要務，然文獻常載及通事藉職權行欺壓之實。張湄的詩作高達百首以上，書寫題材不僅限於風景描繪，對於內心感觸也多有刻劃。六十七為滿御史，對於臺灣地方文化、地景的采風亦投注不少心力，如〈北行雜詠〉組詩多刻劃臺灣北部地景及原住民文化。范咸詩作亦高達百首以上，有助於詮釋文人眼中的臺灣風土民情。其他巡臺御史如景考祥、楊二酉、立柱、錢琦、舒輅、書山、熊學鵬等，皆有詩作傳世。文化詩學應該關注文本語詞所負載的意義世界，無論是文學文本還是文化文本，多需通過語詞的關聯而構成意義世界。[14]這些巡臺御史的詩作，具文化詩學的意義，值得再加以詮釋。對於不懂原住民語的宦遊官員而言，平埔族聚落的風俗塑造出異國風味。他們是如何運用空間來呈現對平埔族的觀察？透過坐在轎子或竹筏上緩緩流動瀏覽風景，再現哪些個人的空間觀點？這些皆需從爬梳大量采風詩作，才能多元分析。

---

11 林淑慧：《臺灣文化采風——黃叔璥及其《臺海使槎錄》研究》（臺北市：萬卷樓圖書公司，2006年），頁242-243。

12 夏之芳：〈臺陽紀遊百韻〉，收錄於陳支平主編，《臺灣文獻匯刊》（北京市：九州出版社、廈門市：廈門大學出版社，2004年），第4輯，第18冊，頁511。

13 戴炎輝：〈清代臺灣番社的組織及運用〉，《臺灣文獻》第26卷第4期（1976年3月），頁362。

14 李春青：《詩與意識形態》（北京市：北京大學出版社，2005年），頁16。

在十九世紀的旅遊書寫資料庫方面，如美國里德學院（Reed College）歷史學者費德廉（Douglas Fix）教授於1999年所規畫建置「Formosa——臺灣十九世紀影像」（FORMOSA Nineteenth Century Images），蒐羅世界各地以英文為主的有關臺灣文字及圖像。這些十九世紀臺灣的文獻資料、圖像、地圖和語言數據，早期多刊登於歐洲和北美的書籍和期刊，在臺灣實不易取得。此資料庫的建立，彙整十九世紀國外旅遊者至福爾摩沙的經驗，為研究十九世紀臺灣旅遊史重要的資料庫。除網站導覽（Introduction），扼要介紹每一欄位的特色，除五層基本檢索外，又有搜尋功能，連結 Google 搜尋器取得其他與福爾摩沙相關的資訊，補此資料庫的缺陷與遺漏部分。回饋（Feedback）部分，是瀏覽者提供意見的平臺，促進網站更新資訊與改善，內有問卷調查表，讓使用者回應與評價（Evaluation）。此資料庫呈現世界各地探險家、傳教士、動植物家，對臺灣自然與人文風景的書寫。由於文學表達人類的情感、人類的感知與存在意識，是人類精神的產物；而文化人類學則是研究人類社會中的行為、信仰、習慣和社會組織的科學，二者都屬於人文學科的範圍。傳統的文學研究著重的是文本，而人類學則著重過程。文學人類學研究就必須既著重文本，又著力於文學的、文本的形成過程。[15]此資料庫的文本呈現十九世紀外來旅遊者對臺灣的印象，尤其在原住民風俗的記錄上，具有文學人類學的意義。

在戰後的資料庫方面，慈林社運史料資料庫所蒐羅剪報與雜誌，涵括臺灣戒嚴至解嚴之後的時期。[16]收錄報紙年代起於1951（民國四

---

15 樂黛雲、李亦園：〈文學人類學走向新世紀〉，《淮陰師範學院學報》第20卷第2期（1998年），頁42。

16 該資料庫可供查詢之文獻資料為慈林剪報和慈林雜誌，可依所需或欲查詢內容，點選文獻集查詢，或選擇全部來擴大搜索資料之範圍。選定查詢之文獻之後，可輸入

十）年，來源共有69種，數量逾兩萬三千份剪報。由各界贈送慈林教育基金會四百餘種雜誌，年代起自1950（民國三十九）年，資料數量包括422種，共計近七千冊之雜誌，約十二萬五千篇文章。這些雜誌約近70%為臺大圖書館所未典藏。此批資料不僅留存了大量戒嚴時期被查禁之出版品，為臺灣歷史發展的軌跡留下見證，同時更包含呈現不同觀點與立場之政治論述。這些報導、評論或議題討論，呈現臺灣近六十年來透過民主運動、勞工與學運等各種社會運動而帶動社會蛻變之歷程，為研究臺灣民主法治與社會國家發展珍貴的資料。若以「旅遊」為關鍵字，可查詢到765筆相關資料，其中雜誌類749筆資料、剪報類16筆資料。以1951（民國四十）年的旅遊資料為查詢條件，則發現如《自由中國》雜誌特約通訊記者曾英奇所撰〈遊歐觀感之一至三〉等歐洲旅遊文化影像檔。這些旅遊報導文學的資料多可作為研究早期臺灣因工作或求學至海外的思想面向。此外，一些戰後流亡海外或是創傷的議題，亦可藉此資料庫搜尋相關文本。關於創傷的議題，學者卡露絲（Caruth, Cathy）《不被承認的經驗：創傷、敘事與歷史》提到：對意想不到或難以承受的暴力事件所作的回應，這些暴力事件在發生當時無法完全掌握，但後來以重複的倒敘、夢魘和其他重複的現象返回。[17]另一位研究者拉卡帕拉（LaCapra, Dominick）在《書寫歷史，書寫創傷》也提到「創傷是一種斷裂的經驗，使自我解體，於存在中製造破洞；它具有延遲的效應，只能勉強

欲搜尋之關鍵字、作者、出處、中西年份，相關的詮釋資料又可依年代、作者、出處和主題加以揀擇與排列。

17 Cathy Caruth, *Unclaimed Experience: Trauma, Narrative, and History* (Baltimore and London: Johns Hopkins, 1996), pp.91-92.

控制，甚至可能永遠無法完全駕馭。」[18]從這個觀點來看，紀念碑及悼念儀式皆可視為「處理創傷」（Working Through Trauma）的意圖與具體作為。[19]臺灣歷史上因統治政策及文化差異等諸多問題，如一些被迫或遣送出國的旅行者，特別是離鄉背井、放逐與疏離的狀況下的行旅書寫，常透露受難者及家屬長久傷痛的痕跡。

除了收錄旅遊文學直接相關的資料庫外，許多與研究主題有關的各時代外緣背景資料庫，亦有助於理解文本的歷史脈絡。日本統治臺灣的五十年間（1895-1945），進行多項大規模、全面性且具持續性的統計調查，這些調查範圍涵蓋廣泛，所累積的統計資料相當豐富，是了解日治時期臺灣法律、政治、社會、經濟、文化、教育等不可或缺的史料。[20]二十世紀上半葉的資料庫，如「臺灣日治時期統計資料庫」及「日治法院檔案」等，亦是研究日治時期旅遊文學背景的重要參考。「臺灣日治時期統計資料庫」以1898（明治三十一）年開始的土地調查及1905（明治三十八）年開始的人口調查為最大之基礎工程。資料庫中所收錄的統計書籍，皆以官方統計資料為主，年代分布從1896（明治二十九）年至1945（昭和二十）年，唯大部分的書籍或表格的統計集中在1920（大正九）年之後，其中又以1930（昭和五）年資料最為豐富。就數量上而言，「戶口」類別最多，其餘依次為「農業」、「交通」、「教育」、「商業、金融及貿易」、「工業」、「警察」、「司法」等。「日治法院檔案」則收錄新竹、臺中、嘉義等三個

---

18 Dominick LaCapra, *Writing History, Writing Trauma* (Baltimore and London: Johns Hopkins, 2001), pp.41-42.

19 有關越戰紀念碑與創傷的意義，參考單德興：《越界與創新——亞美文學與文化研究》（臺北市：允晨文化公司，2008年），頁149。

20 以國立臺灣大學圖書館及國立中央圖書館臺灣分館所典藏的日治統計舊籍為收錄對象。類別項目的建置方式以臺灣總督府第四十六統計書的目次架構為主題類別的藍本，再依據各州廳統計書或專書類的目次架構，增加各項必要的主題類別。

地方法院保存日治時期各類卷宗，及司訓所、臺北地方法院收藏日治時期檔案。[21]若鍵入「旅遊」可檢索到1905（明治三十八）年及1915（大正四）年，《臨時臺灣戶口調查職業名字彙》對於旅人宿（旅店）的地名等資訊。

　　國家圖書館「當代名人手稿典藏系統」收錄臺灣戰後1945（昭和二十）年至今兩千餘位作家的相關資料，網羅其生平傳記、手稿、照片、著作年表、作品目錄、評論文獻、翻譯文獻、名句及歷屆文學獎得獎記錄，並請作家主動提供資料、相片與手稿。不僅可查詢許多當代旅行文學作家，如劉克襄等人的作品及最新資料，亦可就每十年為單位，分析從五〇年代到九〇年代的旅遊發展軌跡。此外，敘事是以具有開頭、中間、結尾的次序，來安排事件的一種論述形式；情節是敘事最重要的特徵，是使事件陳述具有敘事性的重要關鍵。賦予情節的過程中，敘事並非反映事實而已，而是包含選擇、重組、簡化現實等機制。[22]也就是說敘事帶有一種將史料轉化的功能，經過敘事者的巧妙運用，歷史的敘事得以從另一種角度呈現，歷史的書寫權力也將從絕對威權中釋放。旅遊文學亦是作家空間移動經驗的敘事，有些旅遊者因緣際會探訪古蹟，或親臨事件場景而對歷史重新詮釋，使其作品具有穿越古今的歷史厚度。

21　一般查詢則可輸入關鍵字、事由，如：賃貸借契約、婚姻、案件編號，如：第301號、書類名稱、受理法院、關係人、原告、被告、法官、書記官、原告代理人、被告代理人等欄位查詢，並可選擇查詢範圍則可以是所有地方法院或是個別法院。依照案號依序排列，提供案件內容、關係人、與承辦法官等書目資料。點選冊名或案號，顯示該冊或該案的完整書目記錄及影像內容。

22　Lewis P. Hinchman, Sandra Hinchman, *Memory, Identity, Community: The Idea of Narrative in Human Sciences* (New York: State University of New York Press, 1997), pp.15-16.

三 跨越疆界：旅遊文學的空間移動

　　文學與空間常密切相關，文學作品中不可或缺的環境描寫，在某種意義上是一種具體而微的空間縮寫，空間的轉換給人帶來的生存體驗也將是全新的，這一切通過文學感性的再現出來。[23]文學對於地理學的意義不在於作家就一個地點如何描述，文學本身的肌理亦顯示社會如何為空間所結構。在某種意義上，空間也是文學創作本身的一個主體，就如夏曼・藍波安筆下的大海，即為小說中的靈魂。遊記歸屬於散文的次文類（Sub-genre），由於書寫的空間是在社會關係中產生或形成其概念，故透露空間本質的權力與象徵意涵。

　　古典文學的代表性資料庫之一「臺灣好文學網」的建置，蒐羅豐盈的文學史料。此資料庫共分為六個子資料庫，依序為「臺灣漢文網」、「中文學術規範網」、「臺灣漢詩資料庫」、「嘉義文學博物館」、「臺灣期刊資料庫」、「臺灣文藝叢誌資料庫」。[24]此套具有檢索系統的資料庫，提供使用者快速蒐集文本，透過網路的運用，使文獻大幅流通，有助於提升臺灣文學的研究。其中，「臺灣漢詩資料庫」從報刊、雜誌、書籍收錄眾多資料，並包含詩集、詩話等類別，可依全文檢索、進階檢索、全文檢索模式來取得資訊。如研究「八景詩」的議題，除廣泛蒐羅臺灣各地的八景詩外，並可分析這些作品與空間權力的關聯。文人在山水之間旅遊與作詩目的，不只是一種單純的遊覽；他們將自然的模式用文字的比喻或命名掌握，這種在山水間放置文字，尋求自然秩序的努力，其實就是文明的傳播。如此用文字刻劃空

---

23 吳治平：《空間理論與文學的再現》（蘭州市：甘肅人民出版社，2008年），頁25-26、249。

24 此資料庫是由國立中正大學臺灣文學研究所江寶釵教授主持，網站建構為國立雲林科技大學漢學研究所蔡輝振教授架設。

間的實踐，就是「文明」最基本的組成元素。[25]再者，因詞語是某種概念的載體，又是某種意象的載體。換言之，日常語言中的詞彙，只是抽象概念的符號；詩歌中的語詞為藝術語言，則是另一種符號。每一種原始意象都是關於人類精神和命運的碎片，都包含著歷史中重複無數次的歡樂和悲哀的殘餘。[26]此一資料庫中的文本多蘊含作者實體或意識的空間感受。空間蘊含許多描述人類存在的空間現象，主要功能在於重新建構人類的各種體驗過程，這些體驗包含人與自然或環境的關係、空間感及地方感等。[27]於檢索欄位輸入關鍵字「遊記」，可搜尋到與遊記相關的作品，如日治時期新店的在地文人蘇鏡瀾，刊登在《詩報》的〈碧潭遊記〉[28]，對新店的風景名勝碧潭加以細膩描述，並呈現當時文人雅士的地方感及在碧潭交流的情形。

　　此外，為了理解有關旅遊者所處的時代背景，可運用各類型文本敘事所提供的功能。如欲感受歌仔冊的敘事情境，可查詢中央研究院漢籍電子文獻中的「閩南語俗曲唱本歌仔冊全文資料庫」，所收錄〈周成過臺灣〉敘述渡海來臺的場景與意象。在碑文方面，國家圖書館「臺灣記憶」系統「史料」類的「碑碣拓片資料庫」[29]，收錄1870（同治九）年〈艋舺新建育嬰堂碑記〉，即是具社會救濟意義的文本。在津渡交通方面〈淡水廳城碑記〉、〈永濟義渡碑記〉等文，亦具有書寫廳城、義渡等建物的歷史沿革與文化的用途。此外臺灣因經歷

25　林開世：〈風景的形成和文明的建立：十九世紀宜蘭的個案〉，《臺灣人類學刊》第1
　　卷第2期（2003年12月），頁16。

26　陳植鍔：《詩歌意象論》（北京市：中國社會科學出版社，1990年），頁41-53。

27　Douglas C. D. Pocock Ed., *Humanistic geography and literature: Essays on the
　　experience of place* (London : Croom Helm, 1980), pp.12-16.

28　蘇鏡瀾：〈碧潭遊記〉，《詩報》第19號（1931年9月），頁14。

29　每個碑皆詳細登錄基本資料，包括：碑文名稱、類別、年代（中曆、日曆、西
　　曆）、地點（城市、地名、位置）、資料格式、文獻典藏單位、系統號等。

了帝國馴化（Domestication by Empire）的過程，意謂大量漢人移民來臺，清帝國以中式行政結構為主，建立儒學機構而提升中文識字率。[30]所以有關儒學或書院的碑文，則透顯儒學教化對於臺灣民眾價值觀形成的影響。

　　臺灣二十世紀前期旅外書寫，蘊含當時文人社群的國際觀及跨界文化論述。這些文人的旅遊書寫具有文化移譯的功能，呈現臺灣受到新時代的衝擊。從文人的旅外遊記內涵可窺探其內在思想形成的因素，並呈現文化移譯的多重面向。自1898（明治二十九）年起至1944（昭和十九）年間的《臺灣日日新報》等報刊所載旅外遊記，其空間意象實具有研究價值。《漢文臺灣日日新報》則自1905（明治三十八）年7月1日以後，報社將漢文版擴充，獨立發行《漢文臺灣日日新報》，1911（明治四十四）年11月30日恢復以往於日文版添加兩頁漢文版面的作法，直到1937（昭和十三）年4月1日因應時局全面廢除。由於文人或閱讀登載世界訊息的報刊、或出國遊覽的現代性經歷，使得一些作品亦見世界現代文學影響的痕跡。若參考都市意象（Urban Image）作為不同的事物加以閱讀，如「意識形態、歷史產物、帶有過去的姿勢、階級社會被發展的、改變的強大力量所驅使的結果」。[31]則可探究旅遊者至異國都市的複雜觀感。探討產生這些遊記的論述，有助於理解知識份子觀看物質文化的視角；而藉由作者於異地思索的面向，能進一步釐析他們跨界後的錯綜心理情緒。臺灣日治時期的遊記，多是殖民時期的文化產品，若干具社經地位的參訪者，在遊山玩

---

30 James A. Millward, *Beyond the Pass*: *Economy, Ethnicity, and Empire in Qing Central Asia, 1759-1864.* (Stanford: Stanford University Press, 1998), pp.232-245.

31 Mark Gottdiener, "Culture, Ideology, and the Sign of the City". In Alexandros Ph. Lagopoulos Eds, *The City and the Sign: An Introduction to Urban Semiotics* (New York: Columbia UP, 1986), p216.

水、觥籌交錯之間，也記錄與不同階層人士接觸後的文化省思。《臺灣日日新報》刊載了多位文人的旅外遊記，他們歷經上世紀末紛雜的戰局，以及風起雲湧的武裝抗日，身心受到多重的衝擊；在清、日政權轉移後，至異地旅遊內心多有深刻感受，透過旅遊書寫，表達撫今追昔的感懷，也流露知識份子文化論述的內在意識。例如富商李春生於日本殖民臺灣的第二年接受總督等人的邀請，1896（明治二十九）年赴日參訪遊覽兩個多月。回臺後，便將此跨界之旅的經驗，撰寫成《東遊六十四日隨筆》。遊記的內容不僅是他個人私密的回憶而已，也涵括他對異地物質文化的觀察、與政商界的交流等。這些經過內心思索並沉澱後的思考，轉化成行動力，藉由《臺灣日日新報》媒體公共領域空間的刊載，而得以傳播至知識份子階層。此旅遊書寫為日治之初臺人到日本參訪的代表性遊記，牽涉到跨界移動所引發的文化差異觀察以及認同議題。

　　有關臺灣文學時空背景資料庫的應用方面，如中央研究院「臺灣歷史文化地圖系統」，屬於整合性資料庫，結合文獻、地名資料與古今地圖，發揮地理資訊系統的功能，還原了臺灣歷史的空間舞臺。不僅以時代區分，又各分山川地形、交通、行政區年代、及主題加以建檔，並開放使用者利用底圖再加以編修。如郁永河於1697（康熙三十六）年來臺採硫的遊記，詳載其歷險的經過及對臺灣風土民情的觀察。收錄於此 GIS「主題圖」之一的郁永河來臺路線圖，詳細配合《裨海紀遊》文本與行經路線圖，深具空間研究的參考價值。又旅遊文學史研究牽涉許多地名，「臺灣歷史地理資源網——古地圖與舊地名」在臺灣的史地研究中，地名的異稱與變化成為一大難題。故此資料庫將許多舊地名辭書和地圖地名予以電子化，提供使用者簡便查詢地名的歷史，並可進行臺北古地圖的查考搜尋。

　　前述所提到「Formosa——臺灣十九世紀影像」資料庫，因跨越

許多區域，又蒐羅許多地圖，故與空間有密切關係。在第一層地圖
（Map）檢索，分為四類圖像內容，包含：島嶼地圖（island map）、
地名式命名地圖（Place-name map）、方位地圖（Locality map）、地圖
目錄（Map Catalog）。各欄位所具功能如下：（1）「島嶼地圖」的功
能，是以年代順序排列，整理出臺灣1858（咸豐八）年至1911（宣統
三）年年間的臺灣全貌地圖。（2）「地名式命名地圖」，則點擊地圖上
的臺灣，查看各區域內放大的臺灣圖像。（3）「方位地圖」在預覽地圖
上方點閱，查詢各項完整尺寸的臺灣圖檔。（4）「地圖目錄」為地圖的
清單，備註地圖的出處來源。第二層為文本（Text）的表單，收錄從
十九世紀歐洲和北美來臺的相關文獻與書目。第三層為圖像
（Images），在目錄欄分為建築（Architecture）、景觀（Landscape）、
器物（Implements）、人物（People）、船舶（Boat）。此外，亦可從另
一目錄夾檢視，如 Thomson、Fischer、Garnot、Ibis、Taylor 等個人的
攝影或畫作、以及倫敦新聞（London News）所登載的圖像文件。第
四層為語言資料（Linguistic Data），利用數字標示 Table I、Table II
等，區分不同語言的資料，內容收集原住民簡短的口語詞彙，以表格
排列的比較方式，顯示語言的差異性。第五層為時間表列
（Timeline），依照時間先後順序由上而下將資料庫內的資訊列表呈
現。搜尋的條件包含日期（Date）、地點（Place）、人物（People）、
事件（Event）等，其結果將由左至右列出日期、地點、人物、事
件、註記（Note）、來源（Source），此種擷取繁雜的資料並以表格排
列，具統整類化的功能。

　　有些區域性的資料庫亦是研究外緣背景的參考，如十八世紀後
期到十九世紀的《淡新檔案》是1776（乾隆四十一）年至1895（光緒
二十一）年一百二十年間淡水廳、臺北府及新竹縣的行政與司法檔

案。[32]在現存的清代臺灣省、府、州、縣、廳署檔案中，《淡新檔案》最具規模，具有研究臺灣法制史、地方行政史、社會經濟史等學術價值。清治時期臺灣的民間社會，因移民背景的緣故，常由於一些利益關係，如水利、土地、農務上的歸屬等糾紛或引起械鬥，官方文書也記載許多民事上的紛爭，有助於我們理解清治時期臺灣的社會。如有一則1885（光緒十一）年8月24日內容記錄新竹知縣彭達孫，調查鳳山崎頂埔羅、劉兩姓的發生械鬥，呈現事件起因及事後所造成經濟上的損失，顯現臺灣地方移民衝突的背景特色。

　　空間與其他社會文化現象或要素，必須共同一起運作而不可分，尤其是與人的活動密切相關。空間的存在是建立在對於人的客觀性及主觀性活動的描述上，故從旅遊書寫可窺探其內在思想及其思想形成的因素。日治時期的臺灣社會與世界文化的交流日益頻繁，許多文人、知識份子、資產階級透過旅行與異文化接觸，報社記者亦廣泛報導世界新知與各國的文化特色。有些文人以文字記錄旅遊的所見所聞，並將這些旅遊文學作品發表於《臺灣日日新報》、《漢文臺灣日日新報》、《臺灣民報》等報刊雜誌。若以使用資料庫搜尋旅日詩文主題研究的題材，如在地文人林維朝（雲門舞集林懷民之祖父）〈東遊紀略〉系列，刊登於1907（明治四十）年10至11月的《漢文臺灣日日新報》；又如吳萱草（吳新榮之父）數首旅日詩作，刊登於1935（昭和十）年《臺灣日日新報》。這些作品中呈現當時臺灣文人觀看日本文化與地景的視角，或參觀博覽會的感受以及跨界後的文化衝擊，頗具時代意義。此外，這些報紙雜誌亦刊載許多社會、政治議題，有助於

---

32 戴炎輝教授依現代法學之分類，將該批檔案文件重新分類，新製《淡新檔案》之主題分類表，為具三層結構之類表，首分行政、民事及刑事三「編」，次分「類」，再分「款」。在《淡新檔案》的行政、民事及刑事三大檔案類別中，以行政編的檔案數量最多；就年代而言，則以光緒年間的檔案為最多。

詮釋旅行文學作品中的社會歷史脈絡。如從《臺灣日日新報》資料庫搜尋有關巴黎的報導，議題範圍涵括政治、經濟、學術、文化等。其中關於時尚的報導，按時間先後編排有以下數則：1913（大正二）年〈巴黎之新時尚〉言吸鴉片等時尚流行的社會風氣，1922（大正十一）年〈巴黎婦人奢侈〉強調「務外觀不求內美」的價值觀，1923（大正十二）年〈巴黎女子之時裝〉談及法國女子喜用毛皮為襯、皮皆取豹皮的服飾文化。1926（大正十五）年〈巴黎之淫靡〉則鋪陳關於畫像藥品或春畫淫具等功能，〈巴黎士女之享樂〉刻劃及舞場上的男女跳舞的現象。其他報導尚有〈法國南極探險隊歸還〉，描述探險學界使命，及製造南極大陸海圖所具科學上之貢獻。〈俄帝抵法〉則記錄以公費於凱旋門迎接俄帝，形成萬人空巷的場面。至於〈里昂及絹布製造業〉則提到里昂設有商業館及絹布產銷情形。這些日常報導透過平面媒體傳播，提供大眾對巴黎及異文化想像的參考。

四　旅者與主題的對話：旅遊文學作者的視域

中央研究院「漢籍電子文獻」收錄臺灣銀行經濟研究室出版的《臺灣文獻叢刊》。其中，1721（康熙六十）年來臺的藍鼎元，所著《東征集》內容多為公檄、書稟、及記錄原住民各社風俗。滿族巡臺御史六十七《番社采風圖考》記載清廷如何描繪臺灣原住族群之圖像，及其社群生活、與漢人交易等資料。又如陳璸《陳清端公文選》、朱士玠在《小琉球漫誌》等書，亦為官員表達對政教風俗的見解，或對時局的觀察與議論。亦可參照十七到十九世紀各國探險旅遊書寫，比較作者的敘述立場（narrative positioning）。[33]不同類型的遊

---

33 普拉特在《帝國之眼：旅行書寫與跨文化陶鑄》一書裡，將旅行書寫視為文藝復興

記表達出對帝國不同的觀感，即使在同一作品中也可能會出現相互矛盾的聲音，以及遊記書寫所透露出的多元化特質。[34]文化評論學者薩依德（Edward W. Said）在《文化與帝國主義》中提到：文學本身不斷提及某種程度參與歐洲的海外擴張，並因此創造威廉斯所謂的「情感結構」說，文學支持且鞏固帝國的實行。文學不可從歷史與社會中去除，而文化與帝國的關聯可在文本中發展、思慮、擴展或批評。[35]二十世紀以來，文化人類學家將視野擴展觀照到文學藝術領域，而文學批評學者也接受文化人類學家的概念方法，進而深化文學與文化之間的影響研究，開展出文學研究新的視野與方法。「文學人類學」這種既重文本，又重視文本形成過程與文化語境的宏觀視野，可以提供文學研究的跨文化與跨學科視野；進而建立起自我的文化體系，與掌握文學發展的規律。[36]這些各具特色的筆記文集，若以旅遊書寫或以文學人類學的概念加以詮釋，可探討不同族群文化接觸的深刻意義。

　　新版國家文化資料庫主要整合全國各地的文化資源，並提供全民參與文化保存的機制及跨領域的平臺，達到有效的累積文化資產（Cultural Heritage）。[37]新版功能提供查詢後分類，並增一般檢視、時

以降，締建歐洲帝國史料的一環。Mary L. Pratt, *Imperial Eyes: Travel Writing and Transculturation* (New York: Routledge,1992), pp.1-3.

34 如英國作家璀洛普（Anthony Trollope, 1815-1882）的數本遊記中，即有多重聲音並存，包括把英國對外拓張視為英國的榮耀、並以自己的英國性（Englishness）自豪等支持大英帝國的聲音；此外，另有惋惜帝國衰頹的聲音，以及當他參訪過美國及南非後，於文中出現了反對帝國的聲音。賴維菁：〈帝國與遊記──以三部維多利亞時期作品為例〉，《中外文學》第26卷第4期（1997年9月），頁70-82。

35 Edward W. Said 著，蔡源林譯：《文化與帝國主義》（臺北市：立緒文化公司，2000年），頁48-49。

36 高莉芬：《漢代歌詩人類學》（臺北市：里仁書局，2008年），頁2-3。

37 目前國家文化資料庫網站將藏品分為十五大類：老照片、美術、音樂、戲劇、舞蹈、漫畫、文學、建築、電影、古地圖、器物、報紙、漢詩、古文書、新聞，並可

間軸關係檢視、地理位置關係檢視三種瀏覽檢索結果方式。使用者可依作品類別、人物與團體、時代、地區整合查詢，查詢結果採圖文式排列，依名稱或年代加以排序顯示。特展館專題式網站，提供專題內容介紹，如國立臺中圖書館、編織工藝館、臺灣漫畫年史、金門縣紀錄片、文化協會照片、鳥瞰臺灣空照圖庫、柏楊全集、鍾理和數位博物館、孔廟文化資訊網、老照片說故事、賴和紀念館等新版國家文化資料庫，新增幾項檢索結果統計：「分類」含史料、文學、老照片、新聞、漫畫、音樂等項目，分類統計出現次數。「時間」則以年代先後為序，每年羅列統計次數；「地點」以臺灣各地統計。此外，「典藏者」及「出處」則分別統計。旅遊概念是關於交通工具是否發達、是否方便、資金是否充裕、旅行社群是否完整。同行的朋友和以前的旅遊者所留下來的導覽，創造出某種旅遊的社群，以這種大家一起去遊玩的經驗，來豐富彼此的資訊分享和情感互動。透過敘述者的眼睛，看到另一個社會與本地的人文自然景觀差異，藉由比較、重溫的省察，進一步了解本身的問題，吸收其他文化的長處。[38]此資料庫所提供的人際網絡資料，有助於拓展了旅遊研究的視角。在社群團體方面，如臺灣文化協會會員至日本的旅外經驗書寫，即是透過印刷刊物的傳播以宣揚自由民主、世界思潮等新知。他們亦曾發表教育、人權、法律、自治、婦女、醫療與風俗等面向的論述，顯現文人的遊記蘊含面臨現代性思想的衝擊。

　　另一個橫跨數世紀辭典類的資料庫，為國家臺灣文學館籌畫的《臺灣文學辭典》，現有三千多條詞條，此資料庫的檢索系統可以依

依人物／團體、地區、時代瀏覽資料庫。資料來源一為已經由中央與地方文化機關／單位收藏的公藏文化資料，二為尚藏於民間的文化資料。

38 廖炳惠：《臺灣與世界文學的匯流》（臺北市：聯合文學出版社，2006年），頁181-220。

類別瀏覽並查詢。資料庫的學術領域分為：日治時期、古典文學、民
間文學、兒童文學、原住民文學、戰後篇、戲劇。[39]這些工具性的文
學資料庫系統，皆有助於對臺灣文學史龐多基礎資料的蒐羅，並作為
理解的基礎。文學與文化的關係密切，客家文化委員會策劃的「臺灣
客家文學館」，包括龍瑛宗、吳濁流、鍾理和、鍾肇政、李喬、鍾鐵
民等作家，[40]這些作家到日本、中國等地的空間移動經驗，亦為現代
旅遊文學的研究提供若干資訊。

　　「臺灣清代官職表——臺衙全覽圖」據《臺灣地理及歷史・官師
志》，同時參考《臺灣慣習記事之臺灣行政組織表》所建置而成。包
含三大部分：（一）行政區域與官職間的樹狀圖：以時間為查詢，起
訖時間自1684（康熙二十三）年至1895（光緒二十一）年，列出該時
間臺灣行政區域的樹狀圖，繪製行政區域間的階層關係。（二）官職
查詢：由年代、最小地名、官職，或輸入年代、概略或詳細官名加以
查詢，顯示歷任長官的名稱，可直接顯示該人任官情形。（三）某歷
史人物的生平任職情形——人名查詢：直接輸入被欲查詢者姓名。於
資料庫中的人名查詢中鍵入「黃叔璥」，系統顯示黃叔璥為「直隸大
興人，康熙四十八年己丑進士」，其官名為巡視臺灣監察御史，任職
原文則為1722（康熙六十一）年差留一年。黃叔璥所歷任的官職則為
《清國史館傳稿3932號》、又曾擔任太常博士，中央研究院歷史語言
研究所《內閣大庫檔案》所記載的1748（乾隆十三）年的江南常鎮揚

---

39 分類目錄又包含：人物形象，文學術語，文學運動、論爭、思潮、事件，文學團
　體，文學獎，出版者，合集、選集、全集，作品，作家，單篇作品，期刊、副刊，
　叢書、工具書等。

40 後增林柏燕、曾貴海、鍾延豪、杜潘芳格、謝霜天、利玉芳等作家，提供作家代表
　作品、客語詞彙庫、作家即時資訊、電子報、作家照片、手稿、影音資料，文學資
　料檢索、生平大事年表、作品繫年等資料，亦可全文檢索，且可查詢與客家文學有
　關的博碩士論文、期刊文獻、會議論文等研究書目。

通道僉事等九個官職。於資料庫中的官職查詢輸入「巡視臺灣監察御史」，系統除說明其職務為統轄全島文武官員，亦列出康熙、雍正及乾隆三朝中歷任此職人名，起自1722（康熙六十一年）的吳達禮和黃叔璥，到乾隆四十六年的塞岱和雷輪二人。

　　若欲探討十九世紀末期來臺的傳教士的事蹟與相關的主題研究，可參考真理大學建置的「馬偕與牛津學堂」數位典藏資料庫。1872年3月9日加拿大基督長老教會宣教師馬偕叡理（Rev. Dr. George Leslie Mackay）登陸淡水，作布教、教育及醫療工作。擇定淡水砲臺埔小山丘上，興建校舍，並親自規畫監工，1882年校舍建成後，為感念其家鄉安大略省牛津郡（Oxford County）居民的捐助，遂命名 Oxford College，中文名為理學堂大書院，後人稱之為牛津學堂。馬偕以宣教的目的，創立了新的教育制度，而使女性得以接受教育；又自西方引進新的文化、新的植物品種及新的醫療資源，及在大臺北地區建立了六十個基督長老教會組織，對北臺灣教會與社會發展有所影響。近年來馬偕相關研究漸增，為因應社會與學術界之需求，真理大學校史館將所珍藏的「馬偕來臺宣教歷年手寫日誌（三十份），十二本英文版，漢譯本的內容（電子文字檔）、馬偕宣教相關文物以館內珍藏達四百多幅相片，集結以馬偕的生平、教會工作、醫療技術引進、教育內容的改革等歷史相片與文物（約九十多種）等珍貴資料數位化公諸於世。並架構一永久性的專屬網站，作為馬偕研究之學術資料彙總結集之處，並探索此一基督宗教歷史傳承以及其對社會的互動關係。此數位典藏資料庫，提供有關十九世紀末年來臺的代表人物的珍貴史料，且建置「馬偕行腳導覽 GIS 地理資訊系統」的旅行路徑的資料，將當時利用徒步、乘船、搭火車等方式在臺的宣教路線，一一繪製出來。馬偕遠從加拿大來臺的主要目的在傳教，在醫療及教育上也對臺灣有所影響。他在回憶錄提到醫療使得更多人接受其傳教，並因此改

信基督教，且向親友作見證。[41]為了使學生日後成為偕醫館的助手，馬偕於1882年牛津學堂的課程中，除了教授神學，亦教導解剖學等醫學。[42]馬偕不只長期移居臺灣北部，更曾多次接觸噶瑪蘭、道卡斯、阿美、賽夏等族的原住民，他的旅遊日記透露臺灣原住民語言、傳說及風俗的重要史料。[43]許功名主編《馬偕博士收藏臺灣原住民文物》除了附照片解說馬偕的收藏外，亦收錄林昌華〈馬偕與臺灣山地原住民的第一次接觸〉、胡家瑜〈馬偕收藏與臺灣原住民印象〉等論文，呈顯馬偕相關研究成果。[44]資料庫所蒐藏的馬偕這些田野行旅紀錄，不僅可提供理解他個人行旅主題研究的時空背景，更是探討其觀看臺灣的方式，同時亦可作為研究臺灣教育史、醫療史或原住民文化的參考。

　　所謂機構典藏（Institutional Repository, IR），是指一個機構（大學）將本身的研究產出，如期刊及會議論文、研究報告、投影片、教材等，以數位的方法保存全文資料，並建立網路平臺，提供全文檢索與使用的系統。除各校本身系統外，並建立共同之臺灣機構典藏（Taiwan Academic Institutional Repository, TAIR, http://tair.org.tw）入口網站，作為國家整體學術研究成果的累積、展示與利用窗口。[45]若以「旅遊」　為關鍵字，可查詢到有402筆相關資料，點選進入後可看到資料多為旅遊規畫與觀光效益等相關研究論文。「網站典藏」（Web

41 G. L. Mackay 著，林晚生譯：《福爾摩沙記事》（臺北市：前衛出版社，2007年），頁305。

42 李捷金：〈臺灣早期的西醫〉，《臺灣醫界》第23卷第2期（1980年2月），頁27。

43 馬偕著，陳宏文譯：《馬偕博士略傳・日記》（臺南市：教會公報社，1972年）。

44 許功名主編：《馬偕博士收藏臺灣原住民文物》（臺北市：順益臺灣原住民博物館，2001年），頁54-77。

45 因此在臺灣機構典藏（TAIR）系統中，將可以同步檢索到存放在臺大機構典藏系統（NTUR）之所有學術資源。可依社群與類別、題名、作者、日期瀏覽。

Archives）主要致力於「選擇（Select）」、「蒐集（Collect）」、「保存（Preserve）」原始性網頁資料。「臺灣大學網站典藏庫」收錄內容及典藏範圍除臺大相關網站外，尚有政府機構網站、教育學術網站、藝文相關網站以及族群相關網站，包括原住民、客家、臺灣各宗親會網站及婦女團體、少數民族、弱勢族群，又收錄非營利社團網站，包括職業公會及工會、慈善團體、宗教團體（含臺灣傳統民間信仰及民俗團體）、其他非營利社團等。此外，更設定重大事件和重要人物二類為計畫典藏重點。[46]試以「旅遊」為關鍵字，內容多為各式旅遊的資訊，如：主題旅遊、生態旅遊等觀光的相關網站及路線規畫等資料。

五 結語

旅遊最終目的在於認識與回到自我，因而使個人的生命經驗更為豐富；旅遊體驗也是一種主觀的感受，個人的理解實來自旅遊過程的觀察、交流與哲學思索。旅行是空間的移動，空間移動展現於文學書寫之中，因而透顯創作者新的空間記憶。人若離開安穩的居所，暴露於外界劇烈的改變中，將易於察覺周遭世界的異質性，而必須改變自身的對應方式，因此與外在世界產生緊張關係，也呈現新的世界觀。臺灣日治時期旅外遊記的數量龐多，分別刊載於當時的報紙、雜誌。這些旅遊書寫呈現作者受到新時代的衝擊，以及觀看異地物質與精神文化的視角；也牽涉到空間移動、風土再現、記憶及認同、帝國與殖民心理機制、漂泊與離散等概念。若經由分析作者跨界旅遊差異的心理機制，則可詮釋因旅遊而發展出的比較國際觀及文化批判。

---

46 該資料庫的檢索方式分為展示、分類、查詢、推薦四大主功能。其分類為：（1）典藏類目；（2）主題探索；（3）典藏時代；（4）時光拉霸機；（5）地理瀏覽。

　　就廣義旅遊的動機而言，出外遊歷的原因雖然各有差異，包括高度的自我實踐，個人的利益；或為了政治性的、意識型態的、智慧性的本質，甚至於經濟的利益。這些旅遊的因素之所以會不同，通常取決於不同社會的環境，以及所反映的經濟和政治層面。遊記有助於理解作者的現代性體驗，如林獻堂遠至歐美，與臺灣相隔一大段空間距離，更容易感受到傳統與現代思潮的衝擊。筆者曾至霧峰參觀林獻堂文物紀念館，目睹一些手稿、檔案及文獻，並訪問家族後代，實有助於進入研究情境。今藉由資料庫蒐集代表性文人的旅遊書寫，並分類歸納外緣背景的檔案文獻，且參照田野資料，應有助於深化臺灣文人旅遊與文化主題的研究。目前許多資料庫具有全文（Fulltext）檢索、詮釋資料（Metadata）檢索等功能，使人文研究者在蒐覽引用、解讀史料的過程中，獲得即時、便利而極具效率的協助；且許多資料庫可下載翻拍或掃描後的文獻影像檔，提供研究者珍貴的史料。臺灣文學及長期積累的文獻，若能加以數位典藏並建置資料庫，則能增進資訊蒐集的效率；應用資料庫搜尋相關史料，將增加對旅遊文學主題研究的認知。

　　隨著資訊技術的日益精進，資料庫的檢索功能與附加檢視工具，能呈現多種資料的相關理路，如各式圖表、檢索結果呈現模式、檔案關係圖等，不但將龐雜的資料歸類，更可提供多元的研究面相與切入角度。此外，不同的資料庫間會因收錄文獻史料，以及建置者觀念取向的差異，而造成資料庫功能上的差別，並影響使用者應用資料庫的方式。如欲研究文學與空間的關聯，資料庫的功能則需提供文本中有關空間脈絡的分析，如詞頻、各種功能性的地圖或在空間中加入時間脈絡等。為了探討有關資料庫網路資源於旅遊文學史研究的查詢與應用，本節從旅遊文學的時間脈絡、空間移動以及旅者與主題的對話，探討資料庫提供哪些旅遊文學作品及其背景的研究素材。同時，期望

以臺灣旅遊文學史的角度為例，推廣人文資料庫的學術價值，並從使用者的需求分析多重應用的面向，而能作為未來相關資料庫建置的參考。

表2-1　本節所引資料庫一覽表

資料庫名稱	網址	建置單位
臺灣清代官職表（文官）	http://thdl.ntu.edu.tw/Career_tb/index.php	臺灣大學數位人文研究中心
漢籍電子資料庫「臺灣文獻叢刊」	http://www.sinica.edu.tw/~tdbproj/handy1/	臺史所史籍自動化室
Formosa──臺灣19世紀影像	http://academic.reed.edu/formosa/formosa_index_page/Formosa_index.html	Reed Institute 費德廉教授主持
馬偕與牛津學堂	http://www.au.edu.tw/ox_view/mackay/default.htm	真理大學
臺灣記憶──碑碣拓片資料庫	http://memory.ncl.edu.tw/tm_cgi/hypage.cgi?HYPAGE=about_tm.hpg	國家圖書館
智慧型全臺詩知識庫	http://cls.admin.yzu.edu.tw/TWP/index.htm	國立臺灣文學館
閩南語俗曲唱本「歌仔冊」全文資料庫	http://www.sinica.edu.tw/~tdbproj/handy1/	中央研究院計算中心
漢文臺灣日日新報	http://tbmc.com.tw	臺灣大學圖書館、漢珍數位圖書公司

資料庫名稱	網址	建置單位
新版國家文化資料庫	http://newnrch.digital.ntu.edu.tw	文化部、臺灣大學數位人文研究中心
當代名人手稿典藏系統	http://lit.ncl.edu.tw/	行政院文化建設委員會
臺灣文學辭典	http://taipedia.literature.tw:8090/	國立臺灣文學館
淡新檔案學習知識網	http://www.digital.ntu.edu.tw/tanhsin/	臺灣大學數位人文研究中心
臺灣歷史文化地圖	http://thcts.ascc.net	中央研究院計算中心、臺灣史研究所
臺灣歷史數位圖書館	http://thdl.ntu.edu.tw/	臺灣大學數位典藏研究發展中心
臺灣日治時期統計資料庫	http://tcsd.lib.ntu.edu.tw/	臺灣大學法律學院「臺灣法實證研究資料庫建置計畫」
日治法院檔案資料庫	http://tccra.lib.ntu.edu.tw/tccra_develop/	臺灣大學圖書館
臺灣好文學網	http://deptitl.ccu.edu.tw/literaturetaiwan/	國立中正大學臺灣文學研究所、國立雲林科技大學漢學研究所

資料庫名稱	網址	建置單位
臺灣社運史料資料庫	http://chilin.lib.ntu.edu.tw/RetrieveDocs.php	慈林教育基金會、臺灣大學圖書館、臺灣大學數位典藏研究發展中心、資訊工程研究所
臺灣大學網站典藏庫	http://webarchive.lib.ntu.edu.tw/	臺灣大學圖書館
臺灣大學機構典藏	http://ntur.lib.ntu.edu.tw/	臺灣大學圖書館
臺灣民間說唱文學歌仔冊資料庫	http://koaachheh.nmtl.gov.tw/bang-cham/thau-iah.php	國立臺灣文學館
地圖與遙測數位典藏計畫「臺灣旅行案內地圖」	http://gis.rchss.sinica.edu.tw/mapdap/?p=4843&lang=zh-tw	中央研究院
楊雲萍文庫數位典藏本歌仔冊	http://www.darc.ntu.edu.tw/newdarc/darc-frameset.jsp?c1	臺灣大學圖書館

第二節　臺灣歷史數位圖書館（THDL）於清治前期采風詩文研究的應用

一　前言

　　文學的功能除了增添人文素養以外，亦是重要的知識形式，為了解世界的方式之一。就臺灣清治前期古典文學而言，采風詩文呈顯十七到十八世紀中葉來臺漢人觀看臺灣的視角，流露作者書寫的策略。

清廷將臺灣納入版圖後，許多游宦或流寓文人實地觀察此「邊陲」之
地的風土民情，並懷著獵奇、教化或記錄居民處境等心態創作詩文。
這些采風詩文、樂府民歌及竹枝詞的書寫傳統，不僅具采錄風俗、探
訪民情的作用，有時亦隱含批判現實的功能。有關采風詩的外緣背
景，從故宮博物院收藏之月摺檔、宮中檔、軍機檔、諭旨，中央研究
院典藏之內閣大庫檔案、中國第一歷史檔案館的官方行政公文及民間
的契約書，蒐集第一手檔案資料。目前許多資料庫具有全文（Fulltext）
檢索、詮釋資料（Metadata）檢索等功能，提供人文研究者在蒐覽引
用、解讀史料的過程中，即時而具效率的協助。

　　文化詩學應該關注文本語詞所負載的意義世界，無論是文學文本
還是文化文本，多需通過語詞的關聯構成意義世界。[47]臺灣清治時期
采風詩文，具歷史文化的意義，值得再細加詮釋。然而，從近年來的
學位論文看來，大多陳述文獻所記錄的原住民文化，有關文人的書寫
動機、模式、目的及策略等面向的探析，仍有諸多學術空白。清治前
期留下如此多的采風詩作及檔案，這些不同樣態的文本，究竟透顯作
者具有何種視域？臺灣清治時期官員所扮演的角色，有些雖是帝國權
力的一環，但他們的作品亦有多篇具個人意識，故流露在體制下所發
出的多重聲音。

　　從漢文書寫的傳統，「奏議」此種文體雖是官方公文的一種，但
在格式化的字裡行間，透露作者的理念與視域。因許多奏摺後來收錄
於作者個人文集中，有些則可作為與其他作品參照之用，不僅有助於
說明背景脈絡，亦可應用於詮釋所謂的邊陲敘事。在這些作者之中，
漢巡臺御史皆為進士，並多具文史學養，上呈皇帝的奏摺多為個人所
作；至於若干不重文辭官員的奏摺以及其他檔案，則可視為探討歷史
文化的文本。研究文學發展常涉及時代背景，現有的資料庫能提供哪

47 李春清：《詩與意識形態》（北京市：北京大學出版社，2005年），頁16。

些搜尋臺灣采風詩文的外緣背景資料？本節擬結合臺灣大學數位典藏研究發展中心建置的「臺灣歷史數位圖書館」（THDL）及「臺灣清代官職表」等資料庫系統與工具，蒐集故宮博物院、中央研究院及中國第一歷史檔案館典藏的官方行政檔案，並以清治前期為研究範疇，分從幾個面向探討采風詩文的特質與文本意義，包括采錄的內容、如何表現以及書寫目的等。主要就《臺灣文獻叢刊》、《臺灣文獻匯刊》所收錄的采風詩文為研究素材，分析作者的生平、作品、學養與經歷的關聯為何？並探究這些族群文化接觸的題材，書寫原住民哪些風俗的差異？進而從作品的表現模式探討采風詩文如何敘事？又建構哪些移風易俗的論述？本節的目的在於以空間移動的概念，重新省思單一或定型化的臺灣邊陲論述，並分析采風詩文的敘事意義，進而呈現此時期文化情境的複雜面向。

二　THDL檔案於清治前期脈絡研究的應用

臺灣歷史數位圖書館目前仍持續收錄相關資料，並具有依作者、出處、分類、詞頻等進階檢索的功能。此資料庫也收錄未見於《臺灣文獻叢刊》的文集，如張嗣昌所著的《巡臺錄》，內容記錄他在臺灣任官期間的見聞與巡視經驗。[48]有些官員常互相引用彼此的說法，THDL 特別建置「引用」功能，將相互引用的奏摺與文件做連結，有助於對整起事件的理解。至於古契書收錄與比較，則可利用輸入地名或手契類別，查詢該書契的上下手契、相似文件，並觀察古書契之影像檔與全文。

---

48 THDL 某些文集收錄不全，如陳璸《陳清端公文選》，只選錄與歷史研究相關的篇章，一些較具文學性的文章時未收錄。若要研究單一人物或是某一時期的社會文化，詩文是重要的研究素材，所以這類的文學史料亦具收錄於資料庫的價值。

　　THDL 資料庫所收錄的檔案、史籍、古契書等資料，橫跨明清與日治時期，內容涉及臺灣經濟、政治、文化等面向。應用資料庫時需思考當時的用語，並了解時代社會脈絡，始能搜尋適宜的資訊。此外，在關鍵字檢索功能中，「檢索結果分布圖」能呈現年代分布的特色，有助於探討與歷史事件的關聯，引發更多的研究靈感。在「分類」的欄位，以「臣工奏事文書」為第一種分類，其下再以奏摺、附片、疏、題本等做為次分類，提供篩選所需檔案的功能，增進學術研究的效率；此外，又有皇帝諭令文書、機關官員往來文書等分類項目。倘若關鍵字的搜尋筆數過於龐大，卻又無法利用其他更精確的關鍵字縮小範圍，可使用上述的文件分類功能加以篩選。

　　若搜尋清代前期官員朱仕玠，得知生平、著述等資訊；如1763（乾隆二十八）年來臺的朱士玠所著《小琉球漫誌》，為擔任臺灣鳳山縣學教諭期間所作，此書參考方志及個人見聞而成。書中的〈泛海紀程〉及〈海東紀勝〉為標舉日期的遊記體，為以南部為主要活動範圍的書寫。以下各節，將列舉應用 THDL 的檢索方式，並詮釋其文學與文化意義。

三　文化想像的視域

　　本節先探討采風詩文作者的學養，有助於理解他們何以能撰寫出這些詩文作品；其次，分析這些詩文的內容所呈現的各種風貌，以詮釋其文化想像的視域。

（一）作者的學養經歷與寫作位置

　　朝廷使節所撰的詩，常體現天朝的聲音與姿態。[49]清治前期來臺

---

49 早在明代朝貢貿易制度確立之後，首先進貢的是琉球，一直到十九世紀以前，琉球

的文人及官員中，巡臺御史如使節般的身分頗為特殊。就職務而言，
他們與使節所負職務雖意義不同，但皆代表皇帝至海外疆土或朝貢
國，如此經歷影響他們觀看邊陲或藩屬的視域。其中漢籍巡臺御史皆
有進士功名，且史學素養高，多曾具編纂方志的經驗，是一群富歷史
感的宦遊官員。從 THDL 搜尋巡臺御史的資料，多可得知這些巡臺御
史亦擅長文學創作，旅臺期間曾撰以描繪臺灣山川風土為題材的作
品。如首任漢籍巡臺御史黃叔璥現存於世的學術著作，兼涉歷史、地
理、義理、金石目錄學、文學等領域。[50]第二任漢籍巡臺御史夏之芳
為1723（雍正元）年恩科進士，曾任內廷教諭，以御試第一入翰林
院，再轉都察院，因親老之故請假返鄉，後來擔任河南道御史。曾於
1728（雍正六）年欽命為巡臺御史兼理學政，因生平廉介，並積極整
頓政務，而留任一年。在臺兩年以栽培士子、振興文教為己任，先後
選取歲科試牘中的佳作，輯為《海天玉尺編》以供科舉士子參考。現
存著作有〈臺灣雜詠百韻〉、《漢名臣言行錄》十二卷及《禹貢匯覽》
等。他於〈臺灣雜詠百韻〉自言：「凡遇一邑經一社，必留意山海形
勢險隘之處，其人民土風有可紀者，必博為諮訪。」[51]此大型組詩，
多為夏之芳巡視見聞，故兼具文學與史料價值。[52]除了詩詞外，他於
雍正年間編纂《奏書稿畧》，為任官期間所撰的奏疏集。至於《理臺

朝貢始終不絕；中國也不斷派遣冊封琉球的使節。廖肇亨：〈長島怪沫、忠義淵藪、
碧水長流──明清海洋詩學中的世界秩序〉，《中國文哲研究集刊》第32期（2008年
3月），頁47-51。

50 有關黃叔璥及其著作的研究，參閱林淑慧：《臺灣文化采風：黃叔璥及其《臺海使
槎錄》研究》（臺北市：萬卷樓圖書公司，2004年），頁17-64。

51 袁行雲：《清人詩集收錄・卷二四》（北京市：文化藝術出版社，1994年），頁824-
826。

52 陳支平主編：《臺灣文獻匯刊》第4輯第18冊（北京市：九州出版社、廈門市：廈門
大學出版社，2004年），頁495-528。

末議》一書，輯其在臺為官時的言論，及理臺應興、應革事宜，惜今僅存其目。此書針對治臺政策提出見解，呈現他涉獵地理、軍事、原住民風俗等領域。離臺後又於1751（乾隆十六）年編纂《漢名臣言行錄》，其門人恒德於此書序中，讚揚其師因任官敢言、為人孝廉而獲好名聲。[53]全書共有十二卷，此書的體例大多仿《宋名臣言行錄》，其中「道學」條目另參《漢書》體例而改為「儒林」，[54]透露以古鑑今的著述目的，及其效法漢名臣志業與言行的用意。

又如滿人六十七，字居魯，1744（乾隆九）年任巡臺御史。[55]曾編纂《重修臺灣府志》、《臺海采風圖考》及《番社采風圖考》等，又著有《游外詩草》、《臺陽雜詠》等作品。《番社采風圖考》記載包括臺灣平埔族各聚落的生活起居、飲食習慣、耕田鑿井、禮讓等風俗，並命畫工繪為圖冊。另一位與他同期任職的漢御史范咸，1745（乾隆十）年任巡視臺灣監察御史兼理學政，在職兩年。[56]范咸著有《周易原始》六卷，另有《讀經小識》、《碧山樓古今文稿》、《玉堂蠹餘》、《柱下奏議》、《海外奏議》、《婆娑洋集》、《浣浦詩鈔》等。范咸與六十七曾共同主編《重修臺灣府志》，於1747（乾隆十二）年刊刻出版；此志講究體例，廣泛蒐採風土藝文，在眾多臺灣方志中頗具代表性。

漢籍巡臺御史張湄兼理臺灣學政期間，曾提出改革意見，如檢視

---

53 夏之芳：《漢名臣言行錄‧序》乾隆16年刊本，國家圖書館藏，頁1-3；《漢名臣言行錄‧總目》乾隆16年刊本，國家圖書館藏，頁1-2；《漢名臣言行錄‧凡例》乾隆16年刊本，國家圖書館藏，頁1-3。

54 至於將「道學」改為「儒林」的體例，亦呈現其對於漢代學術思想特色的掌握。

55 六十七的政績可參考杜正勝（1998：12-14）。

56 范咸，浙江仁和人。雍正元年（1723）四月舉鄉試，九月會試，十一月殿試，中進士，一歲之中連三捷。范咸主編：《重修臺灣府志‧職官‧官佚》，《臺灣文獻叢刊第105種》（臺北市：臺灣銀行經濟研究室，1961年），頁102。

實施原住民教化的成效，科舉考試嚴禁冒籍代考等事項，並仿效夏之芳《海天玉尺》輯臺灣士人文章的模式而編成《珊枝集》一書。張湄另著有《柳漁詩鈔》、《海吼賦》、《瀛壖百詠》等多部文學著作。又如另一位編纂科舉文集的漢御史楊開鼎，於1749（乾隆十四）年任巡臺御史期間，仿前輩夏之芳與張湄，亦擇臺灣士子之文，分門別類，評其甲乙等第，將這些文章編為《梯瀛集》。至於1751（乾隆十六）年來臺的巡臺御史錢琦亦兼理臺灣學政，且性好吟詠，著有《澄碧齋詩鈔》、《別集》。此外，永泰於1763（乾隆二十八）年來臺，著有《續登州府志》，王顯於1771（乾隆三十六）年來臺前曾參與《華亭縣志》的編纂。這些具有學術背景及創作能力的巡臺御史，不僅曾有纂修方志的經驗，在關於臺灣的詩文與著述中，亦呈顯其史學與文學對話的敘事意義。臺灣清治前期除了巡臺御史所作采風詩文以外，其他宦遊文人亦有詩作傳世。如陳璸曾於1702（康熙四十一）年來臺擔任臺灣知縣，後又曾任分巡臺廈兵備道，兼負按察使銜、學政，以掌理司法事務及科舉教育，同時又分掌布政使事務，以經理臺灣財政。[57]作品多收錄於《陳清端公文選》，其中〈臺廈道革除官莊詳稿〉陳述官莊「利在官而害在民」的種種弊病，其議經福建當局核可，官莊的名目始除去。[58]另一位宦遊文人董天工於1746-1750（乾隆十一～十五）年擔任彰化教諭，著有《臺海見聞錄》。〈漢俗〉一目特別標記「內地習見者不錄」，以呈顯在臺觀察風土的獨特性。1769（乾隆三十四）年來臺的朱景英任臺灣海防同知，掌管海口商船出入，並著有

---

57 陳璸：《陳清端公文選》，《臺灣文獻叢刊第116種》（臺北市：臺灣銀行經濟研究室，1961年），頁15。

58 清治初期「官莊」租賃收入歸文武官員所有，陳璸身為分巡臺廈兵備道，按例可得銀三萬兩。對當時年俸僅六十二兩零四分四釐，實為一筆豐厚的收入，而陳璸卻指出官莊的十種詬病，建議革除此名目。陳璸：《陳清端公文選》，頁19-20。

《海東札記》，在〈自識〉提及行旅臺灣南北路的經驗；此書分為方隅、巖壑、洋澳、政紀、氣習、土物、叢璅、社屬等目，呈現他的致用思想及其對風土的重視。[59]這些乾隆年間的宦遊文人筆記文集，亦蘊藏個人的寫作視域。

（二）原住民風俗差異的書寫

　　若從 THDL 搜尋清治時期文人記錄原住民風俗的史料，試以當時用語「番」為關鍵字檢索，得出結果高達9036筆。如何於龐大的史料中找尋所需的資料，需再與研究主題概念結合，如在檢索欄位輸入「番＋婚」或是「番＋織」等不同的關鍵字組成，[60]則能更精準地搜尋清治時期宦遊文人書寫有關原住民婚禮風俗或衣飾文化的文集等史料，也有助於理解清治時期臺灣教化政策對原住民風俗間的影響。於THDL 鍵入這些關鍵字組合，可依研究面向而調整，且能縮小搜尋範圍。此外，若欲研究清代官員於臺灣的地理、人群網絡，可使用資料庫的「詞頻與全文」模式。以錢琦為例，輸入人名後檢索結果中的「地名項目」欄位，顯示許多與臺灣有關的地名，其中包含一些原住民社名。透過這些臺灣地名出現的頻率，顯示錢琦身為巡臺御史視察邊陲的職責；而「人名項目」則呈現錢琦的人際網絡及地方的互動關係。

　　清治前期來臺官員對於與漢文化不一樣的風俗，感到興味盎然。他們親見當時平埔族各社技術文化、社群文化及表達文化的特色，於是以詩文采錄各聚落的人文記憶。如巡臺御使張湄與范咸的詩作皆高達百首以上，六十七〈北行雜詠〉組詩多刻劃原住民文化，其他巡臺

---

59 盛清沂：〈朱景英與海東札記〉《臺灣文獻》第25卷第4期（1974年），頁54-68。

60 在關鍵字中鍵入「＋」號，為 THDL 資料庫的檢索功能，此功能提供使用者於資料庫中同時檢索兩個以上的關鍵字，搜尋符合需求的文件。

御史如景考祥、楊二酉、立柱、錢琦、舒輅、書山、熊學鵬等，皆有
詩作傳世。顯然宦遊官員多不識原住民語，而以漢文再現平埔族聚落
風俗。

　　夏之芳擔任巡臺御史期間的奏摺，常對學政等治臺政策有所建
言，且提及原住民與漢人間互動的過程。[61]他在臺期間創作大量詩
文，內容亦呈現臺灣的地理及原住民人文風俗，多與奏摺內容相關。
夏之芳詩提到：「誰言番俗盡鴻濛，樸陋能將禮數通。少稚相逢多背
立，讓途讓畔有遺風。」此為記敘年輕平埔族讓路的傳統禮俗。又如
「南北行人樂自如，裹糧無事文儲胥。逢村供時羞論值，誇道醇風似
古初。」則是描繪大方供宿待客的善俗。夏之芳又提到：「舊俗長官
至各社，社中女婦必手製糕餌以獻，跪拜求納，受乃已。」不僅呈現
飲食文化的特色，更透露平埔族原初無跪拜儀節的生活模式，已因漢
人統治階層的到來而有所改變。夏之芳觀看高山族的雕飾紋身形容為
「任成牛鬼共蛇神」，又具體比擬「內社諸番氣未馴，如魔如鬼獨種
神。楂楂雞距工飛走，跳躍猿猱是比鄰。」多以漢人主觀的審美眼
光，呈現想像「異類」的身體觀。在表達文化方面，夏之芳曾寫道：
「小番通漢語，能彈月琴，作梆子腔。」描繪平埔音樂受漢樂影響的
景況，同時亦書寫「手製雲簫別有腔，吹來鼻息愛成雙。」形容原住
民鼻笛的特色及其於男女交往時的作用。清治采風詩文中常提到平埔
族特有的樂器，並充分描寫樂器形製、吹奏方法、聲調特色及表演目
的，此為原住民特殊的表達文化的具體形象。巡臺御史楊二酉〈南巡
紀事〉，則描繪阿猴、武洛諸社的風俗，他曾歌詠道：「牽手葭笙細，
嚼花春酒香。知能但耕鑿，真可擬羲皇。」比擬上古自給自足的純樸
社會，呈現原始主義修辭的特色。

　　若要研究清治時期原住民女性相關的議題，於 THDL 資料庫「明清檔案」輸入「番＋婦」關鍵字搜尋，共查得716筆資料。（如圖2-1）

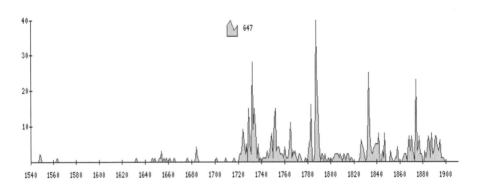

圖2-1「明清檔案」「番＋婦」檢索結果分布圖

資料來源：臺灣歷史數位圖書館資料庫http://thdl.ntu.edu.tw/

　　圖2-1為搜尋結果的年代分布圖，第一高峰為1787（乾隆五十二）年林爽文事件發生期間，綜觀這些檔案文獻中出現原住民女性「番婦金娘、留娘」等人的資料。與此民變事件相關的檔案為湖廣總督常青於1787（乾隆五十二）年審問金娘，供詞筆錄提到：「小婦人名叫金娘，年四十歲，是鳳山縣上淡水社番，曾招內地人洪標為夫。莊大田請小婦人做女軍師，每次攻打府城，小婦人帶一把劍在山頭念咒打鼓，假說神人保祐不受槍炮。三月初八日攻破鳳山，小婦人同去念咒，眾人就信果有法術。」[62]莊大田於鳳山響應林爽文起事，金娘身為女軍師後遭逮捕，一些奏摺回報押解她至京城的過程，顯示官方對此事件的重視。此外，清朝官員於奏摺中亦曾提到「生擒留娘等番婦

---

62 中國第一歷史檔案館：《天地會》第2冊（北京市：中國人民大學，1980年），頁257-259。

共八十二名」，[63]透露原住民女性於林爽文事件中的參與情形。除上述的文件高峰年代外，使用者可依研究方面，從文件分布的折線圖中，點選與研究相關度較高的年分，或是從不同的年代分布找尋研究靈感，再配合關鍵字的選用，應可獲得更多詮釋資料。

如以采風詩文中敘及臺灣清代早期平埔族女性為例，即呈現許多性別差異、裝飾文化方面的描述，依照研究需求從個別年分進行瀏覽，應可得到所需資料。如朱仕玠《小琉球漫誌》特別記錄原住民的種種風俗，書中所收「凡耕作皆番婦，備嘗辛苦，或襁褓負子扶犁；男則僅供餽餉。」即為婦女擔負照料幼子及犁田的寫照。此書又引范咸吟詠「水田黎婦盡春耕」的詩句，亦強調從事農耕勞動的景況。在衣飾方面，他又舉〈織布〉形容原住民女性織布的方式、姿態、織品及材料的多元性內容等，並描繪「達戈紋」的特色。此外，在行的方面，《臺海見聞錄》所載番俗中錄有「遊車」敘述以刺桐花開為紀年及原住民女性盛妝出遊的情景，又為飾物命名「紗頭箍名答答悠，瑪瑙珠名賓也珠。」以女性所戴紗頭箍的不同語音形塑異文化風情。[64]為了說明臺灣原住民以女性承家的特質，朱仕玠引用海外諸國文化相仿的記載，如〈南史〉記「林邑國」社會情況以女性為主，又引《瀛涯勝覽》記錄：「暹羅婦人多智，夫聽於妻。是東南諸彝多以女為重。」且提到〈吧遊紀略〉亦記載：「其國雌雞有距而司晨。」[65]這些皆是以各地的特例，映照平埔文化的社會面貌。

---

63 中國第一歷史檔案館：《天地會》第1冊（北京市：中國人民大學，1980年），頁394-396；張本政主編：《清實錄臺灣史資料專輯》（福州市：福建人民出版社，1993年），頁327-328。

64 董天工：《臺海見聞錄》，《臺灣文獻叢刊第129種》（臺北市：臺灣銀行經濟研究室，1961年），頁38。

65 朱仕玠：《小琉球漫誌》，《臺灣文獻叢刊第3種》（臺北市：臺灣銀行經濟研究室，1957年），頁80-91。

　　社會中分布最廣的儀式，多標示生命中基本而又不可改變的關口，各種族強調的禮儀重點有所差異，但是婚禮、葬禮與出生、成年禮儀式等，皆是普遍存在的生命禮儀。[66]在社群文化方面，有關婚姻習俗制度的敘述繁多，如張湄詩中所形容的婚前禮俗：「定情雖假白螺錢，麻達歌諧禮數捐。幾處社寮清月夜，鼻簫吹徹手隨牽。」又如范咸《重修臺灣府志》提到彰化縣平埔族訂婚習俗：「自幼訂姻用螺錢，名『阿里捫』」[67]以螺錢或其他物品為聘送訂，記錄平埔聚落聘禮的特色。有關訂婚習俗的敘事，除了呈現訂婚的社會經濟面，以及禮尚往來的習俗外，也藉由儀式表現出婚前慎重其事的態度。關於迎親禮的描繪，如董天工《臺海見聞錄》：「造高架坐婦於上，迎諸社中，以示終身不易。」在婚後禮方面，又提到：「番俗，成婚後，各折去上二齒，彼此易藏。成婚後三日，會親宴飲，各婦艷妝赴集，以手相挽，面相對，舉身擺蕩，以足下軒輕應之，循環不斷，為兩匝圓井形，引聲高唱，互相答和，搖頭閉目，備極媚態。」[68]「會親」的習俗使新娘得到親友的支援及祝福，並經由婚姻交換關係的建立，將陌生的人群納入日常生活的禮物交換系統中，以宴客等不同的生活方式，轉換彼此的關係，積極延伸既有的人際網絡。[69]在生命關口的各階段，新員須經一個結合儀式，使新參與社群的其他成員能夠體認到

---

66 比利時社會學家梵基尼（Arnold Van Gennep, 1873-1957）將此命名為「通過禮儀」（Rite of Passage），他以為這些儀式成立的要素是人的地位或身分的轉變。他並將此類生命儀禮模式（the pattern of the rites of passage）分為：一是象徵分離的儀禮（rites of separation）；二是象徵過渡的儀禮（rites of transition）；三是象徵結合的儀禮（rites of incorporation）（Gennep, 1960）。

67 范咸主編：《重修臺灣府志・職官・官佚》，《臺灣文獻叢刊第105種》（臺北市：臺灣銀行經濟研究室，1961年），頁438-441。

68 董天工：《臺海見聞錄》，《臺灣文獻叢刊第129種》（臺北市：臺灣銀行經濟研究室，1961年），頁36。

69 黃有志：《社會變遷與傳統習俗》（臺北市：幼獅文化事業公司，1991年），頁79-80。

一個新份子的加入；在新員離開舊群體時，其他成員也須先行聚集，來認可一個份子的脫離。[70]就平埔族而言，婚禮習俗各有特色並呈顯與漢人不同之處。董天工《臺海見聞錄》：「贅婿於家稱作『有賺』，生男出贅於人稱為『無賺』，以女配男以傳宗接代，一再傳而孫不識祖。」又引張湄詩：「再傳儘使孫忘祖，有賺惟知女勝男。」[71]記錄某些母系社會的親屬結構，呈現以漢人社群文化的主觀評論，並流露出父系社會傳承系譜的認知心態。

Mary Louise Pratt 在《帝國之眼：旅行書寫與跨文化移譯》一書裡，論及因科學與環球意識的擴增，而形成客觀化知識體系；致使異域不再是神祕、恐怖的鬼魅世界，而是具有豐盈資源之地。描述殖民地為蠻夷、落後、無價值的廢物等論述，為科學知識助長帝國擴張的文本例證。至於在地文化的反抗力量，則說明被殖民者並非完全被動，而是能改寫、重新詮釋強勢文化的主體（agents）。[72]現今所存清末平埔族貓霧捒社祭祖歌的手鈔本中，[73]傳達對社眾發出勿將自己的語言日漸遺忘的警言，為珍貴留存的原住民主體發聲的文本。臺灣文獻中有關漢人對原住民風俗的記錄，多見於黃叔璥《臺海使槎錄・番俗六考》，此書采錄許多抒情歌、頌祖及祭祖歌、飲酒歌、耕獵歌、祝年歌等多種用途的民間歌謠，呈現歌詞從居民生活取材的情形。這些歌謠是由漢人所采錄，雖以漢字記錄，但因擬各族的語音重現，保存平埔各部落的各種儀式、祭祖禮俗等表達文化的特色。

---

70 Van Gennep 生命儀禮的理論，後經學者再延伸詮釋，參見余光弘（1986）。

71 董天工：《臺海見聞錄》臺灣文獻叢刊第129種（臺北市：臺灣銀行經濟研究室，1961年），頁31-40。

72 Mary Louise Pratt, *Imperial Eyes: Travel Writing and Transculturation*t (New York: Routledge, 1992), pp.1-3.

73 宋文薰、劉枝萬：〈貓霧捒社番曲〉，《文獻專刊》第3卷第1期（後改名為《臺灣文獻》，1952年），頁1-4。

四　邊陲敘事的表現策略

　　清治時期官員跨越黑水溝遠到臺灣這塊邊陲之地，所創作的詩文多透露作品與空間權力的關聯。如「八景詩」的作者在山水之間旅遊與作詩，不只是一種單純的遊覽；他們將自然的模式用文字的比喻或命名掌握，這種在山水間放置文字，尋求自然秩序的努力，其實就是文明的傳播。如此用文字刻劃空間的實踐，就是「文明」最基本的組成元素。[74]除了八景詩具有格式化的寫作模式，且蘊含文化意識之外，采風詩文則多以族群接觸為題材，不僅以組詩的形式呈現，也透顯作者內在的意識。本節以表現模式與移風易俗的論述為例，分析詩文中邊陲敘事的表現策略。

（一）采風詩文的表現模式

　　臺灣清治時期的文獻中常見將原住民性格「污名化」的敘述，形容其凶暴性情如同豺狼，並以傷人為樂，每逢風雨之夜便出山擾害良民。這些書寫多充斥模式化的帝國話語，如1726（雍正四）年巡臺御史索琳的奏摺提到：「在北路水沙連一帶的兇番屢出傷人，南路則是傀儡兇番傷人為多。」[75]指稱原住民為「蠢爾醜類」，認為若不圍剿以昭示朝廷天威，即無法有效懲治各番社，並使其歸化。索琳對於原住民的治理採取軍事鎮壓，如此將原住民刻板化的印象書寫，在奏摺中俯拾即是。官方常以統治階層的利益為考量，分化漢人、原住民之間的關係，奠定統治者權威，這些奏摺多指出臺灣「民番雜處」造成治

74　林開世：〈風景的形成和文明的建立：十九世紀宜蘭的個案〉，《臺灣人類學刊》第1卷第2期（2003年），頁16。

75　索琳：〈為奏臺地生番滋事事〉，《宮中檔雍正朝奏摺》第六冊（臺北市：國立故宮博物院，1977年），頁764-765。

安不良，以及地方控制力不足的問題，於是中央制定許多原住民政策以達到統治穩定目的。巡臺御史的奏摺不僅蘊含清帝國的原住民治理策略，亦透露官員如何觀看邊陲風俗的想像。

為了突顯原住民與漢人風俗的差異，官員常以對比的手法，敘述其親屬關係，如「況番俗行同獸類，親姪作婿，堂妹為妻，生子嫁歸婦家，招婿同於娶媳，顛倒牽混，與內地倫紀迥不相同。」[76]以漢人的社群、組織作對照，呈現不符倫常的親屬結構，皆流露出漢人中心的個人偏見。1792-1805（乾隆五十七～嘉慶十）年來臺任嘉義縣令等職的翟灝形容高山族為「衣不蔽體，略具人形」，並認為他們是「化外之民，禽聚而獸行者」。[77]覺羅滿保亦提出：「至於熟蕃村落，納賦甚是守法；而生蕃則如野獸，隱居大山之中，見人即殺，向不出山。熟蕃愚昧且老實，不好滋事。」[78]等敘事，則是以生番、熟番對比的書寫模式，劃分兩者的性情、長相、習性，甚至納稅等諸多面向的差異。

刻板印象想要形塑的對象主要是他者（the other），目的是為了控制含混狀態與設定疆界。他者及非我族類為陌生、神秘，其意義難以掌握，因此具有危險性，必須加以圍堵、控制，或放逐到邊陲地帶。將他者刻板化，正好可以否定其異質性與個體性，也就是否定其歷史。刻板印象正是處理因自我與非我（即他者）的分裂所造成不穩定狀態的一種方式，目的在保留監控與秩序的幻覺。種族刻板印象正是種族歧視思想與行為中最常見的形式之一，本身即是一種高度總體化

---

76 福州將軍阿爾賽等：〈為恩請頒諭令概免搜查臺番作歹案內眷屬事〉，《宮中檔雍正朝奏摺》第二十三冊（臺北市：國立故宮博物院，1977年），頁696-697。

77 翟灝：〈生番歸化記〉，《臺陽筆記》，《臺灣文獻叢刊第20種》（臺北市：臺灣銀行經濟研究室，1958年），頁7-8。

78 覺羅滿保：〈為防臺灣人士互相械鬥已派兵前往巡察事〉，《康熙朝滿文珠批奏摺全譯》第1版（北京市：中國社會科學出版社，1996年），頁1501。

與概括化的過程，是泯滅個別的差異，模糊個人的獨特面貌，納入固定分類，代之以定型，並重複、強化種族偏見的結果。刻板印象不僅助長邊陲化，更是一種思想怠惰，其背後所潛藏的其實是對踰越行為的恐懼。[79]對於原住民歧視之所以能夠深入社會形成集體的偏見，必須經年累月的規畫與設計。如清治前期采風詩文中，原住民形象的塑造，須經過書寫細節、列舉實證、製造聲明等論述程序，並且透過社會文化機制進行教化，才能滲透並影響價值觀。

　　由於文學表達人類的情感、感知與存在意識，是人類精神的產物；而文化人類學則是研究人類社會中的行為、信仰、習慣和社會組織的科學，二者都屬於人文學科的範圍。傳統的文學研究著重的是文本，而人類學則著重過程。文學人類學研究就必須既著重文本，又著力於文學的、文本的形成過程。[80]一些宦遊官員的詩常具體描繪關於原住民風俗民情的題材，他們能創作這些具人類學內容的詩文多受其巡視或行旅經驗的影響。如夏之芳記錄當時西拉雅族的原住民以鵝管沾墨汁，仿西方由左而右書寫，負責謄寫出入簿籍。在衣飾方面，則描寫原住民在髮髻插上雉毛銅鈴的裝飾，以及男子認為細腰利於快走而「束腰」的習俗。此類不同於漢文化的審美觀，在漢人眼中自然是相當奇特的現象，也因此成為入詩的題材。原住民常捷走，此項特質作為競技項目及賽事，稱之「奪標」。夏之芳描繪平埔族男子快走如風的生動形象，以及參賽者身繫鈴鐺，隨著行走而發出的銅鈴響聲，有如駿馬奔騰的氣勢。此外，平埔族男性未娶者「麻達」在傳遞公文的過程中，繫在手腕的銅釧因疾走而發出悅耳聲響，多為夏之芳風俗詩具象的表現作法。

---

79 李有成：《踰越：非裔美國文學與文化批評》（臺北市：允晨文化公司，2007年），頁11-12。

80 樂黛雲、李亦園：1998：42

　　若欲搜尋清治初期沙轆地區原住民土地的交易情形，以沙轆為關鍵字搜尋 THDL 資料庫，共可找到一百二十五筆相關古契書。首先以年代先後排序，能有效瀏覽清治初期沙轆地區的古契書，呈現文件的歷史脈絡。許多古契書因抄寫遺漏及文件保存完整度的問題，可能會有兩份以上標題相似，內容卻又不盡相同的古契書，亦可使用「文件相似度」的比對功能，以正確地篩選史料。例如1813（嘉慶十八）年沙轆地區有兩篇內容類似的古契書，分別歸屬於「臺灣中部平埔族古文書的數位典藏資料庫」與《清代臺灣大租調查書第五冊》，透過文件比對功能的應用，發現其相似度為零點九五六。進一步從內文比較得知差異不大，然前者為古契書原件掃描後建立的文字檔，內容較完整；後者則為選錄後的文字呈現，內容稍有遺漏。此篇契約內容顯示，遷善南社的通事六萬海擁有一塊繼承自祖父的土地，位於沙轆街東畔。他以銀二十四大員的價格，出售給王雙鯉進行開墾，交易過程由代筆人陳德協助。[81]漢人收購原住民土地，契約的代筆者多為漢人，呈現原住民喪失土地的過程。對照平埔族的自我書寫，如沙轆社的土官嘎即雖然雙目失明，仍盡力約束指揮口授族人，當有人想要出售肥沃的土地以作為水田時，嘎即表面虛應，但私下卻語重心長的叮嚀族人：「祖公所遺，祇此尺寸土，可耕可捕，藉以給饔飧、輸餉課；今售於漢人，侵占欺弄，勢必盡為所有，闔社將無以自存矣！我與某素相識，拒其請將搆怨，眾為力阻，無傷也。」[82]縱使嘎即具有憂患意識的勸阻，然而各社在徭賦壓力等種種原因下，仍脫離不了日漸喪失其土地所有權的困境。如此以原住民第一人稱觀點的陳述，呈

---

81 國立臺灣大學：臺灣歷史數位圖書館檔名：ntul-od-bk_isbn9789570000022_0083200 833.txt（臺北市：國立臺灣大學，2010年）。

82 黃叔璥：《臺海使槎錄・卷八／番俗雜記》，《臺灣文獻叢刊第4種》（臺北市：臺灣銀行經濟研究室，1957年），頁128。

現主體發聲的意義。這些各類文獻，也透露沙轆社土官嘎即的憂慮所反映的歷史實情。

（二）移風易俗的論述

人作為書寫的主體，往往帶著有關空間的記憶或想像，在不同的地域空間、文化場域、權力結構、歷史情境之間游走、遷徙、甚至越界，而激發或拓展作品中的意識流動與跨界想像。[83]清治時期大部分的官員多居臺南府，但某些官員有機會至各地巡視觀察、探訪民情。他們除了軍事檢閱的例行公事外，亦提及巡行過程中與原住民的接觸，透過詩文傳達移風易俗的論述。有時藉由親身宣講的方式，以鞏固帝國的統治，並達到移風易俗的效果。欲研究清治時期宦遊文人對原住民文化移風易俗的觀察，於 THDL 輸入「番＋教化」或「番＋禮」等關鍵字的組合，多能搜尋到豐富史料。若以文人的采風詩文為研究素材，資料庫的「詮釋資料欄位」有助於資訊的分類，例如從「出處」欄位擷取文人文集的分類，即可篩選所需資料；若欲針對移風易俗的政策做研究，藉由「臣工奏事文書」欄位及其次分類，或是選擇出處為宮中奏摺檔等行政檔案的文件進行瀏覽，則使搜尋結果得以聚焦。如福建分巡臺廈道陳璸於〈為條陳經理海疆北路事〉提議「立社學以教番童」，並認為「番雖異種，亦人類」，所以具體建議每社各設立一學官。同時，延請社師教導八歲以上的原住民學童，能習讀《孝經》、《小學》、《論語》等書，表現較佳者，地方官應破格獎進以示鼓勵。他認為歷來有名望賢明的人，往往不乏為原住民的身分，如此說法透露肯定原住民具可塑性的價值觀。陳璸所謂「今為之長養成就，將不擇地而生才，尤足以昭同文之化於無外。」上述的敘事，

---

83 王瓊玲：〈導論：空間移動之文化詮釋〉，《空間與文化場域：空間移動之文化詮譯》（臺北市：漢學研究中心，2009年），頁1-12。

與一些官員主張原住民「非人」的言論不同；如此認為原住民若接受
教育則可成為社會人才的理念，同時也流露其欲以儒學同化的論述。
陳璸更說明「禁冒墾以保番產」的重要性，因勢豪貪圖膏腴，混冒請
墾，縣官不加審查隨意發給墾照，並認為此現象造成臺灣社會治安、
族群衝突等問題，更突顯動亂的隱憂。他亦在文集中提到「除濫派以
安番民」，認為花紅的陋規多至四十到二百八十兩，由縣官勒索通
事，通事又向下對原住民索取，導致「日朘月削，以致舉家老少，
衣不蔽體、食不充腹；而又派買芝麻、鹿脯、鹿皮，搬運竹木，層層
搜括，剝膚及髓，甚為土番苦累。」若此情形長久持續，定會導致民
心生變，所以主張應立即革除這樣的陋規，以使原住民得以休養生
息。這些多是陳璸「親履其境，更目睹情形，細詢疾苦」而產生的論
述，[84]如此的采風文集呈現其田野訪查的心得。

　　文學人類學者提出傳統的文學批評術語，如模倣、隱喻、象徵、
寓言、再現之外，尋求能夠適應擴大的文學新術語，用以描述如官方
文件、私人文件、報章剪輯之類的材料，如何由一種話語領域轉移到
另一種話語領域。[85]今瀏覽一些清治時期臺灣文獻、檔案中的修辭，常
以負面書寫形容臺灣，這些評論臺灣民眾習性的修辭，加深帝國治臺
教化的合理性。采風詩文不僅是人文地景的描繪，也是風俗民情的蒐
集，以作為掌控地方的依據。作者日後藉由采風詩文作為閒暇漫談的
資料，並期盼在敘述過程中使友人身歷其境。如 Marianna Torgovnick
於 *Gone Primitive: Savage Intellects, Modern Lives* 書中首章指出，原始
主義是種族幻想與種族中心主義的交互作用。原始（primitive）指涉
「舊式的」、「傳統的」、「非西方的」以及「他者」，也常暗指「初始
的」、「純潔的」、「簡單的」，通常使人間接聯想到「孩童時期」與

---

84 陳璸：《陳清端公文選》，頁15-17。
85 葉舒憲：《文化與人類學》（北京市：社會科學文獻出版社，2003年），頁149。

「未成熟」。原始物事如孩子般極易被馴服與塑造，在這些對原始社會與對象的誤讀中，「他者」被再現時，往往避開統治過程中物質剝削與血腥歷史的呈現，卻將焦點放在為異國情調所想像出來的虛構事物。[86]采風詩文呈現作者治理觀點，除了提出懷柔政策外，也描繪原住民的穿著、居處、飲食、文書等生活方式，想像臺灣原住民「其風猶可近古也」，[87]宛如遠古時代的漢人社會。官員采錄風俗時，有時因各具敘事觀點，而呈現不同的論述。采風詩作提供緩和對臺灣的恐懼與疑惑、及懷古般對異域地理空間的熟悉感，並蘊含以教化為主的視域。

臺灣清治時期官員藉由法令規範，或歌謠傳唱方式羅列禮節的細節，以達移風易俗的目的。如福建分巡臺灣道張嗣昌於《巡臺錄》提到「欲化移原住民氣質」，所以令使府廳縣官吏傳諭，將「圈耳、紋身、繡面、披髮之舊習，盡行禁絕，教以衣帽之儀」，尤其要求各社土官必須先行穿戴，作為一社的表率，其餘男女均不許裹布赤身。至於「番婦尤當示以廉恥，男娶女嫁務聽父母之命，更憑媒妁之言，毋許野合，致垂風化。」並要求婚姻、喪祭、宴飲皆照一般漢民的禮俗進行，至於弓箭、鏢刀等器物，亦不准隨身攜帶。又為了各縣能有效奉行，所以廣發「勸番短歌」，每戶一張，每社再發給通事、社丁各一張。這首勸番歌全文為：

> 諭爾番黎，沐化已久，如何陋習，至今尚有。繡身紋面，裸體露醜，環耳披髮，又加酗酒。種種頑風，斷不宜狃，開墾田園，子弟耕耨。何必捕鹿，弓矢棄手，著衫穿褲，不類禽獸。

---

86 Marianna Torgovnic, *Gone Primitive: Savage Intellects, Modern Lives* (Chicago: University of Chicago Press, 1990), pp.10-21.

87 黃叔璥：《臺海使槎錄・卷八／番俗雜記》，頁169-170。

孝順父母，分別長幼，要識廉恥，男女勿苟。再毋妄為，自取
其咎，三尺具在，法所不宥。[88]

　　從歌詞中觀察當時官員對於原住民的偏見，不僅先貶抑原住民的
身體、外觀及飲酒等習俗，又言教化的成效以鞏固其合理性，甚至借
重神明及法律的權威。這些皆是以強勢漢文化對他們進行思想與行為
上的改變，而達到移風易俗作用的顯例。至於有關原住民文化變遷的
論述，如朱仕玠《小琉球漫誌》提到：平埔族至十八世紀中期因漸被
聲教，男婦與漢人的衣飾已無差異。文集中甚至出現「以文身命之祖
父，忍痛刺之，云不敢背祖也」的觀察記錄，紋身本為原住民傳統習
俗，但朱仕玠卻以漢人眼光，將此種表現詮釋為緬懷祖先的象徵。於
是形容當時平埔族婚姻禮俗的情形為：「亦有學漢人娶女，不以男出
贅者；至漢人牽番女，儀節較繁，近奉嚴禁，其風稍息。」記錄平埔
族「漸學漢人」社群文化變遷的樣態。他又記錄平埔族聚落從前無
「鄉賓禮」，「近來漸摩禮教，亦求舉行。」不僅如此，又贈以匾
額，其上原本顯示「社采舞生」等字，後刪「社」字，呈現「齊式」
的意旨，也透露同化政策影響的層面。朱景英《海東札記》也提到：
「近或衣衫履襪，彷彿漢製。南路番婦竟有纏足者。」[89]平埔族婦女
纏足現象亦是受到漢人的影響而改變其原有的風俗。
　　清朝的帝國主義是透過武力對外侵略，並由帝國中心遙控領地，
領土內雖有不同人種，但清帝國欲以漢化方式弭平各民族的差異。[90]

---

88 張嗣昌：《巡臺錄》，《續修四庫全書‧史部，政書類》第881冊（上海市：上海古籍
　　出版社，1995年），頁639-640。

89 朱景英：《海東札記》，《臺灣文獻叢刊第19種》（臺北市：臺灣銀行經濟研究室，
　　1958年），頁57-63。

90 Emma Jinhua Teng, *Taiwan's Imagined Geography: Chinese Colonial Travel Writing and
　　Pictures, 1683-1895*, pp.8-10.

巡臺御史的奏摺中常可見推行漢化的成果，如錢琦的奏摺如此描述：
「凡經過村社，隨時喚集耆民及通事、土目、番童、番眾人等，一一
宣布皇仁，開誠撫諭，捐備煙布、紙筆、銀牌等物，逐加犒賞，莫不
踴躍歡欣」。[91]官員巡視部落多照例給賞平埔族民眾，期以物質的贈與
達到撫綏的作用。從奏摺或文集中常以「感被德化」的官方套語及敘
事看來，透露官員欲以懷柔手段，達到籠絡人心的功效與教化目的。

五　結語

　　THDL 為具後分類的資料庫，詳列檔案的年代、出處、詞頻，有
助於快速得知資料的時間順序，並系統性歸類資料來源，有助於增進
學術研究的效率。空間的移動大多是人與外在世界互動關係的轉變，
使人發展出與過去不同的生活模式，因為人一離開原有的生存環境，
人與環境之間便會產生異質性。來臺文人的邊陲論述實非單一化，故
以空間移動的概念，重新審視臺灣清治前期采風詩文的詮釋面向。為
分析臺灣清治前期采風詩文作者的書寫策略，故先探討其學養經歷與
寫作位置，將研究對象聚焦於宦遊文人與原住民之間，以蒐羅族群文
化接觸的題材為主要的研究範疇，並詮釋「他者」書寫主題的意涵。

　　就采風詩文的表現模式而言，作者常以對比的手法，突顯原住民
與漢人風俗的差異並蘊含以教化為主的視域。例如對於平埔族親屬關
係的評論，或貶抑原住民的身體外觀以及技術文化、表達文化等習
俗，多流露以漢人為中心的個人偏見。檢視奏摺中有關原住民的敘
事，大多以污名化的方式呈現；雖然有些官員能親身感受平埔族居民
的生活處境，並為這些民眾的困境發聲，可惜此類文本的數量較為有

---

91 錢琦：〈為恭報巡察南路情形仰祈睿鑒事〉，《宮中檔雍正朝奏摺》第二冊（臺北
　　市：國立故宮博物院，1982年），頁27-28。

限。許多宦遊文人為實踐文明化的使命感，所以藉由親身宣講教化的方式，以鞏固帝國的統治；奏摺或文集中亦常出現「感被德化」的官方套語及敘事，顯示統治者欲以懷柔的手段，達到籠絡人心與教化的目的。張嗣昌〈勸番短歌〉甚至借重神明及法律的權威，以強勢漢文化企圖改變原住民的思想與行為，以達成移風易俗的效果。這些采風詩文不僅多強調教化的成效，並藉由修辭鞏固其統治的合理性。

運用 THDL 資料庫空間與時間脈絡化的功能，歸納原住民風俗差異及移風易俗等主題面向，有助於清治時期文化視域的研究。在清帝國統治的邊陲，常產生高壓、強制、不平等、衝突、移動、流離等現象，且其區域間的差異非屬同質。臺灣清治時期官員與文人的空間移動中，產生族群哪些位階關係，仍有諸多相關議題值得開拓。從清治初期采風詩文看來，不僅記錄作者的移動經驗，亦透露對異文化與陌生事物的想像。這些文本與所謂的「真實」可能有一段落差，但卻具有探討空間移動書寫時代性的文化意義。文化端賴國家權力的扶持或介入才能形成霸權，國家則希望透過文化權力的滲透，進一步壟斷、散布、延續國家意識形態，鞏固國家權力的合法性，並維護既有的法律和社會秩序。[92]宦遊文人生產文本的過程，也同時形塑帝國的文化權力，透過某種文化區分將異己壓抑或邊緣化。本節分從幾個層面加以探討：先分析 THDL 檔案脈絡的應用，再就作者的學養經歷與寫作位置、原住民風俗差異的書寫，爬梳作者與作品文化想像的視域。最後評論邊陲敘事的表現策略，以理解采風詩文的表現模式及移風易俗的論述。期望能透過重新詮釋這些因空間移動而產生的采風詩文，以呈現作者觀看臺灣的角度，及空間移動經驗與文化脈絡間的關聯。

---

92 李有成：〈帝國與文化〉，《在理論的年代》（臺北市：允晨文化公司，2006年），頁207。

第三節　觀看海外邊陲：巡臺御史的論述策略

一　前言

　　清廷將臺灣納入帝國版圖後，許多文人、官員陸續渡海來臺，其中「滿漢監察御史巡察臺灣」（簡稱巡臺御史）擔負從中央欽命到「邊陲」巡視的任務。如此空間移動的經驗，影響到這些宦遊文人治臺建言的面向，他們的書寫也成為清廷建構及想像臺灣圖像的參考。巡臺御史具直接上奏皇帝的職責，這些行政為遠端中央遙控地方的檔案文獻，傳達帝國統治臺灣的策略。除了軍事或治安政策的層面外，這些另類文本也蘊含有關文教與風土民情的記錄；許多巡臺御史實地觀察臺灣習俗，並懷著獵奇、教化或記錄居民處境等心態創作詩文，目前仍存諸多學術議題以待研究者開拓。

　　有關單一巡臺御史的研究成果，如許雪姬〈首任巡臺御史黃叔璥研究——試論其生平、交友及著述〉（1978），或林淑慧《臺灣文化采風：黃叔璥及其《臺海使槎錄》研究》（2004），詳論首任巡臺御史的生平經歷、著述，並詮釋其人其書於學術史上的意義。劉麗卿〈巡臺御史六十七在臺期間（1744-1747）之詩作論析〉，則針對滿人巡臺御史六十七的詩作題材及風格特色加以分析。就制度面的研究而言，何孟興《清初巡臺御史制度之研究》（1989）、李祖基《清代巡臺御史制度之研究》（2003）及尹全海《清代渡海巡臺制度研究》（2007）析論巡臺御史設置的緣由、演變過程，及其在臺灣政治運作中所扮演的角色功能及職權的特殊性。因巡臺御史亦為宦遊文人，回顧近來研究成果多論及宦遊詩中的情志表現、懷鄉意識以及權力視域等人文空間的詮釋，或是重於作者的文學表現手法與人際關係、文學網絡的考

證。[93]巡臺御史的書寫涉及關於歷史脈絡、修辭策略及內在意識等，這些兼具文學與文化論述的議題頗值得研究。綜觀近來宦遊文人及其詩文研究，未專論巡臺御史論述與作品中的具任務型的行旅經驗及文化語境。行旅巡視的書寫牽涉到空間移動論述，相關的研討會如漢學研究中心主辦的「空間移動之文化詮釋國際學術研討會」以及近年舉辦的旅遊書寫研討會與專題期刊論文，已積累相當的成果。[94]綜觀有關臺灣的旅遊書寫研究，若將焦點集中於清治前期，將發現十七世紀末到十八世紀中葉巡臺御史的書寫所牽涉的議題廣闊，至今仍留有諸多學術空白尚待考掘。

　　1721（康熙六十年）朱一貴事件後，清廷檢視治臺諸項措施，其中包括如何對於遠在海外的官吏作有效督察，並迅速得到臺灣島上的一切信息，以即刻謀求對策，為當年需即時處理的議題，巡臺御史於此背景下應運而生。原初設立「滿漢監察御史巡察臺灣」的動機，是清廷企圖調整制度，以加強治理臺灣的一項新政策。其用意在藉御史的往來臺灣，一方面轉達朝廷旨意，一方面直接奏聞臺灣民情。[95]關於巡臺御史任命的方式，最初於每年四月，由都察院從各部科道官員

---

93 相關期刊論文有：吳毓琪、施懿琳：〈康熙年間臺灣宦遊詩人的情志體驗探討〉，《臺灣文學研究學報》，第5期（2007年10月），頁9-33。李知灝：〈權力、視域與臺江海面的交疊——清代臺灣府城官紳「登臺觀海」詩作中的人地感興〉，《臺灣文學研究學報》，第10期（2010年6月），頁9-43。林淑慧：〈臺灣歷史數位圖書館（THDL）於清治前期采風詩文研究的應用〉，《數位人文在歷史學研究的應用》（臺北市：臺大出版中心，2011年），頁137-155。

94 2008年3月26至28日舉辦的「空間移動之文化詮釋國際學術研討會」，會後彙集成《空間與文化場域：空間移動之文化詮釋》一書。此外，在2009年12月3、4日中央研究院中國文哲研究所舉辦「行旅、離亂、貶謫與明清文學」學術研討會，亦發表多篇與主題有關的論文。

95 國立故宮博物院編：《宮中檔雍正朝奏摺》第二冊（臺北市：國立故宮博物院，1977年），頁59。

（給事中）遴選滿、漢籍各一名，請清帝核派。此制度自1722（康熙六十一）年到任，到1788（乾隆五十三）年停派，歷經聖祖、世宗、高宗三朝，前後達六十七年，期間共派遣四十七位滿漢科道官員。[96]巡臺御史如使節般的身分頗為特殊，他們與使節所負職務意義雖不同，但皆代表皇帝至海外疆土或朝貢國，如此經歷影響他們觀看邊陲或藩屬的視域。檢視巡臺御史歷年重要著作並探討他們的學養視域，發現多具有學術背景及創作能力，其邊陲論述亦具多元面向的文化意涵；他們不僅曾有纂修方志的經驗，在有關臺灣的奏摺與著作中，亦呈顯其史學與文學對話的敘事意義。舉例而言，巡臺御史夏之芳《臺灣雜詠百韻》昔日因未見全貌，故研究者有限，今《臺灣文獻匯刊》已蒐齊此一百首的大型組詩。[97]另雍正年間編纂《奏書稿畧》，筆者從中研院傅斯年圖書館善本書庫所珍藏的版本，實際比對每篇內容得知為保存其任官所撰的奏疏集。[98]離臺後於1751（乾隆十六）年所編纂的《漢名臣言行錄》，目前藏於國家圖書館善本書庫。（書影如圖2-3）此書〈凡例〉提到的體例大多仿《宋名臣言行錄》，然書中「道學」條目，另參《漢書》體例而改為「儒林」。[99]從《漢名臣言行錄》的內容與所擇取的名臣，透露夏之芳以古鑑今的著述目的，且具效法

---

96 何孟興：《清初巡臺御史制度之研究》（臺中市：東海大學歷史學研究所碩士論文，1989年），頁45。李祖基：〈清代巡臺御史制度研究〉，《故宮博物院院刊》第2期（2003年），頁38-45。

97 劉良璧《重修福建臺灣府志》載其〈臺灣巡行詩〉三十八首，陳壽祺《重修福建通志》錄有三十九首，為數最多。《全臺詩》從各方志文集中輯錄共五十八首，郭秋顯於〈夏之芳「紀巡百韻」輯佚考錄——「全臺詩」指瑕考辨之一〉，對這些詩的輯佚作考辨。由中國廈門大學出版社所編訂《臺灣文獻匯刊》第四輯第十八冊以〈臺陽紀遊百韻〉為題名，將夏之芳《臺灣雜詠百韻》一百首收齊。

98 《奏書稿畧》其中四篇與臺灣有關如：雍正六年五月、雍正六年八月、雍正七年三月各有一篇〈公陳臺灣事宜疏〉、雍正七年三月則有〈陳臺灣學校事宜疏〉。

99 夏之芳：《漢名臣言行錄・凡例》（臺北市：國家圖書館藏，1751年），頁1-3。

漢名臣的志業與言行的用意；至於將「道學」改為「儒林」的體例，亦呈現對於漢代學術思想特色的掌握。諸如此類著述內容，透露作者的人格特質，有助於進一步理解其作品的意義，並補足第二任漢巡臺御史的學術空白。

就漢文書寫傳統而言，「奏議」此種文體雖是官方公文的一種，但在格式化的字裡行間，仍蘊含作者的理念與視域。因部分奏摺後來多收錄於作者個人文集中，有些檔案則可作為與其他作品參照之用，不僅有助於說明背景脈絡，亦可應用於詮釋邊陲敘事的意涵。漢巡臺御史皆為進士，並具文史學養，上呈皇帝的奏摺多為個人所作；至於若干不重文辭的官員奏摺以及其他檔案，則可視為探討歷史文化的文本。閱覽這些文本不禁引人思考：究竟臺灣於清帝國統治期間，巡臺御史提供何種訊息給中央？他們又如何選擇再現觀察統治的種種面貌？這些奏摺、檔案及詩文建構哪些是對異地的想像？為釐清上述問題，擬應用臺灣各圖書館或研究機構所典藏資料及檔案，如臺北故宮博物院收藏的月摺檔、宮中檔、諭旨、軍機檔等，以及中央研究院典藏的內閣大庫檔案；亦查閱中國第一歷史檔案館編《雍正朝漢文硃批奏摺彙編》、《乾隆朝上諭檔》、《乾隆帝起居注》及《臺灣文獻叢刊》、《臺灣文獻匯刊》等史料。擇取幾位較具代表性漢巡臺御史黃叔璥、夏之芳、索琳、錢琦、張湄、范咸、楊二酉與滿巡臺御史吳達禮、禪濟布、赫碩色、六十七等人的論述及文本為研究的素材，爬梳諸多第一手文獻，且參照文學與文化的脈絡，以詮釋邊陲巡視的論述策略。

二　視察經驗的建言

朱一貴事件全臺多處響應，對清廷造成莫大的衝擊，也因此引起

朝廷之間對臺灣文、武官制度的檢討。[100]清廷認為臺灣是「海外要區，民番雜處，習尚悍戾」，巡臺御史的設立具有「表正風俗，稽查彈壓」的功能，能發揮「聯海外于內，使之血脈流通呼吸相應」的效果。巡臺御史的主要任務之一，便是檢閱營伍和兼理學政，因此其關防有二：一為欽察巡查臺灣官兵關防，一為提督學政關防。[101]現存明清檔案蒐羅諸多巡臺御史的奏摺，若應用「臺灣歷史數位圖書館」（THDL）資料庫加以查詢，將可尋得官方公文檔案主要關注的主題。於「明清檔案」「文件檢索」欄位輸入「巡臺御史」後，以圖2-2呈現所得檢索結果的詞頻分布。

圖2-2　「明清檔案」「巡臺御史」詞頻分布圖

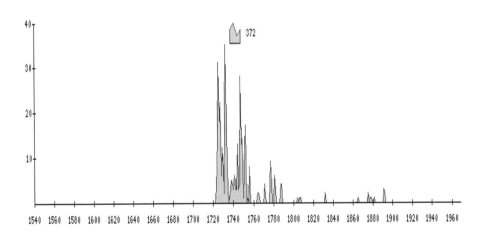

資料出處：查詢臺灣歷史數位圖書館資料庫（THDL）所得結果
　　　　　網址:http://thdl.ntu.edu.tw/

100　朱一貴事件後臺灣總兵移駐澎湖，六十年朱一貴平，部議撤臺灣總兵，移設澎湖，故亦涉及武官制度的檢討。林豪：〈營制〉，《澎湖廳志・武備》，《臺灣文獻叢刊164種》（臺北市：臺灣銀行經濟研究室，1961年），頁137。

101　軍機檔，000184號、002490號。

　　就巡臺御史詞頻出現分布與次數來看，圖2-2數次高峰依次為1732（雍正十）年、1725（雍正三）年、1747（乾隆十二）年。就1732年而言，以向皇帝回報1731年「大甲西社抗清事件」後續的奏摺為主。此為清治時期最大宗的平埔族抗清事件，奏摺的內容提供事件起因與經過的背景資料。當年鳳山縣以吳福生為首的朱一貴餘黨，趁大甲西社事件之際起事，那時正是覺羅柏修、高山擔任巡臺御史期間，奏摺內容多集中於相關的訊息回報、事件究責、彈劾官員等面向。另一檔案的高峰期為1725年，當時因滿漢巡臺御史之間有嫌隙，尤其對於周鍾瑄的彈劾案，禪濟布與景考祥意見相左。[102]此案福建巡撫毛文銓曾來臺調查，訪查結果發現：按察使丁士一、汀漳道高鐸、及景考祥等，皆稱曾擔任諸羅縣、臺灣縣知縣的周鍾瑄具才情且重操守。自從他被彈劾而遭看守後，兵民無日不挑送柴米探望，甚至眾論紛紛，鎮臣林亮撥兵防守而止，事後發現囤積穀價為禪濟布所構陷。[103]第三個高峰為乾隆十二年（1747），正值上述所論六十七、范咸擔任御史職務，由於採買米穀事務上與撫臣周學健意見不合，故遭受質疑。此事件後來引發清廷內部的關切，並重新檢視巡臺御史的制度，呈現大臣彼此間的政治角力。圖2-2顯示巡臺御史奏摺出現頻率的高峰情形，多為官方關注的歷史事件，亦為這些奏摺與巡臺御史所擔負功能的關聯性。

　　御史巡視臺灣的過程中，曾對臺灣官員稽核與考察，並提出許多治理臺灣相關的建議，藉以改善行政效益。因檢閱營伍、學政及巡察民生疾苦為巡臺御史的主要職責，以下就「整飭吏治與軍事」、「倡

---

102 禪濟布：《宮中檔雍正朝奏摺（v.5）》雍正三年十月七日（臺北市：國立故宮博物院，1977年，影印本），頁256-258。

103 毛文銓：《宮中檔雍正朝奏摺（v.5）》，1726（雍正四年）年3月10日（臺北市：國立故宮博物院，1977年，影印本），頁693。

設儒學以建構禮教世界」、「關注臺灣民生需求」等面向，分別呈現這些奏摺與治理論述的關聯。

（一）整飭吏治與軍事

　　臺灣位於花綵列島的中央，自清廷的觀察位置，則認為臺灣孤懸海外，與中央的連結較為薄弱。臺灣的吏治良窳攸關清廷是否能嚴密掌控地方秩序。因此，巡臺御史除了本身必須肩負起朝廷與臺灣的行政聯繫外，對於臺灣本地派任官吏的考察，以及臺灣對內撫剿、對外抵禦流寇侵襲的軍事調動，都必須一一視察。[104] 1736（乾隆元）年滿人巡臺御史白起圖於奏摺中說明南海漢塘兵被焚殺的導火線，實因後壟通事張方楷為官任意妄為，一旦遇事便苛求索賄，使當地原住民心懷怨恨，於是犯下此案嫁禍張方楷；又陳文生趁機散播謠言，指此案為官方剿滅的行動，意圖煽惑群眾。白起圖認為海外原住民生性難馴，地方官員必須在事發時即刻肅清。至於各地官員激怒原住民的行為，實不得寬容；高層稽查單位未盡督察責任，也應一併參奏。[105] 滿人巡臺御史覺羅栢修則於奏摺中提出臺灣為海外孤島，人多雜處，原住民少而流寓者多。流寓者或迫於饑寒，或是犯罪脫逃來臺，居無定所，且時常呼朋引類群聚，再加上地方官員的因循苟且而造成臺灣動盪。故建議分辨良民或頑民，要求地方官員徹底清查人口；又具體提

---

104 有關巡臺御史視察軍隊，在臺灣並非只有巡臺御史一人，臺灣總兵每年必須北巡或南巡一次，到乾隆三十四年黃教事件後則由分巡改為一年必須南北巡；臺灣道亦有巡查之例，因而閩浙總督對巡臺御史巡臺抱持不同的意見，如乾隆十二年（1747）閩浙總督喀爾吉善等奏：「臺郡原分南北兩路，每年鎮、道官業有輪巡之例，若巡察二員必令同路同巡，官吏、兵役相屬於道。」喀爾吉善等，《軍機處檔摺件》，乾隆十二年七月八日（臺北市：國立故宮博物院藏，1997年）。

105 白起圖等：〈為查明參奏事〉，《內閣大庫檔案》，1736（乾隆元年）年12月4日（臺北市：中央研究院歷史語言研究所藏）。

出保甲、連坐等措施，以嚴密掌控地方治安。[106]因巡臺御史具直接上
疏稟奏皇帝的監督力，對於官員擾民或處理不適任官吏的情形，能發
揮部分的整頓功能。另一方面，因鎮、道兩人為臺灣的權力中心，自
巡臺御史派任至臺灣後，常因意見不合而彈劾鎮、道，於是鎮、道便
聯合消極抵抗御史，或各自與滿漢御史相交，形成鎮、道間的不和
睦，有時反而出現反效果。[107]巡臺御史的主要任務是提督學政及巡查
臺灣關防，雖然對於臺灣吏治整頓與軍政考察發揮成效，但亦有人事
上的問題，此為後期巡臺御史制度遭檢討的原因。

在治安及軍事方面，首任巡臺御史吳達禮、黃叔璥於〈為請增邑
治事〉摺中，建議於半線再增設一縣，並設知縣一名、典史一員，且
劃虎尾溪為縣界。[108]此項提案獲得採納，因而新設彰化縣，此為朱一
貴事件後所調整的行政區劃分。另一位巡臺御史赫碩色在奏摺中則提
出官員應該加強查察，以整肅軍紀。他提出嚴禁營兵於換班時賄買頂
替，要求臺灣道會同該總兵、副將對冊查點；如有一名頂替，先將押
送武弁議處，再將兵丁重責刺字，並咨回本營，革除本兵及頂替兵食

---

106 覺羅栢修：〈為敬陳清查流民以杜奸匪事〉，收錄於中央研究院歷史語言研究所，
《明清史料・戊編》，頁119。雍正皇帝認為此建議實行上不免「有礙各營伍將弁，
孰肯破顏為之也」之窒礙。

107 許雪姬：《清代臺灣武備制度的研究——臺灣的綠營》（臺北市：國立臺灣大學歷史
學研究所博士論文，1982年），頁173。

108 吳達禮為滿洲正紅旗人，原姓覺羅，康熙十九年（1680）以七品官隨征雲南，平
定吳世璠有功；康熙二十五年（1686）授拖沙喇哈番世職；康熙三十五年
（1696）從撫遠大將軍伯費揚古征厄魯特噶爾丹有功，加世職為拜他喇布勒哈
番。他一生多任京官，如曾為工部尚書、吏部尚書等要職。吳達禮任巡臺御史期
間，除考察全島之政風民情外，雍正元年（1723）與黃叔璥一同上奏請增設彰化
縣。廈門大學臺灣研究所、中國第一歷史檔案館編：《康熙統一臺灣檔案史料選
輯》（福州市：福建人民出版社，1983），頁108-109、173-174。中國第一歷史檔案
館編，《雍正朝漢文硃批奏摺彙編》第一冊（上海市：江蘇古籍出版社，1989
年），頁443。

糧。至於在營兵丁有滋生事端侵擾害民者，由該地方官審出真情，本
營革糧，照平民一例刺字，使各兵丁知所畏懼，各守法度，進而達到
整飭軍紀的目標。[109]典校軍隊的儀式不僅是赤裸權力的掩飾，也是權
力關係建構，呈現清帝國治理政策的某些面向。[110]巡察官員本為視需
要方派遣，然因臺灣地理因素及特殊歷史背景使然，巡臺御史成為一
種常設的組織形態。其與閩省之總督、巡撫、布政及按察兩司之間，
維持一種微妙的權力關係，此即明清兩代所實施的督、撫、按察之
制，使其職掌有所重複，但亦彼此互相牽制。[111]雖然到了巡臺御史制
度的後期，1765（乾隆二十）年福建布政使顏希深曾奏請：「每年既有
道員巡歷各社宣諭番民，復有鎮營會哨海洋，盤查奸宄，定例已極周
詳，似不必另差巡察之事。」[112]透露巡臺御史的功能與其他官員的職
責有所重疊的問題，如臺灣鎮總兵官與臺灣道也須負責巡閱，二者職
責重疊。清朝於建構龐大帝國的過程中，亦多關注如何控制邊陲，巡
臺御史的派任即是清帝國運用治理策略的一環。[113]就清治初期有關行
政統治區域的重新規畫，或是整頓軍紀的實施方法，皆是巡臺御史所
提出的具體執行策略。

---

109 赫碩色等：《宮中檔雍正朝奏摺》第十冊（臺北市：國立故宮博物院藏，1997年），
頁395-397。

110 Perdue, P. C. China Marches West, Cambridge, Mass: Belknap Press of Harvard
University Press, 2005, pp.409-419.

111 馮爾康：《雍正傳》（北京市：人民出版社，1985年），頁153-154。

112 顏希深：《宮中檔乾隆朝奏摺》第二十四冊（臺北市：國立故宮博物院藏，1997
年）。

113 若參考國際學界研究清代學術的成果，多見探討清朝建構龐大帝國的過程。其中
如衛周安（Joanna Waley-Cohen）所著 The Culture of War in China: Empire and the
Military under the Qing Dynasty（2006），以新的視角嘗試解釋清代前期帝國建構的
宏大背景，分從文化、社會記憶、宗教、禮儀、空間等面向，探討清朝建構龐大
帝國的過程。

滿籍巡臺御史六十七於奏摺中，認為「臺灣為海外巖疆，武備與
吏治，均關緊要」，無論是地方利弊或官兵武備，均要查閱巡視。因
此於十月陸續視察臺灣鎮營兵、水師操練，描寫軍隊「旗幟鮮明，甲
械堅利」的堅強陣容。此外，六十七曾於十一月二日輕裝自府治起
程，經灣裡、鰺茅、港尾等地，至諸羅縣閱看北協左營操演；再由該
縣之斗六門社，渡虎尾溪，沿大武郡山一帶，經彰化縣，閱看北協全
營操演。[114]他檢閱各地軍隊，見步伍整齊的情形，並依慣例酌量獎
賞；經過營地時，諭令官員務必約束士兵，加強操練演習。同時以皇
帝掛念海疆、惠養各地的帝國話語，強化軍事力量介入保護邊陲的修
辭效果。

（二）倡設儒學以建構禮教社會

儒學與官方治理的關係密切，巡臺御史深知儒學的影響，而立倡
藉此化民成俗。1742（乾隆七）年劉良璧主編《重修福建臺灣府志》
提及因臺灣遠隔海洋，向來督學官員難以按臨考試，是以將學政交與
臺灣道兼管。1740（雍正五）年於尹秦任巡臺御史，臺灣科考之事本
由福建學政管理，因路途遙遠未能來臺主持，才由臺灣道兼理學政，
巡臺御史在臺時改由其辦理。[115]巡臺御史曾建議設置臺灣府學，並增
派臺灣縣、諸羅縣、鳳山縣的縣學訓導各一名，因而影響臺灣清治時
期教育措施。[116] 1729（雍正七）年兼理學政的夏之芳於〈為臺灣學

---

114 六十七等：《軍機處檔摺件》，乾隆12年1月26日（臺北市：國立故宮博物院藏，
　　1997年）。

115 劉良璧：《重修福建臺灣府志‧聖謨‧論巡臺御史兼管學政》，《臺灣文獻叢刊74種》
　　（臺北市：臺灣銀行經濟研究室，1961年），頁22。

116 湯熙勇：〈清代臺灣教育研究之一——巡臺御史清代臺灣的科舉教育的貢獻〉，《史
　　聯雜誌》，17期（1990年），頁101。

額事〉一摺中，奏准臺灣貢監生員照舊另編臺字號，於閩省中額內取中一名。《海天玉尺編・初集序》提到臺灣學政本非巡臺御史的職責，他認為「其詩書絃誦，馴其子弟、化導鄉人，俾淳龐和氣，遍於蠻天菁嶺間，則上以鼓吹休明、下以轉移風俗，是固宣鐸者所厚望；而觀風訓俗之責，亦可藉此以仰報天子矣。」[117]在文教方面亦有所建言，包括因臺灣領導階層的士人習尚與價值觀對民間風氣的影響，故主張整飭當時臺灣教育制度，並加強知識份子對士子名節與禮法的重視，以遏止不法之風。此外，又提出「鄉試另編臺字號」的具體作法，以鼓勵臺灣人才的培育。[118]巡臺御史單德謨則於1737（乾隆二）年12月27日的奏摺提到：臺灣考試因未建考棚，僅集中於海東書院應考。然而，因地方過於狹隘，無法容納所有考生，故提請比照內地建立考棚，以提升考試品質，達到培養人才的目的。[119]單德謨又與諾穆布於1739（乾隆四）年〈閩省鄉試另設臺字號〉提出：臺灣因遠隔重洋，故有士人應考路途遙遠、條件不利等問題，後因准許於福建省鄉試另編臺字號，每科取中舉人二名以振文風。[120]現在臺灣舉人已有八名，數年來若干考生通過鄉試，卻未見通過會試者。[121]為鼓勵臺灣士人，會試時呈請比照鄉試，於福建省名額內另編臺字號，取中一名；數年後增添舉人，再商議修改錄取人數的作法，即是因地制宜的調節政

---

117 夏之芳：《海天玉尺編・初集序》收錄於范咸主編，《重修福建臺灣府志・藝文》，《臺灣文獻叢刊105種》（臺北市：臺灣銀行經濟研究室，1961年），頁668-669。

118 夏之芳等：〈敬陳臺地學校事宜仰祈睿鑒事〉，《宮中檔雍正朝奏摺》（臺北市：國立故宮博物院，1977年），頁687-689。

119 張本政主編：《清實錄臺灣史資料專輯》（福州市：福建人民出版社，1993年），頁124。

120 雍正十三年（1735年）准許於福建省鄉試另編臺字號，每科取中舉人二名以振文風。乾隆元年（1736年）是恩科，故臺灣加中一名，以後還是維持兩名。

121 諾穆布此奏摺收錄於王必昌：《重修臺灣縣志》，頁355。

策。巡臺御史楊開鼎於奏摺中褒揚臺灣士人募款整飭學府的義舉，亦提出改建臺灣府學及縣學實施的具體意見。[122] 1687（康熙二十六）年舉人名額由閩省名額另編字號錄取一名，到1697（康熙三十六）年撤去字號，至1729（雍正七）年才又回復「臺字號」舊制。[123]由此可知，巡臺御史從爭取復設臺字號以增加臺人錄取機會，及改善臺灣教育環境兩方面著手，積極鼓勵臺灣士人參與科舉考試。

巡臺御史張湄《瀛壖百詠·書序》敘及：「昔之雕題鑿齒、剪髮文身，今皆躬禮樂而口詩書矣。」[124]如此以儒學的推廣，促使原住民風俗有所變遷的描寫不勝枚舉。范咸〈鳳山縣重建明倫堂記〉也提到臺灣僻在海外，原未建郡學明倫堂，後終於興築兩廡六藝齋，今又建祀興賢而勸善。他又在〈觀風示〉一文形容臺灣「昔年未沾聲教，半屬雕題；今日欣聽弦歌，無煩重譯。」如此廟學合一制，正有利於發揮教化的影響力。臺灣書院學規大多首重辨志及陶冶品性，並涵括強調讀書宗旨、勉勵珍惜光陰等內容；在具體的實踐方面則提及經世濟民、讀書之法以及參加科舉所需技法等，這些書院學規多以移風易俗為主要目的。[125]對於士人品行不良、有違學養的行為，巡臺御史亦提

---

122 福建巡撫潘思榘：《軍機處檔摺件》，1750（乾隆十五年）年1月19日（臺北市：臺北故宮博物院藏）。

123 康熙二十六年（1687），福建提督張雲翼奏允：「臺灣於閩場另編字號額中一名．三十六年，總督郭世隆奏允：撤去另號，通省一體勻中。」雍正七年，巡察臺灣兼理學政御史夏之芳請允：「臺灣貢監、生員，仍照舊例另編臺字號，於閩省中額內取中一名。」雍正十三年，福建巡撫盧焯據分巡臺灣道張嗣昌詳請奏允：「於本省解額之外，不論何經加增臺灣中額一名。」乾隆元年，巡撫盧焯奏允：「恩科加中三十名內，臺灣於原額外加中一名。」劉良璧編：《重修福建臺灣府志·選舉》，《臺灣文獻叢刊74種》（臺北市：臺灣銀行經濟研究室，1961年），頁434。

124 張湄：〈瀛壖百詠·書序〉，收錄於王必昌，《重修臺灣縣志·藝文志》，《臺灣文獻叢刊113種》（臺北市：臺灣銀行經濟研究室，1961年），頁453。

125 劉振維：〈論清代臺灣書院學規的精神及其對現代教育的啟示〉，《哲學與文化》，第35卷第9期（2008年），頁115-120。

出相關的整飭作法。例如夏之芳於〈為敬陳臺地學校事宜仰祈睿鑒事〉一摺中指出，部分貢監、生員有侵占田地冒考的行為，故請求飭令各縣逐一清查，要求貢監、生員將田產正名，不許造假糧冊，以利往後追究，進一步防止無田產之人藉此冒籍應考。[126]清廷在臺灣所設的學校種類繁多，有府學、縣學、書院、社學、原住民社學等，多以政教合一為主要措施。藉由儒學建立「忠臣順民」的正統，闡揚儒家禮教以鞏固政權；而欲宣揚儒家思想，則有賴於在臺灣廣興教育據點、加強科考與教育措施。[127]滿漢巡臺御史的出身為進士、舉人，因為他們的學養背景山任教育行政主管，對於臺灣科舉教育的推展常有所建言，並將興革主張上奏朝廷。諸如，奏定在臺粵童學額、鄉會試名額的爭取、編印科舉參考書籍、提升科舉應試品質、防止冒籍應考等，這些皆是巡臺御史所實際兼辦學政事務的層面。

（三）關注臺灣民生需求

清廷治理臺灣的制度安排上，有其因地制宜的特殊性，如臺灣文官的任用方法，異於內地。巡臺御史支領養廉銀額一千二百兩之時間為十六年，此一養廉銀額，與當時巡視鹽課、河南及安徽等地之監察御史者相比較，雖非最佳者，但仍優於巡視黑龍江、盛京、吉林等處者，因而成為都察院所屬之監察御史、給事中所積極爭取的職位之一。[128]因巡臺御史具有巡察民生疾苦的任務，而民生議題即是關注的主要面向，他們不僅觀察臺灣清治時期多風災的地理特性，其奏摺著

---

126 夏之芳：〈為敬陳臺地學校事宜仰祈睿鑒事〉，《宮中檔雍正朝奏摺》第十一冊，1728（雍正六年）11月4日（臺北市：國立故宮博物院，1977年），頁687-689。

127 葉憲峻：〈清代臺灣儒學教育設施〉，《臺中師院學報》第13期（1999年），頁192-198。

128 湯熙勇：〈清代巡臺御史的養廉銀及其相關問題〉《人文及社會科學集刊》第3卷第1期（1990年），頁72-73。

眼於自然天災所造成農產歉收的問題。例如，1727（雍正五）年滿人
巡臺御史索琳於奏摺中指出：臺灣沙地每年逢夏秋大雨時，經常氾濫
成災，熟田也因流沙堆積而成荒土；且田地缺乏堤岸保護，一旦海風
吹襲、鹹水倒灌，田地被海水浸沒，則必須耗費數年鹹味消散後才
能耕種。[129]又如夏之芳與赫碩色於1728（雍正六）年5月6日上奏稟報
臺灣風雨調和、農作物收成有餘，且穀價適中，人民糧食充足的情
形。[130]巡臺御史重視與人民息息相關的農作物收成，又因米穀價格涉
及民生問題，亦為他們所關切的面向。1742（乾隆七）年書山與張湄
也提到臺灣雖素稱產米之區，而生齒日繁，地不加廣；如遇該年雨暘
不時，便會造成收成歉薄，而官員未親歷其境，不知臺地實際的狀
況。[131]可見自然災害造成臺灣農產歉收、賦稅不足的問題。綜觀巡臺
御史對臺灣自然環境的諸多描述，呈顯他們試圖掌握臺灣災害動態，
並在第一時間將情報彙整給中央。這些奏摺大多關注臺灣災害與農業
收成的密切關係，對行政問題也有諸多建議。

　　臺灣史學者王世慶於〈清代臺灣的米產與外銷〉一文中，詳盡分
析清代臺灣外銷的米穀多以閩省軍糧及兵眷米為其主幹，而商人交易
者為副。早在朱一貴事件後，清官員提出應使臺民休養生息，若臺米
糶運泛濫，恐米價騰貴；故首任巡臺御史黃叔璥建議嚴禁臺米運往中
國，饑歲不得已之際才特許補給。綜觀後來米穀的實際外銷情形，發
現清廷每年對於臨時奏准赴臺買穀的政策多有變更。[132]六十七採買米

---

129 索琳等：〈為訪陳臺郡田糧利弊仰請聖裁事〉，《宮中檔雍正朝奏摺》第八冊（臺北
　　市：國立故宮博物院藏，1997年）。

130 夏之芳、赫碩色：〈為恭報臺地雨水情形米穀價值仰慰睿懷事〉，《宮中檔雍正朝奏
　　摺》第十冊（臺北市：國立故宮博物院，1977年），頁394-395。

131 書山等：〈奏請採買米穀按豐歉酌量價值疏〉，收錄於王必昌，《重修臺灣縣志》
　　（南投縣：臺灣省文獻委員會，1993年），頁116-118。

132 王世慶：《清代臺灣社會經濟》（臺北市：聯經出版公司，1994年），頁102-120。

穀所造成的官方衝突事件，肇因於福建巡撫周學健派員來臺購買稻穀二十萬石，六十七藉口擔憂米價日漲而拒絕供應，故爆發長期以來的積弊。地方官採買米穀向來視為利藪，往例臺地採買有定價，官價僅敷市價之半。清治初期臺灣原則上以官價採買，但若次年青黃不接，按時值繳價還官，則獲利加倍。當周學健派人來臺採買二十萬石穀之際，六十七只答應提供十萬石，他認為劃分番界後可墾之地不多，若閩省年年採買，臺灣則無法積貯。因此，六十七等人提請朝廷飭令督撫，若臺灣常額採買有餘再令採買，否則再議其他購米方案。然而，實際作為卻是常將另外的十萬石掛在有田業戶，等第二年五、六月青黃不接時，再令田戶按當繳的穀石數折成時價，繳給官廳。[133]六十七與范咸沿襲以前的陋規而遭檢舉，於是在1747（乾隆十二）年3月初3日照例革職。[134]官員對於採買米穀議題各持己見，如六十七的奏摺呈現各位官員的不同立場。六十七於1747（乾隆十二）年2月15日的奏摺提到：「自來臺灣巡視御史，每因採買一事，與閩省督、撫意見不合。在督、撫，則以內地民食為重；在御史，則以臺灣地方為重，各顧責成，遂致各有歧見。」[135]由此可見，閩浙總督、福建巡撫於採買

---

133 清初官員的開支龐大，與捐助頻繁有關，例如捐助軍務、興修地方建設、賑濟貧困等項，均需由官員銀餉來分擔支出，因此也形成官員經濟上的壓力。有關六十七、范咸先扣下穀數，待穀價高漲時折成時價繳回官廳，涉嫌貪贓一事，在新任福建巡撫陳大受抵任後訪查，以及透過甄鏞口中得知臺灣官員確實有如上情事。但主要原因為「臺地官員費用浩繁，每年四縣按季輪供巡察衙門，每縣至數百金；兼之海外食物俱貴，修脯、工食亦至加倍，而官屬既居內地，盤費在所必需。如革除積弊，難于支持」。除此之外，六十七、范咸所依循的「陋習」，與官員繁複開支、養廉銀不足，甚至是養廉銀的運用範圍界定不清有關。伊能嘉矩：《臺灣文化誌》（東京：刀江書院，1965年），頁439-440。

134 中研院史語所編：《明清史料・戊編》（臺北市：中央研究院歷史語言研究所，1953-1954年），頁84-85。

135 六十七等：〈為接奉硃批諭旨備陳臺地採買情形事〉，《宮中硃批奏摺・財政類・倉儲》，第二十八冊（臺北市：故宮博物院藏，1997年），頁204-215。另一摺為乾隆

米穀一事上，常與巡臺御史意見各異。此總督、巡撫以中國內地民食為重，御史則以臺灣的實際需求為重的觀點，呈現因早期巡臺御史駐臺時間較長，故有機會查訪臺地米穀生產及日常需求的實際情形。

三　書寫臺灣原住民的視角

巡臺御史於清代康、雍、乾時期來臺巡視，當時平埔族散居臺灣各地，故多有機會觀察平埔族文化，且成為特殊時空下的書寫。如此空間移動的經驗，激發他們采錄臺灣原住民奇風異俗的動機；至於各種兼具寫實與想像風格的文本，則隱含帝國官員究竟如何觀看原住民。以下就族群接觸的敘事、「他者」的異地觀看、文明化使命等面向，詮釋巡臺御史書寫臺灣原住民的視角。

（一）族群接觸的敘事

旅行並非當代才有的現象，遠古時代以遊牧、放逐、征戰、貿易方式，人類便在世界各地進行大小規模運動，近、現代史上的移民、墾殖、侵略、流離失所更是旅行的常態。[136]巡臺御史因清廷欲探訪民情而來臺巡視，所以是廣義性的具任務型行旅活動。普拉特（Mary Louise Pratt）在 *Imperial Eyes: Travel Writing and Transculturation* 一書中，以帝國之眼的概念，詮釋旅行書寫與跨文化移譯的關聯。作者認為由於旅行與文化的交流，因而產生接觸區（contact zone）的社會文化現象，且這些地理或歷史上原來相隔的人群，在接觸區建立往後的

十二年四月三日，由軍機處自原摺抄出，惟軍機處檔摺件多載諭旨發下的時間及諭旨的內容。

136 廖炳惠：《另類現代情》（臺北市：允晨文化出版公司，2001年），頁10-11。

關係。[137]旅遊書寫敘述立場（narrative positioning）不一，各類型的遊記表達出對帝國不同的觀感，即使在同一作品中也可能會出現相互矛盾的聲音，以及遊記書寫所透露的多元化特質。首任巡臺御史吳達禮、黃叔璥所奏〈為據實糾參事〉，提到鳳山縣近山一帶為傀儡社原住民出沒的區域。1723（雍正元）年7月初9日心武里社女土官蘭雷，被東勢庄民龔海奇、余義文等人所弒。臺灣府同知楊毓健不理會原住民的陳情，亦不審理案件，致使原住民不服，潛伏庄側並殺庄民謝尚廷、郭日輝、郭日職三人。[138]王瑛曾《重修鳳山縣志》也有相關的記載，詳細提到八歹社、加者膀眼社的原住民群集數百人，暗伏東勢莊，三名客民被弒而亡的情形。[139]方志此段記錄客家庄民與原住民因侵墾而衝突的情形，黃叔璥的奏摺則呈現另一敘事角度，著重官員如何處理此種情況，並評論臺灣府同知楊毓健的態度有失公允，因而導致連斃數命，強調彈劾糾參官員的觀點。

　　許多巡臺御史奏摺中有關原住民的敘事，大多以污名化的方式呈現。如禪濟布〈為臺灣生番殺傷汛兵並勤撫事〉的奏摺，揭露1722（康熙六十一）年、1723（雍正元）年及1724（雍正二）年春季皆有原住民傷人的案件，但御史吳達禮、黃叔璥皆未陳奏。禪濟布於此奏摺提到，「臣等聽說兇番之性等於豺狼，專以傷人為樂」。主張須以嚴酷的方法對付原住民，故建議用「以番擒番之法」捕獲兇手，以正王法，透顯藉由如此激烈的手段處理族群接觸的議題。禪濟布又在另一奏摺中提到，1719（康熙五十八）年9月間該庄佃民被生番殺死九

---

137 Pratt, Mary Louise, *Imperial Eyes: Travel Writing and Transculturation*, New York: Routledge, 1992, pp.1-4.

138 中國第一歷史檔案館編：《雍正朝漢文硃批奏摺彙編》第一冊（上海市：江蘇古籍出版社，1989年），頁794-795。

139 王瑛曾：《重修鳳山縣志·風俗志·番社》（臺北市：成文出版社，1983年），頁63。

人，後奉總督覺羅滿保的命令，將毀棄村莊，逐散佃民。藍張興莊自
雍正二年改屬彰化縣，而提督藍廷珍復委管事蔡克俊赴該地方招墾，
自立莊戶。原任彰化縣知縣譚經正無法遏止原住民，致使林愷等人遭
害。[140]禪濟布又稟奏平埔族武洛社猫力與伊子株嗄到山邊砍竹，原住
民數人從草間突然衝出，將猫力射鏢致死並割去頭顱而逃脫。後又有
李化、柯左二人同往東勢山砍木，李化被水裡社同猫螺、眉裡社原住
民割顱，柯左帶傷逃脫。[141]這些舉證歷歷的「生番殺人」敘事，呈現
自我及異己的差異化書寫，隱含對族群接觸的論述，卻未詳細探究事
件發生緣由及權力等結構性的議題。

　　一些巡臺御史宰制性的論述，明顯刻劃出原住民的從屬角色，多
是充滿「異己化」的原住民意象。如赫碩色等人的奏摺建議畫定高山
原住民界址，不許民眾出入販賣物件，一切火藥、鹽、鐵尤宜查禁；
並將社內通事一概革除，如有擅入界內或販賣違禁物件者，則列為重
罪。[142]他又以對比的修辭手法，將原住民分為「熟番」與「生番」兩
類，「熟番」性格尚屬溫良，而「生番性極蠢頑，好以殺人為事，雖
曾畫界禁止民人出入，而生番之害不能盡絕。」並提到一些內地奸
民，學習原住民語、娶其婦人，居住界內的人將外間所有鹽、鐵、火
藥等物販賣給原住民。以往原住民所有鏢、箭等物製造極粗，如今搜
出鎗、刀、木牌則較為堅利，至於火藥、鳥鎗等武器，則是漢人滲入
平埔聚落的影響。1721（康熙六十）年，閩浙總督覺羅滿保平定朱一
貴事件後，倡議遷民劃界，並令南澳鎮總兵兼署福建水師提督藍廷珍
毀屋驅民、築牆、深挖壕塹，以為界限。當時，藍鼎元代藍廷珍覆書

---

140 禪濟布等：〈為請嚴私墾番界之禁以杜生番擾害事〉，《宮中檔雍正朝奏摺》，第五
　　冊，頁279-280。
141 禪濟布等：〈為鳳山彰化生番殺人事〉，《宮中檔雍正朝奏摺》，第五冊，頁317。
142 赫碩色等：〈為敬陳臺地事〉，《宮中檔雍正朝奏摺》，第十二冊，頁688-689。

滿保，力主不可，而以「唯立石禁入番地」取而代之，自南而北在五十四處「立石」為界。而後漢民生聚日繁，以至土牛溝以東各處「番地」，多有漢民侵越；土牛之界，形同虛設。平埔族在課餉、勞役、供差的壓力下，除了保留少部分自耕社地外，大部分可耕地於短時間內全部杜賣給漢業戶。[143]有些官員提出限制漢人移民的方式，主張將治理邊疆的花費控制在最少之內。另一派則認為，唯有統治邊疆和鼓勵開墾方能增加稅收，並以這些稅收作為清帝國軍事的資金來源。「番」與「人」二元分立，存在於臺灣社會的人群分類、基層行政空間，以及社會經濟制度與國家控制管理等各層面。帝國中央與邊陲領地，經歷初次接觸的錯愕之後，對於許多神奇事物產生「驚異」感，並進一步將帝國邊界上的人事物加以編目、占有及挪用。[144]將此族群接觸的經驗置於文學脈絡，巡臺御史常透過創作題材與視角觀點加以表現，於是邊陲異地的風土民情書寫，漸納入帝國的知識體系之中。

（二）「他者」的異地觀看

采風詩文、樂府民歌及竹枝詞的書寫傳統，不僅具采錄風俗、探訪民情的作用，有時亦隱含批判現實的功能。巡臺御史的采風詩文呈顯十七世紀到十八世紀中葉來臺漢人觀看臺灣的視角，流露作者書寫的策略。原始性修辭應用於十八世紀的采風詩文中，表現出對於臺灣原住民不再陌生和驚懼，更不需要對他們妖魔化（demonize）；同時，這些所謂的「東番」族群，其內涵也漸漸轉化如中國南方民族，借此隱喻臺灣和中國內部緊密的聯繫，並自然化了臺灣進入中國版圖的歷程；此外，在臺開墾的漢人侵占和欺騙剝削原住民的情況也逐漸

---

143 詹素娟：〈「熟番」身世——臺灣歷史上的原住民〉，《臺北文獻直字》，158期（2006年），頁1-32。

144 張小虹：《性帝國主義》（臺北市：聯合文學出版社，1998年），頁117。

浮於檯面，因此，清代的文人在文字上透過原始性的修辭來譴責、對抗漢人的侵墾，以期能還給臺灣原住民原有單純的生活環境。[145]以詩描繪清治時期原住民的居處環境，生活形態、風俗民情及與漢人的互動或衝突等議題，屢見於宦遊詩作中的題材。然而，較少見如夏之芳以大型組詩的方式，呈現其巡視觀察的多重面向，故以此位巡臺御史的詩文為例。這些采風詩除了描繪人文地景與自然環境外，亦表現觀察平埔族風俗及民眾處境。他常於詩末加上自注，如：「番酋申約共燎原，出草紛紛逐鹿奔。射得鹿來先辦餉，頭腸以外絕無存。」詩末注解：「秋收以後，番官約社中男婦長幼，皆出捕鹿謂之出草，先焚草以使鹿逸出，然後捕之，得鹿皆歸通事完餉，鹿頭鹿腸，番飽餘瀝焉。」[146]漢人及荷蘭人來臺之後，平埔族的農業技術獲得改進，農耕活動便成為主要生產方式，但他們尚未放棄原始的漁獵生活，狩獵的動物以鹿和山豬最多。[147]詩中描繪在秋收後進行捕鹿活動，然付出的勞力卻與收穫成反比，捕鹿收穫大部分的利益皆歸通事所得。

　　夏之芳詩呈現當時原住民賦稅負擔沉重的情形，如：「秋盡官催認餉忙，一絲一粟盡輸將。最憐番俗須重譯，溪壑終疑飽社商。」夏

---

145 於書寫臺灣原住民的修辭策略，參考 Emma Teng 於 *Taiwan's Imagined Geography: Chinese Colonial Travel Writing and Pictures* 應用原始性修辭與匱乏性修辭的概念。原始性修辭（rhetoric of primitivism）源自於儒、道思想，蘊含理想化國家歷史衰落過程的概念；儒家於戰國時代構建周初完美的道德規範，在老莊的道家經典中，則主張回歸到原始時代的自然純樸。匱乏性修辭（rhetoric of privation）則源於文明是由不斷累積與發展的歷史進步觀，此觀點在唐朝和清代等擴張時期尤為普遍。匱乏性修辭形容某一族群文化低落、物質缺乏、生活貧困，用以比喻未受文明洗禮的野蠻民族。Teng, Emma Jinhua, *Taiwan's Imagined Geography: Chinese Colonial Travel Writing and Pictures*, 1683-1895, pp.60-80.

146 夏之芳：〈臺陽紀遊百韻〉，《臺灣文獻匯刊》（廈門市：廈門大學出版社，2004年），第4輯第18冊，頁511。本節所引〈臺陽紀遊百韻〉組詩，皆出自此版本。

147 李亦園：《臺灣土著民族的社會與文化》（臺北市：聯經出版公司，2002年），頁59-60。

之芳自註道：「社皆有餉，每秋末則縣尹召令認餉，示以時應完納也。番音苦不可曉，必賴通事代辦，故社商雖革，而通事情偽，實難盡除。」[148]「通事」的職責頗多，包含傳譯語言、收管社租、納課、發給口糧。[149]通事掌控平埔聚落與官方接觸的種種要務，然文獻常載及通事藉職權行欺壓之實。通事在原住民部落扮演重要的角色，另一首詩作提到：「老番拜舞復迴旋，細叩生平劇可憐。歎息窮荒生事苦，丁徭田賦說當年。」夏之芳於詩末言：「老番年可七八十，能言偽鄭事，每歎息鄭政之苛。」[150]以田野訪談的方式，記錄年長的原住民敘述鄭氏時期賦稅的重擔。

　　此外，原住民被迫服勞役的情形頗為普遍，夏之芳形容道：「牛車無日不當官，沒字郵符顛倒看。踏水衝泥何限苦，忍教橫撻更無端。」作者註：「番苦車徭，聞兵胥尤多肆虐者，近乃飭今嚴禁。」[151]常勒令原住民差役駕牛車，護送往來。縱使清治時期許多示禁碑，明言禁止兵吏任意役使原住民服勞役；對於吏差的監督，或予以告誡或懲戒處分，然而卻無法遏止此種陋習。另一首描述地方豪強如何欺壓原住民的詩作：「為憐淳悶尚艱鮮，食貨交通列市廛。最是居奇無賴子，動將寬政作奸緣。」夏之芳註解「生番社無鹽布，每與熟番、漢民互市，相沿既久，有土豪巧取重利以剝番，名曰番割，因之勾引作姦，生番屢為民害。」[152]此類「番割」的剝削，對原住民造成莫大的衝擊。文化詩學應該關注文本語詞所負載的意義世界，無論是文學文本

148　同註149，頁511。

149　戴炎輝：〈清代臺灣番社的組織及運用〉，《臺灣文獻》第26卷第4期（1976年），頁345，362。

150　同註149，頁506。

151　同註149，頁504。

152　同前註，頁524-525。

還是文化文本，多需通過語詞的關聯而構成意義世界。[153]這些詩句與
註解，需置於十八世紀的臺灣歷史文化中，方能理解內容脈絡的涵
義。所謂現實是詩創作的材料，包括詩人所能感受、認知、經驗、思
想的一切事物，當然包括詩人的感情、知覺、意識、幻想，以及社會
現象、自然景物等詩人內心和外界的一切。[154]也就是說，詩中所呈現
的不僅是現實，現實只是創作的素材。而詩作應從作者本身的思想、
經驗與社會地位等方面進行評析，才能深刻感知其欲表達的意涵。夏
之芳來臺巡視的過程中，親眼目睹或閱讀前人著作，且聽聞相關訊
息，故能感受平埔族居民的生活情境，並為這些民眾的處境發聲。

德國哲學家卡西勒（Ernst Cassirer, 1874-1945）在《人論》中強
調：人類以符號形式表達思維、創造文化，此為人類異於其他物種的
本質與特質。[155]

另一方面，「茹毛飲血」、「築巢穴居」匱乏性修辭的字眼，常出
現於清治初期旅遊書寫對原住民的描述。當時對於臺灣原住民知之甚
微，相關的文字記載大多基於刻板印象的言詞，並非根據具體考察後
的詳盡描述。對臺灣原住民多以「雕題黑齒之種」、「斷髮紋身之鄉」
的偏見，將臺灣原住民形容如猿猴般落後的「太古之民」，甚至以嗜
血好鬥、駑鈍愚蠢等帶有詆毀意味的文字加以描述。對於不懂原住民
語的宦遊官員而言，其論述所形塑平埔族聚落風俗具原始主義風格。

---

153 李春清：《詩與意識形態》（北京市：北京大學出版社，2005年），頁16。

154 杜國清：《詩情與詩論》（廣州市：花城出版社，1993年），頁122。

155 此書提到：「人不再生活在一個單純的物理宇宙之中，而是生命在一個符號宇宙之
中。語言、神話、藝術和宗教則是這種符號宇宙各部份，它們是組成符號之網的
不同絲線，是人類經驗的交織之網。」Ernst Cassirer 著，甘陽譯，《人論》（臺北
市：桂冠圖書公司，1997年），頁35-39。

（三）文明化使命

　　清朝是透過武力對外侵略，並由帝國中心遙控領地，領土內雖有不同人種，但清帝國欲以漢化方式弭平各民族的差異。[156]清治時期大部分的官員多居臺灣府，巡臺御史卻有機會至各地巡視觀察、探訪民情。他們的奏摺常強調所到之處，「悉皆宣揚聖教，明白曉示。」[157]有些巡臺御史藉由親身宣講的方式，以鞏固帝國的統治。除了軍事檢閱的例行公事外，亦提及巡行過程中與原住民的接觸，對於平埔族民眾多照例給賞，期以物質的贈與達到撫綏的作用。巡臺御史的奏摺中常見推行漢化的成果，如錢琦的奏摺如此描述：「凡經過村社，隨時喚集者民及通事、土目、番童、番眾人等，一一宣布皇仁，開誠撫諭，捐備煙布、紙筆、銀牌等物，逐加犒賞，莫不踴躍歡欣」。[158]透露官員欲以懷柔的手段，而收籠絡人心的功效。清朝官員的於臺灣的文明化使命，亦反映於原住民教育方面，如作為原住民漢化教育的「土番社學」於1734（雍正十二）年建置。[159]原住民學童在漢文化教育下，1815（嘉慶二十）年已有原住民佾生，至1877（光緒三）年獲准進入儒學。原住民社學由雍正末年於全臺灣各縣廳設置以後，僅於乾隆中葉於臺灣縣減二所，彰化縣增二所，總數維持為四十七所。[160]

---

156 Teng, Emma Jinhua, *Taiwan's Imagined Geography: Chinese Colonial Travel Writing and Pictures,1683-1895*, Massachusetts: Harvard University Press, pp.8-10.

157 覺羅栢修：《宮中檔雍正朝奏摺》，第二十二冊，頁641。

158 錢琦：〈為恭報巡查南路情形仰祈睿鑒事〉，《宮中檔乾隆朝奏摺》，第二冊，頁27-28。

159 「雍正十二年，巡道張嗣昌建議：各置社師一人，以教番童；令各縣學訓導按季考察。」余文儀：《續修臺灣府志·學校·土番社學》，《臺灣文獻叢刊121種》（臺北市：臺灣銀行經濟研究室，1961年），頁361。

160 葉憲峻：〈清代臺灣的社學與義學〉，《臺中師院學報》，第18卷第2期（2004年），頁53-66。

臺灣經歷了帝國馴化（domestication by empire）的過程，隨著越來越多漢人移民來臺，清帝國在臺建立儒學機構而提升中文識字率。[161]帝國統治初期，不同文化主體尋求對異己宰制關係的建立時，嘗試藉由自己的價值、經驗去再現對方，以便了解、形塑彼此的關係。而異文化的接觸經驗和統治過程中的權力展示，往往是討論帝國情境初期階段重要的兩個主題。[162]帝國統治是先有異文化的接觸，再隨著時間經驗的累積，逐漸發展出不同主體的宰制關係。清治時期巡臺御史的帝國書寫，常蘊含作者文明化的使命，如六十七〈觀風示〉一文中描寫原住民文化變遷的情況：「蓋家絃戶誦，文風差擬中華；而日盛月新，番社半為講塾。則可知多士之繡口錦心，已非復曩時之雕題黑齒矣。」[163]透過儒學教化而影響平埔聚落的文化傳承方式。在巡臺御史兼理學政的協助督促下，各縣學訓導定期考查教學情形及教化成果，眾多文人的采風詩文中多描寫此種現象。如夏之芳的詩提到：「楚楚番童笑寧馨，衣冠結束獨娉婷。向前長跪乂雙手，也識咿唔讀聖經。」並加以註解：「番童有能誦四書者，每至社必執各所讀書求背誦以邀賞。」[164]此處的聖經即指涉「四書」，如此的教化成果亦可於1745（乾隆十）年漢籍巡臺御史范咸巡視南北路，記錄探訪各平埔聚

---

161 Millward, James A, *Beyond the Pass: Economy, Ethnicity, and Empire in Qing Central Asia, 1759-1864*, Stanford: Stanford University Press, 1998, p.p.232-245.

162 康培德：《殖民接觸與帝國邊陲──花蓮地區原住民十七至十九世紀的歷史變遷》（臺北市：稻鄉出版社，1999年），頁102-103。

163 六十七：〈觀風示〉，收錄於《使署閒情》，《臺灣文獻叢刊122種》（臺北市：臺灣銀行經濟研究室，1961年），頁90。六十七詩作中較無渡臺艱辛、懷鄉思歸、異地宦遊的黯然神傷，這與清代渡海來臺的其它多數官遊文士的詩作風格有所不同，其詩與同時期的漢籍御史范咸相較，並無艱澀用語或大量用典的情形，由此見出其造語平實、文字清新自然、不加藻飾，甚至於少數詩作表現出善用口語的用字特色。

164 范咸：《重修臺灣府志‧風俗‧番俗通考》，頁474-475。

落社師教化學童的情形中見到：「歲、科與童子試，亦知文理；有背
誦《詩》、《易》經無訛者；作字頗有楷法，番童皆薙髮，冠履衣布帛
如漢人，有番名而無漢姓。」[165]呈現各平埔聚落原住民教材已涵括其
他經書。其他如黃叔璥、張湄等巡臺御史的作品中，也常提及對於教
化原住民多有使命感以及影響的層面。

　　所謂「再現」（representation），在文學的敘事表現中往往和意象
模式有關，不僅引人深入了解歷史與民族誌，亦可供思索「再現者」
的位勢、權力、性別、階級等層面的複雜性。若從對原始主義的批
評，如指人類的追懷往古與反璞歸真的天性，或質疑文明、回歸自然
的文化思潮，將有助於詮釋巡臺御史如何觀看臺灣原住民。[166]巡臺御
史眼見平埔族技術文化、社群文化及表達文化的特色，各社的風俗異
於漢文化，於是以詩文采錄對於各聚落的人文記憶。如巡臺御使張湄
與范咸書寫臺灣的詩作皆有百首以上，六十七〈北行雜詠〉組詩多刻
劃原住民文化，其他巡臺御史如景考祥、楊二酉、立柱、錢琦、舒
輅、書山、熊學鵬等，皆有詩作傳世。夏之芳的詩：「誰言番俗盡鴻
濛，樸陋能將禮數通。少稚相逢多背立，讓途讓畔有遺風。」[167]此為
記敘年輕的平埔族讓路的傳統禮俗。又如「南北行人樂自如，裹糧無
事文儲胥。逢村供時羞論值，誇道醇風似古初。」[168]則是描繪大方供
宿待客的善俗，並誇讚醇厚的原始部落民風。巡臺御史楊二酉〈南巡
紀事〉描繪阿猴、武洛諸社的風俗時歌詠道：「牽手葭笙細，嚼花春
酒香。知能但耕鑿，真可擬義皇。」[169]比擬上古自給自足的純樸社

165　同前註。

166　方克強：《文學人類學批評》（上海市：上海社會科學院出版社，1992年），頁9-10。

167　夏之芳：同註149，頁505。

168　同前註，頁518。

169　楊二酉：〈南巡紀事〉，收錄於范咸主編，《重修臺灣府志‧藝文》，頁593。

會。這些親身感受平埔聚落生活的宦遊文人，懷想遠古烏托邦理想社會，於描繪自然景觀之餘，有時亦想像「禮失而求諸野」的情境。

巡臺御史詩文中常敘及原住民與中國傳統文化的差異書寫，如平埔族性別、裝飾與婚俗等文化。在性別文化方面，描繪女性從事耕田、製酒等農業活動的情形，范咸曾吟詠「水田黎婦盡春耕」的詩句，詩文強調從事農耕勞動的景況，著重呈顯漢文化多為男性耕種的現像迥然不同。當禮教規範隨時代而有所變遷時，儒者往往產生極大的焦慮。其他族群及其文化禮儀與中國若較為接近，則被認為文化水準較高，離文明較近，離野蠻較遠。[170]巡臺御史采錄原住民的文化，不僅以文字記錄見聞，且擇取某種文化符號，參照漢文化後並加以批判。巡臺御史的觀看顯露出對於原住民物質、社群或表達文化的視角，此為形成清朝官員移風易俗文明化使命的源由。

四　結語

臺灣自納入清版圖後成為清廷治理的範疇，從種類繁多的檔案與文獻所留存清廷統治臺灣的紀錄中，多見官僚體系治臺政策著重於防亂與教化的層面。今瀏覽一些清治時期臺灣文獻、檔案中的修辭，常以負面評論臺灣民眾習性的書寫模式，加深治理教化的合理性。在許多清廷官員的心目中，臺灣是個紛雜難治的地區，如何匡正臺島民習或移風易俗，即是派遣巡臺御史的主要目的之一。綜觀臺灣清治時期官員所扮演的角色，為帝國權力中心的一環，他們的文學創作呈現其觀看異地的視角；然某些官員作品頗具個人意識，亦流露在原住民族

---

170 胡曉真：〈旅行、獵奇與考古──《滇黔土司婚禮記》中的禮學世界〉，《中國文哲研究集刊》第29期（2006年9月），頁54。

群於體制下所發出的多重聲音。

　　巡臺御史制度的產生與清廷欲探訪民情而來臺巡視有關，故於清治前期得以有任務型的空間移動經驗。當宦遊文人離開熟悉的土地到異地之際，為一種「非常」的暫時生活樣態，因而重新思索自己的位置。這些巡臺御史的觀察記錄，由於書寫的空間是在社會關係中產生或形成其概念，故透露出空間本質的權力與象徵意涵。他們的詩文與奏摺不僅蘊含清帝國對於原住民的統治策略，亦透露官員對邊陲之地的文化想像。這些敘事或流露模式化的帝國話語，或呈現感受平埔社會風俗的親身經驗，文本中的原住民文化因而有多重的意象。巡臺御史從中央到邊陲的巡行機會，影響到他們治臺建言的內容；除了軍事或治安政策外，亦觀察文教與風土民情，同時也透顯其人文關懷的情感面向。因巡臺御史的學養不一，目前所見其治理論述及詩文作品的質與量亦有落差，故本節以分析幾位較具代表性的巡臺御史著述及相關檔案作為研究素材。包括漢巡臺御史黃叔璥、夏之芳、索琳、錢琦、張湄、范咸、楊二酉等人，以及滿巡臺御史吳達禮、禪濟布、赫碩色、六十七等人的論述及詩作，試圖關注文學與文化的對話，並詮釋其治理論述及采風想像的面向。

　　許多清朝檔案、文獻為滿漢文並行的方式，透露出滿人的治理政策強調其民族特質的同時，也增加文化的包容性。[171]清治時期的宦遊文人多書寫山川的奇麗、物產的豐饒，或奇風異俗上，偏重在外觀的描寫，對刻劃平埔族人適應生活的變遷及內心感受的記錄較少。類似黃叔璥、夏之芳等巡臺御史關注居民日常生活記載，流露出留意人類

171 對乾隆皇帝而言，各民族的文字均具備載道的能力，經由翻譯、比對的方式，可達到溝通觀念、強化統治的目的，此與傳統中原王朝以統一文字作為鞏固政權受段的書同文政策，實有顯著的區別。葉高樹：《清朝前期的文化政策》（臺北市：稻鄉出版社，2002年），頁51-52、98-99。

性格上的普同性，因而顯得頗為特殊。巡臺御史中有不少人具備文史學養，影響他們書寫的位置與視域，故有助於後人理解當時臺灣的歷史文化背景。在御史巡視臺灣的過程中，不僅對臺灣官員稽核與考察提出許多相關的建議，這些提出的具體面向亦呈現奏摺文獻與歷史脈絡的關聯。故以詩文及奏摺、檔案等官方文獻所透露出來的話語，提供給中央邊陲的訊息以及帝國建構對異地的想像。

　　本節分別從巡臺御史學養與職責、帝國邊陲的治理論述、采風及文化想像等幾個面向，探討文本再現的意涵。期望藉由巡臺御史的書寫，呈現他們觀看臺灣的視角，以及空間移動的經驗與文化脈絡的關聯。從空間移動的經驗來看，巡臺御史渡海來臺視帝國邊陲的，又於過程中觀看原住民風俗。從文化脈絡來看，這類的文化想像透過論述修辭，多成為帝國藉以遠端遙控的媒介。這些詩文、奏摺與檔案不僅呈現巡臺御史個人觀點與視野，亦藉由文本間的交互對照及詮釋，積累空間移動與文學文化主題研究的學術成果。

表2-2　清治時期巡臺御史一覽表

姓名	派駐年	族裔	功名
吳達禮	康熙六十一年差留一年（1722年）	滿人	
黃叔璥	康熙六十一年差留一年（1722年）	漢人	進士
禪濟布	雍正二年差留一年（1724年）	滿人	
丁士一	雍正二年差（1724年）	漢人	進士
景考祥	雍正三年差（1725年）	漢人	進士
汪繼燝	雍正四年差（1726年）	漢人	舉人
索琳	雍正四年差留一年（1726年）	滿人	
尹秦	雍正五年差（初兼提督學政）（1727年）	漢人	舉人
赫碩色	雍正六年差留一年（1728年）	滿人	舉人
夏之芳	雍正六年差留一年（1728年）	漢人	進士
悉德慎	雍正八年差留一年（1730年）	滿人	
李元直	雍正八年差（1730年）	漢人	進士
高山	雍正八年以兵科掌印給事中留一年（1730年）	漢人	進士
覺羅栢脩（覺羅柏修）	雍正十年以陝西道監察御史差留一年（1732年）	滿人	
林天木	雍正十一年差留一年（1733年）	漢人	進士
圖爾泰	雍正十二差留一年（1734年）	滿人	
嚴瑞龍	雍正十三年以吏科掌印給事中差留一年（1735年）	漢人	進士
白起圖	乾隆元年以監察御史差留一年（1736年）	滿人	
單德謨	乾隆二年以工科給事中差留一年（1737年）	漢人	進士

姓名	派駐年	族裔	功名
諾穆布	乾隆二年陝西監察御史差三年差留一年（1738年1月3日年）	滿人	舉人
楊二酉	乾隆四年四月十五日差留一年（1739年5月22日）	漢人	進士
舒輅	乾隆五年三月二十五日到差留一年（1740年4月21日）	滿人	
張湄	乾隆六年以監察御史差四月十二日到差留一年（1741年）	漢人	進士
書山	乾隆七年以刑科給事中差四月初八日到差留一年（1742年）	滿人	
熊學鵬	乾隆七年十一月十二日奉旨差八年四月十八日到差留一年（1742年12月8日）	漢人	進士
六十七	乾隆八年以戶科給事中差九年三月二十五日到差留二年（1743年）	滿人	
范咸	乾隆十年四月初六日到差留二年（1745年5月7日）	漢人	進士
伊靈阿	乾隆十二年差留一年（1747年）	滿人	
白瀛	乾隆十二年以陝西道監察御史差（1747年12月7日）	漢人	進士
書昌	乾隆十四年差留一年（乾隆十六年正月在任）（1749年）	滿人	舉人
楊開鼎	乾隆十四年以河南道監察御史差（1749年）	漢人	進士
錢琦	乾隆十六年二月以河南道監察御史差（1751年3月）	漢人	進士
立柱	乾隆十六年以戶科掌印給事中差（1751年12月）	滿人	

姓名	派駐年	族裔	功名
官保	乾隆二十一年以刑科給事中差三月在省接印四月初九日抵臺（1756年）	滿人	
李友棠	乾隆二十一年以刑科掌印給事中差三月在省接印四月初九日抵臺（1756年）	漢人	進士
實麟	乾隆二十四年以兵科給事中差十二月在省接印二十五年二月初八日抵臺（1759年）	滿人	
湯世昌	乾隆二十四年以工科給事中差十二月在省接印二十五年二月初八日抵臺（1759年）	漢人	進士
永慶	乾隆二十八年以給事中差在省接印十月抵臺（1763年）	滿人	
李宜青	乾隆二十八年在省接印十月抵臺（1763年）	漢人	進士
覺羅明善	乾隆三十二巡臺（1767年）	滿人	
朱丕烈	乾隆三十二巡臺（1767年）	漢人	進士
喀爾崇義	乾隆三十六年正月巡臺（1771年3月）	滿人	
王顯曾	乾隆三十六年正月巡臺（1771年月）	漢人	進士
覺羅圖思義	乾隆四十二年四月巡臺（1777年5月）	滿人	
孟邵	乾隆四十二年四月奉旨以福建道監察御史巡臺（1777年5月）	漢人	進士
塞岱	乾隆四十六年以給事中巡臺（1781年）	滿人	
雷輪	乾隆四十六年巡臺（1781年）	漢人	進士

資料來源：余文儀等編：《續修臺灣府志・職官・官秩》，《臺灣文獻叢刊129種》（臺北市：臺灣銀行經濟研究室，1961年），頁122-125。

薛紹元等編：《臺灣通志・職官・文職》，《臺灣文獻叢刊130種》（臺北市：臺灣銀行經濟研究室，1961年），頁344-347。

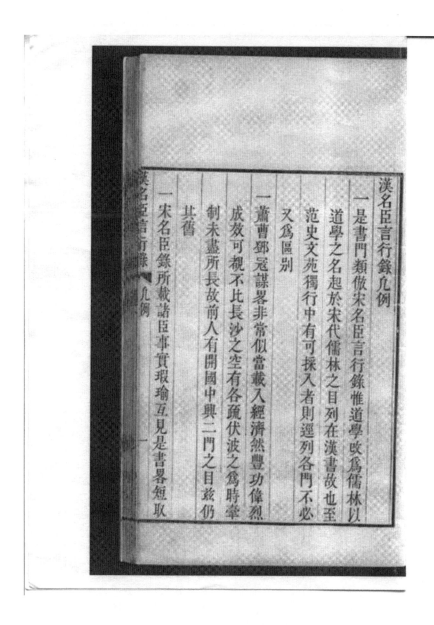

圖2-3　夏之芳《漢名臣言行錄》書影

——〈跨界行旅的文化脈絡：資料庫於臺灣旅遊文學史研究的應用〉
修改自原題〈數位化的跨界行旅——資料庫於臺灣旅遊文學史研
究的應用〉，宣讀於「第五屆文學與資訊學術研討會」（臺北市：
國立臺北大學中文系主辦，2010年10月4日）。後收錄於《國際文
化研究》第6卷第2期（2010年12月），頁107-136。

——〈臺灣歷史數位圖書館（THDL）於清治前期采風詩文研究的應
用〉修改自原題〈文化想像與邊陲敘事：THDL 於清治前期采風
詩文研究的應用〉，宣讀於「2010數位典藏與數位人文」國際研
討會（臺北市：國立臺灣大學數位典藏研究發展中心主辦，2010
年11月29日）。後收錄於《數位人文在歷史學研究的應用》（臺北
市：臺大出版中心，2011年12月），頁137-155。

——〈觀看海外邊陲：巡臺御史的論述策略〉收錄於《淡江中文學
報》第28期（2013年6月），頁261-296。

第三章
日治時期的現代性

　　因日治時期知識菁英跨界思索後的論述，具空間移動經驗的學術研究價值，故本章探討文本中所蘊含日治時期的現代性議題。第一節〈醫學訪察的記憶：杜聰明歐美之旅的敘事策略〉分析杜聰明以旅遊回憶的寫作手法，不僅再現歐美醫學現代性，且隱含醫學與帝國的關聯。藉由醫學教育與人物的面向，詮釋杜聰明遠赴歐美歷時兩年半的旅遊考察與反思。第二節〈形構美國都市意象：臺灣日治時期知識菁英的旅行敘事〉，以日治時期旅美的顏國年、黃朝琴、杜聰明與林獻堂為例，詮釋旅遊文本的地景意象及意義，且分析有關組織、制度等都市內在的深層文化。1920年代不僅呈現臺灣留日學生人數激增的現象，有些學生吸收大正民主期的思想主流，以立憲主義、自由主義、人道主義的主張，作為爭取殖民地自治的理論依據。[1]其中臺灣文化協會會員王敏川與施至善畢業於早稻田大學，且同為新民會會員。第三節〈文化啟蒙：1920年代文協會員的論述〉，探析自治與人權論述，如倡議自治理念及宣揚人權價值；再從殖民體制下的教育論述，探究教育制度的差別待遇、教育改革的策略等議題。又詮釋1920年代輿論的傳播及侷限、印刷媒介與想像共同體的形成等面向。臺灣文化

1　1920年元月在蔡惠如等人推動下，東京臺灣留學生組成「新民會」，其成立宗旨為「考究臺灣所應予革新之事項，以圖謀文化之向上為目的」，成為臺灣近代政治運動的起點。陳翠蓮：〈抵抗與屈從之外：以日治時期自治主義路線為主的探討〉，《政治科學論叢》第18期（2003年6月），頁141-170。陳翠蓮：〈大正民主與臺灣留日學生〉，《師大臺灣史學報》第6期（2013年12月），頁55-71。

協會為處在新舊文學過渡階段的知識菁英，多曾受儒學傳統教育，其現代性論述頗具探討價值。

第一節　醫學訪察的記憶：
　　　　杜聰明歐美之旅的敘事策略

一　前言

　　臺灣日治時期旅遊活動多以臨近臺灣的區域為主，遊記則以日本、中國及東南亞等地為記錄見聞的主要場景[2]，遠至歐美各國的遊記較少見。據1941（昭和十六）年《臺灣歐美同學會名簿》統計，日治時期留學歐洲的學生約二十二人，留學美國三十一人。[3]當時留學歐美的知識份子，人數極為有限，書寫旅遊見聞者更屬難得。其中杜聰明（1893-1986）不僅至歐美留學考察，且撰寫諸多旅遊紀錄，經後人編纂而成《杜聰明博士世界旅遊記》，提供分析旅外體驗文化差異的研究文本。此書所收錄〈第一次歐美留學之印象〉為杜聰明以旅遊回憶的寫作手法，描述日治時期首次至歐美旅遊經歷及感受，隱含醫學教育及人物形象等論述。杜聰明於歐美留學時，書寫約百餘封家書匯集成「第一次歐米留學中ノ家信」，收錄於《杜聰明博士世界旅遊記》，書中並詳細註明第幾封信、書寫日期、從何地寄出，以及杜聰明當時身分與年齡。除書信體外，杜聰明多次至國外出差、出席醫學會，旅程結束後皆撰寫詳細的考察報告。內容包括會議上所討論的事項，也描述當地人的生活情形、衛生醫療設施及醫療教學制度，故

2　葉龍彥：〈日治時期臺灣觀光行程之研究〉，《臺北文獻》第145期（2003年9月），頁91-95。

3　杜聰明：《臺灣歐美同學會名簿》（臺北市：臺灣歐美同學會，1941年），頁2-7。

作為本論文主要的研究素材。

　　為取得第一手文獻，先蒐尋作者撰述、主編或傳記資料等相關書籍，如《杜聰明言論集》五冊（1955-1982），為杜氏籌創高醫的隔年所編纂，多是關於求學、研究、出國考察以及會議致詞等文獻。同時蒐集杜聰明的漢詩、《回憶錄》（1989）、《杜聰明與我：杜淑純女士訪談錄》（2005）、《杜聰明先生榮哀錄》（1986）及相關的論著、期刊等參考資料。近年來「杜聰明博士獎學基金會」彙集杜聰明家世背景、求學歷程等珍貴作品、家書及家族照片，編輯成多部書籍。感謝杜聰明的女兒杜淑純女士，即現任杜聰明博士獎學基金會董事長的協助，致贈該會所出版的各類書籍，並提供若干第一手訊息，而得以另類閱讀理解這些遊記。除了細讀《杜聰明博士世界旅遊記》之外，同時遍覽作者所撰或編著的言論集、家族資料等，並廣泛瀏覽與此主題相關的日治時期報刊雜誌及文獻資料。目前有關杜聰明的研究成果，多集中於探討醫學事業的學術貢獻。回顧醫學史領域的研究主題，如范燕秋（2005）分析殖民者如何在臺灣維持健康的優越性、臺灣醫師如何運用社會醫學爭取政治權力等。朱真一（2001）述及杜聰明博士為第一位官派到歐美的醫學博士，並簡析其考察之旅的過程。另許宏彬（2004）從國家社會外部脈絡、實驗室內日常操作、知識生產細部考查以及科學研究與科學家性格等層面加以探討。並認為若只是單純的將科學活動視為實驗室裡的行為，將忽略其他多元面向對於杜聰明的影響。[4]楊倍昌（2001）分析杜聰明的科學立場，討論其醫藥合一和主張實驗治療學的研究方法，思考中醫體制和現代化過程中所需解決的問題。[5]雷祥麟（2010）提出「創造價值」的理解架構，分析杜聰

4　許宏彬：〈誰的杜聰明？從科學家的自我書寫出發〉，《臺灣社會研究季刊》第54期（2004年6月），頁150-157。

5　楊倍昌：〈杜聰明對漢醫學的科學想像與中醫體制化〉，「臺灣科技與社會研究學會第三屆年會」論文（臺北市：臺灣科技與社會研究學會主辦，2011年5月），頁1-24。

明不同於東亞絕大多數的現代論者，他相信漢醫藥中還存有許多既有的研究方法所難以充分實現的價值，因而需要發展新的科學研究方法來嘗試將它們付諸實現。學術界對於杜聰明的研究，多從醫學的專業貢獻，褒貶評論杜氏於醫學史的地位。另有學者主張相較於杜聰明一生豐富而極有意義的歷程，「若以學術研究的角度來觀察，目前的成果卻是十分地有限，可發揮的空間還相當廣大。」[6]這些專著未進一步探討杜聰明的作品，提供相關的研究成果。

　　回顧旅遊書寫的研究，廖炳惠《另類現代情》（2001）收錄以吳濁流《南京雜感》為例，深入分析臺灣另類現代性的相關議題。此遊記呈現作者不斷透過歷史與現狀、古詩意境與自然景觀、南京與臺灣（或大阪）、文化與服飾、人物及其生活方式，去鋪陳所看到的中國性格；在欣賞、感嘆之餘，卻流露出文化批判與比較研究的距離。[7]以臺灣為舞臺的旅遊書寫研究，多著重於各國人士來臺的遊記。如邱若山（2000）從1920年佐藤春夫的臺灣之旅中解讀觸景傷情的戀情投射、對南國的異國情調，又以記者角度批判、分析旅途的見聞。又如林欣宜（2014）提到英國傳教士麥格麗琪旅居淡水時，描寫一八九五年於臺灣的所見所聞等，皆是旅臺遊記的研究成果。然而，臺灣日治時期的歐美之旅的書寫，除林獻堂的《環球遊記》外，卻較少受到研究者的關注。[8]受到當時經濟條件等因素的限制，長途旅遊考察的機會實屬難得；近年臺灣旅遊研究的議題雖日漸熱絡，但對於日治時期

6　鄭志敏：《杜聰明與臺灣醫療史之研究》（臺北市：國立中國醫藥研究所出版，2005年），頁3。

7　廖炳惠：〈異國記憶與另類現代性：試探吳濁流的《南京雜感》〉，收錄於廖炳惠：《另類現代情》（臺北市：允晨文化公司，2001年），頁10-41。

8　日治時期遠赴美旅遊者，除林獻堂、杜聰明外，另有顏國年《最近歐美旅行記》、雞籠生《海外見聞錄》等人，林淑慧：《旅人心境：臺灣日治時期漢文旅遊書寫》（臺北市：萬卷樓圖書公司，2016年），再版。

遠赴歐美的遊記研究仍待爬梳詮釋。林鎮山（2006）引介敘事學理論
於文學詮釋的應用，實有助於敘事文本的分析。[9]旅遊書寫亦為敘事
文本，故以杜聰明三十二歲歐美醫學訪察之旅為例，探討其敘事策略
的特色。作者究竟如何鋪陳從離到返的敘事情節？再者，醫學訪察的
空間心境反映於人、事及景物等各層面，作者如何藉由遊記典範人物
的刻劃表達效法的理念？此趟日治中期遠離臺灣的醫學訪察事件又蘊
含何種空間意義？在觀摩各國的醫學教學環境之後，又如何藉由遊記
傳達空間心境？為探討杜聰明醫學訪察的敘事策略，故呈現本論文的
分析架構於圖3-1。

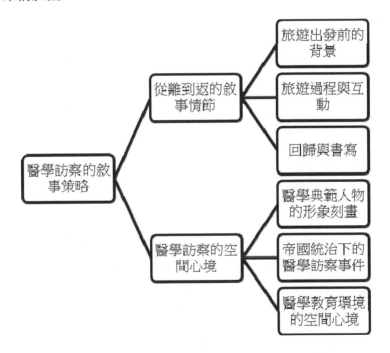

圖3-1 杜聰明歐美醫學訪察敘事策略架構圖

---

9 林鎮山：《離散‧家國‧敘述：當代臺灣小說論述》（臺北市：前衛出版社，2006
年）。

就臺灣旅遊文學與文化史而言，日治時期知識菁英的歐美見聞，實蘊藏諸多值得探討的議題。這段壯年時期的訪察之旅，為杜聰明生命中的特殊經驗，故藉由分析遊記觀摩現代醫學的旅行敘事及反思論述等層面，以詮釋杜聰明歐美之旅書寫的特殊質性。

二　從離到返的敘事情節

從閱讀杜聰明於臺灣日治時期的歐美見聞，得以感受其觀摩現代醫學的敘事策略及跨界意識。因旅遊書寫具敘事的時間性，故本節從出發前的背景、旅遊過程、互動回歸與書寫等面向加以分析。

（一）旅遊出發前的背景

就遊記的撰寫背景而言，關注於作者的學養、文化資本與旅遊動機及目的，以呈現其旅遊敘事的位置。日人所編《臺灣人士鑑》如何評介杜聰明？此書首先從家世背景敘述他生於1893（明治二十六）年8月25日，為杜日鳳的三男。曾就讀淡水公學校，於臺灣醫學校的預科及本科皆第一名畢業。1915至1916（大正四～五）年在京都帝大醫學部醫科研究內科學，1917至1922（大正六～十一）年於研究科專攻藥物學，於12月16日獲頒醫學博士學位。強調將杜聰明定位為朝鮮及中國等地獲得日本醫學博士的第一位，並褒揚他為篤學溫厚的紳士。[10]此視角顯現從殖民者的位置而言，與朝鮮殖民地醫學博士相比較；同時分析因總督府的資源協助，始能累積其醫學成就。杜聰明曾赴日本京都帝大留學，期間所撰遊記多回憶於比較醫學部的學習環境、或是於京都市及大阪學習與生活，以及留學生彼此的交往情形。

10　臺灣新民報社編：《臺灣人士鑑》（臺北市：臺灣新民報社，1934年），頁31。

臺灣日治時期留學生出國的目的地大多是日本，至歐美留學為少
數。杜聰明學成歸國後任醫專教授時代，於1925（大正十四）年遠赴
歐美歷時兩年半的旅行，主要是考察歐美之醫學設施，並參觀各大學
醫學院及藥理學教授之研究情形。此次前往歐美考察的經費資助單位
為臺北帝國大學，原本因醫學部的成立所需；但後來臺北帝大以基礎
科學及人文科學為主，醫學部終止創設，故由帝大理農部支付其留學
考察經費。初期由於派出的教授員額較少，所以經費充裕；但後期理
農部派出的教授增多，而使杜聰明的研究經費縮減。[11]因當時留學歐
美是稀罕且光榮的，所以他特地到各科級學寮向職員及學生道別。[12]
杜聰明先與二兄家齊、侄麗水及妻雙隨等親人拍攝紀念照，又參加友
朋為他舉辦的歐美之行餞別會。（參見圖3-2、圖3-3）又訪長野純藏
前校長，並與細菌學者豬股義讓餞別。杜聰明曾於〈杜林雙隨傳〉收
錄「大夢行」一詩：

> 夫婿兩年歐美行，長男長女初出生，
> 雙肩獨負家中務，難忘香港迎我情。[13]

此詩呈現林雙隨於杜聰明訪美期間為家庭全力付出，才得以成就此歐
美訪問之旅。此文又記錄行前受伊澤修二總督特別召見，聆聽訓辭與
祝福。[14]如此慎重其事，呈現此行受官方的託負。

---

11 杜聰明著，杜淑純編：《杜聰明博士世界旅遊記》（臺北市：杜聰明博士獎學基金
　會，2012年），頁42。
12 朱真一：〈臺灣早期留學歐美的醫界人士（五）第一位官派到歐美的杜聰明博士
　（1）〉，《臺灣醫界》第44卷第12期（2001年12月），頁68-69。
13 杜聰明著，杜淑純編：《杜聰明（墨寶漢詩）紀念輯》（臺北市：杜聰明博士獎學基
　金管理委員會，2008年），頁143-144。
14 同註11，頁42-43。

圖3-2　啟程至歐美留學前與家人合影[15]

圖3-3　1926年杜聰明歐美視察餞別紀念

資料來源：《臺灣現代醫學之父——杜聰明博士留真集》（杜淑純2011：117、127）

---

15 圖3-2攝於大正街五條通，前排左為杜林雙隨與長女杜淑純，右為杜聰明與長子杜祖智。

　　對旅人而言，旅遊時若能使用當地語言，在理解異文化上有很大的助益。杜聰明積極學習德語、英語、法語，為日後旅行奠定所需的外語能力。他曾提及早在京都帝大醫學部就讀期間，六年內夜間皆前往聖護院校，向德國派來日本的宣教師 Schiller 學習獨乙語（即德語），由於此位教師的薰陶，外國人常稱讚杜聰明德語發音。至於在英語方面所回憶的學習歷程為：曾參加艋舺禮拜堂柯維師先生之講習會，又在京都向一位廣島高等師範學校教師學英文；回臺灣以後參加英文教師講習會，或與個別教授練習會話。此外，在學習法文方面，最初受教於尾崎良純教授，後於夏季休假至大阪，上午十時至十二時學習德文，下午四時至六時學習法文初步，回臺灣再認真學法文。[16]杜聰明到歐美考察之前，已先學習歐美語言，出國後又繼續進修。例如他於美國留學時期，在馬偕醫院外國人宣教師宿舍向吳牧師娘請益英語，學習的地點有時在客廳、或在廚房後廳，以避免來客打擾之麻煩。又曾與房東夫人共讀英文聖經，並與許多英文教師一起研究英文。一九二七年夏季起，在巴黎七個月，入夏季講習會與林柏壽同班學習法文以外，再向法國教授學習會話。[17]從以上資料得知，杜聰明費心學習語言的過程，他至歐美旅遊前已具備英、德、法語的能力，實有助於異地觀摩醫學領域的專業知識，並得以實際與當地人交流互動。

　　杜聰明能出國考察，實得助於臺北帝國大學在外研究員的制度。此制度明訪留外訪問研究時程最長二年二個月，最短八個月，平均為一年七個月，指定國為英、美、德、法國等。[18]杜聰明善用此制度，

16　同註11，頁29。

17　杜聰明：《杜聰明言論集5》（臺北市：杜聰明博士獎學基金管理委員會，2011年再版），頁61-62。

18　李恒全：〈臺北帝国大学成立史に関する一考察〉，《神戶大学発達科学部研究紀要》第14卷第1期（2006年10月），頁50。

向農學院申請在外研究員，以「植物學」為名義從事醫學訪問，直至
1928年1月才回臺。1925年12月19日先從臺灣出發至日本，又於1926
（大正十五）年1月8日由日本橫濱出帆到美國，最後在1925（昭和
三）年4月11日回到臺灣。兩年五個月的旅途主要停留美國半年、英
國四個月、德國一年、法國六個月。[19]長期遠赴歐美進修考察的動
機，主要為觀摩醫學設施，參觀各大學醫學院及藥理學教授之研究情
形，並從中尋求理想的實驗方法，如此跨國再進修之旅於日治時期實
較為罕見。

（二）旅遊過程與互動

旅遊過程包括行程設計、參觀地景、與當地人的互動等層面。杜
聰明於遊記中詳細記載正月初前往東京，自橫濱港乘太洋丸出帆，在
船內認識臺北三井物產茶業中憲太郎及京都帝國大學時代的舊友原正
平博士等日本朋友。又記錄當時在美國的臺灣留學生如黃朝琴夫婦、
楊仲鯨、顏春安、郭媽西、吳錫源、李昆玉，並於紐約日本料亭組織
臺灣歐美同學會。與羅萬俥前往歐洲時，再聯絡林伯壽、黃聯鑣等，
回臺後多年在臺灣繼續舉辦歐美同學會。[20]旅歐途中與人物互動方
面，如在巴黎遇林獻堂先生偕其公子林猶龍，恰巧周遊世界來到巴
黎。[21]此外，在瑞士旅行曾訪問林爾嘉先生，並敘述此位臺灣名人因
患肺結核病而到瑞士療養。杜聰明欣喜於異鄉巧遇友朋，於旅途中與
各界人物的交流透顯其關係網絡。（參見圖3-4）

---

19 杜聰明：〈第四次北美旅行之見聞〉，《臺灣科學》第24卷第3、4合併號（1970年12
　月），頁56。

20 同註11，頁44-45。

21 杜聰明：《中西醫學史略》（臺北市：杜聰明博士獎學基金管理委員會，2011年），
　頁144。

圖3-4　與日本基督教協會合影

圖3-5　歐美同學會合照

資料來源：杜淑純，《臺灣現代醫學之父——杜聰明博士留真集》（臺北市：杜聰明
　　　　基金會，2011年10月），頁129、133。

　　圖3-4為1926年2月3日與日本基督教協會會員攝於芝加哥。至於
留學歐美的合照參見圖3-5，照片前排左起黃朝琴夫婦、杜聰明；中
排左起：羅萬陣、馬郭西、李昆玉，後排左起：劉清風、吳錫源。當
時留學歐美人士多曾與他聯繫，一九四一年出版的《臺灣歐美同學會
名簿》，即是由杜聰明編纂而成。

　　杜聰明此行主要參訪大學及研究單位，曾至美國賓州大學 Richards
教授的實驗室及藥理科，觀摩其教學及研究，一個月餘轉至約翰・霍

普金斯大學藥物學教室。在費城，亦到克里夫蘭、底特律、多倫多等各處參觀研究。他於1926（昭和元）年4月2日拜訪紐約 Rockefeller 研究所的野口英世，因曾閱讀其傳記及聆聽演講而敬仰他，所以此次請託安排會面傳授相關專業醫學知識。[22]於美國較特殊的活動為當年七月奉臺灣總督府之命，代表日本政府參加五日至九日在費城舉行的世界麻藥教育會議（First World Conference on Narcotic Education），大會在八日專門為他安排一場演講，題目是「臺灣的鴉片問題」。杜氏全程用英語演說，向國際宣揚臺灣鴉片漸禁政策的防治效果，並在演講的最後出示杜氏翻譯的公學校教本「阿片歌」。[23]他強調教育於戒毒成效的重要性，此場演講受到高度關注而為報紙記者所報導，實質上亦加強他與總督府的關係。

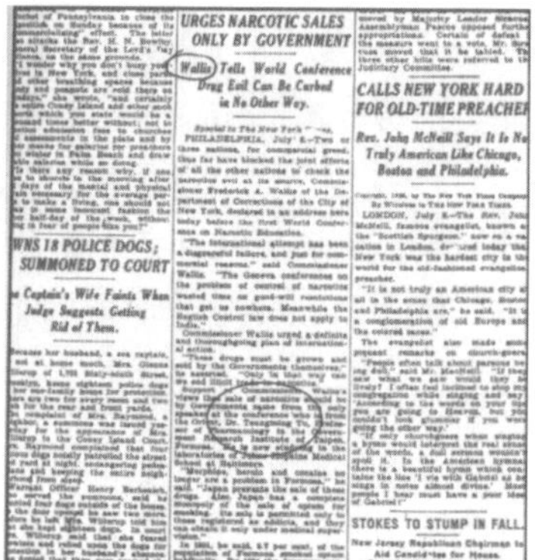

URGES NARCOTIC SALES ONLY BY GOVERNMENT

Wallis Tells World Conference Drug Evil Can Be Curbed in No Other Way.

...WNS 18 POLICE DOGS; SUMMONED TO COURT

...Captain's Wife Faints When Judge Suggests Getting Rid of Them.

CALLS NEW YORK HARD FOR OLD-TIME PREACHER

Rev. John McNeill Says It Is Not Truly American Like Chicago, Boston and Philadelphia.

STOKES TO STUMP IN FALL

圖3-6　《紐約時報》刊登1926年7月9日杜聰明的演講

資料來源：《一代醫人杜聰明》（楊玉齡2002：106）

---

22 同註11，頁46。

23 臺灣的鴉片癮治療史上，雖然杜聰明的貢獻無庸置疑，但在他之前的降筆會戒菸運動，牛罵頭改菸局，和林清月的成果，亦不應被忽視。朱迺欣，〈杜聰明與早期民間戒烟運動和鴉片癮治療〉，《臺灣神經學學會神經學雜誌》第17卷第1期（2008年3月），頁67-69。

　　杜聰明離開紐約後經英國、法國、荷蘭再到德國漢堡，又至丹麥
及瑞典再到柏林，並專程在法國巴黎大學醫學院聽課，也曾到奧地
利、瑞士及義大利參觀。本文依據《杜聰明博士世界旅遊記》、《杜聰
明回憶錄》、《言論集》、〈歐美醫學視察談〉及杜聰明家書、手稿整理
考證其旅遊行程。（詳參附表：杜聰明日治時期歐美大學之旅主要行
程表）從杜聰明的一手資料推測其歐美主要行程於圖3-7。

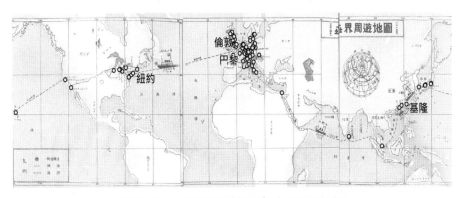

圖3-7　杜聰明歐美旅遊主要行程圖

　　杜聰明在德國則聆聽系列有機化學課及研究臺灣產八角蓮，並參
觀各城市及產業，如萊比錫、慕尼黑及 Merck、Bayer 等製藥公司、顯
微鏡公司等。[24] 1928年3月乘箱崎丸，一個月後抵達香港，妻子雙隨亦
從臺灣乘船到香港迎接，經廈門受到旭瀛書院院長岡本要八郎先生的
歡迎，參觀歐美等城市後，4月11日安全抵達基隆港，完成兩年四個
月的留學生活。為回溯杜聰明旅遊的主要地點，推測其日治時期主要
停留於北美及歐洲城市以衛星定位法繪製（如圖3-8、圖3-9）。

---

24 朱真一：《臺灣醫界》第44卷第12期（2001年），頁68-69。

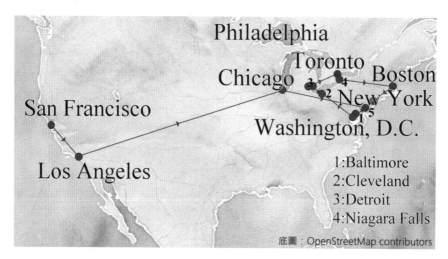

圖3-8　日治時期杜聰明旅美主要城市圖

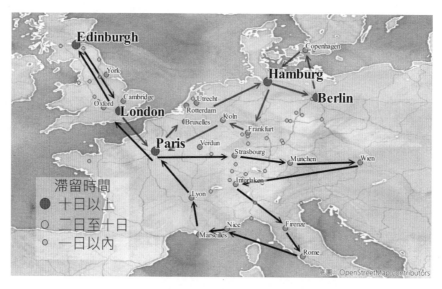

圖3-9　日治時期杜聰明旅歐主要城市圖

　　從圖3-8、圖3-9得知杜聰明除了以北美主要醫學機構及大學為主
要考察的核心，又遠赴英、法、德等國，並旁及比利時、荷蘭、丹麥

等歐洲國家，所到之處及行程拜訪多所大學、實驗室以及藥理學教室。此趟旅程除觀摩歐美醫學設施及教育制度之外，更將重心置於實際拜訪歐美各地的醫學專家，如到北歐諾貝爾獎得主生理學大家August Krogh 先生的研究室，即是專業的參訪。又特訪美國藥理學權威霍普金斯大學藥理學系系主任 John Abel 教授，細述其實驗室雖設備陳舊、空間狹窄，但「專業人才匯聚於此，彼室之大小，設備之如何，尚其次焉者也。」[25]因他善與人才交流，所以不受硬體設備的限制而能進行深入的研究。另於英國會見 Dr. Markus Guggenheim，這位因化學實驗而失去雙眼的盲人學者，依靠助手誦讀各種雜誌新知，而能與時俱進。[26]杜聰明對於這些勤奮且具毅力的科學家，常於遊記敘事中表達景仰敬佩之情。

　　除了訪問專業人士之外，杜聰明從市街上見到 PelletierInstitut 銅像，感受醫學研究者於當地所受到的尊崇，及豎立醫學學術研究中心專家塑像的教育意義。他見到巴黎處處是公園及美術雕像，塞納河貫流市中，地下鐵道及巴士交通便利，市民腳步輕快、態度親切，因而讚嘆巴黎人具有天才氣質，學術研究風氣濃厚。於遊記中自言「最愛巴黎的留學生活」，隱含他嚮往不受掌控的自由氛圍與兼具美感的生活品質。此外，書信中也發抒對於都會的觀感，例如他認為巴黎的規模雖比不上倫敦，卻是個充滿藝術氣息的城市，生活步調也很愜意。又觀察建築物、博物館、公園裡豎立許多銅像，因寧靜的環境，而認為此城市為舒適的居住地。當他從德國再回巴黎時，雖然欣賞巴黎建築物的藝術性，但覺得巴黎人不如德國人勤勞。此為旅遊後都會比較的觀感。他眼見港口漢堡市，市街整齊清潔，第一次世界大戰後國民具強烈的復興意圖，新建宏大的教堂林立，尤其欽佩民眾勤勞儉約、

25　同註11，頁45。

26　同註11，頁45。

場所整齊清潔及親切的待人態度。[27]杜聰明旅人主觀感受城市氛圍，及冒險歷奇的行旅過程，流露個人的經驗與品味。

（三）回歸與書寫

　　旅遊回歸後的研究，主要以旅遊書寫、旅遊影響實踐、文化批判與省思等層面為主。為追溯旅遊與文學的密切關聯，*Literature and Travel* 一書中提到「旅行跟寫作是同一件事」，皆展現豐富的想像空間。此書對於旅行文學的範疇涵蓋內容極廣，其中又以旅遊回憶錄（travel memoir）最為重要，堪稱該文類的核心；不僅每年都有一定的發行，也在歐洲間接刺激其他文類的興起。[28]本論文所探討的杜聰明歐美旅遊見聞錄，多為旅遊回憶錄，此與旅遊記憶書寫亦有密切關聯。從杜淑純於《杜聰明博士世界旅遊記》為其父親所撰的序文中得知，杜聰明於家書詳細記述旅途見聞，旅程結束後又將旅行觀感以不同主題的方式彙整（參見圖3-10）。先於相關的醫學會上演講，並刊載於雜誌中，晚年將這些文本分別收錄於《回憶錄》及《言論集》。編者再從這兩本書擷取有關旅行的部分，再加上〈歐美各國的醫學視察談〉，依照時代編排彙集成杜聰明的旅行記事。[29]杜淑純回憶到：「父親第一次歐美旅行時，我還是三歲的小女孩，每週父親與母親都會書信聯絡，父親寫沿途所見景色、遇到的人；母親則將家中近況告知父親，兩年期間累積百餘封信。」[30]此書編者認為杜聰明家書、考察報告等旅外經歷，多記述詳細，實屬難得，故彙集相關資料並加以出版。

27　同註11，頁122；48-50。

28　Michael Hanne, Eds. *Literature and Travel* (Amsterdam: Rodopi, 1993), pp.3-7.

29　杜聰明：〈歐美醫學視察談〉，本篇原為1928年6月23日臺灣醫學例會使用日語演講之內容，會後刊載於臺灣總督府醫學校《藥理學教室論文集》第16號與《臺北醫專校友會雜誌》第69號。直至1930~1931年間，方由章詩實譯為漢文，引載於上海《醫事彙刊》第6期，1959年收錄至《中西醫學史略》出版。

30　同註11，頁4-5。

圖3-10　杜聰明手稿

　　研究杜聰明的旅遊書寫，為理解其真實生活的途徑之一。《杜聰明言論集》〈自序〉曾抒發旅外進修的感受：「考察若干大學，訪問幾許碩學，聊增識見，以一介儒生，能如是者，亦可謂幸運也。」他又提及言論集編輯緣由：「以科學中人，處於社會日常生活，所產生之雜文小品，以紀念余之生供資源的感激。[31]這些彙集杜聰明各生命階段的考察報告、演講、文章書信等，為遊記相關的外緣背景資料，實為探討遊記脈絡的參考。杜聰明歐美之行並非是流浪，而是遠赴西方考察觀摩現代醫學。[32]當時醫學機構的成就及知名醫學研究者，吸引

31　杜聰明，《杜聰明言論集1》（臺北市：杜聰明博士獎學基金管理委員會，2011年再版），頁1。

32　旅遊者與流浪者明顯區隔：旅遊者遨遊四方是因為發現可到達的世界充滿誘惑，難以抗拒；而流浪者到處漂泊，是因為發現可到達的本土是無可容忍的冷漠荒涼。旅

他到達世界的另一方，因異地蘊藏各類醫學領域的知識系統；然而，他最終將返回出生地臺灣，並借鏡取經的成果與本土研究對話。

杜聰明於德國漢堡大學藥理學教室與熱帶醫學研究所留學期間，向臺北醫專申請一筆特別經費，購買數量可觀的圖書和儀器，以利於日後專業的實驗及研究。他回臺後曾有感而發：「依余在歐美所見，從來作著名的發現，或偉大的發明者，其研究室非必優美宏大，設備亦非必充實完善，只知研究業績令人可驚，凡研究者態度好，設備亦完善，其業績便有可期。吾等今後要努力涵養研究態度，所謂學者的精神，並圖充實研究室設備，以資教育學生，研究科學真理。吾等所作業績雖微，發現雖小，然事實倘有確切，對於研究理念正確堅持實有貢獻。」[33]不浮誇踏實的研究態度為回歸後的體悟，為自我未來發展方向作定位。杜聰明訂出三大研究方向：中藥、鴉片及蛇毒，這三個題材都具濃厚的本土色彩。[34]他的《回憶錄》提到每到異國，皆觀摩該地的熱帶醫學研究所，譬如在漢堡大學參觀時，認為此類治療研究的症狀在臺灣時常可見。當親見臺灣與外國條件差異大，若找相同的題目，不可能與歐、美、日等各國競爭。這趟旅遊引發他研究臺灣常見的題材，深覺若是掌握本土的地利之便，當可占先天的研究發展優勢。

遊者踏上遊覽之路，是因為內心的嚮往；流浪者四海為家是因為沒有其他可容忍的選擇。Zygmunt Bauman 著，郭國良，徐建華譯：《全球化——人類的後果》（北京市：商務印書館，2001年），頁90。

33 杜聰明：《杜聰明回憶錄》（臺北市：龍文出版社，1989年），頁63。

34 杜聰明認為中醫與西醫間二元對立的爭論皆未有實質研究之基礎，亦缺乏臨床治療上的實證應用。因此主張藉由漢醫院的設置，系統性地運用西方科學方法來驗證中醫學，「從病理、臨床診斷到處方，實地去做比較研究」。他標舉中醫藥研究，基本上也未脫當時日本生藥學的範疇與思考，與和、漢醫學之高度相近及藥材之重疊有關，不一定涉及中醫的醫理。鄭志敏：《杜聰明與臺灣醫療史之研究》（臺北市：國立中國醫藥研究所出版，2005年），頁214-223。

四　醫學訪察的空間心境

　　杜聰明如何於歐美見聞的遊記中，表現對留學考察的整體印象？從〈第一次歐美留學之印象〉中歸納各章的標目，依序為〈在美國之印象〉及德國、英國、法國之印象，得知作者有意識以國別為標題，呈現帝國治理下醫學訪察事件的背景意義，並觀摩各國醫學教育環境的情形。另一特點為次標題明列關於醫學典範人物的名字，並於旅遊回憶書寫中刻劃人物形象。故本節以典範人物、訪察事件、醫學教育環境為主軸，分析杜聰明旅遊訪察與空間心境的關聯。

（一）醫學典範人物的形象刻劃

　　旅遊書寫呈現作者的人際網絡，藉由人物的行動或核心事件，以塑造人物形象。敘事學研究者李蒙・姬南歸納人物的呈現有直接、間接及比照等三種方式。[35]本節以杜聰明歐美之行為例，應用敘事概念分析旅遊書寫中的人物特質。

1　直接呈現法

　　在文本中由最具權威性聲音的敘述者，出面直接指明人物的特質（character trait）。例如，透過敘述者直接刻劃人物的性格特徵，在這情形下，等於暗示要求讀者接受這個人物性格特徵的界定。如杜聰明曾與德國學者 Edmann 先生共同研究組織培養學，他直接言及此人是德國唯一組織培養學的權威女教授，並有著作出版。[36]

---

35 Shlomith Rimmon-Kenan, *Narrative Fiction: Contemporary Poetics* (London and New York: Routledge, 2002), pp. 29-42.

36 同註11，頁50。

2 間接呈現法

不直接提及人物的特質，而是使用不同的方式以及例證來呈現。
歸納四種間接呈現法如下：

（1）人物的行為：人物的性格特徵可藉由（a）單次（或非慣例
性）的行為：揭露人物的動態面。例如他在遊記中提及法國學者
Paster 專注於研究工作，甚至在結婚當日仍埋頭於研究室之中，直至
友人提醒方想起結婚一事。另如，日本長井長義與 Hoffmann 教授學
習化學，曾於會晤此教授的女兒後，翌日即向這位德國小姐求婚。這
些皆是由單次行為構成的人物逸事，突顯人物忘情投入或性格特質。
又如世界大發明 lnsulin（胰島素）的 Dr. Banting，為靜穆之青年學
者，懷有高遠理想而與流俗不同。杜聰明與他談話時，若遇及深奧問
題，他的表現為：「凡有所不知，則直言不知，決非如俗輩支吾其
辭」，杜聰明深感這位女性直率的性格。[37] 這些以小窺大的單次事件，
具反映真實人物內在性格的功能。（b）習慣性的行為：傾向於揭露人
物不變或者靜態的一面。例如 Dr. Star 於藥理學教室研究，並於醫院
實地治療，懇切指導學生之實習，對於所提出實習成績報告，均一一
提供意見。[38] 又如另一位美國學者 Richards，曾從師於 Krogh，雖僅
有一席小實驗桌位，始終每日擦拭清潔桌位後方返家而去。這些最重
要單次的行為或習慣性的行為皆具象徵性的意涵。藉由描述重複、持
續的行為，表達人物恆毅、誠敬的一面。單次的行為為異於日常性的
行為速寫；習慣性的行為則是普遍展現於日常生活，以不變來表現一
固著的人物特徵。

（2）人物的言語：（a）人物的言語不論是「對話」或沈默的心

---

37 同註11，頁50-54。
38 杜聰明：《杜聰明言論集1》，頁208。

靈活動，敘述者都可透過言語的內容或形式，彰顯人物的性格特徵。
（b）言語不僅暗示人物的出身、原鄉、社會階級與職業，而且能進
一步彰顯他的特質。如巴斯德（Pasteur）七十歲在巴黎 Sorbonne 大
學演講的內容中，提醒觀眾得先自問：「為教學做了什麼？」然後，
進一步再問：「為國家做了什麼？」或許會懷疑如此多的付出是否就
能帶來等量的幸福，甚至這對人生的幸福到底有何益處。但無論多
少，努力嘗試是有必要的，當我們走到最後時才有權說：「已盡我所
能。」從杜聰明所摘錄此次演講關鍵的一段話，感受巴斯德面對他人
的質疑時，仍將自己的付出視為純然的責任與滿足，不斷自詰貢獻了
多少，因而受到世人欽敬。[39] 由於文本中的人物，其語言具個人的特
色，有別於敘述者，因此，他的話語形式與風格成為形塑／呈現人物
最好的方法之一。又如在德國訪問期間，參加湯瑪斯（Thomas）的
退休演講遇見日本有名藥化學者長井長義，聽聞他為日本官派第一回
的德國留學生，並立志決心讀化學，更提及當時自日本來德國的人都
帶一日本短刀，並言：「如學問無成功，就要切腹不回日本去。」這
顯示當時日本留學生的堅定志氣及抱負。[40] 讀者透過因果關係，重新
詮釋／建構：由篇中人物的行為和言語所暗示的人物特徵，日本人勤
勉剛毅且不屈不撓的民族性格，亦躍然紙上。

　　（3）人物的外表：（a）人物自身無法掌控的外在特點。例如，
身高、眼睛的顏色，具遺傳/傳承的意味；（b）人物自身可以掌控的
外在特點：例如，髮型、衣服，具另外因果關係的暗示。透過人物自
身可以掌控的外在特點來暗示性格特徵，象徵策略已在此呼之欲出。
例如，美國學者 John Abel 已七十三歲，自從於實驗中不慎蒸餾爆炸

---

39 杜聰明：《杜聰明言論集1》，頁263。

40 同註11，頁45。

失去一眼後，「現在以一眼每日自早朝至晚一人，仍繼續他在實驗室的實驗工作。」盲人學者 Dr. Markus Guggenheim 因為化學實驗失去雙眼，職員一一向他請示指導。[41] 這些人物雖受到外在的生理限制，卻無損其積極的研究態度，兩者皆以實驗中毀傷身體為例，反襯學者之努力不輟。甚至如學者 Markus 雖已全盲，仍能繼續指導實驗工作，對諸般事宜依舊了然於心。

（4）透過環境暗示：人物所在的周遭環境例如屋子、房屋、街道、城鎮，以及人文環境。又如，家庭、社會階級，也常用來作為暗示人物特徵的換喻。如漢堡大學之 Bornstein 教授，雖於德國北部每日七時方破曉時即至實驗室，其影響為：「故助手役人，莫不事事殊勤」，呈現團隊的研究態度。至於描繪德國民族性方面，當地研讀英、美、法文獻的風氣盛行，而各教室之抄讀會等，亦自教授始率同助手，將有意義的外國文獻盡力引介。[42] 杜聰明談及德國人勤勞儉約，不論公私場所都乾淨整潔；英國人守舊但個人教養極高，並有世界最好的教育制度；法國則生活便利，人民親切，富學術研究氣息，這些民族性亦間接反映各國學者的性格和研究態度。

3 以比照來強化

以直接呈現法和間接呈現法建構人物的特徵，再用「比照」的策略進一步加強。間接呈現法常涵括、暗示所述的「因果關係」，例如因某種行為，所以呈現人物的特徵。但是以比照來強化人物的塑造，這種策略則是純粹用比照來建構：文本中各敘述結構元素之間的關係，與因果無關。如地景的比照（analogous landscape）：人物所在的

---

41 同註11，頁45、54。
42 杜聰明：《杜聰明言論集1》，頁249。

周遭環境與人文環境，不只是間接呈現人物的特徵，也因為環境畢竟是人為的，人可能影響環境、或者受環境的影響。此外，人物之間的比照（analogy between characters）：將兩個人物置放於相同的情境下，比較他們行為的異同，形成類比或對比。例如 Abel 研究成果甚偉，來自英國、波蘭、日本、臺灣等各國物理學家及化學專家研究員紛紛到此留學，人才豐富，研究深奧議題，亦提攜不少後進；然而其研究室老舊，缺乏新式機械，設備頗古舊簡單。[43]另一方面，同為美國知名學者的 Sollmann 教授，教室器材新穎，工作場所屋宇宏大、圖書完備，卻無非常突出之學術貢獻。如此的比照手法，以同處美國醫學環境兩位學者的形象，強化事業成就於個人，外在設備為其次。

　　杜聰明多以細節烘托人物形象，且於遊記中不斷引介歐美諸多國外知名學者事蹟，如見德國 Bornstein 教授與歐美各國學者不同的學習態度與研究精神，並從在異地的留學生與學者身上見到不同的民族性格。例如在美國期間訪問野口英世，此人是來自日本的著名學者，先述其以往機遇，又提及拜讀傳記與聽演講的因緣。在德國訪問期間，參加 Thoms 先生的退休演講遇見日本著名藥化學者長井長義，聽聞此位日本第一回官派德國的留學生，立志決心研究化學的故事。此段敘事呈現日本人勤勉剛毅的學習態度，呈顯不屈撓的民族性格。杜聰明於遊記中表達衷心佩服德國人民勤勞儉約的科學生活，以及不論公私場所重視整齊潔淨的習性。此外，當抵達英國後，則感受英國的紳士態度。[44]如此陳述反映杜聰明對美、英、德、法的民情差異。透過旅遊書寫令人想像在簡陋實驗室的環境下，一個學者以殘衰之身，夙夜匪懈突破種種外在限制，得以旁通生物、化學並晉身為國內藥理學權威的過程。此種描寫方式，以簡陋的設備與深遠的成就對

43　同註11，頁45。
44　同註11，頁46-50。

比；獨眼老邁的身體侷限與努力不懈的研究態度對比。研究員自各國
雲集而來，跨越國籍、領域的藩籬而以一己之長，成功塑其偉岸的形
象得以深化。杜聰明以崇敬的心拜訪學者，本身便嚮往印證學者積極
的一面，描寫多為學術相關領域的活動。他重視學者的成就與當前的
研究，焦點置於醫學的發展與研究上，畢生也致力於此，並期望藉此
提供台灣醫界的觀摩對象。

（二）帝國統治下的醫學訪察事件

殖民統治是一種遠距離控制（long-distance control），因此需要方
法，需要處理所謂的治理（governmentality）的問題。所謂大不列顛
其實幅員不大，且侷促北海一隅，緯度高，氣候寒冷；然而其帝國版
圖除北美之外，卻多在非洲、加勒比海及太平洋與亞熱帶地區，熱帶
醫學研究能有所建樹並非偶然。如此醫學研究肩負起殖民統治，乃至
於延續帝國命脈的重責大任，醫學之為隱喻由此可見。[45]陳重仁《文
學、帝國與醫學想像》分析醫學與文學相互關聯，此書所提及諸多十
九世紀的英國文學文本中，透顯醫學不僅是一門科學而已，其背後深
層隱含著帝國的情感結構（structure of feeling）。外科手術的精進、麻
醉藥品的開發與臨床使用、公共衛生觀念的建立、傳染病的研究與防
治、熱帶醫學的研究與建制、醫療體系的制度化發展等，在十九世紀
的後半葉，尤其是最後的二十幾年間，也正是大英帝國勢如中天之
際，獲得突破性的發展。[46]若延伸觀諸二十世紀前半葉，看似無甚相
關的帝國、醫學與旅遊書寫，實際上亦蘊藏緊密的連結。

---

45 李有成〈醫學之為隱喻〉推薦序，收錄於陳重仁：《文學、帝國與醫學想像》（臺北
市：書林出版社，2013年），vii-xi。

46 有關於威廉斯對於「情感結構」的分析探討，詳見 Raymond Williams, *The Country
and the City*（New York: Oxford UP, 1973）。

　　原本熱帶病與英國、德國無直接關聯，於境內的氣候較乏傳播條件，惟當時以各殖民地之利便，廣蒐研究對象的資料，因而得以發展熱帶科學。杜聰明歐美見聞的遊記中曾述及：「漢堡港利用往時德國各地殖民地，南洋、印度、アフリカ（Africa 非洲）等，自熱帶地所染的マラリア（malaria 瘧疾）、アメーバ（amoeba 阿米巴蟲）寄生蟲的船員為材料，設立此研究所研究熱帶病，為世界最權威的研究所，貢獻世界學界甚鉅。如在臺灣早期所治療瘧疾方法，亦照本所所發表的方法。」[47]德國雖地處高寒，然熱帶病研究所利用各國入港之船員所患熱帶病加以研究，成為熱帶病學的權威。他認為臺灣身處亞熱帶地區，地理環境對研究甚有幫助，應更加努力發展熱帶醫學的建設。若將焦點移回臺灣，臺灣位於熱帶與亞熱帶之間，氣候及風土異於歐美諸國，疾病之種類也大不相同，故杜聰明認為治療研究需因時制宜發展本土醫學。如臺灣鴉片和嗎啡中毒者多，以藥理學為基礎戒除毒癮是迫切的問題，他盼望臺灣醫學校能將治療學教室獨立，使藥理學家和內科學家協力合作，或設立專門研究機構。[48]日治時期為了克服熱帶與亞熱帶的疾病，治療瘧疾等醫學研究及技術日漸發達。有些醫學上的突破，與日本海外殖民有關，主要是為了解決海外殖民所面對的醫療困境。再與十九世紀英帝國相參照，當時為了便於亞、非、印度等地的殖民統治，英國曾費心積累有關殖民地的知識，而建構人類學、博物館學的學術系統。日本帝國亦鼓勵發展熱帶醫學，遊記蘊含從觀察→省思→改革的歷程記錄，這些帝國的知識生成系統，呈顯殖民主義與熱帶醫學發展的共構關係，並隱含殖民現代性的影響。

　　杜聰明於此趟旅途中參加在費城舉辦的世界麻藥教育會議，並於日後致力鴉片的研究，這些活動與臺灣總督府的鴉片政策有何關聯

47　同註11，頁49。
48　杜聰明：《杜聰明言論集1》，頁259-266。

性？回溯有關鴉片的國際會議，首屆於1911年12月召開海牙國際鴉片會議，又於1913年7月召開第二次，並於1914年6月召開第三次會議。[49]第一次大戰結束成立國際聯盟，委諸國際聯盟負責執行對鴉片及麻藥交易的監督，並於1921年設置「鴉片諮詢委員會」。1924年11月在日內瓦召開第三次國際鴉片會議，在面對英國和其殖民地的壓力下，最後使美國被迫退出會議，中國也跟隨而退出會議。其他各國迅速檢視各項議案，通過「日內瓦第二鴉片條約」，鴉片問題已從環繞中國地區性的問題，發展成世界性的政治問題。[50]杜聰明在歐美留學前未研究過鴉片，醫學校畢業後入總督府研究細菌及寄生蟲，在1915至1921年至日本京都大學藥物學教室研究水銀化合物對生體分布的研究，暑假到大阪醫科大學研究血清免疫問題。1921年回臺當助教授時，大部分時間到中央研究所，研究苦參、八角蓮及木瓜等有效成分及其藥理作用。但在京都時即想以鴉片為研究的主題，因為指導的森島教授對此議題無興趣而作罷。[51]杜聰明訪察歐美兩年多期間正是1920年代臺灣政社運動及其改革訴求達到最高峰的期間，當時臺灣民報等媒體對於鴉片課題與殖民政府的官方政策明顯不同，時有尖銳批評。杜聰明在1930年開始具有本土取向的鴉片研究，除了受到歐美醫學訪察影響的因素影響之外，也受到1920年代中後期本島人主流輿論

---

49 1909年2月於上海舉行討論鴉片問題的國際會議，日本、中國、美國等十二國代表列席，該會議為國際鴉片會議的嚆矢。之後因第一次世界大戰而無法召開會議，美國於巴黎和會上簽訂凡爾賽條約，使和約的全體當事國都須履行「海牙國際鴉片條約」。

50 劉明修著，李明峻譯：《臺灣統治與鴉片問題》（臺北市：前衛出版社，2008年），頁143-153。

51 朱真一：《從醫界看早期臺灣與歐美的交流》（臺北市：望春風文化事業公司，2007年），頁164。

在鴉片問題上的觀點的衝擊。[52] 1930年1月2日蔣渭水領導的民眾黨以電報向國際聯盟告知鴉片問題,當國際聯盟派人來臺調查,總督府被迫尋找方法治療癮者,並聲稱要命令強制治療。因為杜聰明在愛愛寮的治療結果,證明鴉片上癮者非不可治療,絕大部分不會因強制除癮而引起死亡。所以臺灣人與臺灣總督府抗爭時,因為此研究成果可證實這抗爭合理。如此因將問題求助於國際聯盟介入,促使總督府兩星期內就批准成立更生院。從杜聰明參與1930年更生院成立的規畫,得知此類醫學機構,兼具治療鴉片癮的醫院及大型實驗室的功能,隱含醫學發展與殖民政策的緊密性。

　　有關杜聰明的鴉片研究對當時臺灣社會的影響,回顧前行研究,學者認為有些說法過於推崇杜聰明之個人因素。[53]許宏彬的研究點出杜聰明主要以完全隔離、嚴密監控的方式治療民眾,更生院彷彿成為一大型實驗室。[54]在臺灣的鴉片癮治療史上,雖然杜聰明的貢獻無庸置疑,但在他之前的降筆會戒菸運動、牛罵頭改菸局,和林清月以不同方法治療的成果,亦不應被忽視。[55]杜聰明作為一位學院內的知識份子,選擇為病患治療的方式,與研究有緊密關聯,並隱含總督府強力推動鴉片矯正計畫的權力意義。就杜聰明於醫學校的經歷而言,東京帝國大學法醫學教室名譽教授三田定則來臺接掌臺北帝國大學醫學部長後,希望未來的臺北帝國大學醫學部是首屈一指的學府,故從日

---

52 朱真一:〈從醫界看早期臺灣與歐美的交流(五)鴉片問題國際化及早期歐美留學生(3):杜聰明的研究與對事件的感想〉,《臺灣醫界》第49卷第12期(2006年12月),頁56-60。

53 楊玉齡:《一代醫人杜聰明》(臺北市:遠見天下文化出版公司,2002年),頁147-150。

54 許宏彬:〈從阿片君子到矯正樣本:阿片吸食者、更生院與杜聰明〉,《科技、醫療與社會》第3期(2005年9月),頁113-174。

55 朱迺欣:〈杜聰明與早期民間戒烟運動和鴉片癮治療〉,《臺灣神經學學會神經學雜誌》第17卷第1期(2008年3月),頁67。

本招募人才來臺擔任醫學部教授。原臺北醫學專門學校的教授中只有五位成功轉任醫學部教授，包括橫川定與杜聰明等。[56]研究臺灣公共衛生史及醫療史的學者認為：臺灣醫學的發展自始即是日本殖民統治的一環。[57]研究「醫政關係」的學者亦認為醫學保護人種健康，亦即是保障國家統治，而殖民地是帝國擴張的成果，日治時期臺灣的醫療與殖民政治有密切的關係。[58] 1920年代臺灣近代醫學體制化的發展，從熱帶醫學研究的擴充，及社會衛生設施之推展，呈現帶動臺灣本土醫學的成長。[59]杜聰明1922年返臺後擔任醫專教授，創建藥物學教室，跟隨其研究藥理學的學生如陳炳坤、邱賢添、李鎮源等皆為表現傑出的指導學生。研究課題包括：漢藥、臺灣蛇毒及鴉片研究，這些研究顯示立足於臺灣本土的取向。杜聰明等深受西洋醫學影響者，更在1930年代大聲疾呼以科學方法研究傳統中醫與藥材。他當年任職臺北醫專及帝大醫學部的意義之一，在於打破日本學者壟斷醫學研究的局面，對於不少持有殖民意識的日籍學者而言，這似乎有損其尊嚴。另一方面，杜聰明導入以講座教授為中心匯集、專精的研究體制，藉由體制內的發展，開創臺灣本土醫學重要的傳承。

（三）醫學教育環境的空間心境

杜聰明在醫學教育的觀察方面，首先著力於分析美國醫學校的資源，他親見許多大學及研究所豐富之設施及經費，比起歐洲毫不遜

---

56 容世明：〈《長與又郎日記》的研究價值：臺灣醫療史與近代史的觀察〉，《臺灣史研究》第21卷第1期（2014年3月），頁99。

57 劉士永：〈1930年代以前日治時期臺灣醫學的特質〉，《臺灣史研究》第4卷第1期（1997年6月），頁118。

58 葉永文：〈日據時期臺灣的醫政關係〉，《臺灣醫學人文學刊》第4卷第1、2期（2003年5月），頁48-68。

59 范燕秋：《疫病、醫學與殖民現代性：日治臺灣醫學史》（臺北市：稻鄉出版社，2005年），頁87-88。

色。尤其美國大學提供教授到歐洲留學一年之制度，立意良善；另一
方面，亦邀請歐洲青年學者至美國從事醫學研究，或邀請歐洲各方面
學者至美國演講，以刺激美國醫學的現狀。他認為美國對醫學研究或
教育非常開放，採自由放任主義，研究環境與德國相較之下更舒適；
若成果優良便能快速晉升，故預言美國未來在醫學研究上必有大幅度
的進展。他又比較美國研究機構擁有大規模的新式設備，英國研究單
位的建築則多古色蒼然，但兩國的醫學設施類型不分軒輊。[60]從這些
見聞紀錄，得知杜聰明著重於影響研究風氣及品質的核心元素，包括
設備、經費、醫療機構的制度、醫學教育的成效、研究環境、研究人
才的培育等，皆是他關切的範疇。

　　關於英國醫學教育系統的觀察與省思方面，杜聰明第一次至英國
停留四個月，感受英國人性格雖守舊但教養高，尤其大學教育的訓練
是世界第一，應成為臺灣的模範。他特別前往牛津及劍橋兩所世界知
名大學，觀察此兩校皆規定學員在四年大學中的三年需住宿接受教養
訓練，其學生即使畢業也多以學校為榮。這些名校教育方法的特徵是
採嚴格的方式，且重點為學生的人格塑造。又描述英國倫敦女子醫學
校，除一、二位教授外，全部由女教授所組成，呈現具專業知能的女
子對於醫學教育的貢獻。[61]他也提到曾參觀倫敦熱帶醫學校，此校創
辦人 Patrick Manson 曾於1866年至1871年到臺灣打狗擔任外國人醫
師。Manson 被稱為「熱帶醫學之父」，對於寄生蟲疾病有莫大貢獻，
當時臺灣飽受血絲蟲症引起的疾病所困擾。他抵臺後創設醫院，教育
臺灣子弟研究熱帶醫學，為臺灣熱帶醫學的啟蒙者。日本治臺後循此
基礎積極發展熱帶醫學，1909年設立「總督府研究所」，後改稱「熱

60　同註11，頁80-152、173-238。

61　同註11，頁51-152。

帶醫學研究所」。[62]從遊記中得知杜聰明特別以長篇幅介紹此校，是世界最有名的三間熱帶醫學研究所之一，而且聚焦與臺灣的密切關係。關於國民性與醫學發展的關係，杜聰明認為英國人平常冷靜的態度體現於醫學之中，大學裡學科與教室配置均有獨到之處，提供各領域的菁英自由發揮才能的機會。雖然英國醫學研究不比德國繁盛，卻有更為優秀的特殊研究所和實績。英國醫學之發展以醫院為主，一般醫生多講求實際。[63]整體而言，杜聰明觀察到英國非常重視醫學的預備教育和人才的培養，除了各門學科均有實地試驗外，也著重學生教養的課程。因教育攸關臺灣前途，這些關於女子教育、醫學教育的觀察，與日治時期知識份子費心比較臺灣與海外教育制度的差異，如此的論述隱含臺灣教育的困境。

在德國醫學教育的分析上，日本自明治初年以來，醫學以德國為模範，美國亦採取德國醫學制度而逐漸發達；關於藥理學的參考書籍，一般學生多使用德國翻譯本。[64]杜聰明至德國考察，主要以該國獨特的藥理學研究為重心。德國於十九世紀時的醫療教育即十分完善，早期已設專門醫學大學，各大學紛紛成立研究所延攬名家主持。雖遭逢第一次世界大戰，民族文化受挫，甚至有「廢德文而就英語」的聲音出現；然而德國人能冷食薄葬、萬事簡約，因此恢復迅速。他認為：「戰後至1926年短短八年，全體民族已煥然一新，此為德國人勤勉務實的民族性所致。」[65]德國因在醫科大學施行醫學之實際教育，且重視研究而得以蓬勃發展，常見德國各大學及研究所著名教授

---

62 日本能成功撲滅肆虐全臺的瘧疾，受到全世界的矚目，實受惠於 Manson 提出的假說。朱真一：《從醫界看早期臺灣與歐美的交流（一）》，頁37-43、197-204。

63 同註11，頁196。

64 朱真一：《臺灣醫界》第44卷第12期，頁68-69。

65 杜聰明：《杜聰明言論集1》，頁248-249。

門下有日本、中國、西班牙、義大利及俄羅斯等外國研究生。這些研究生需個人負擔研究費，由教授提供研究機會，因而間接對於德國醫學的發展有所貢獻。當杜聰明實際到德國觀摩之後，發現德文醫學雜誌上之論文，以及德文書籍的作者大多非德國人。即使德國現代醫學相當進步，但他們仍盛行參考英、美、法等國外的文獻。他比較各國後發現英法醫學家多藉由自己努力而成功，德國能掌控世界科學是由於組織，再加上民眾具邏輯的天性、旺盛精神及勤勉簡約的國民性。[66]從這些敘事得知德國醫學之成功，在於能兼容並蓄，大學中常見各國研究員，對醫學之建設人有貢獻；德國人對於有價值的外國文獻，多盡力介紹、精讀，並譯為德語，因採他國之長，故能於世界醫學界引領風騷。

在法國醫學教育環境的分析上，杜聰明發現法國醫學教育以田野調查為基礎，多以醫院發展醫學，醫科大學仰賴優秀人才而茁壯。法國人性格敏捷，具審美能力、想像力等智慧，學者重視自己的看法。他言及法國研究注重治療學，至法國考察後發現專門設置教授與講座，不僅使藥理學原理可以實際應用於疾病治療之上，也使臨床觀察變得更精細。日本一向以德國為典範，僅輸入藥理學，一般醫學亦步亦趨於德國之後。杜聰明不僅觀察現象，並評論日本之醫學系統，往昔以德國為模範，僅輸入德國獨特之藥理學。他惋惜日本對法國進步的治療學成果置諸不聞，忽略內科應病理學與治療學並重，表達關注各大學未有獨立治療學講座的問題。至於其他各國醫學教育環境的比較，杜聰明談到丹麥、荷蘭等小國，醫療設備一流，較大國為優。尤其學者發表研究成果，因嫻熟各種語言而利於交流，不似大國學者不能暢談他國語文，刊登之論文更用英、法、德語同時發表，得以盛傳

---

66 同註11，頁215-216。

於世界，對學界有莫大貢獻。[67]反思日本醫界，雖配置眾多研究員，發表業績不遜色於歐美；然因日文之故而未能普及，不被世界所重視。[68]杜聰明如此語重心長的反思，建議應使用歐美語文發表，或投稿於歐美雜誌，深覺以多語文發表較能與國際交流，提升學術能見度並發揮影響力。此與日治時期臺灣總督府獨尊日本語文的教育政策，另呈現應重視學術的傳播廣度。

杜聰明在歐美留學考察返國後，曾在《臺北醫專校友會雜誌》第六九號、第七〇號報告美、英、德、法各國的醫學教育制度。他到歐美學習新穎的知識和研究方法，後來回臺灣加以應用而發表許多論文。杜聰明以「樂學至上，研究第一」的精神，全心致力專題研究，且成績卓著聞名中外。後起之士，在杜聰明指導下的藥理學教室發表質量兼重的學術論文，並有多位獲授醫學博士學位。杜聰明〈歐美醫學視察談〉為長篇報告日治時期歐美的醫學考察，篇末結語指出：「對於治療學考察之所見言之，在歐美諸大學，治療學為獨立之講座者，占百分之八十以上，而於法尤甚焉，其制度非如德學者之注重藥理學，而代以治療學，故其研究極盛。關於治療學之書籍，出版極多，德國則藥理學之研究殊盛，治療學無獨立之教室；惟近來已知所改變，而臨床藥理學之名稱遂以產生，對此方面之研究，日呈蓬勃氣象。」[69]杜聰明在日本、歐美，尋覓醫學研究全新的天地，引入「實驗治療學」是希望影響臺灣醫學的未來。[70]杜聰明表達以兩年又四個月的時間，壯遊歐美各頂尖實驗室與大學，並與衷心景仰的當代科學大師會晤，或與他們同室工作之後內心受到深刻的衝擊。

---

67 同註11，頁252-259。

68 同註11，頁252-262。

69 同註11，頁259。

70 雷祥麟：〈杜聰明的漢醫藥研究之謎——兼論創造價值的整合醫學研究〉，《科技醫療與社會》第11期（2010年10月），頁199-263、265。

綜觀知識菁英旅遊的目的性不一，遠赴歐美各國親身體驗、親眼觀看，並試圖建立與臺灣的參照面向。在離與返的辯證中，不僅體會彼此的外在差異，旅遊見聞錄亦流露思索臺灣與歐美文明的本質差異。除本文論及的杜聰明之外，顏國年、林獻堂、雞籠生亦皆是日治時期遠赴海外，著有長篇旅遊見聞的知識份子。杜聰明在自我安排的行程中，在醫學制度等層面，或是習俗風尚的觀看中，尋覓臺灣未來的發展方向。這些旅遊見聞因知識菁英的發聲位置，而具公領域的影響力。旅遊文本是透過敘事者見到文化差異，藉由參照、比較或批判的省察，進一步理解本身境遇，並改變自我的視域。知識菁英杜聰明從臺灣出發到異地，再返回臺灣的家，在離與返之間，書寫歸家之後思想上的衝擊與省悟。他發表於《臺灣日日新報》1928年4月20日〈從醫學觀歐美的現狀〉一文中指出：「東洋醫學比不上西洋醫學是在制度的層面上，西洋制度已發展成熟，但東洋醫學發展的時期有限而權威者很少。雖然這些學者的程度並非比不上西洋學者，但為數不多。」經這次歐美之行之後杜聰明認為：若日後東洋人努力不懈，則不輸於西洋。[71]他在異文化參照下有所批判，並思索自我的位置，流露旅行書寫的內在意義。

臺灣日治時期醫師的地位轉變迅速，杜聰明提及臺灣總督府醫學校創立之初，不僅未收註冊費，且設有各項優惠及獎勵，仍無人志願入學；及至醫學校聲望提高，加以卒業生於各地開業信用良好，遂成為人人爭相入學的最高學府。醫師也從乏人問津的行業變為值得驕傲的工作，於臺灣的日本人罹病時甚至不求助日本人開業醫師，反求診臺灣醫學校畢業生。[72]臺灣總督府醫學校的設立，不僅具有教育意涵，且改變臺灣的醫學觀念與社會風氣。杜聰明的第一位學生邱賢添

71　同註11，頁153。

72　杜聰明：《杜聰明言論集5》，頁41。

以研究蛇毒的論文獲京都大學博士學位，因而吸引更多臺灣子弟進入藥理實驗室作研究。另一位學生李鎮源1940年博士畢業後，放棄熱門的臨床醫學，決定繼續留在學校藥理實驗室，擔任杜聰明的助手以從事基礎醫學的研究。當時整個醫學部只有杜聰明是臺灣籍的教授，李鎮源認為：「為了替臺灣爭氣、為了臺灣人的尊嚴，本來有幾位日本教授要我去他們的研究室做助手，但我還是選擇跟杜先生。因為我認為杜先生是我們自己人，我們應該幫忙他。」[73]戰後李鎮源承繼杜聰明藥理實驗室，擔任藥理科主任，其研究成果深受學界肯定，並於一九七六年獲國際毒素學會最高榮譽的雷理獎（Redi Award）。

　　杜聰明於1937（昭和十二）年獲日本內閣任命為臺北帝國大學教授，擔任藥理學講座兼敘高等官三等，之後陞敘高等官二等及一等，是臺灣人在日治時代任官最高位，得見其醫學貢獻受到日本之矚目。目前研究者主要從醫學、科學家、開臺第一位醫學博士的角度來觀其事業，多未關注杜聰明曾投入撰述醫史的用意。[74]因杜聰明深感醫學之發達，皆由延續傳統而積累創新，故撰寫《中西醫學史略》。其中第四編，即收錄他此次出訪歐美的醫學視察紀錄，由於段時期的考察，而對醫療研究與醫療史的發展有更深入的認知。其餘前三編從西方的醫療史談起，以埃及、印度、希臘等古文明的醫學發展為始。中世紀的醫學則敘及民族、哲學影響下的醫學，中世末期解剖學與外科學興起。從十六世紀文藝復興時期外科學興隆，醫療科學更加蓬勃發展。一直演變進步到二十世紀的醫學生化、臨床的醫療發展，呈現醫療科學日漸發達的情形。第五編詳述中醫的發展狀況與日本漢方醫學

---

73 楊玉齡、羅時成：《臺灣蛇毒傳奇：臺灣科學史上輝煌的一頁》（臺北市：遠見天下文化出版公司，1996年）。

74 皮國立：〈臺灣的中國醫療史之過往與傳承──從熱病史談新進路〉，《中國歷史學會史學集刊》第41期（2009年10月），頁78。

的發展，最後〈雜錄〉提及鴉片傳入中國的問題，並述及臺灣醫療教育發展。他將臺灣醫學教育發展史分為五類：原始醫學期、瘧疾流行期、傳教士醫療期、日據時期、中國醫藥期。此書呈現杜聰明涉獵各國醫學史領域的廣度，更流露醫學史觀與對臺灣未來醫學發展的期許。

五　結語

　　杜聰明藉由跨界的醫學觀摩之旅，不僅增加個人的文化資產，並影響臺灣醫學研究及教育的發展。他親身考察歐美各國醫學特色，不輕信前人和書本之言，展現其富科學精神。從歐美旅行後記錄所見所聞，並比較各國醫學的異同，除了精進自我，奠定研究基礎，也期盼提升國內醫學整體發展為目的。遊記牽涉空間移動所引發文化差異的觀察等議題，這些多是內心思索並沉澱後的作品，故具研究的價值。本文以杜聰明的遊記為主要研究素材，作品所流露的宇宙觀或世界觀，為旅人從出發、行旅過程到回歸的省思。在旅遊敘事的例子中，反映對於目的地及其現實的思考，為理解這個世界的語彙，是人類社會與歷史上長期相互交流的產物。當我們在尋找真實訊息的過程中，旅遊作家提供一個現實的圖像。[75]杜聰明的遊記引導讀者觀摩歐美著名醫學家的研究情形，並賦予這些醫學大學及機構地景的意義。

　　杜聰明為了尋找理想的實驗方法而遠赴歐美進修考察，這樣的跨國再進修之旅，於日治時期實為罕見。歸臺後，又訂出三大研究方向：中藥、鴉片及蛇毒，這三個題材都具濃厚的本土色彩。臺灣人的抗爭運動，逼使日本政府終於認真執行漸禁政策而成功禁絕鴉片。知

---

75 B.W. 里切、P. 伯恩斯、C. 帕爾默主編：《旅遊研究方法》（天津市：南開大學出版社，2008年），頁257-260。

識菁英的遊記不僅敘述與外界互動的所思所感，更因發表於公共領域
而具啟蒙的現代性。杜聰明是以醫學的研究者觀摩各國醫學的制度、
組織及設備等，並且經多方比較省思後提出個人的見解。經過這一趟
歐美醫學的觀摩後，返回臺灣帝國大學任教，不僅奠定臨床實驗醫學
的基礎，其考察經驗亦有助於臺北帝大籌建基礎醫學的環境。他眼見
日本一味學習德國，致使殖民地臺灣無法見到醫學發展的多樣性。杜
聰明不只與世界各國研究人員暢談，並與歐美頂尖研究者對話，或與
跨領域學者討論。如此的學術訪問不同於文人多是抒發感受，或是記
者報導所觀察的現象，而是以專題研究，分析醫院及學校制度的成
果。這些日治時期歐美旅遊書寫較為罕見，呈現專業人士透過空間移
動思考個人及臺灣未來的研究方向，並在回歸後進行實驗。透過敘事
策略和表現手法的分析，揭示知識份子在殖民統治下，旅外所著眼於
不同的文化層面的觀察與反思，而展現旅遊書寫主題的豐富性。

　　現代敘事學是以歷時性的文本互涉，個別文本的互文性，以演
繹、評估對主題的詮釋，從事深具理念／意識的評論為主。[76]從閱讀
杜聰明日治時期的歐美見聞，得以感受其觀摩現代醫學的敘事策略及
跨界意識。故探討遊記所流露的觀摩現代醫學的心境及文化論述，以
詮釋此類書寫的特殊質性。從出發、旅遊過程與回歸等面向，分析因
文化差異而形成的文化批判與省思。因旅遊書寫呈現作者的人際網
絡，故應用敘事概念分析杜聰明旅遊書寫中的人物特質。不論是直接
指明，或透過人物的行為、言語、外表、環境暗示，以間接建構人物
的特徵；或用比照進一步加強，多使遊記中的典範人物形象更加強
化。如 Abel 教授、盲人學者 Markus 等人，皆使讀者產生鮮明的印

---

76 林鎮山：《離散‧家國‧敘述：當代臺灣小說論述》（臺北市：前衛出版社，2006
　　年），頁8-11。

象。在訪查過程中，曾透過演講向國際宣揚臺灣鴉片漸禁政策的防治
效果，強調教育於戒毒成效的重要性，此場演講加強他與總督府的關
係。至於考察各國醫學教育環境方面，至美國有感於醫學研究及教育
非常開放；於英國則著重於女子教育、醫學教育的觀察。至於敘述德
國醫學的特色為能採他人之長，兼容並蓄，故在世界醫學界引領風
騷；又觀察法國醫學教育以田野調查為基礎，著重於治療學。杜聰明
記錄各國醫學的發展，並反思如何改善臺灣醫學環境。這些人物形
象、訪察事件和醫學教育環境的敘事策略，是由歷史、文化、社會情
境為導向，展現杜聰明與典範人物的共鳴及醫學關懷等面向，試圖展
現實踐文學與社會情境的互動。

表3-1　杜聰明日治時期歐美大學之旅主要行程表

國家	城市	參觀大學名稱	日期
臺灣	基隆		1925年12月19日
日本	門司		12月23日
	神戶		12月24日
	京都		12月24~28日
	大阪		12月29~31日
	東京		1926年1月1~8日
	橫濱		1月8日
美國		（經太平洋）	1月8~17日
	Hawaii		1月17日
		（經太平洋）	1月18~23日
	San Francisco		1月23~27日
	Los Angeles		1月27~29日

國家	城市	參觀大學名稱	日期
	Chicago		2月2~4日
	Philadelphia	Pennsylvania 大學藥理學教室	2月5日~15日
	Baltimore	Johns Hopkins University School of Medicine	2月16日
	Philadelphia		2月17日~26日
	New York		2月27日~28日
	Philadelphia	Pennsylvania 大學藥理學教室	3月1日~27日
	New York	Rockefeller 研究所	3月27日~4月10日
	Philadelphia		4月10日
	Baltimore	Johns Hopkins University School of Medicine	4月11日~22日
	Washington D.C		4月23日~24日
	Baltimore	Johns Hopkins University School of Medicine	4月25日~5月11日
	Cleveland	Case Western Reserve University	5月12~13日
	Detroit		5月13~15日
	Ann Arbor	University of Michigan 藥物學教室	5月15日
加拿大	Toronto	Universityof Toronto 藥物學教室	5月15~19日
美國	Boston、Baltimore		5月20~21日
	New Haven、New York	Yale University 藥物學教室	5月21日

國家	城市	參觀大學名稱	日期
	Philadelphia	Pennsylvania 大學藥理學教室	5月21日~22日
	Baltimore	Johns Hopkins University School of Medicine	5月22日~6月10日
	Washington D.C		6月11日
	Philadelphia		6月20日
	Washington D.C		6月28日~30日
	Baltimore	Johns Hopkins University School of Medicine	7月1日
	Philadelphia		7月2~15日
	New York		7月15~17日
英國	London	倫敦大學藥物學教室	7月23日~8月14日
法國	Paris	巴黎大學醫學院教室	8月14日~10月31日
	Bruxelles	Bruxelles 大學	11月1~3日
荷蘭	Anterwep ~ Haag		11月4日
	Amsterdam	Amsterdam 大學醫科藥物學教室、Isle Maken	11月5日
	Utrecht	Utrecht 大學醫科藥物學教室	11月5~7日
德國	Hamburg	Hamburg 大學藥物學教室	11月7日~12月23日
	Berlin	柏林醫科大學、柏林藥學大學	12月23日~1月2日
	Potsdam		1927年1月3日
	Hamburg	Hamburg 大學熱帶病研究所、藥物學研究室	1月7日~4月5日
	Kiel	Kiel 大學藥物學教室、醫科大學生理學教室	4月5~6日

國家	城市	參觀大學名稱	日期
丹麥	Copenhagen	Copenhagen 大學 August Krogh 教室	4月6~11日
瑞典	Lund	Lund 大學藥物學教室、醫化學教室	4月12日
德國	Rostock	Rostock 大學	4月14~15日
	Hamburg		4月15~16日
	Berlin		4月16日~8月1日
	Dresden		8月1~2日
	Leipzig	Leipzig 大學	8月2~3日
	Halle		8月3~4日
	Weimar		8月4~5日
	Jena		8月5日
	Erlangen	Erlangen 大學藥物學教室	8月5~6日
	Nurnberg		8月6日
	Wurzburg	Wurzburg 大學生理學、藥物學、藥學教室	8月6~7日
	Darmstadt		8月7~8日
	Frankfurt		8月8~10日
	Mainz		8月10日
	Boon		8月10~11日
	Koln		8月11日
	Elberfeld		8月12日
	Koln		8月13日
法國	Paris		8月13日~9月15日
英國	London		9月15~17日

國家	城市	參觀大學名稱	日期
	Leeds		9月17日
	York		9月17日~18日
	Edinburgh（蘇格蘭）	Newcastle、Upon、Tyne	9月18日~29日
		Dundee	9月30日
		Glasgow	10月1日~6日
	Liverpoor	Liverpool School of Tropical Medicine	10月6~7日
	Manchester		10月7~8日
	Birmingham		10月8日
	Stratford-on-Avon		10月8~9日
	Oxford	Oxford 大學生理學、病理學、有機化學教室	10月9~11日
	London	Guy's Hospital Medical School	10月11~18日
		Cambridge 大學	10月19日~20日
		藥物學教室、Royal Free Hospital、London School of Medicine of Women	10月21~22日
法國	Paris		10月22~27日
	Verdun		10月27~28日
	Nancy	Nancy 大學	10月28日
	Strasbourg	Strasbourg 大學	10月28~30日
德國	Freiburg	Freiburg 醫科大學生理學、藥物學教室	10月30~31日
	Heidelberg	Heidelberg 大學藥物學教室	10月31日~11月1日
	Munchen		11月1~3日

國家	城市	參觀大學名稱	日期
奧地利	Wien	維也納醫科大學	11月3~8日
瑞士	Chur		11月8~9日
	Arosa		11月9~10日
	Zurich	Zurich 大學醫科藥物學教室	11月10~11日
	Basel		11月11~12日
	Bern	Bern 大學	11月12~13日
	Geneve		11月13~14日
	Interlaken		11月14日
	Scheidegg, Jungraujoch		11月15日
	Lauzern		11月16~17日
義大利	Milan		11月17~18日
	Venice		11月18~19日
	Firenze		11月19~21日
	Rome	羅馬大學病院和藥物學教室	11月21~24日
法國	Genoa		11月24日
	Nice		11月24~28日
	Lyon		11月28~30日
	Paris		1927年11月30日~ 1928年2月29日
	Marseilles	Marseille 大學本部及醫科大學	2月29日~3月3日
法國~ 臺灣	Napoli		3月5日
	Port-Said （Egypt）		3月9日

國家	城市	參觀大學名稱	日期
	Suez		3月10日
	Colombo（Sri Lanka）		3月20日~21日
	Singapore		3月26日~28日
	香港		4月1日~4月8日
	汕頭		4月9日
	廈門		4月10日
	基隆、臺北		4月11日

資料來源：筆者依據《杜聰明博士世界旅遊記》、《杜聰明回憶錄》、《言論集》、〈歐美醫學視察談〉及杜聰明家書、手稿整理考證而成。

第二節　形構美國都市意象：臺灣日治時期知識菁英的旅行敘事

一　前言

　　臺灣日治時期知識菁英因各種動機而遠赴美國，留存至今的旅遊文本極為罕見。故以四部目前所存的日治時期美國見聞為研究範疇，就顏國年（1886-1937）、杜聰明（1893-1986）、黃朝琴（1897-1972）與林獻堂（1881-1956）的文本為研究素材。首位長期到歐美的知識菁英為顏國年，曾因投入公共事業而獲頒褒章、日本紅十字社功勳章，並曾任基隆市協議會員、總督府評議會員等職務。顏國年為基隆富商，年少時受漢學教育，不僅具識見及商業才華，且日語亦流暢。他於1925（大正十四）年3月至世界各地旅遊，其《最近歐美旅行

記》敘事內容，多評議經濟工業等歐美現代性的發展。另一位於同年底出遊的杜聰明不僅至歐美留學考察，且撰寫諸多旅遊紀錄，經後人編纂而成《杜聰明博士世界旅遊記》。杜聰明曾就讀淡水公學校，於臺灣醫學校的預科及本科皆第一名畢業。1915至1916（大正四～五）年在京都帝大醫學部醫科研究內科學，1917至1922（大正六～十一）年於研究科專攻藥物學，於12月16日獲頒醫學博士學位。至於黃朝琴〈遊美日記〉為1926（昭和元）年於美國取得政治科碩士學位後的遊美記錄，起自當年的7月11日，直到8月29日止，分八次於《臺灣民報》刊載。他曾於1923（大正十二）年赴美國伊利諾大學深造，此部見聞為難得保存至今的早期留美學生遊記。林獻堂的遊記則連續四年刊登於《臺灣新民報》，記錄自1927年5月15日出發，至1928年5月25日抵橫濱止，約一年左右的時間，與二子攀龍、猶龍歐美各地旅遊的經驗。內容除了旅遊中生活的實錄之外，也包括異地風情、政治經濟、民生議題等題材及論述。此四位知識菁英皆記錄日治時期遊美見聞，若細加爬梳這些遊記並對照史料，將能詮釋作者的書寫策略與文本的特色。

　　相關議題的文獻回顧，如許雪姬教授分析林獻堂與顏國年的遊記，從社經地位與旅遊行程安排，及文化資本等背景、寫作風格方面及題材內容等面向加以比較。[77]有關家族的史料如陳慈玉《臺灣礦業史上的第一家族──基隆顏家研究》，探討婚姻網絡或是與地方社會的關係等文獻，亦為研究背景的參考。[78]以往針對探討黃朝琴的議題多偏重於政治經歷，或參與新舊文學論戰的文學觀等面向，較少針對〈遊美日記〉的文化意涵深入分析。杜聰明的研究則多從醫學的專業

---

77 許雪姬：〈林獻堂《環球遊記》與嚴國年《最近歐美旅行記》的比較〉，《臺灣文獻》第62卷第4期（2011年12月），頁161-129。

78 陳慈玉：《臺灣礦業史上的第一家族：基隆顏家研究》（基隆市：基隆市立文化中心，1999年）。

貢獻，褒貶評論杜氏於醫學史的地位。如朱真一（2001）則述及杜聰明博士為第一位官派到歐美的醫學博士，並簡析其考察之旅的過程；其他如楊倍昌（2001）、許宏彬（2004）、范燕秋（2005）、雷祥麟（2010）分析杜聰明的於醫學史的脈絡及研究方法。至於林獻堂的研究較多關注他參與政治社會運動、詩歌的成就或日記及相關歷史背景的研究。就《環球遊記》的研究成果來看，多討論遊記出版禁制的情形，以及所蘊藏的現代性、認同、國族論述等議題。林淑慧（2009）則比較林獻堂1927年日記及《環球遊記》的文化意義。這些文獻多著墨於四位知識菁英的經歷及作品，提供理解其生平背景的參考。

二　文獻的蒐尋與詮釋

旅外遊記透露作者感受臺灣與海外的文化差異，並重新思索自身的處境，並將文化論述藉由公共而得以傳播至知識階層，故具學術研究價值。為歸納顏國年、杜聰明、黃朝琴、林獻堂旅遊書寫的背景，茲將相關資料列成表一加以比較。

表3-2　歐美旅遊活動比較一覽表

旅者＼比較項目	顏國年（1886-1937）	杜聰明（1893-1986）	黃朝琴（1897-1972）	林獻堂（1881-1956）
出發時間、地點	1925年3月21日自基隆港出發	1925年12月19日自基隆港出發	1926年6月4日自芝加哥出發	1927年5月15日自基隆港出發
返臺時間	1925年10月25日返抵高雄港	1928年4月11日返抵基隆港	1926年7月6日抵返芝加哥	1928年5月25日抵達橫濱
總天數	219天	845天	33天	377天

旅者 比較項目	顏國年 （1886-1937）	杜聰明 （1893-1986）	黃朝琴 （1897-1972）	林獻堂 （1881-1956）
國家	日本、美國、英國、法國、比利時、荷蘭、德國、奧地利亞、匈牙利、瑞西、日內瓦、莫拿哥(摩納哥)、意大利、羅馬、星加坡(新加坡)、香港	日本、美國、加拿大、英國、法國、荷蘭、德國、丹麥、瑞典、奧地利、瑞士、義大利	美國	香港、新加坡、馬來西亞、斯里蘭卡、希臘、埃及、義大利、法國、英國、德國、丹麥、荷蘭、比利時、摩洛哥、瑞士、西班牙、美國
社經地位	實業家	醫學訪問學人	留美畢業生	實業家
行程安排	三井公司規畫	自行規畫參訪的地點與人物	自行參訪，羅萬車引導	與子共同規畫，林猶龍引導
出訪年齡	40歲	33-36歲	30歲	47-48歲
目的	礦業、實業考察	醫學考查	增長見聞	記錄見聞、啟蒙臺人文化

　　表3-2呈現出發的年代最早為顏國年，於1925年完成環遊歐美的心願；其次為杜聰明，林獻堂最晚。旅程最長者為杜聰明，訪問歐美時間長達兩年五個月；其次為林獻堂，旅程長達三百七十五日。黃朝琴旅遊的時間較短，且僅以美國為旅遊主要地點；顏國年、杜聰明、林獻堂則皆跨越歐美各地。從起程地點與出訪年齡而言，顏國年四十歲、杜聰明三十三歲與林獻堂四十七歲皆從臺灣基隆港出發，黃

朝琴則是於三十歲之際以留學畢業生的身分參訪，當時出境的交通工具皆以海運為主。行程安排方面，顏國年是由三井公司規畫，杜聰明與黃朝琴是自行規畫，林獻堂則與其子林猶龍共同安排歐美路線。顏國年旅遊的主要目的是進行礦產的實業考察，杜聰明主在醫學研究及參與麻藥會議，黃朝琴順道訪美是為了增廣見聞，林獻堂則是藉由記錄參訪所思所感以啟蒙臺人文化。

　　本節先蒐尋文獻作為研究素材，包括作者撰述、主編或傳記資料等相關書籍，如：顏國年編著及他人所編的傳記，並蒐集顏家的產業發展與婚姻網絡，或是與地方社會的關係等文獻。陳慈玉（1999）對基隆顏家的研究以及關口剛司（2002）所探討的三井公司，即蘊含參考資料。相關的研究素材包括《環鏡樓唱和集》，此書由顏國年於一九二〇（大正十）年編纂而成，從這些詩友吟唱的成果，得知顏國年的交遊網絡[79]。顏國年於1925（大正十四）年3月21日到10月27日，以二百二十一天時間考察歐美十六國。[80]陳慈玉的研究指出，顏國年這些「百聞不如一見」的見識，自然影響往後對礦場設備的改善，和對臺灣工業化之道的省思。顏國年因實業家的身分，故多從工業為主的考察之旅、產業實務的現代性，分析其觀摩海外產業實況。於文化論述與儒教價值觀方面，觀察物質文化與國民性的關聯、以儒教視角觀看西方文化展示。顏國年書寫物質文化的見聞，表達對於飲食、衣著儀態、道路屋舍及交通等層面的觀察及象徵意義。不僅以各國衣飾、建築物規模及風格與臺灣相比較；更由環境衛生及個人潔淨的層面，或是從公德心、商人良心、移民制度等分析國民性。從參觀古蹟、文化地景及博物館而有所省思，並藉由文本發表論述，流露儒者重風俗

79　劉澤民、林文龍編：《百年風華：臺灣五大家族特展》（南投縣：臺灣文獻館，2011年），頁47。

80　顏國年：《最近歐美旅行記》（基隆市：顏國年自印，1926年），頁4-178。

教化的價值觀。從他與三井公司所規畫的行程，在礦產實務或是習俗風尚的觀看中，尋覓臺灣未來的發展方向。在與異國接觸的過程中，顏國年經歷的不只是現代性的衝擊，亦以儒學價值觀評論風俗；同時再現旅行的經驗，藉以拓展視野，並思索實業的發展面向。

　　杜聰明於歐美留學時，書寫約百餘封家書彙集成「第一次歐米留學中／家信」，收錄於《杜聰明博士世界旅遊記》。除書信體外，書中詳載參訪資料及多次至國外出差、出席醫學會，旅程結束後皆撰寫詳細的考察報告。杜聰明是以醫學的研究者觀摩各國醫學的制度、組織及設備等，並且經多方比較省思後提出個人的見解。經過這一趟歐美醫學的觀摩後，不僅奠定臨床實驗醫學的基礎，其考察經驗亦有助於臺北帝大籌建基礎醫學的環境。他眼見日本一味學習德國，致使殖民地臺灣無法見到醫學發展的多樣性。杜聰明不只與世界各國研究人員暢談，並與歐美頂尖研究者對話，或與跨領域學者討論。如此的學術訪問不同於文人多是抒發感受，或是記者報導所觀察的現象，而是以專題研究，分析醫院及學校制度的成果。這些日治時期歐美旅遊書寫較為罕見，呈現專業人士透過空間移動思考個人及臺灣未來的研究方向，並在回歸後進行實驗。透過敘事策略和表現手法的分析，揭示知識份子在殖民統治下，旅外所著眼於不同的文化層面的觀察與反思，而展現旅遊書寫主題的豐富性。

　　旅遊研究者皮爾斯（P. L. Pearc）及卡達畢安諾（M. L. Caltabiano）引用美國人本心理學家馬斯洛（Abraham Maslow）所提出的需求層級理論來探討旅遊動機，動機是人類生存成長的內在動力，此等動力由低而高依次是生理需求、安全需求、歸屬與愛的需求、自尊需求、知識需求、美的追求以及自我實現需求。每當低層次的需求獲得滿足後，高一層需求隨而產生；旅遊動機亦是如此，早期旅遊的目的是為

了滿足生理動機的需求，逐漸轉變成為滿足心理動機的需求。[81]旅遊
書寫的現代價值即是旅人將見聞深刻轉化為文字的印記，日治時期因
種種限制僅少數人得以遠遊，因此旅行書寫成為理解當時知識菁英的
另類方式。此文類為虛與實、主觀與客觀、知性與感性、新奇與熟
悉、短暫與恆常種種因素的交纏與催化。旅人的反思再現空間，感受
與體驗，而突顯文學表現與價值。從顏國年《最近歐美旅行記》所提
供的訊息，推測顏國年至歐美等地的旅遊動機。1926（大正十五）年
刊印的〈最近歐美旅行記自敘〉提到中國行雖匆匆趁探礦而遊歷中國
南北，卻也因此開拓眼界，而促發立志至歐美旅行。此外，又具代兄
長顏雲年完成遠赴各國壯遊的心願，並順道安排後代的進修事宜，親
送長女梅子赴東京女子高等師範學校就學。[82]因三井為戰前日本代表
性的財閥，長期與日本官方關係良好，亦將經營地點拓展至香港、新
加坡、汕頭、倫敦、紐約、巴黎等地。他訪查先進國家煤礦場油井、
電動屠宰場、電機製造廠、肥皂製造廠、碼頭、印刷廠等。[83]顏國年
此趟旅遊的規畫，大部分的行程藉助於三井居中聯繫，所以能於歐美
各地順利進行考察之旅。杜聰明學成歸國後任醫專教授時代，於1925
（大正十四）年遠赴歐美歷時兩年半的旅行，主要是考察歐美之醫學
設施，並參觀各大學醫學院及藥理學教授之研究情形。此次前往歐美
考察的經費支助單位為臺北帝國大學，原本因醫學部的成立所需；但
後來臺北帝大以基礎科學及人文科學為主，醫學部終止創設，故由帝
大理農部支付其留學考察經費。臺灣日治時期留學生出國的目的地大
多是日本，至歐美留學為少數，杜聰明此趟醫學參訪之旅更顯特殊。

---

81 P. L. Pearce & M. L Caltabiano, Inferring Travel Motivation from Travelers' Experiences, *Journal of Travel Research* 22 (1983.10), pp.16-20.

82 顏國年：《最近歐美旅行記》，頁1-3。

83 陳慈玉：《臺灣礦業史上的第一家族：基隆顏家研究》，頁97-98。

　　至於黃朝琴〈遊美日記〉則以撰寫美國政經文化為要，描述美國
議會下院（眾議院）民意機關，其職權不包含任命官吏、改定條約，
但具有監督政府的權力。美國議會制度分為上、下議院，所有國家的
重大政策皆需經下議院決議才能實行。黃朝琴觀察議院現場出席的議
員雖不多，但三名女議員中當天有一名出席，因而得見女性參與公共
事務的情況。除了對於女性參政權的關注外，黃朝琴亦重視議會機關
的獨立性，他在〈遊美日記〉提到：華盛頓市政府的組織和各國首都
完全不同，這裡沒有市長，中央與地方政府均不能干涉行政。主權歸
在合眾國國會，由國會派委員行使市長職權，這樣的組織為力圖議事
的獨立，呈顯美國議會制度建立與轉化的特質。黃朝琴到美國白宮參
觀後，曾反思此空間建築的沿革及普世價值，具備學生身分又同時是
外國人的黃朝琴，可隨意出入白宮參觀；他自述居住在東京五、六年
皆不得自由進出宮城，僅有一次因擔任通譯，始有機會陪同外賓參
觀。黃朝琴以美日最高行政機關開放程度相比較，呈顯美國平民主義
的精神。黃朝琴〈旅美日記〉提到接觸美國銀行的經驗。他於紐約市
銀行提款時受到主任殷勤招待，相比東亞官僚式銀行，感受差異極
大。又記錄就讀於伊利諾大學時，曾因急需現金，向銀行借款；當時
不需以擔保品抵押，也無保證人。他記錄美國銀行採取高度信任人的
方式，描述美國與亞洲國家金融機構及制度的差異，呈現美國高度經
濟發展的感受。[84]目前所留存林獻堂的日記經由中央研究院臺灣史研
究所整理編纂成《灌園先生日記》，其日記的史料價值在於當時人記
當時事，有別於回憶錄及口述歷史。且日記中所載的活動，有不少是
以林獻堂為主體，或是以他為重要人物所展開活動的記錄，如臺灣文

---

84 林淑慧：《旅人心境：臺灣日治時期漢文旅遊書寫》（臺北市：萬卷樓圖書公司，
　 2016年再版），頁77。

化協會、臺灣地方自治聯盟、一新會等。故此日記不僅是林獻堂一生最重要的見證，也可補充官方資料的不足。這些相關史料與文獻，皆有助於增進作者與作品的理解。林獻堂於《環球遊記》擇取各地最具代表性的地點、建築或歷史人物，透過文字勾勒出都會的特色，使讀者留下鮮明的印象。他認為各城市的古蹟，皆與歷史有所關聯，足以引人深思。

　　有關日治時期旅遊文學與空間的關聯研究，在旅行概念的應用方面，廖炳惠（2002）曾提出旅行的科技、情感結構、心理機制等三大面向，多與記憶認同有所關聯。其中，心理符號機制涉及「差異、再現、批判、調整、認同」等層面，指出旅行過程經歷的景觀和文化差異顯示自我與他者的差別，從而對人我關係產生新的認知，促使自我反思、進而發展對自身文化的批判，調整後以重新尋找認同、定義自我。[85]廖炳惠陳述日人在臺灣建立出版事業的脈絡，闡發日人原透過報章雜誌出版進行政治鬥爭，卻無心插柳間接促成臺灣公共輿論空間形成。[86]這些旅行的情感面向，激盪研究旅遊多元面向的研究方法。王瓊玲編《空間與文化場域：空間移動之文化詮釋》（2009），蒐羅空間移動議題的研究關注的幾個面向。[87]這些論文提供探索旅人在空間移動的過程中親身體會到的文化差異，以及其所省思的批判及改革面向。臺灣日治時期旅遊書寫相關的研究多為跨領域的成果，有些議題涉及統治策略與權力。例如，當時許多文人藉由到日本旅遊的機會參觀博覽會，如呂紹理《展示臺灣：權力、空間與殖民統治的形象表

85　廖炳惠：〈旅行、記憶與認同〉，《當代》第57期（2002年3月），頁84-91。

86　廖炳惠：《臺灣與世界文學的匯流》（臺北市：聯合文學出版社，2006年），頁180-181。

87　王瓊玲編：《空間與文化場域：空間移動之文化詮釋》（臺北市：國家圖書館，2009年）。

述》（2005）的研究指出，從行動者的角度檢視臺灣日治時期的博覽
會，[88]如何透過策展者、被展者與觀眾間複雜的互動關係，分析其中
權力運作的軌跡，進而理解博覽會所隱含的文化意涵。

在空間概念的應用方面，空間的生產與再生產為資本、權力關係
等因素運作的結果。根據列斐伏爾《空間生產》的研究，空間具有三
種層次的意涵：「空間實踐」（spatial practice）、「空間的再現」
（representations of space）與「再現空間」（representational spaces）。
空間實踐指「每一種社會形構的特徵，包括生產與再生產，特殊的地
點與空間設施」，具體的形式表現在建築物的設計規畫、紀念碑與藝
術作品等。空間的再現是概念化的（conceptualized）空間，是科學
家、規畫師、都市計畫師、技術官僚和社會工程師的空間，他們是具
科學傾向的某類藝術家——他們都以構想（conceived）來辨識生活
（lived）和感知（perceived）。為「聯繫生產關係以及此關係所賦予
的『秩序』，因而與知識、符號、符碼、與『知性』結合」。再現空間
則「體現複雜的象徵，也跟藝術結合。透過相關意象和象徵而直接生
活出來（lived）的空間，因此，它是「居民」和「使用者」的空間，
也是藝術家和那些只想從事描述的少數作家和哲學家的空間。[89]空間
概念雖具不同層次，就城市文本而言，訪美遊記亦是一種「再現空
間」。此類遊記也再現所謂現代都會文化變遷的過程，以及此種發展
對於民眾生活的衝擊與影響。

Kevin Lynch 認為地標（Landmark）是一具有實質特徵的物體及
外在性，如建築物、招牌、商店或山嶺，有些地標是可以從遠距離

---

88 呂紹理：《展示臺灣：權力、空間與殖民統治的形象表述》（臺北市：麥田出版社，
2005年）。

89 Henri Lefebvre, Donald Nicholson-Smith trans., *The Production of Space* (Oxford: Blackwell, 1991), pp.1-33.

在各種角度下均可看到。每一座城市對市民來說都是具有「可意象性」（imageability），「場所」是識覺（perception）意義而非概念（conception）意義的，環境所具有的情趣（mood）、氣氛（atmosphere）等。[90]訪美遊記為作家以文字描繪美國各地的都市意象，包括都市的各種空間型態特徵及所給予人之印象及感覺，再現作者於日治時期對於美國地景的記憶及氛圍。旅美遊記隱含對自我文化認同的思考，或於異地建構他者，回歸家園後則以參照、比較或批判的方式，反思自我的處境或於社會中具體實踐，提供批判式閱讀文本的研究素材。

三　旅遊敘事比較

　　本文以敘事概念，分析臺灣日治時期知識菁英從出發、過程到回歸的旅美見聞。先比較四人旅美的出發時間，顏國年於1925年3月訪美，為四人中最早出發者；其後杜聰明於1925年12月出發，黃朝琴於1926年旅美，林獻堂於1927年出發則是其中最晚的。以下從旅遊路線、參訪主題與遊記出版、紐約地標及異文化接觸、華盛頓地標及省思、華盛頓地標及省思等層面加以分析。

（一）旅遊路線

　　此段敘述顏國年與杜聰明皆從基隆港出發，經日本前往美國，並以舊金山為美國行程的起點，接著由美國西岸往東岸移動，最後由紐約離境。黃朝琴原本即在美留學，因此其旅程與終點皆為芝加哥，旅遊的城市與地景多集中於美國東岸。林獻堂則於訪美前先行訪歐，且

訪美行程先由美國東岸再前往西岸，自紐約開始，最後抵達西岸舊金山。四人的訪美路線，以顏國年與杜聰明由西往東的方向較為相似。他們多至主要城市旅遊，其中紐約、華盛頓與費城是四人皆曾遊歷的城市。茲由四人文本歸納整理行經的地點，定位至開放街圖（OpenStreetMap），將旅美主要路線列於圖3-11至圖3-14。

圖3-11 1925年顏國年旅美主要路線圖

圖3-12 1925-1927年杜聰明旅美主要路線圖

圖3-13　1926年黃朝琴旅美主要路線圖

圖3-14　1927-1928年林獻堂旅美主要路線圖

資料來源：林淑慧提供旅美文本，主要路線資料，由臺師大地理系王聖鐸老師及林
　　　　怡姍助理合作繪製。

　　從圖3-11至圖3-14的路線，呈現旅遊主要城市的共同點。但因其
社經地位及旅遊目的各有不同，其行程安排與遊記的脈絡，呈現城市
與作者的關聯。

（二）參訪主題與遊記出版

　　顏國年《最近歐美旅行記》行程安排所觀摩產業包括：礦業、農

產、屠宰業、酒業等，並仔細記錄炭坑的勞動時間、人員組織等層面。當時《臺灣日日新報》多篇關於顏國年旅外的報導。例如〈顏氏歐美視察談〉提及：「自出北美至歐洲之地，凡遊十五國，歷二百二十餘日，視察美英法德比各國名炭坑九處，製造工場三十處。」[91]詳細點明參觀處所及遊歷時間、地點。從報導中可得知顏氏常傳回旅遊現況，報導中多明寫其旅遊地、交通工具及目的，且言及歸國時間。從臺灣第一大報長期報導，亦顯現其歐美之行受到官方及民間關注的情形。顏氏此行以礦業實業家身分，參訪美國炭坑、工廠以作為經營事業參考，更顯現此趟旅遊的實用性。與顏國年所觀的產業資訊不同，杜聰明除了借鏡歐美的醫學設備與經營外，所追求醫學專業的拓展更需要深入、直接的對話。因此他在日本求學期間，即積極學習德語、英語、法語，為日後旅行奠定所需的外語能力。杜聰明除了以北美主要醫學機構及大學為主要考察的核心，又遠赴英、法、德等國，並旁及比利時、荷蘭、丹麥等歐洲國家，拜訪多所大學、實驗室以及藥理學教室。此趟旅程除觀摩歐美醫學設施及教育制度之外，更將重心置於實際拜訪歐美各地的醫學專家。杜聰明對這些勤奮且具毅力的科學家，常於遊記敘事中表達景仰敬佩之情。長期遠赴海外進修考察的動機，主要為觀摩醫學設施，參觀各大學醫學院及藥理學教授之研究情形，並從中尋求理想的實驗方法，如此再進修之旅於日治時期實較為罕見。

　　顏國年與杜聰明著重於參訪產業重要據點、醫學機構；而黃朝琴及林獻堂的旅遊則觀摩各國歷史、文化及國民特性，並與自身文化作比較。為分析顏國年、杜聰明、黃朝琴、林獻堂旅遊書寫的題材，茲將此四部遊記出版及題材的特色，於表3-3加以比較。

---

91 臺灣日日新報社：〈顏氏歐美視察談〉，《臺灣日日新報》第4版（1925年10月）。

表3-3　遊記出版及題材

旅者	顏國年 (1886-1937)	杜聰明 (1893-1986)	黃朝琴 (1897-1972)	林獻堂 (1881-1956)
出版 情形	《最近歐美旅行記》1926，顏國年自印。	《杜聰明博士世界旅遊記》2012，杜聰明博士獎學基金會。	《遊美日記》，1926，臺灣民報社	《環球遊記》1927，臺灣民報社。
題材 類型	勞工政策、產業環境，衛生議題、農產經銷	醫學教育制度、設備，經費，成效、研究人才的培育	公共事務、性別議題，財經政策，社會教育	歷史場景、人物、政治經濟，建築、公共衛生、交通
典範 人物	世界自動車王──美國的福特	藥理學權威霍普金斯大學藥理學系系主任 John Abel 教授	美國第二十八任總統威爾遜(Thomas Woodrow Wilson)、美國國父華盛頓(George Washington)	美國第十六任總統林肯(Abraham Lincoln)、美國國父華盛頓(George Washington)

　　從表3-3得知遊記出版的情況，及題材的類型。例如顏國年對於各工廠電氣化程度十分讚嘆。他記錄的層面以設備、人力、作業流程為主，產量與獲利為輔。此外，又以比較的方式呈現，如：「美國每年五一萬噸，英國有二億五千萬噸」分析炭各地產量不同的詳細數據。從遊記所載炭坑的內容，得知顏國年對於產業環境觀察甚為細心，這些記載反映作者對於歐美工業文化等層面的了解。[92]遊記中呈

92 許雪姬：〈林獻堂《環球遊記》與顏國年《最近歐美旅行記》的比較〉，《臺灣文獻》第62卷第4期（2011年12月），頁183-186。

現觀察「斯坦打石油會社」炭坑以及「金羅克炭坑第四斜坑」後，記錄聽聞「美國有保護地上權之規則」等美國政府的炭坑政策。[93]顏國年細述當年經營炭坑者皆知必須殘留若干炭柱，地表淺薄者則不能全掘，以鞏固岩盤、防止地層下陷；如有違規而使地表陷落者，必罰以重金，因此美國炭坑掘出炭量不過五六成。[94]如此顯示顏國年至美國參訪後，方知該國對地上權的嚴格限制情況，他原本認為：「其餘皆棄之於坑內，誠為可惜」，又言：「雖云可惜，然亦勢不得已也」。不但透露美國重視環境的維護，且以國家力量設限採炭，防止因商業利益考量而破壞環境；另一方面，亦隱含當時臺灣對礦坑災害及地層下陷仍未設法防範，以致顏國年惋惜未完全開採深掘炭坑。但當他參觀美國礦主守法狀況且理解立法背後緣由後，得知美國保護環境的決策勢必在行，此因實際參訪後，而改變原先理念的實例。

　　表3-3亦呈現此四位作者對於各國的典範人物，擇選心目中的對象各有千秋，如何將旅遊所見的外來事物，移植到臺灣，首先必須經過翻譯的程序，轉化為在地民眾能理解、接受的語言與文化。以美國的城市為主要研究範疇，林獻堂參觀美國著名的古蹟如紐約朱美爾館（Jumel Maision），此館陳列華盛頓於獨立戰爭時所留下的相關物品，亦展示獨立軍紀念物、拿破崙的座椅，呈顯共和民主總統與專制國家君主的差別。他瀏覽美國代表性人物的紀念物後，曾結合閱讀《林肯傳》的心得，陳述這位於1809年出生自窮鄉僻壤農家的事蹟，並讚揚道：「以成解之黑奴統一南北之大功者，無他，亦其責任心與進取心之過人而已。」此即是將閱讀與旅遊經驗化為對歷史人物的理解，亦是文化移譯的方式之一。1860年林肯以共和黨領袖的身分獲選

---

93 魏稽生、嚴治明：〈臺灣礦業的一大問題——廢棄礦坑地盤下陷的安全評估〉，《礦冶》第53卷第1期（2009年3月），頁27-37。

94 顏國年：《最近歐美旅行記》（基隆市：顏國年自印，1926年），頁21-24。

為總統成為總統，「吾人應行其良知所信之義務，到底不懈。」[95]具體
以林肯的人格特質，勉勵臺灣民眾應堅持理想。同時他也以華盛頓、
林肯、格蘭特、法蘭克林等人的遺物，觀摩美國展演現代國家紀念歷
史人物的方式。

（三）紐約地標及異文化接觸

若比較全部旅程的總天數，四人之中以杜聰明的八百四十五天最
長，另外三人依序為林獻堂的三百七十七天，顏國年的二百一十九
天，最短者為黃朝琴的三十三天。另停留美國的城市，以紐約、芝加
哥、華盛頓、費城為最多。表3-4先從遊記羅列紐約的停留時間，及
所提及的地標加以比較。

表3-4　顏國年、黃朝琴、杜聰明、林獻堂參訪紐約一覽表

紐約	顏國年 (1886-1937)	杜聰明 (1893-1986)	黃朝琴 (1897-1972)	林獻堂 (1881-1956)
日期	· 1925-05-10~ 　1925-05-12 · 1925-05-16~ 　1925-05-18 · 1925-06-02~ 　1925-06-06 · 1925-06-09~ 　1925-06-13	· 1926-06-10~ 　1926-06-29	· 1926-02-27~ 　1926-02-28 · 1926-03-27~ 　1926-04-10 · 1926-07-15~ 　1926-07-17	· 1928-03-20~ 　1928-04-10 · 1928-04-16~ 　1928-04-18
地標	動物園、格蘭將 軍墳墓、美術	Rockefeller 研究 所、Catholic	城邊街(Wallst)、 五十八層塔、紐	賓夕法尼亞旅 館、郵船會社、

---

95 林獻堂：《環球遊記》（臺中市：林獻堂先生紀念集編纂委員會，1956年），頁158。

紐約	顏國年 (1886-1937)	杜聰明 (1893-1986)	黃朝琴 (1897-1972)	林獻堂 (1881-1956)
	館、大百貨店、中央公園、水族館、亞斯柏利巴克海岸、烏魯烏奧斯商會、支那街	Cathedral、Collegiate Church of St. Nicholas、St. Paul's Chapel、Woolworth Building、China town、College of Pharmacy of the City of New York、Columbia University	約各島、阿波羅戲園、爾那遊樂園、彭西、萬庫蘭公園、紐育海關	五十八層高樓、中央公園、中國街、黑人歌舞劇場、萬國公寓(International House)、朱美爾館、哥倫比亞大學、哥尼島(Coney Island)、熊山公園(Bear Mountain)

　　表3-4歸納美國第一大城紐約的停留時程與參訪地標，是為突顯紐約城市特點，以及給予旅人的觀感。紐約成為美國重要都市的象徵，主要該市具發達先進的政經系統，櫛次鱗比的高樓大廈，外觀建築除高聳參天外，更具有多元意象。從顏國年《最近歐美旅行記》、杜聰明《杜聰明博士世界旅遊記》、黃朝琴《遊美日記》與林獻堂《環球遊記》以及在紐約的停留天數，可見他們對於紐約高度的興趣和關注。故將顏國年、黃朝琴、杜聰明、林獻堂於紐約之停留天數與往返次數統計繪如圖3-15，再加以比較。

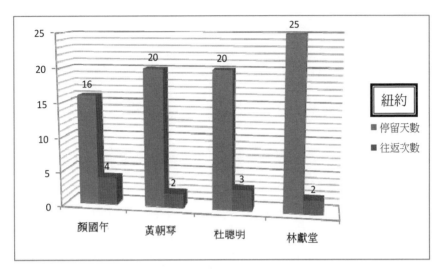

圖3-15 顏國年、黃朝琴、杜聰明、林獻堂於紐約停留天數及往返次數統計圖

　　圖3-15從停留紐約的天數及往返次數，呈現這四位旅人中以林獻堂二十五天為最多，杜聰明與黃朝琴二十天次之，再來為顏國年的十六天。而往返次數則以顏國年的四次為最多，杜聰明三次，林獻堂與黃朝琴分別為二次，這四位學人欣賞紐約共同的外在魅力。旅人所描繪紐約的地標意象，主要從紐約的市區建築、表演藝術及環境衛生等面向觀察的多元性。如顏國年在《最近歐美旅行記》記錄紐約的人口數達八百多萬，為世界具代表性的都市。當他登上市區中「烏魯烏奧斯」商會的最高層樓，則可盡收全市的風景樣貌。世界第一大商會「厄魁達布爾」商會位於紐約，使他發出感慨：

　　要之美國人，凡事皆欲占為世界第一。故無論何事，皆十分努
　　力，必之達其目的而後已。[96]

---

96 顏國年：《最近歐美旅行記》，頁27。

杜聰明留學訪問期間，不僅對於美國的醫學機構感興趣，在其《回憶錄》中更寫道：「筆者初次腳踏美國國土始觀美國特別都市，感覺西洋文明的偉大生活水準之高度發達」。[97]除了專研醫學之餘，也走訪了解美國各都市的景觀特色。他談到紐約高樓林立，

> 光線及青草為高貴的奢侈品，感覺紐育市是世界特異的都市，次回有機會再來者，一定長住一個時期。[98]

紐約的國際氛圍使行旅之人多感受其魅力，不僅經濟活動高度蓬勃發展的樣貌，文化的展現方式更為多元。如此匯集世界各地移民的城市，即使語言、膚色、宗教、文化相異，卻處處充滿活力。

除政經制度外，教育亦是旅人觀察的重要面向之一，黃朝琴參訪伊利諾大學、賓州大學、紐約古倫母大學以及商業博物館等。黃朝琴遊記中的敘事，包括留學教育是否能學以致用，畢業回臺灣能否發揮專長；同時，藉由參觀美國菁英教育及社會教育資源，觀摩學習環境與教育成果。這些從留學的準備教育，到留學後回國實習的配套措施，呈現他具留學經驗而關注教育的多元面向。[99]黃朝琴在觀賞阿波羅戲院戲目的表演過程中，介紹各國的特點，如「日本人重哭、中國人重唱、西洋人重跳舞」，他認為美國人卻特愛半裸的上空秀，如斯的看戲水平，使他意識到：

---

97 杜聰明：《回憶錄》（臺北市：杜聰明博士獎學基金會，再版一刷，2011年），頁64。

98 杜聰明：《回憶錄》，頁67-68。

99 林淑慧：〈醫學訪察的記憶：杜聰明歐美之旅的敘事策略〉，《臺灣文學研究學報》第21期（2015年10月），頁1-38。

　　雖有教會林立，故無力教化社會，道德日墜一日，真是文明人
　　的末路。[100]

知識菁英具有各種資本，多重的經濟、文化、社會和象徵資本的競
爭，文學場域便由這些資本形成的位置組成相互分配後的結構。場域
運作和結構的變動，則是涉及慣習（habitus）操縱生產者的社會決定
性。[101]黃朝琴等知識菁英得以於日治時期遠遊，其遊記又能登上臺灣
的報紙版面，呈現其多重的資本。然他對於各國的表演特色或美國人
的道德偏見，卻流露其主觀的謬誤。此外，林獻堂於〈美國見聞錄〉
中寫到：「中國街與意大利街比鄰，中國人素被詆為不潔之國民，若
較之意大利，則有似非甚不潔者」[102]他又於遊記中描繪紐約的戲劇表
演，提到黑人歌舞劇場僅有一處，並從膚色、科白等表演動作，認為
黑人的身段皆無法與白人相比，因為「其體格孱弱，舉動輕浮，及其
歌舞之技皆遜白人多矣。」[103]這些敘事呈現其衛生觀，且未能深入理
解黑人表演藝術的特色，隱含關於不同種族表達文化的負面評價。

　　這四位知識菁英皆對紐約的高樓建築印象深刻，如紐約伍爾沃斯
大樓（Woolworth Building）地標，此為1913年至1930年間全世界最
高建築。顏國年描述當時世界第一高樓：「紐約市中，有世界第一高
樓，即『烏魯烏奧斯商會』。計有五十八層樓屋，高七百九十二英
尺。若登上其最上層，則紐約全市盡映於吾人眼底矣。」[104]顏國年以

---

100 黃朝琴：〈遊美日記（一～八）〉，《台灣民報》（1926年7、8月）。

101 Bourdieu Pierre, *The Field of Cultural Production* (Columbia University Press, 1993), pp.1-8.

102 林獻堂：《環球遊記》，頁148。

103 林獻堂：《環球遊記》，頁150。

104 顏國年：《最近歐美旅行記》，頁26。

「世界第一商會」的標題，呈現他關注紐約的商業發展，並親自登樓
參訪著名的商業組織。至於林獻堂則認為公園對於一個城市非常重
要，因此特別介紹紐約：

> 凡繁盛之市街，接車馬喧囂，夜以繼日，若無相當之公園，以
> 供散策，而養清新之氣，則精神昏濁，理想日下，故善於市政
> 者，莫不注重公園也。中央公園，為紐約市中最美麗者，有湖
> 可盪舟，有坪可馳馬，風景甚佳。[105]

中央公園不僅為紐約的綠地，更是許多文化活動舉辦的場所。林獻堂
參又觀美國著名的古蹟如紐約朱美爾館（Jumel Maision），此館陳列
華盛頓於獨立戰爭時所留下的相關物品，亦展示獨立軍紀念物、拿破
崙的座椅，呈顯共和民主總統與專制國家君主的差別。他瀏覽美國代
表性人物的紀念物後，曾結合閱讀《林肯傳》的心得，陳述這位於
1809年出生自窮鄉僻壤農家的事蹟，並讚揚道：「以成解之黑奴統一
南北之大功者，無他，亦其責任心與進取心之過人而已。」此即是將
閱讀與旅遊經驗化為對歷史人物的理解，亦是文化迻譯的方式之一。
黃朝琴重視休閒活動，因此於行程中安排阿波羅戲園、爾那遊樂園等
地。[106]杜聰明於紐約停留期間，則特別參訪醫學研究機構與學校，如
Rockefeller 研究所、哥倫比亞大學等[107]。地景的意義依附呈顯於語
言、命名、故事、傳說及儀式等。而這些意義結晶的形成，則有賴象
徵的共享，以及成員對於共同歷史與個人認同的感覺終極連結。

---

105 林獻堂：《環球遊記》，頁148。
106 黃朝琴：〈遊美日記（一～八）〉，《臺灣民報》（1926年7、8月）。
107 杜聰明：《杜聰明博士世界旅遊記》（臺北市：杜聰明基金會，2012年），頁71。

（四）華盛頓地標及省思

華盛頓特區乃是美國的政治權力核心，以表3-5羅列遊記中的華盛頓特區的停留時間及地標。

表3-5　顏國年、黃朝琴、杜聰明、林獻堂參訪華盛頓一覽表

華盛頓特區	顏國年 (1886-1937)	杜聰明 (1893-1986)	黃朝琴 (1897-1972)	林獻堂 (1881-1956)
日期	·1925-05-21~ 1925-05-22	·1926-06-05 ·1926-07-01~ 1926-07-02	·1926-04-23~ 1926-04-24 ·1926-06-11~ 1926-06-12 ·1926-06-28~ 1926-06-30	·1928-04-10~ 1928-04-1
地標	華盛頓軍縮會議所、上下院議事堂、大統領官邸、華盛頓紀念塔	Vernon George Washington 總統故居、白宮、一會堂、國會圖書館	總統府（白宮）、各衙門銀行公司及公園	國會山莊（Capitol）、白宮、紀念塔、博物館、刻版印刷局、禮拜堂、英國大學者喀萊爾（Caryle）之故居

表3-5為量化統計停留於華盛頓的時程，尤其白宮是美國總統的辦公場所，這四位旅人造訪華盛頓特區皆曾到此地景參觀。如杜聰明及林獻堂各停留七天，黃朝琴三天，顏國年二天，在往返次數以杜聰明及黃朝琴三次為最多，顏國年與林獻堂各二次，統計如圖3-16所示。

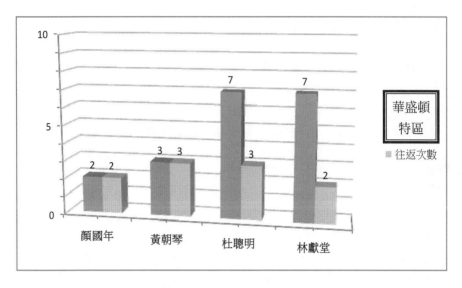

圖3-16　顏國年、黃朝琴、杜聰明、林獻堂於華盛頓停留天數及往返次數統計圖

　　以其中幾處地景的象徵意涵為例，這四人遊記皆從參觀華盛頓故居，發表關於歷史的論述，並評價歷史人物的定位。又從華府的紀念館、紀念碑、博物館詮釋地景的意義，這些地景再現美國的歷史脈絡與記憶。此類文化遺產為緬懷過往的場域，為憑弔往事或文化認同的象徵。如顏國年在遊記中以「國祖華盛頓及各將士之墓地山明而水秀」為標題，描述華盛頓為「美國第一代大統領」及其任職年數。[108]顏國年對於華盛頓會議所、華盛頓紀念塔等地所使用的建築材料以及庭園設計的描寫十分細膩，他在書中提到建築材料多來自各個國家，如宜蘭大理石，或日本政府所寄贈，以及庭園中種植多以櫻花、樹木布置。他亦將現任大統領官邸與日本大使館加以比較，認為官邸給人樸素之感，體現大統領的節儉；而日本大使館則小又老舊，被他視為

108　顏國年：《最近歐美旅行記》，頁34-36。

「市中最不雅觀者」[109]。杜聰明抵華盛頓特區的主要目的，現於《杜聰明博士世界旅遊記》所收錄的第二十七信，信中寫道6月28日前往華盛頓特區，是為參加三天醫學的麻藥預備會議。[110]

所謂文化地景在眾多觀點中建立一個「中心點」（Node），發展為符合社會所共享、共有之意識形態或常識的「論述」（Discourses）」[111]黃朝琴於〈遊美日記〉提到：「華盛頓市政府的組織和各國首都完全不同，這裡沒有市長，中央與地方政府均不能干涉行政。」主權歸在合眾國國會，由國會派委員行使市長職權，這樣的組織為力圖議事的獨立，呈顯美國議會制度建立與轉化的特質。黃朝琴到美國白宮參觀後，曾反思此空間建築的沿革及普世價值，具備學生身分又同時是外國人的黃朝琴，可隨意出入白宮參觀；他自述居住在東京五、六年皆不得自由進出宮城，僅有一次因擔任通譯，始有機會陪同外賓參觀。黃朝琴以美日最高行政機關開放程度相比較，呈顯美國平民主義的精神。他又提到參訪華盛頓國家軍墓的大理石祭壇，是為了紀念逝世將士的榮耀，每年總統均會前來致祭，捐贈物則來自各國。他於七月三日記錄訪華盛頓的過程主要欣賞華盛頓故居、阿麟洞國立墓地以及林肯紀念堂等歷史名勝。[112]林獻堂到華盛頓也主要以這些名勝古蹟為訪錄重點，尤以華盛頓之紀念塔上的題詞，使林獻堂哀嘆再三，「華盛頓視陳勝吳廣有過之無不及云，駐美國支使臣，不知美國之國情，實屬可恥，而不知建國之大偉人華盛頓，則尤為可恥」華盛頓紀念塔的贈石源自於徵集各國的原料所得，並刻上各國的語言，以表示

---

109 顏國年：《最近歐美旅行記》，頁37。

110 杜聰明：《杜聰明博士世界旅遊記》（臺北市：杜聰明基金會，2012年），頁78。

111 杜正宇：〈真相與想像之間：論美國貝茜羅斯故居的歷史保存〉，《成大歷史學報》第42期（2012年6月），頁1-53。

112 黃朝琴：〈遊美日記（一～八）〉，《台灣民報》（1926年7、8月）12、13、14版。

尊敬華盛頓先生的功績。另在紀念塔周圍的博物館，亦擺設中國滿清慈禧的肖像，林獻堂認為慈禧當時雷厲風行的鐵腕，「那知今日家亡國破，其尊貴之肖像在此作古董，受千萬人之笑罵也」。再到華盛頓故里，離華盛頓府的時程僅需四十分鐘，談其嘉言懿行時於遊記引其名言：「人者造風氣者也，不可為風氣所造，人者轉移社會者也，不可為社會所轉移。」[113]林獻堂認為欲要改變社會之前，應將自我的身心調製完備的狀態，方能面對世局的任何苦難。

四　費城地標及象徵

華盛頓特區為美國政治權力的核心，而費城為傳達美國自由理念的象徵。因歷史事件的時空脈絡，漸而形塑出美國人對於自由的集體記憶。書寫費城的地景主要聚焦於自由論述、平等觀念等地景，黃朝琴主要觀察美國的財經政策、政治制度，並由羅萬車教授引導參觀相關歷史古蹟。參訪地景多以自由內涵與獨立精神為主，如位於費城的美國獨立紀念館。當年正逢獨立建國紀念一百五十週年，且萬國博覽會（EXPO）也在費城舉辦，他於六月五日與羅萬車、吳錫源（華盛頓大學經濟學士）、李振先（交通部派美研究員）、馬燦然（約育保隱尹公司辦事）等人偕往費城6月30日又再次前往費城博覽會。博覽會的系統在日治初期成為殖民政府得以動員徵集商品，作為參加國內外博覽會的基礎；同時也是殖民政府調查、收集臺灣內部產業情報，並進一步傳遞欲達到符合日本商品習慣的「標準規格」。[114]透過博覽會制度的引進，各種現代文明概念逐漸於殖民地傳播，藉由被統治者加

113　林獻堂：《環球遊記》，頁154-161。

114　呂紹理：《展示臺灣：權力、空間與殖民統治的形象表述》（臺北市：麥田出版社，2005年），頁47-75、178-194。

深對文明認知後的心生效法，殖民地與殖民母國間的差異也能予以整合。博覽會的展示方式是將國家內部各族群文化的物產，經由某種設計理念加以陳設，形成權力中心與邊陲的對照，如此反而更強化殖民地與殖民母國間的權力位階。黃朝琴再次造訪萬國博覽會主要因羅萬車將前往歐洲，黃朝琴等人即將回國；且因6月5日第一次前往萬國博覽會時，相關物件與設施仍未見完善，故再次造訪。第二次造訪時親見日本的做事效率，黃朝琴說到：「全國報紙無不揚稱日本之敏捷，大罵美國政府之無能，說這是日本博覽會，不是什麼世界大博覽會。」[115]從觀察萬國博覽會中，除敘述日本的縝密思維外，更隱喻黃朝琴對於日本的行事風格與態度的讚揚及主觀的個人意見。

脈絡或歷史未必等同文本，卻必須以文本的形式存在；只有經由文本化之後，脈絡或歷史才能呈現在我們面前。[116]費城位於賓夕法尼亞州境內，蘊含制立美國憲法之地景。城中林立許多具歷史價值的古蹟，藉由遊記文本化的存在形式，呈現美國獨立的脈絡及歷史意義。在記錄美國的歷史場景方面，這些城市意象引起林獻堂嚮往自由的共鳴，並反思自己生長環境此自由理念的匱乏。費府為1776年美英簽署獨立宣言的所在地，故象徵自由、博愛及平等的精神。林獻堂觀費城市政廳的自由鐘說道：「一鐘之微，尚且要經過如許折磨，方得如意，何況於人乎。」[117]他認為自由之可貴，須歷經風霜，才能真實感受此普世價值。

---

115 黃朝琴：〈遊美日記（一～八）〉，《臺灣民報》（1926年7、8月）。

116 李有成：〈裘克與非裔美國表現文化的考掘〉，《歐美研究》第22卷第1期（1992年3月），頁75-93。

117 林獻堂：《環球遊記》，頁163。

五 結語

　　旅行彷如追尋前行者的鼓聲，透過書寫則更深刻品味傳承之旅的意涵。日治時期受政經濟條件等限制，遠遊的機會著實稀少；對於當時多數臺灣人而言，訪美的海外見聞和新奇事物不僅具閱讀樂趣，也是形構美國知識的來源之一。綜觀他們關注美國都會文化的意象，並非僅是實務性考察；在比較之後提出批判與省思，且藉由觀摩提出對臺灣的深切期許。顏國年因實業家的身分，故多從工業為主的考察之旅、產業實務的現代性，分析其觀摩海外產業實況。杜聰明是以醫學研究者觀摩各國醫學的制度、組織及設備等，並且經多方比較省思後提出個人的見解。黃朝琴及林獻堂的旅遊則觀摩各國歷史、文化及國民特性，並與自身文化作比較。這些日治時期旅美書寫較為罕見，多呈現專業人士透過空間移動思考個人及臺灣未來的研究方向，並在回歸後將理念加以實踐。

　　地景是「視野的圖畫」、「藝術家的詮釋」，我們直覺上知道地景是有一定持續性的空間，有它明顯的特徵，不論是地誌上的或文化上的，而且主要是一個被一群人所共享的空間。[118]地景兼具人為與自然特性，傳統定義指出地景在一定程度上受到人類心理的影響，地景反應自然地貌被人類整理及改造的結果。[119]這些臺灣知識菁英所關注的地景，多與紐約都會的經濟發展、社會活動或物質文化、社群文化及表達文化有所關聯。從這四位知識菁英撰寫的紀錄中，得知華盛頓特區為全國行政的中樞所在地，也是全世界受矚目及具代表性的權力、

---

118 Jackson, John Brinckerhoff, *Discovering the Vernacular Landscape* (New Haven: Yale University Press, 1984).

119 廖高成：〈是（離）地景還是心景：《郊區佛陀》中的空間和地方〉，《英美文學評論》第13期（2008年12月），頁157-185。

政治中心，亦具歷史脈絡與文化意義的城市。他們參訪華盛頓故居、華盛頓會議所、華盛頓紀念塔、大統領官邸、大使館，或是阿麟洞國立墓地、林肯紀念堂及眾多紀念館、紀念碑、博物館。至於費城則保存制定美國憲法相關古蹟地景，並蘊含傳達美國自由理念。他們不僅於旅遊回歸後記錄可見的地景意象，並於遊記中詮釋地景的意義，且分析有關組織、制度等都市內在的深層文化。

　　透過臺灣日治時期旅遊敘事文本的詮釋，在離與返的辯證中，不僅體會彼此的外在差異，旅遊見聞錄亦流露思索臺灣與美國文化的本質差異。呈現處於殖民地知識菁英由於社會地位、學識背景等因素，而觀察到美國不同都會的文化差異。從日常生活展演到人權、醫學、政經體制等層面，皆因知識菁英的發聲位置而具學術意義。此四人停留美國的時程各有長短，影響旅遊的感受與敘事的方式。近代人類旅行史上，菁英階層多於青年時期遠遊，彷若經歷一場成年禮的儀式；或是於壯年時期，藉由遠遊增廣視野、蓄積文化資本。顏國年、杜聰明、黃朝琴和林獻堂於日治時期至歐美遠遊前，皆曾至中國、日本、南洋出遊的經驗，又因他們於青壯年時期訪遊歐美，空間移動所形成視域下的旅遊文本，多具經驗積累的語境。他們於二十世紀上半葉因親身踏查，不僅留下珍貴旅遊文本，更影響其世界觀及日後社會實踐。透過敘事策略的分析，建立與臺灣觀摩的參照面向，揭示知識分子在殖民統治下，旅外所著眼於不同文化層面的觀察與反思。

第三節　文化啟蒙：
1920年代文協會員的論述

一　前言

臺灣古典散文的題材涵括敘事議史、評論政策、記錄風土民情或書寫心志等主題，因具實用功能，又多與文化現象有所關聯，故常成為傳播文化的載體。[120]這些具有歷史厚度散文的學術研究價值，亟待學者加以詮釋並賦予文本新生命。例如十七到十九世紀的旅遊書寫、風俗教化、時事議論，呈現古典散文的重層面貌。[121] 1860年代通商港埠陸續開放後，社會變遷迅速，臺灣與世界的關係愈趨複雜，文人多直率發表對政經局勢的評論以及對文化變遷的省思。十九世紀末到二十世紀初的古典散文，如吳德功、李春生、洪棄生等人的作品，則多透露文人於世變下的處境及因應策略。其中有些旅外遊記如林獻堂（1881-1956）《環球遊記》描繪作者遊歷倫敦、巴黎、荷蘭、比利時、丹麥、瑞典、美國等地的見聞，呈現文人對異地的空間記憶及文化論述的特殊質性。

至1920年代前期知識份子身處日本的殖民統治之下，同時面臨現代性思想與價值觀的衝擊。他們有感於時代與環境的需求，並基於一些理念而組成社群團體，共同從事若干公眾活動。這些社群組織的成員，多以文字表達改革社會的意圖，並藉由印刷刊物的傳播而發揮影響力。這些幼年曾學習漢學的知識份子，早期所撰寫的古典散文議題

---

120 廣義的古典散文是指用文言文撰寫而不以押韻排偶為主的文章，若以實用性加以分類，則有議論、序跋、書信、碑志、遊記、傳記、日記等。

121 有關十七到十九世紀的古典散文與文化變遷的研究成果，可參照林淑慧：《臺灣清治時期散文的文化軌跡》（臺北市：臺灣學生書局，2007年），頁55-249。

廣泛，開展出與文化對話的現代性，至今仍留有諸多的學術空白。如
居住在東京的臺灣留學生所發起的《臺灣青年》雜誌，得助於蔡惠如
等人的資助，於1920年7月16日發行創刊號。出版後的四個月，由林
獻堂所領導的第一次「臺灣議會設置請願運動」在臺灣與東京展開。
議會運動激起蔣渭水的改革動力，因而與有志之士促成臺灣文化協會
的成立。1921年10月17日在臺北大稻埕靜修女子學校舉行創立大會，
當時全員總數有一〇二二人，涵括農民、勞動者、學生、上班族、醫
師、律師、地主、資產家等各階層與會者，推舉林獻堂為總理，楊吉
臣為協理，蔣渭水為專務理事。這個網羅社會菁英的社群團體，為主
張民族自決的青年知識份子，在面對臺灣總督不受任何監督的統治局
勢下所展開的自救運動。這些處在新舊文學過渡階段的知識菁英，多
曾受儒學傳統教育，因此漢文表達能力頗佳。在臺灣文化協會1927年
分裂前的論述雖以文言寫成，卻蘊含現代性，論述的時代意義頗具探
討價值。

　　回顧有關臺灣文化協會的單篇及學位論文，如張炎憲〈臺灣文化
協會的成立與分裂〉（1984）等論文，有助於了解文化協會的運作情
形。[122]關於此團體代表性人物的研究，如探討霧峰林獻堂的論文亦有
不少成果。[123]此外，在臺灣近代轉型的研究領域，如臺灣史、政治、
教育、媒體傳播，提供文人社群的背景資訊及概念，多有助於文化思

---

122 如林柏維〈臺灣的民族抗日運動團體——臺灣文化協會之研究（1921-1927）〉
　　（1985）此論文後改寫為專書，書名為《臺灣文化協會滄桑》，由臺原出版社於
　　1993年4月出版。又如陳翠蓮《日據時期臺灣文化協會之研究——抗日陣營的結成
　　與瓦解》（1986）、黃頌顯《臺灣文化協會的思想與運動：1921-1931》（2007）等書
　　皆是。

123 張正昌《林獻堂與臺灣民族運動》（1981）、賴西安《臺灣民族運動倡導者》
　　（1991）、黃正義及劉季倫《林獻堂先生史料彙編》（2001）、黃富三《林獻堂傳》
　　（2004）等論著。

想論述的分析。再以臺灣古典文學領域而言，施懿琳〈日治時期臺灣左翼份子與漢詩書寫——以王敏川為分析對象〉則觀察從事社會運動的知識份子王敏川，探討漢詩於其生命底層的重要性。[124]黃美娥《重層現代性鏡像》考察傳統社群在現代性召喚下的文化視域，如傳統文人在接受新世界洗禮後的文化思維與審美趨向。[125]至於當時的新舊文學論爭是文化改造運動，同時也是社會運動的一環，文言與白話的分別有約定俗成的特性，顯見其關係是相對的而不是絕對的，是一種動態的現象。[126]目前對於臺灣文化協會或新舊文學論爭等議題已有若干成果，然而，就1920年代以傳統漢文表達論述主題的探討，仍有諸多待開拓的學術空間。

　　日治時期臺灣正處於新舊文化交替之時，知識份子多於報刊雜誌發表具時代改革意識的文章。即使他們後來多認為白話文更能傳播現代性，與普羅大眾更接近；不過，早在倡導改革文體之前，一些受過傳統漢學教育的知識份子，曾以熟悉的淺近古典散文表達理念。如此實際的現象，激起筆者反思：究竟臺灣文化協會員在殖民及現代性的處境下，有何共同關懷議題？這些知識份子早期如何藉由古典散文的形式傳達啟蒙思維？報刊雜誌所登載的古典散文呈現哪些現代性的主題？本節擬採文獻研究法與文本詮釋，以蒐羅臺灣文化協會會員論述

---

124 施懿琳另一文〈臺灣文社初探——以1919-1923年的《臺灣文藝叢誌》為對象〉，探討臺灣文社的組織運作及雜誌的學術意義。

125 黃美娥〈迎向現代——臺灣新、舊文學的承接與過渡（1895-1924）〉，論及在傳統與現代的過渡期間，文人如何藉由古典詩文與小說，詮釋新思潮。另一章〈對立與協力〉論及新舊文學論戰之際，新舊文人看似對立，其實又有協力的複雜面向。

126 《臺灣民報》對文體的使用有兩種不同路線，一種強調專用白話文，另一種再加上淺近文言，這種方式擴大了文體取材的範圍，這是為因應臺灣不同年齡層、學習背景、特殊語文環境所提出的，也因此擴大《臺灣民報》文體的接受對象。翁聖峰：《日據時期臺灣新舊文學論爭新探》（臺北市：五南圖書出版公司，2007年），頁8-89。

史料為研究基石，並追溯這些知識分子曾運用淺近文言體發表於《臺灣青年》、《臺灣》、《臺灣民報》等報刊雜誌的作品，以理解一九二〇年代古典散文論述的特殊質性。以下將分析這些知識份子最常關切的自治與人權論述、殖民體制下的教育及公眾輿論與想像共同體的形成，以詮釋這些議題所蘊含的現代性特色。

二　自治與人權論述

在殖民情境與現代化的衝擊下，一些知識分子以「啟蒙」作為論述的主軸，並思索臺灣政治應進行哪些改革。所謂「啟蒙」，就是修正意志、權威及理性運用之間的原有關係。康德指出作為啟蒙特徵的出路，是使眾人脫離「不成熟」（immaturity）狀態的過程。此處的「不成熟」是指意志的一種狀態，這種狀態使在應該用理性的領域裡卻接受他人權威。公眾之自我啟蒙是可能的，只要讓他們擁有自由，若干獨立思考者在除去制約之後，將傳播以理性尊重個人獨特價值及獨立思考的精神。[127]為詮釋日治時期知識分子如何藉由古典散文形式表達啟蒙理念，以下將分成「倡議自治理念」、「宣揚人權價值」兩層面，探討具有現代性的自治與人權論述。

（一）倡議自治理念

啟蒙運動實為一種心智狀態，人的價值開始以自我為出發點來肯定，也就是以人作為人之價值的主軸。「啟蒙」在文化與歷史上有其

127　Immanuel Kant 著，李明輝譯注：〈答「何謂啟蒙？」之問題〉收錄於《康德歷史哲學論文集》（臺北市：聯經出版公司，2002年），頁28-34。Michel Foucault 著，薛興國譯，〈傅柯：論何謂啟蒙〉收錄於《思想》（臺北市：聯經出版公司，1988年），聯經思想集刊（1），頁17。

發展的脈絡，蘊含進步科技以及理性批判，並尊重人權自由的世界觀。[128]日治初期的武裝抗爭後，臺灣人民選擇以自治為主要訴求的文化活動來抵抗殖民政府。當時日本留學生的數量漸增，這些知識青年受到現代思潮的衝擊，也影響在臺灣的士紳與學子的思考模式。為了抵抗日本的高壓統治，有志之士認為必須要先啟迪民智，提高人民的文化素養，於是展開一連串的啟蒙運動。

　　儘管日本法學者認為六三法違憲，但日本政府仍堅持此法為殖民地統治所必要，且是以殖民地政府的利益為考量。[129]林獻堂所領導的第一次「臺灣議會設置請願運動」，呈顯知識份子將政治改革理念化成實際行動。請願運動在臺灣與東京展開，他於《臺灣青年》刊物中所發表〈請設置臺灣議會之管見〉一文，透露對自治理念的重視。文中提到美國的種族複雜，語言、文化、宗教各有不同，但卻能聚合且成為世界強國，其原因就在於能尊重個人的自由，並注重彼此相同的利害關係。他藉由美國的例子，說明設置臺灣議會的出發點是「為利害共同計也」，以試圖說服殖民統治者。林獻堂認為司法、行政權皆由臺灣總督所掌控，故請願的訴求以「若內地法能施之於臺灣者，與豫算協贊權，移以委任於臺灣議會是也。」此即是向立憲法治的殖民國爭取臺灣的權益。即使當時有許多人對成立議會的時機提出質疑，但林獻堂以為日本明治維新的初期，已出現討論開設國會的議題，一直到二十三年始有帝國議會的實現，他回應世人這樣的政策事關重大，需長時間籌備，所以目前不必擔憂時機太早，或是人才與各種選舉規章等規畫。[130]他認為臺灣議會的設置便是互相尊重、磨合的政

128　Norman Hampson 著，李豐斌譯：《啟蒙運動》（臺北市：聯經出版公司，1984年），頁145-149。

129　王泰升：《臺灣日治時期的法律改革》（臺北市：聯經出版公司，1999年），頁117-127。

130　林獻堂：〈請設置臺灣議會之管見〉，《臺灣青年》第2卷第3號（1921年4月15日）。

策，透過議會來處理臺灣與日本內地間法律的問題，對於國家整體發展也有相當的助益。

　　林獻堂〈請設置臺灣議會之管見〉對照第一回所提出請願書中的請願趣旨，呈現兩者類似的訴求。[131]此外，在第二次請願運動中，請願團體印製〈臺灣議會設置請願理由書〉，對於設置議會的理由有詳細說明，如：日本內地選出之議員不太了解臺灣的情況，且不如臺灣人所選出的議員對自身的事較具同理心；所以日本議員無法維護臺灣的權益，充其量只具有名無實的參政權。文中又提到日本憲法上規定國內只能有一個立法議會，所以臺灣特別設立議會是違法的；事實上，臺灣總督的律令權本身亦違反憲法。又舉英國、美國於地方設置的議會，因能合乎當地的需求而值得效法；反觀總督府的律令不適合臺灣當地情況，這種強制性的同化政策未必能收到成效。[132]就臺灣議會請願運動所根據的理論而言，臺灣議會請願運動兩項前提性的看法：一是認定臺灣需要有別於內地的特殊統治，另一個則是認為日本是立憲法治國家。如果臺灣議會的性質等同於地方議會，也就意謂東京帝國議會制定的日本法律，需施行於臺灣；這無異是贊同「內地延長主義」，所以請願運動份子不可能主張臺灣議會是一種與內地相同的地方議會。[133]綜觀每回請願的訴求多呈現權宜之計，這些文人議論的焦點多在於臺灣議會與帝國議會的立法權限。林獻堂身為請願運動

---

131 第一回所提出的請願書中的請願趣旨：「請設臺灣民選議會，附與臺灣應施行之特別法律，即臺灣預算之協贊權，與帝國議會相需，以圖臺灣統治健全之發達。」臺灣總督府警務局編：《臺灣總督府警察沿革誌》（臺北市：南天書局，1995年複刻本）第二篇，中卷，頁340-342。

132 葉榮鐘：《日據下臺灣政治社會運動史（上）》（臺中市：晨星出版公司，2000年），頁140-143。

133 周婉窈：《日治時代臺灣議會設置請願運動》（臺北市：自立報系文化出版部，1989年），頁50-55。

的核心人物，此〈請設置臺灣議會之管見〉即是將理念與實踐結合的
例證。

　　在社會控制的論述方面，黃呈聰〈保甲制度論〉[134]一文發表對於
總督府保甲制度的看法。彰化文人黃呈聰（1886-1963），曾於一九
二一年一月十日與彰化郡五位庄長連名，向當時的總督田健治郎建議
廢除連坐惡法「保甲制度」，然而他後來於官憲的壓迫下，卸去區長
之職。[135]他在〈保甲制度論〉提到：「甲長在甲長內選舉，經保正受
地方長官認可；保正在保內選舉，要受地方長官之認可，而無定選舉
之辦法，單依警察官之內意，由各甲長推選而已耳。……連坐責任之
制，反乎近世的立法之趣意。」嚴厲批判選舉制度，並認為臺灣尚存
此連坐法「豈非帝國之恥辱乎」。又揭發總督府的實際執行情形：
「保甲規約中亦有褒賞善行者等規定，然運用者，僅知其處分違約者
而已，可謂失卻立法精神矣。」[136]評析當時立法與執行頗不一致。
《保甲條例》規定每十戶為一甲，每十甲為一保，甲設甲長，保設保
正，任期皆為兩年。日治時期總督府加以利用，全面成立保甲，實行
「連保連坐」責任，如果某個保甲中的某個人犯罪，則該保或甲中的
所有人皆有連帶責任，以收人民互相監視的功效。臺灣清治時期的保
甲制度主要在於協助官方防範盜匪等事務，日治時期保甲除了協助行
政事務外，總督府也常利用保甲維持秩序、宣傳政策、檢查環境衛生
等內政。又如協助放足斷髮、推廣日語、改良風俗、破除迷信或推動

---

134 黃呈聰：〈保甲制度論〉，《臺灣青年》第2卷第3號（1921年4月15日）。
135 黃呈聰，號劍如，彰化線西人，1903年彰化第一公學校畢業，同年考入臺灣總督
　　府國語學校實業部。1907年3月畢業。1917年獲授紳章，後棄商從文，負笈日本，
　　考入早稻田大學政治經濟科。若林正丈：〈黃呈聰抱持「待機」之意涵——日本統
　　治下臺灣知識份子的抗日民族思想〉（上）（下），《臺灣風物》第54卷第3期（2004
　　年9月），頁137-170；第54卷第4期（2004年12月），頁133-171。
136 黃呈聰：〈保甲制度論〉，《臺灣青年》第2卷第3號（1921年4月15日）。

農業改革，可見總督府利用保甲作為社會控制的重要工具。黃呈聰對保甲規約的批判，透露欲以實際有關治理的論述，思考如何為臺灣民眾謀求幸福的寫作目的。

（二）宣揚人權價值

知識份子因醒覺到自己是受日本殖民統治者「差別待遇」的臺灣人，故藉由啟蒙的論述，逐漸發展出一個理解自身與外在世界的途徑；將遭受壓迫不平等處境的具體感受，轉化成參與改善此差別待遇為訴求的政治運動。他們對人權價值的宣揚，也隱含對殖民政策的抵抗。啟蒙家關注於傳統「以規範為根基」的社會是否應該轉型成以「權利為根基」的社會；或是在人民的生命中，政府應扮演何種適當角色等議題。即使彼此之間的觀點可能產生差異，但他們多透過世俗性的思考及人類理性的運作來考量。林獻堂在〈利己與愛人〉[137]一文中提到：對於社會進步與困境都視若無睹的人，是不了解利己主義的；如果了解利己主義，必定也能夠了解兼愛主義。他更進一步論述，個人無法單獨生存於世界上，必須團結社會力量，因為救別人等於救自己，所以利人等同於利己。他呼籲大眾正視社會上所存在的問題，發揮內在的道德，並且自我醒覺。林獻堂藉此文闡釋利己與愛人的關聯性，透顯人權價值的可貴，此即啟蒙論述背後的人文思維。

一些知識份子所撰監獄散文，亦呈現其人權思想。其中，出生在宜蘭的蔣渭水，醫學校畢業後於臺北大稻埕開設大安醫院，不僅熱衷於參加各種政治、文化活動，也在報刊雜誌積極發表有關啟蒙的論述。他以自己的大安醫院為籌備處，與同志一起草擬臺灣文化協會創辦計

---

137 林獻堂：〈利己與愛人〉，《臺灣青年》第2卷第1號（1921年1月15日）。

畫書、大會宣言及會則。[138] 1923年為使臺灣議會請願運動更落實，於是擬成立「臺灣議會期成同盟會」，後來引發「治警事件」[139]。1924年第一審判決無罪，檢察官不服而上訴。10月第二審十三名被判有罪的被告隨後提出上訴，1925年2月上訴駁回，七人因而入獄服刑。[140]蔣渭水曾撰〈送王君入監獄序〉、〈春日集獄署序〉、〈牢舍銘〉、〈獄歌行〉等多篇監獄文學。[141]其中，原預計發表於1924年3月21日《臺灣民報》的〈送王君入監獄序〉，後竟於總督府檢查制度下遭刪除。此文藉友朋王敏川入獄之事，以反諷的修辭，讚揚監獄安適的環境及入獄服刑的樂趣；另一方面，他刻意在字裡行間透露對逢迎附勢者的不屑，並將他們與王敏川等有志之士作一強烈對比。[142]誇飾獄中生活是「嗟獄之樂兮，樂且無憂。」[143]，此種寫作策略是藉由古典散文的形

---

138 《臺灣文化協會旨趣書》中提到：「想及臺灣的前途，實不堪心。我們於此大有所感，乃糾合同志組織臺灣文化協會，以謀提高臺灣文化。」收錄於臺灣總督府編，《臺灣總督府警察沿革誌》第二編（臺北市：臺灣總督府警務局，1939年南天書局複刻本），頁139。

139 蔣渭水〈入獄日記〉是他所遺留下來極少數的讀書日記，其中包括了日本文學作品如《西鄉南洲傳》等政治講談本，與日本明治初期自由民權運動背景有關，或是其相關的延伸作品。吳佩珍：〈日本自由民權運動與臺灣議會設置請願運動——以蔣渭水〈入獄日記〉中《西鄉南洲傳》為中心〉，《臺灣文學學報》11期（2007年12月），頁109-132。

140 臺灣總督府警務局編：《總督府警察沿革誌第二編——領臺以後の治安狀況（中卷）》（東京：龍溪書舍，1973年臺灣史料保存會復刻本），頁360-361。

141 有關日治時期監獄文學的研究可參考廖振富：《臺灣古典文學的時代刻痕：從晚清到二二八》（臺北市：國立編譯館，2007年），頁93-160。

142 此文《臺灣民報》原預備刊登在第2卷第5號，但因未合於總督府檢查制度的要求而遭刪。《臺灣民報》第2卷第6號的《編輯餘話》提到：「最後〈送王君入監獄序〉一文，不知當局何故，看做不穩刪去，遂成為斷頭斷腳不具的東西。」

143 〈入獄感想〉刊登於《臺灣民報》第2卷第7號（1924年4月21日），呈現蔣渭水批判監獄制度不合人權之處。收錄於蔣渭水著，王曉波編：《蔣渭水全集》增訂二版下冊（臺北市：海峽學術出版社，2005年6月），頁405-406。原刊於《臺灣民報》2卷3號（1924年2月21日）。

式強化諷刺批判的效果，以暗中讚揚王敏川等人心志不凡，並透顯宣揚人權理念的深刻寓意。

　　另一位臺灣文化協會的資深會員王敏川（1889-1942），亦為人權價值的宣揚不遺餘力。[144]王敏川後來參與籌辦《臺灣青年》，並陸續於報刊雜誌發表言論。[145]綜觀他所發表整體言論內涵，關切的議題其一是如何培養參與運動之人才；其二是社會教育；其三是提升婦女的地位。他在〈吾人今後當努力之道〉曾言：社會改造的首要工作，就是培養民眾有獨立的人生觀。他認為具獨立且崇高的信念，便能有堅忍不拔的意志，對於社會改造方面即能有極大的貢獻；又以孔子與孟子為例，說明社會改造家應當具備的精神。社會的改革必須有先覺者的領導才能成功，雖然先覺者大多無法任官，但是身為社會的中堅份子，其影響較官吏為大，以其力量成立團體將能發揮更大的感化效果，並成為使社會進步的動力。[146]王敏川於另一篇〈社會改造家之顏智〉又提到：「軍閥主義之獨迭經失敗，人道正義之聲，如雷貫耳，雖弱小之民族，亦見覺醒，故印度之有顏智以改造印度。」他藉宣揚顏智的事蹟，期望同胞可以向其言行看齊，透過自覺而提倡自由平等，進一步啟發文化，學習其改革的經驗。[147]此文所舉例的顏智，是

---

144 王敏川，號錫舟，彰化人。其父王廷陵為當地有名的「漢學仔仙」，自幼即受到薰陶。1919年畢業於臺北國語學校，後就讀於早稻田大學政治經濟科，並開始受到社會主義思潮影響。他曾參與臺灣文社、崇文社等傳統漢文社的徵文、徵詩，並於1919年加入「臺灣文社」成為該社的「通常會員」。當年《臺灣文藝叢誌》的徵文題為〈孔教論〉，他所撰的古典散文獲選並於1919年刊行，文宗吳德功評為第六名。

145 王敏川為臺灣文化協會「最後的委員長」，直到1931年因臺共大檢肅事件，遭到逮捕，身陷囹圄，後雖出獄，卻抑鬱而終。楊碧川：〈「抗日過激」的「臺灣青年」〉，收錄於張炎憲等編：《臺灣近代名人誌》第三冊（臺北市：自立晚報出版社，1987年），頁78。

146 王敏川：〈吾人今後當努力之道〉，《臺灣》第4卷第1號（1923年1月）。

147 王敏川：〈社會改造家之顏智〉，《臺灣民報》第4卷第4號（1923年4月）。

指印度的甘地。此文以甘地在印度所參與的社會運動，及施行的諸多政策，描述他帶領人民抵抗不平等的待遇及不合理的規範，終使印度人脫離白人的束縛與壓迫，並喚起民族自覺的奮鬥歷程。王敏川藉由引介國外政治人物的事蹟為例，以呈現宣揚人權、闡揚人性價值的典範。

就現代性而言，自我是一種內在情感、道德與理性訴求，因而可能產生反省、對話及多元的表達。[148]王敏川另一篇〈論先覺者之天職〉觸及傳統思維與現代性的交會。文中所謂「先覺者」指的是具有相當學識德望，可以領導社會的人物。他不認為臺灣人缺乏政治思想是因畏懼招致當局注意，而顧忌不敢放言高論，或是因處於孤島而眼界受到限制。故以此文反駁世人的這些說法，主張根本的原因是缺乏先覺者的啟發；而先覺者之所以無法發揮能力指導社會，可能是因為教育不興而未培養犧牲的精神。又舉孔子、孟子為例，孔子奔走各國是為了啟發社會，藉以闡明先覺者對社會鞠躬盡瘁的貢獻，及有別古人獨善其身的態度。回顧歷史，多因有先覺者而得以改善社會政治；先覺者除了匡正政治之外，應從事教育以改良風俗，並具犧牲的精神，進而提振民眾士氣，如此社會的發展才能有嶄新的面貌。[149]文中的先覺者，即是超越自我，且具有啟蒙民眾的使命感，為理念而投入文化運動。王敏川將先覺者形塑為須有理性的精神，保有主體性並兼具啟蒙的意義。談到社會領導者、社會改造的論述時，他往往會以孔、孟為例，如：「孔子一生之受磨折而不改其志，可謂社會改造家之模範。孟子曰天將降大任於斯人也，必先苦其心志……增益其所不能。又曰貧賤不能移、富貴不能淫、威武不能屈，此之謂大丈夫。嗚

---

148 廖炳惠：《另類現代情》（臺北市：允晨文化公司，2001年），頁226。

149 王敏川：〈論先覺者之天職〉，《臺灣青年》第2卷第4號（1923年3月11日）。

呼！蓋如是者，始足以稱社會改造家歟？」[150]王敏川認為漢學文化中的德育思想相當重要，他所撰眾多篇章皆流露為社會除弊、解決大眾的問題以及對抗社會中不平等的思維。細究這些議論，與儒學中的「匡時濟世」、「民胞物與」精神相互契合。[151]王敏川為臺灣文化協會的會員，貢獻一生心力在這塊土地上，因漢學素養深厚，故在早期多以儒家典籍詮釋，他不僅提出論述，自身也是實踐者。

　　文協會員中具體論述「權利」議題者，如蔡式穀所撰〈權利之觀念〉一文，即是以古典散文分析日常生活中某一概念的現代性。[152]他將研修法律的心得，以具系統性且條理化的方式，探討人是法律上的主體。當代普遍道德共識的「人權」（human rights）思想，其實是深受十八世紀啟蒙運動的影響。人權觀念的發展，歷經三個世代：第一代人權，是構成古典自由主義核心的宗教容忍、公民自由、財產權等所謂人類「不可讓渡的自然權利」（inalienble natural right）；第二代人權指涉教育、住屋、健保、就業等社會、經濟權；第三代人權則是諸如少數族群語言權、民族自決權，以及較廣泛的和平、環境和經濟發展權等涉及人類群體的權利。[153]蔡式穀此文以幾個面向分析權利的核心概念，如：「人者於法律上乃是權利之主體，權利之主體者乃是

---

150 王敏川：〈吾人今後當努力之道〉，《臺灣》第4卷第1號（1923年1月）。

151 施懿琳：〈日治時期臺灣左翼知識份子與漢詩書寫──以王敏川為分析對象〉，《國文學誌》第八期（2004年6月），頁24。

152 蔡式穀（1884-1967），號春圃，新竹市人。十九歲自臺灣總督府國語學校師範部乙科畢業後，於新竹公學校任訓導，桃園公學校任教諭，後辭職負笈東京留學。一九一三年七月明治大學專門部法科正科畢業，一九二三年律師考試合格後於臺北市太平町執業，曾任臺灣文化協會理事及臺北支部主任。「治警事件」發生時，也和全島同志一齊被逮捕，在文協所舉辦的文化講座，擔任通俗法律講習會講師。

153 Alston P, "A third generation of solidarity rights: progressive development obfuscation of international human right law?" *Nenthrelands International Law Review* 29 (1987): 307-365。

得享權利之資格也。」他歸納所謂的權利，大致分為公權和私權兩種。又舉日本臣民對國家有三種公權，分別為自由權、行為要求權、參政權。而屬於自由權的項目，又有轉移、身體、住所不可侵、思想發表、所有權不可侵、信教、集會結社等之自由。[154]這些有關權利的觀念，具有學理上系統的分類，為現代民主社會的產物。蔡式穀藉此刊登於雜誌的文章，傳播法律的專業知識，啟蒙民眾認知有關「權利」的多元面向。

三 殖民體制下的教育論述

殖民體制下的教育是形塑民眾價值觀的重要機制，從日治時期臺灣文化協會的會員所發表多篇教育論述，可見他們對於此議題特別重視。這些知識份子的教育改革理念，具有現代性的質素。除了主張教育機會均等、反對差別待遇以外，更將延續文人漢文使命的書房教育、以家庭教育為基礎的女子教育，以及與臺灣兒童教育息息相關的師範教育，作為教育改革的具體目標。以下將從「教育制度的差別待遇」、「教育改革的策略」兩方面，剖析知識份子於殖民體制下的教育論述。

（一）教育制度的差別待遇

1920年代一些知識菁英特別關注教育議題，發表多篇有關教育的論述。如畢業於臺北國語學校的王敏川，即是其中一人。他所撰〈臺灣教育問題管見〉分幾個層面評論教育議題，文中先提及教育革新的必要性，再分就義務教育、師範教育、中等教育、專門教育、女子教育、私立教育、社會教育等面向加以評論。他認為「政治上之地

---

154 蔡式穀：〈權利之觀念〉，《臺灣青年》第1卷第2號（1920年7月16日），頁31-35。

位，雖有因一時不得已之故而有差別，若教育上則絕對的無有可差別
之理也」，強力主張教育機會均等，不應有差別待遇。又基於人道主
義以及孔子有教無類的教育理念，所以建議在初等教育方面應實施義
務教育；且不該規定對臺灣人入學的限制，才能使臺灣人增加受高等
教育的機會。義務教育中所需的經費，則可由專賣事業如菸草和鹽的
販賣等公共利益取得，再推廣至全島，才能促使國民教育普及。在師
範教育方面，他建議改正日本教師及臺灣教師不平等的狀況；至於專
門教育、女子教育、私立教育等也應逐步實施，讓臺灣文化得以與世
界文化並進，而充分發揮教育的功能。[155]就當時實際情形來看，日本
宣稱臺灣殖民地教育有長足進步，但事實上在日治二十年後的1915
年，學齡兒童就學率不到百分之十（9.6%）。而後，從包含男女及原住
民的數據看來，1925年到達百分之二十九、1935年則為百分之四十
一，就學率超過百分之五十要到1939年，而到1944年則宣稱就學率超
過百分之七十。[156]再細究日治時期臺人赴日留學者多達二十萬人，其
中大專以上畢業者總數約六萬餘人，顯然留日受過高等教育者遠多於
臺灣高等教育所培養者，足見殖民教育體制無法滿足臺灣社會的教育
需求。[157]

　　此外，王敏川對於女性教育的論點在〈女子教育論〉一文多有闡
述，他比較日本與臺灣女子的就學率相差懸殊，藉以批評執政者對此
教育體制的忽略。他列舉歷史上有才德的女性與功績來說明女學的重
要，並提出具體方案說明提倡女學的方法。不僅主張教育必自家庭

155　王敏川：〈臺灣教育問題管見〉，《臺灣青年》第3卷第4號、第5號（1921年10月15
　　日、11月15日）。

156　E. P. Tsurumi 著，林正芳譯：《日治時期臺灣教育史》（宜蘭縣：仰山文教基金會，
　　1999年），頁127-128。

157　吳文星：〈日治時期臺灣的教育與社會流動〉，《臺灣文獻》第51卷第2期（2000年6
　　月），頁166-167。

始，認為家庭影響子女價值觀的形成，又提議增設高等女學或師範學校。王敏川發表這些論述的背景，若實際參照日治時期臺灣人與日本人各級學校新生入學數，將更可理解當時教育資源分配不均的比例。《臺灣民報》於1929年四月21日刊載當年臺灣各級學校新生入學數，呈顯出當年學校的入學情形。[158] 以臺北帝國大學的獲准入學人數為例，日本人共60位，而臺灣人僅有六位，人數相差懸殊；高等女學校入學人數，日人高達928位，臺人僅369位。其他如中學校、高等學校、高等商業、農林學校、師範學校、醫學專門學校等各級學校，皆呈現日臺人在入學機會上差別待遇的現象。臺人占人口絕對多數，日人則為相對少數，但教育資源分配卻呈現反比；如此不合理的現象，顯示殖民地教育不平等與受壓抑的現象。

　　另一位臺灣文化協會會員施至善，與王敏川、賴和並稱為文協的彰化三支柱。施至善〈臺灣之教育論〉具體舉出臺灣教育雖已實施三十年，卻無法發展的四大原因為：不實施義務教育、為同化而實施差別教育、女子教育不發達以及學校與家庭不能緊密配合等。他批評日本實施殖民差別教育，忽視固有之文化與風俗習慣不是輕易可以改變。若一味以教育手段要求同化，則施行不易；若以強權壓之，又違反人道。他認為女性是家庭教育的根源，並舉周公與孟軻為例，說明古聖賢出於賢母之門。另一方面，想要教育成效良好，學校與家庭雙方必須聯絡配合。他批判學校能實行與家庭聯絡者，本來就不多；如有聯絡，卻又隨著家長階級的不同而有所差異。貧窮人家視學校為官衙而不敢前往，富貴人家擔心學校將其迎為上客必有所求，而不敢前來，導致無論貧富都與學校日益疏遠，無法使教育發揮最大的作用。他認為所有教育當中最困難的是初等教育，所以對於當時臺灣只受過

---

158 《臺灣民報》第257期（1929年4月21日）。

初等教育就可被任命為教師的情形感到憂心。此外，在社會教育方面，他認為當時社會教育流於形式不注重實質，未能充分發揮功能。他又評論殖民者禁止學生在學校宿舍內閱讀新聞雜誌及其他參考書籍的政策，如此惡規將會使學生孤陋而寡聞。[159]施至善的教育論述，從對於初等教育的重視，到家庭與學校教育的配合，以及同化政策的教育差異等層面，多透顯個人對基層到社會，甚至殖民國整體教育制度提出具體批判與實質建議。為理解施至善重視初等教育的論述，若參照林茂生的研究數據，將更能觀看日治中期臺灣初等教育的問題。（參照表3 6）

表3-6　1922-1924年臺灣初等教育統計圖

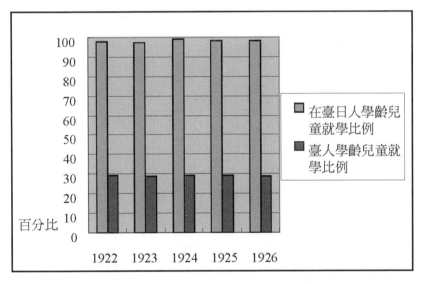

資料來源：參考林茂生著，林詠梅譯《日本統治下臺灣的學校教育：其發展及有關文化之歷史分析與探討》（臺北市：新自然主義公司，2000年），頁295，就此書所提供的數據，重新加以製成統計圖表。

159 施至善：〈臺灣之教育論〉，《臺灣民報》第67號（1925年8月26日）。

　　表3-6呈現在臺日人與臺灣人受初等教育機會的落差，1922至
1926年的五年間就學情形無太大變動。從具體數據可發現，臺灣人的
學齡兒童入學比例相當低，與在臺日人的學齡兒童有極大差異，這些
多是教育制度的規畫不利於臺灣人的例證。

（二）教育改革的策略

　　日治時期書房的存在，除了延續文人維繫漢文的使命感之外，總
督府也利用書房作為文化統合的工具。臺灣文化協會會員有關書房教
育的論述，如王敏川〈書房教育革新論〉先分析書房教育的價值：
「一般之目的，即造就人才，以貢獻社會也。」另一個目的為「闡明
孔教之道以養成人格，即習漢文以連絡日華之感情，促進世界之平和
也。」王敏川肯定書房培養人材的實用功能，同時也注重人格的塑
造。[160]他所提出書房教育革新的方法，著重呼籲社會先覺之士及書房
教師應互相協力合作規畫。又就三層面細加分析改革的面向：在教師
的人格修養方面，「欲陶冶學生之品行，不可不先有一種真實明確之
人生觀，即謂有養其高尚之人格」。在教師的學識養成方面，「教師可
奮起以自養其學識並以研究之結果發表之，不但可以直接裨益兒童，
而亦可鼓舞養成社會好學之風矣。」在教師之教法研究方面，他批判
往昔都以教育者為中心進行教學的方式，應改為以被教育者為主體的
模式。他舉出幾點書房教育的缺失，如：教材分量過多，或是只注重
機械式的背誦卻未能強化理解力。此篇評論，不僅從價值面分析書房
教育的終極目的，又談及具體的改革方法以期落實教育目標。王敏川
認為漢文承載了儒家傳統文化，絕不可荒廢，故主張應改革書房漢文
教育的教法，並強調教師的道德修養。

160　王敏川：〈書房教育革新論〉，《臺灣青年》第4卷第1號（1921年1月20日）。

　　臺灣文學史上具代表性的作家賴和（1894-1943），曾將昔日在書房所受教育的回憶撰寫成〈小逸堂記〉。此為1923年11月3日的作品，記錄塾師黃倬其的一生，同時也呈顯日治時期漢學在臺灣教育史上逐漸沒落的實況。當時日本政府對傳統私塾多加打壓，賴和這個世代曾有就讀私塾的經驗，又因接受新式教育，故能以傳統文體形式傳達新思想。在日文逐漸占優勢的臺灣社會，賴和仍堅持以漢文創作，作為反殖民、抵抗強權壓迫的利器。賴和在此文提到：「因夫子教導有方，我等學生皆甚契洽，遂成一系無形之統。」[161]書房教育所形成延續性的價值系統，呈現漢文化對賴和及其同時代的文人，具有一定程度的影響力。臺灣總督府發布新學制，但因書房從很久以前便存在，所以不予廢除，而是制定改良的方策。然而，統治當局保存書房的意圖，是欲使民眾認識帝國的體制以及強化忠君愛國的觀念。[162]漢字漢文或書房雖被容許存在於臺灣社會，不過基本上都是一種過渡手段，並非終極目標。在這種公學校化的政策下，書房成為同化於民族及文化的輔助機關。[163]從王敏川、賴和散文中，呈現書房影響層面以及對書房教育革新的期許。

　　至於有關女子教育之必要，王敏川〈女子教育論〉一文是將其置放於「家庭教育之需要」的前提下來談。他以孟母為了教導孩子成為聖賢而斷機、樂羊與王章的妻子激勵丈夫以成就其功名為例，說明女學之重要。王敏川極力倡言振興女學，並提及高等女校與師範學校之設置最為迫切，具體舉出至少應於臺北、臺中、臺南三處設置女子師

---

161 賴和：〈小逸堂記〉收錄於《賴和全集・新詩散文卷》（臺北市：前衛出版社，2000年），頁197。

162 臺灣教育會：《臺灣教育沿革誌》（臺北市：臺灣教育會，1939年），頁969-970。

163 陳培豐：《同化的同床異夢：日治時期臺灣的語言政策、近代化與認同》（臺北市：城邦文化公司，2006年），頁93-94。

範學校，教育內容亦須徹底變更。他認為如果女子教育在量與質兩部分都能有所改進，那麼女性在社會上的表現絕對令人刮目相看。王敏川主張若教育平等的理想得以實現，女性在社會上的成就可能讓男性自嘆弗如；如果婦女長年在家中，不但無法改良家庭，對社會也無貢獻。[164]日治時期臺灣女子高等教育並不普及，至1919年之後，臺籍女童的就學率始有明顯的上升趨勢，但與臺籍男生與日籍女生比較，仍在兩者之下。據游鑑明（1992）的研究，在有資料可考的四十年間，約有百分之八十的學齡女童未就學，即使就學而能畢業者也不多。易言之，中途退學或輟學者居多，以致能接受完整教育的女童僅占全部學齡學童的十分之一。[165]王敏川〈女子教育論〉提出重視女子教育的呼籲，且要求男子與女子皆需理性的覺醒[166]，此種主張具有時代的需求，亦是啟蒙的論述。

黃呈聰於〈臺灣教育改造論〉中提到「教育者須重人格，機動兒童之心靈，養成崇高之品行，發揮個性之長處。」他以為這是改造教育的第一步。此文也以實際數據顯示臺灣兒童教育，與當時日本的教育情況有天壤之別。黃呈聰形容道：「內地人之教育機關，可謂無遺憾矣。然本島人之教育機關，上寥寥如晨星，本島唯一之高等普通學校不過內地中學三年程度而已。」又強調若要提昇臺灣的教育水準，需從根本的教育政策加以修改。[167]他認為學校應經常召集畢業生，舉

---

164 楊翠：《日據時期臺灣婦女解放運動以臺灣民報為分析場域（1920-1932）》（臺北市：時報文化出版公司，1993年），頁416。

165 游鑑明：〈有關日據時期臺灣女子教育的一些觀察〉，《臺灣史田野研究通訊》第23期（1992年6月），頁15。

166 啟蒙是指人的理性覺醒，使人為操控者轉變為自主決定者。以理性之光照出人的愚昧，使人能自我醒覺，成為能自我主宰的理性人。李永熾：〈從啟蒙到啟蒙〉，《當代》第76期（1992年8月），頁50-51。

167 直到1926年《臺灣民報》仍報導：「多數的臺籍教師被認為對教育工作欠缺使命感、理想及研究心，因而意志消沉，滿足於現狀，不了解新教育理論，不講究教

辦演講或短期講習，使畢業生與學校保持緊密的關係，並將所學活用
於社會，貢獻於地方發展。他強調師範教育的重要性：「凡持教鞭者
非容易之業，造就人才最困難之務也，需要受師範之專門的教育者以
充之。」[168]他提到師範教育中尤應關注易被兒童模仿的初等教育教
師。黃呈聰所言如果要成為有用的國民應當重視初等教育的這種主
張，呈現其將國民性的形塑，與初等教育的功能性作聯結的觀點。

　　回顧學校與國家的關聯性，如十九世紀世界上出現的近代式學
校，是因新立的國家希望從教會手中奪回民眾的教育權，並藉由掌控
教育內容進行國民統合。近代學校的特徵之一是國家權力的強力介
入，近代國家（nation state）透過學校教育統合國民，凝聚內部國民
共同意識（national identity），學校體系也靠國家的力量得以逐漸發
展、普遍化。國家的要求，挾著強大的教育行政力量，透過學校的各
種誘導、規訓、懲罰、監視的機制意圖貫徹到地方社會；然而，在國
家執行這些政策的過程中，被殖民者也會因為自己的立場、條件或需
要，選擇對抗、接受、隱忍或協力等對應，雙方在這個過程中折衝、
調整或交換。殖民地的教育醫療與公共衛生進步的成果，經常成為
「殖民地統治肯定論」的材料，如果承認近代化之所以可以達成，與
其說是統治成果，不如說是臺灣社會主動的欲求、選擇、積極的參
與，以及機靈對應的結果。此時的學校是國家機構的一環，國家權力
的存在不容忽視。正如阿圖塞（L. Althusser）所言，沒有一種機構可
以像學校那樣長期、普遍的對所有國民傳達意識型態。近代國家建立
學校體系，透過學制規畫、課程設計及教學內容等的掌控，便可以有

　　學方法；易言之，專業精神有所不足。但公學校臺、日籍教師資格、俸給、地
　　位、升遷與福利等不平等待遇，表現自然無法同日而語」。《臺灣民報》第132號
　　（1926年11月21日）。
168 以上引文皆出自黃呈聰：〈臺灣教育改造論〉，《臺灣青年》第3卷第2號（1921年8
　　月15日）。

效的形塑國民的意識。因此，探討國家規畫了什麼樣的教育體系、設計了什麼樣的教育活動及內容，便可以了解國家的統制意圖。[169]日治時期臺灣文化協會的會員，明瞭殖民地同化教育對民眾思想的影響；同時他們的教育論述，呈現思考如何在體制內改革，以鼓勵民眾接觸世界新知，並喚醒主體性的自覺。

四 公眾輿論與想像共同體的形成

就臺灣人所創辦的報刊而言，《臺灣民報》以及《臺灣新民報》的全年發行量，雖無法與同時期世界各大報紙相比擬，但與傳統印刷甚至是手稿傳遞方式相較之下，此時報紙所具有強大的知識傳播功能不容忽視。從雜誌報刊的發刊詞中，透露當時從事文化運動的知識份子，多具啟發民智的使命感。以下，將以「1920年代初輿論的傳播及侷限」與「印刷媒介與想像共同體」兩大主題，討論公眾輿論與想像共同體的形成。

（一）1920 年代輿論的傳播及侷限

回溯十八世紀在英國的咖啡館、茶館，以及法國的沙龍、德國的藝文辯論，當時中產階級多在公眾活動空間中面對面討論書籍及新聞資訊。公眾輿論（public opinion）是經由融合各種意見，達成彼此認同的共識，而形成公共政策上的參考。十九世紀末因越來越多人想參與公眾事務，且因報章雜誌等傳播媒體的出現，致使公共場域有轉型的趨勢。[170]臺灣於日治中期言論的傳播多所限制，分析臺灣文化協會

---

169 許佩賢：《殖民地臺灣的近代學校》（臺北市：遠流出版公司，2005年），頁12-21。
170 Jurgen Habermas 著，曹衛東等譯：《公共領域的結構轉型》（臺北市：聯經出版公司，2002年3月），頁35-67；廖炳惠：《回顧現代：後現代與後殖民論文集》（臺北市：麥田出版社，1994年9月），頁288-293。

會員早期發表於報刊雜誌的論述，有助於理解他們對公眾輿論功能的
觀點。舉例而言，林獻堂發表於《臺灣民報》的〈言論自由〉一文，
即是以子產反對鄭國大夫提議廢除鄉校為例，說明對公共輿論的看
法。他以為：聽到民眾所讚許的就認真去做，聽到所厭惡的就認真改
善，如：用高壓威嚇手段來制止民怨，制止得了一時，卻不能制止得
了永遠。如築堤防範水患，堤防建築得越牢固，一旦洪水無處宣洩，
便會沖毀堤防；一旦潰堤，死傷必定慘重，到時想要搶救也來不及。
不如事先挖開一段小缺口來疏導部分洪水，所以應保留鄉校讓百姓有
發洩牢騷的地方，聽取他們的意見，作為施政的良藥。林獻堂藉由古
代議論執政者施政所在的「鄉校」，讚揚接受輿論監督批評的態度，
再藉古諷今談到秦朝因無言論自由而導致衰亡，現代國家中的英國因
對於言論自由最為開放，故國家得以富強；至於日本憲法亦有言論自
由的條文，但是長期以來卻不能於殖民地臺灣實施。他觀察到壓迫言
論自由原是專制政治常用的手段；而近來殖民政府在臺灣設立的公共
機關，竟是用以打壓人民的言論自由，故加以嚴厲批判。[171]林獻堂此
文刊登於《臺灣民報》時，曾遭總督府「食割」刪除一大段文字，透
顯當時言論受到箝制的情形。哲學家康德曾經詮釋「筆的自由」，是
以言詞與說教影響別人，此種自由即是「人民權利的象徵」，這是在
一切社會與政治組織根基存在之前的自然權利。因此，國家的真正功
能與目的在於容納這些權利於秩序中，並得以維護與保證。[172]然而，
日治時期的臺灣因為種種管制條例及不公平的律法，導致無論是在報
刊雜誌的發表，或是舉辦街頭演講會時，民眾的言論自由多有侷限。
林獻堂藉由〈言論自由〉一文傳達抵殖民性的精神，並提出對公眾輿

---

171 林獻堂：〈言論自由〉，《臺灣民報》第294號（1930年1月1日）。

172 Ernst Cassirer 著，李日章譯：《啟蒙運動的哲學》（臺北市：聯經出版公司，1984
　　年），頁244-246。

論的見解。若對照臺灣總督府警務局所記錄的一些具體數據，更可理解當時臺灣文化協會所舉辦的演講受阻的情形：

表3-7　臺灣文化協會講演會中止及解散情形

州別	臺北	新竹	臺中	臺南	高雄	計
辯士	353	508	287	209	63	1420
聽眾	24850	42000	15940	11890	2380	97060
中止	132	179	90	94	22	517
解散	14	8	6	9	1	38

資料來源：臺灣總督府警務局編：《臺灣總督府警察沿革誌（三）》（臺北市：臺灣總督府警務局，1939年），南天書局複刻本，頁219。

　　表3-7呈現臺灣文化協會所舉辦的演講活動，參加的聽眾高達十萬多人次，顯示演講會在當時社會引起相當熱烈的反應；然而，演講過程遭中止、解散的次數相當多，可見人民的言論自由處處受限的情形。若搜尋日治時期雜誌敘及有關文化協會的數篇論文，其中《語苑》雜誌〈警察用語揭載に就て〉、〈警察官臺灣語熟達の急務〉，內容皆提到總督府為取締文協舉辦的演講會，而要求警察學習臺語並培養具聽懂演講內容的能力，以隨時下令中止反殖民政府的言論。[173]由此可見，總督府對於民眾發表言論採取嚴厲的態度，常壓抑具有抵殖民內容的演講活動。

　　1925年王敏川曾在臺灣文化協會的演講中，連續講了一個多月的《論語》，並闡述其內容要義，呈現民眾對此類議題反應熱烈的情

173　小野西洲：〈警察用語揭載に就て〉，《語苑》31卷11期（1938年11月15日），頁5-6。
　　作者不詳：〈警察官臺灣語熟達の急務〉，《語苑》34卷9期（1941年9月15日），頁1-2。

況。他以漢籍與現代學術領域的觀念做比較:「其一,論天人之際為現在所謂哲學的範圍。其二,治國平天下法為今政治、社會學。其三,立身處世之道,現為倫理學、道德、教育學的範圍。」[174]如此將傳統儒學賦予現代性的詮釋,亦是啟蒙民眾的另類方式。王敏川又在另一篇〈新聞與社會之關係〉闡明報刊雜誌職責在於教育社會,其影響力比起學校教學更為普及、深遠。另一方面,報刊與演說同為文明社會的利器,但因為報刊的讀者不受時空侷限,因此效果遠甚於演說。報刊為表現民意的機關,所以不得不善盡其職。他更指出報刊不可或缺的條件,例如:明瞭事情的真相、追求議論的公平、報導需快速等。在分析報刊影響世界的和平方面,談到報刊上的論述有可能助成國際間的親善,亦可能激起國際間的反感。在影響國內政治方面,如國家政治的決策,若報刊中的輿論不表贊同則難行,得其贊成則易行。在社會風紀的維持上,報刊具有旁觀社會情形並加以勸誡的功能,亦作為研究風俗歷史的材料。篇末以「侃侃諤諤不畏權勢的言行,以啟發文化、增進社會之幸福焉。」[175]多流露出報刊對於公眾輿論的傳播效果,以及作為對新聞記者的深切期許。

　　臺灣文化協會成立後,除了舉辦各種演講會之外,因希望醫治臺灣人「知識的營養不良症」,故透過發行月刊、設置閱報處、電影欣賞會和戲劇活動,以宣揚自由民主、世界思潮等新知,期能促進民眾的政治覺醒。同時也宣導改善風俗,如吸食鴉片、迷信及鋪張浪費的建醮酬神、婚葬等社會習俗。不僅鼓吹閱讀臺灣人辦的報紙《臺灣民報》,也辦理「講習會」向民眾傳揚臺灣史、通俗法律、衛生、西洋史、經濟學等知識。並在霧峰萊園舉辦「夏季講習會」,講習內容涵

174　王敏川:〈書房教育革新論〉,《臺灣青年》第4卷1號(1920年1月20日)。

175　王敏川:〈新聞與社會之關係〉,《臺灣青年》第1號(1923年4月15日)。

括哲學、經濟學、憲法大意、科學概論、中國學術概論、外國事情、
社會學、新聞學、法律等。這些另類公眾輿論表現的方式，呈顯臺灣
民眾追求自由民主等價值的奮鬥軌跡。

（二）印刷媒介與想像共同體

　　日治時期報刊雜誌發刊目的多在於啟迪臺灣民眾的智識，呈現欲
與世界接軌的企望，同時也形塑臺灣人的想像共同體。1920年7月16
日《臺灣青年》創刊號中，林獻堂曾發表〈祝臺灣青年雜誌之發刊〉
一文，論及《臺灣青年》創刊的目的，是為了介紹世界的文明及臺灣
社會的情形，以利於增進同胞的智識。他認為臺灣自日本領臺以來二
十六年，物質生活已有很大的進步，而精神面的進步卻停滯不前，故
分析其中原因如下：（一）求學之不易：他提出臺灣當時因有總督府
教育令，故自公學校至於專門學校自成特別系統，而不與日本聯絡。
且因在臺灣受高等教育的機會極為有限，臺灣青年雖積極前往日本就
學，但在日本就學期間的艱辛歷程卻難以言盡。（二）自輕其文化：
現今對於一二位研究漢學之人，「眾莫不以守舊迂闊目之」，這樣的
心態相當可悲；他主張如果失去舊有的傳統文化，又無法習得新學，
那麼追求進步就更加困難。（三）無奮鬥之精神：日本帝國自維新以
來，不外數十年之間，凡百科學以及士農工商皆蒸蒸日上，「得列五
大強國之一，豈偶然哉，而不外奮鬥得之也」。反觀臺灣人則意志消
沉，要如何追求進步呢？所以他在提出嚴厲的批評後，又激勵期勉青
年宜修養學問、改造社會並團結同胞，這些不僅是臺灣文化協會須達
到的目標，更是臺灣青年必須肩負起的責任。[176]林獻堂此篇發表在雜
誌上的論述，涵蓋對於新式教育體制及實施方式的看法，呈現吸收新

---

176 林獻堂：〈祝臺灣青年雜誌之發刊〉，《臺灣青年》第1卷第1號（1920年7月16日）。

舊文化的精髓以及追求科學等進步觀。論述範圍的焦點集中在臺灣這個文化場域，並影響共同生活在此的同胞，如此的印刷媒介承載著文人社群對臺灣人論述的想像，亦透露知識份子企圖藉由理念的傳播，以啟蒙臺人的目的。

　　《臺灣民報》發刊詞曾強調當時西方思潮大變，尋求自由平等已蔚為風潮，臺灣須努力提升民智，以成為世界文明人的一員。民報在發行一段時間後，影響的層面日益擴大，林獻堂於〈民報發刊一萬號感言〉不僅回顧報刊的沿革歷史，又提出未來的展望。他認為《臺灣民報》的前身《臺灣青年》在東京創刊，致力於向日人推廣臺灣文化，並具有引介各國文化以啟發臺灣人的功能。後因《臺灣青年》被查禁，而易名為《臺灣》，到了1923年才發行《臺灣民報》。他於發行第一萬份後提出建言：若精選所刊載的題材，且內容更具批判精神，則前途一定無可限量。林獻堂深知印刷媒介具有影響群眾的功能，故於此文中又追溯闡釋當年《臺灣青年》創刊的要旨為：「介紹臺灣真相使內地人一般人周知，介紹內外文化，以啟發我臺人。」[177]此處亦清晰地以「我臺人」向閱讀對象表達宣揚民報功能的理念。透過報紙對於文化、思想上的啟蒙，以及集體意識的形塑，能有效且大量的傳播，「臺灣人」成為想像的共同體也更加明確。

　　王敏川的〈《臺灣青年》發刊之趣旨〉亦是藉由發刊辭傳播對印刷媒介所具有的共同體想像。此文發表於1920年7月16日的《臺灣青年》創刊號，文中提到：「今於發刊之先，敬陳旨趣，切望吾臺諸同胞，或惠篇，以光本誌；或授資，以助發展。」[178]如此將「吾臺諸同胞」作為呼告的對象，期許以文化的感染力，達到啟迪、團結同胞之目的，亦蘊含對於雜誌發揮社會教育功能的期許。作者認為臺灣尚不

177　林獻堂：〈民報發刊一萬號感言〉，《臺灣民報》第67號（1925年8月26日）。

178　王敏川：〈《臺灣青年》發刊之旨趣〉，《臺灣青年》第1卷第1號（1920年7月16日）。

能與日本並駕齊驅，原因在於臺人沒有自覺；如果自己不努力求進步，則他人相助仍然無益。又提出國民榮辱的關鍵在於文化的高低，並批判當時的學校教育不夠普及，青年面對這樣的情形應要主動奮起；而欲喚起青年的自覺，則需從普及教育開始。這些雜誌刊載許多學術的譯著，涵括各領域的知識，具啟發臺灣民眾的效果，也促進臺灣文化的發展。他又提到：「夫欲啟發社會之文明，必先吸收高尚之文化，尤當順應世界之潮流，然後可使民智日開。」[179]透露出期許作為臺灣這個想像共同體的一員，應吸收世界思潮，並盡速迎頭趕上的決心。其他刊載於《臺灣民報》的白話文中，亦曾出現「三百六十萬父老兄姊」[180]等呼告，以具體的民眾人口數據，呈現共時性想像。綜觀這些臺灣人自創的《臺灣青年》、《臺灣民報》等日治時期報刊雜誌，刊載許多順應現代性思想潮流的公共輿論，亦在臺灣人形塑自我的過程產生影響。可見這些媒體不僅具有傳播資訊的功能，也是形塑臺灣人想像共同體的媒介。

　　文化是靠人類透過工具、語文和抽象思維的方式學習而得，經由歷史而傳承，以及藉由傳播交流而擴散，是為群體存在的一種功能。[181] Benedict Anderson 認為印刷—資本主義使閱讀人口迅速增加，並使越來越多人得以用深刻的新方式對自身進行思考，並將自身與他人關聯起來。印刷品—商品（print-as commodity）是孕生全新同時性觀念的關鍵。以往用手稿傳遞的知識是稀少而神秘的學問，但印刷出來的知識卻依存在可複製性以及傳播之上。[182]臺灣文化協會以思想啟

---

179 同上註。

180 〈臺灣民報創刊詞〉，《臺灣民報》第1號（1923年4月15日）。

181 洪鎌德：《人文思想與現代社會》（臺北市：揚智出版公司，1999年），頁91-92。

182 Benedict Anderson, *Imagined Communities: Reflections on the Origin and Spread of Nationalism* (New York：Verso, 1991),36-37.

蒙為目標，又以報紙出版品等方式發表言論，匯集臺灣知識份子從政治與文化面向進行社會統合，對臺灣人想像共同體的逐漸形成具促進的作用。

五　結語

　　二十世紀上半葉一些文人社群面對強勢的殖民同化政策時，一方面思考古典散文作為表達工具的文化承載意義及其侷限性；另一方面在塊代化的過程中，經由觀摩社群間的論述，傳播啟蒙議題的影響力。他們除了著重提振道德等面向之外，亦在社會議題以及批判殖民者執政措施等方面，呈現知識份子對現代性的見解。臺灣文化協會會員的文化論述，分散刊載於日治時期的報紙、雜誌，為各大圖書館及民間後代所典藏。如霧峰林獻堂文物紀念館林芳媖女士，蔣渭水文化基金會的蔣朝根先生，皆用心蒐藏一些先祖的手稿、檔案及文獻。然而，有關林獻堂〈請設置臺灣議會之管見〉、〈利己與愛人〉、〈祝臺灣青年雜誌之發刊〉、〈民報發刊一萬號感言〉、〈言論自由〉等蘊含其從事文化活動之理念的古典散文，卻漏收於《林獻堂先生遺著紀念集》中，實殊為可惜。其他如《蔣渭水全集》、《王敏川選集》亦未將這兩位作者的作品蒐羅齊全。這些一手史料具有歷史的厚度，若能詮釋文獻檔案的意義，賦予其新生命，將有助於理解臺灣文化史的脈絡與重層面貌，並拓展臺灣古典文學主題研究的面向。本節從《臺灣青年》、《臺灣》、《臺灣民報》等報刊雜誌中，蒐羅林獻堂、王敏川等人作品集或選集所未收錄的古典散文，並詮釋這些篇章的啟蒙思維，以呈現臺灣文化協會會員早期啟蒙論述的內在意涵。

　　近來研究者對於殖民現代性的歷史分析，顯示出多元的方法取向和不同的理論立場，並不以反帝民族主義與殖民地統治肯定論式的全

稱，來面對臺灣近代歷史轉型和殖民現代化等解釋性課題。[183]1920年代，部分知識份子於啟蒙大眾、改革社會，並與殖民地政府對抗之後，傳統漢文仍是他們內心底層的文化養分。儘管自身受過新式教育、新文化的啟蒙，但古典散文依舊為1920年代初知識份子所重視，也是這些文人彼此間最熟悉的書寫工具。[184]故本節以臺灣文化協會會員為核心，從日治時期報刊雜誌中，擇取1920年代初期這些知識份子曾發表的古典散文為文本。綜觀他們早期論述的內容包羅萬象，所牽涉的文化面向廣泛，多流露對臺灣人權、法治等議題的關注，以及教育理念的落實等層面，亦蘊含日治時期知識份子的啟蒙思維。《臺灣青年》創刊正值日本實施同化政策時期，民族自決風潮及民主主義盛行，臺灣青年受此刺激而效法爭取自主。當時的臺灣缺乏類似歐洲「市民社會」的體質和傳統，這些知識菁英已經意識到不能僅依靠階級運動，必須有賴喚醒民眾自覺才能改變臺灣前途。雖然以古典散文的形式向大眾傳達現代思維不免有其侷限性，但從這些知識份子早期發表於《臺灣青年》、《臺灣》、《臺灣民報》的淺近文言文，仍可見這些啟蒙論述所蘊含的文化意涵與歷史厚度。故本節先從現代化下的權利論述，論析倡議自治理念及宣揚人權價值。再從殖民體制下的教育論述，探究教育制度的差別待遇、教育改革的策略等議題。又從公眾輿論與想像共同體的形成，詮釋1920年代輿論的傳播及侷限、印刷媒介與想像共同體等面向的論述特色。臺灣各地曾舉辦多場文協相關的展覽、紀念活動、研討會，「臺灣文化協會」已成為臺灣的集體記

---

183 張隆志：〈殖民現代性分析與臺灣近代史研究：本土史學史與方法論芻議〉，收錄於《跨界的臺灣史研究——與東亞史的交錯》論文集（臺北市：播種者文化公司，2004年），頁159。

184 施懿琳：〈日治時期臺灣左翼知識份子與漢詩書寫——以王敏川為分析對象〉，《國文學誌》第八期（2004年6月），頁32-33。

憶。回顧社群當年宣揚臺灣文化主體性的理念，至今仍是建構臺灣多元與現代文化的參考。[185]本節嘗試從代表性文人社群論述中，呈現臺灣古典散文發展至1920年代，因殖民處境及現代化的衝擊，而開拓論述主題的新面向。

——〈醫學訪查的記憶：杜聰明歐美之旅的敘事策略〉，收錄於《臺灣文學研究學報》第 21 期（2015 年 10 月），頁 1-38。

——〈形構美國都市意象：臺灣日治時期知識菁英的旅行敘事〉，修改自原題〈形構美國都市意象：臺灣日治時期知識菁英的旅行文本分析〉，收錄於《戶外遊憩研究》第 30 卷 2 期（2017 年 6 月），頁 1-22。

——〈文化啟蒙：1920 年代文協會員的論述〉修改自原題〈臺灣古典散文與現代性的交會：以 1920 年代文協會員論述為核心〉，宣讀於「臺灣古典散文學術研討會」（臺中市：東海大學中文系主辦，2009 年 12 月 19 日）。後收錄於《臺灣古典散文學術研討會論文集》（臺北市：里仁書局，2011 年 11 月），頁 435-464。

---

185 張炎憲、曾秋美、陳朝海編：《20世紀臺灣新文化運動與國家建構論文集》（臺北市：吳三連臺灣史料基金會，2003年）。此論文集從一九二○年代臺灣文化協會的反省為切入點，而擴及其他文化層面，反省當下的文化問題。論文內容都與臺灣主體性和民間發展力量有關，並探討臺灣新文化與臺灣國家建構問題。

第四章
文化記憶與敘事

　　臺灣的文化記憶與敘事具多元性，詮釋臺灣文學中風景的意義，有助於召喚臺灣文化的記憶。第一節〈再現風景：歌仔冊的臺灣文化記憶〉探討遊臺類歌仔冊的空間移動、觀看風景的歷史視角，再從反映物質文化的特性、宣揚倫理與制度的功能、文學的表達藝術等面向，探討與物質文化、社群文化及表達文化的關聯。第二節〈歷史創傷與行旅記憶：吳濁流的戰亂敘事〉，從壓抑的集體記憶、太平洋戰爭的荒謬性與軍事動員、旅外詩的戰亂題材與省思等面向加以詮釋。不僅分析小說重構武裝抗日的敘事，或戰爭期的教化及軍事參與、糧食物資的控管，並探討作者至中國、沖繩、英國及德國等古戰場的感懷，以及對於美國珍珠港事件或日本廣島、長崎原爆等歷史創傷的省思。第三節〈《自由中國》所載臺灣跨界遊記的敘事策略〉1949至1960年出版的《自由中國》所載跨界遊記，先從宣揚自由及反共的理念、對照日常文化的差異，探討觀察海外社會現象所造成的衝擊。再從人物形象、空間心境與敘事的時間性，分析遊記的書寫策略。空間心境方面則從外在及內在空間，自然與人文地景，以及形狀、顏色、大小等視覺，或聽覺及觸覺等空間感。至於文本的時間為演述事件、場景所占的篇幅，如運用加速與減速的策略，呈現速度的變化或暗指事件的重心。

第一節　再現風景：歌仔冊的臺灣文化記憶

一　前言

　　歌仔冊具敘事文學的特性，蘊含空間移動與歷史的敘事視角，不僅具語言與民間文學研究的價值，更隱含各層面的文化意涵。這些流傳於臺灣民間的歌仔冊，又稱「歌冊」、「歌仔簿」，識字人士將原本以口語傳布的「歌仔」，以文字書寫的形式記錄，並刊印發行的書冊。至今所出版的歌仔冊內容多元，這些與民眾生活相關的文本，實不容小覷。因學者的長期投入，歌仔冊的研究已累積相當豐碩的成果。回顧前行研究，於語言學領域已積累的成果，包括強調押韻形式、平仄、詞彙、用字等面向的分析，如王順隆〈「歌仔冊」的押韻形式及平仄問題〉（2002）、姚榮松〈臺灣閩南語歌仔冊鄉土題材之押韻與用字分析〉（2010），林香薇〈竹林書局改編臺灣早期閩南語歌仔冊之詞彙觀察〉（2012）等。或以分析民間文學中的白蛇傳、廖添丁等傳說為主，如洪淑苓〈敘事學觀點下的白蛇故事——1771-1927年間六個文本的敘事分析與比較〉（2008）、吳勇宏〈塑形於閱聽與傳唱之間——歌仔冊中廖添丁敘事的俠義化〉（2010）等。在數位化的探討方面，如陳雪華、洪淑苓等〈典藏臺灣說唱藝術：國立臺灣大學圖書館館藏歌仔冊數位典藏工作紀實〉（2014），以實例分析數位典藏的方法，這些論文皆積累歌仔冊的研究成果。

　　以歷史題材為主的論文，如柯榮三《時事題材之臺灣歌仔冊研究》（2008）擇取奇案、災禍、風月、竊盜等新聞事件之臺灣歌仔冊為研究對象，並據新聞報導探究其內容所敷唱的原始事件。連慧珠《「萬生反」——十九世紀後期臺灣民間文化之歷史觀察》（2005）、丁鳳珍《「歌仔冊」中的臺灣歷史詮釋——以張丙、戴潮春起義事件

敘事歌為研究對象》（2005），探討歌仔冊對歷史事件所採取不同於官方文件的詮釋觀點。曾子良〈「臺省民主歌」之校證及其作者考索〉（2008），參酌各版本及文獻史料校勘、辯證與注釋，補充詳實的史料考證。杜建坊《歌仔冊起鼓——語言、文學與文化》（2008）結合文獻及語言調查，並論及文學與文化的探究。施炳華《臺灣歌仔冊欣賞》（2008）、《歌仔冊欣賞與研究》（2010）探討宗教、歷史、民俗、文學研究以及音字與整理、說唱形式及名實的分辨、改編與創作等議題，並詳列歌仔冊演變過程。蔡欣欣〈戀戀國風／博物樂府——歌仔唱本《六十條手巾歌》析論〉（2008）探討歌仔冊起與連屬的形式及取材來源的特色。

　　目前歌仔冊研究成果頗為可觀，然較少以空間的概念，詮釋遊臺歌仔冊空間移動相關主題。以往研究歷史事件的歌仔冊，多分析單一歷史事件或同主題的類型事件；關於歷史縱深長的敘事，或是在時間脈絡下觀看人文風景的視角，仍留有諸多探討的議題。此外，對於此類臺灣文學與文化的資產，更需從各層面探究文本所蘊含的文化意涵。就可觀察的文化素材而言，一為物質文化或技術文化，因克服自然並藉以獲得生存所需而產生，包括衣食住行所需之工具以至於現代科技。二為社群文化或倫理文化，因為營社會生活而產生，包括道德倫理、社會規範、典章制度、律法等。三為精神文化或表達文化，因克服自我心中之「鬼」而產生，包括藝術、音樂、文學、戲劇以及宗教信仰等。[1]為分析歌仔冊如何再現臺灣風景，故以圖4-1呈現本節架構。

1　李亦園：《田野圖象》（臺北市：立緒文化公司，1999年），頁72-74。

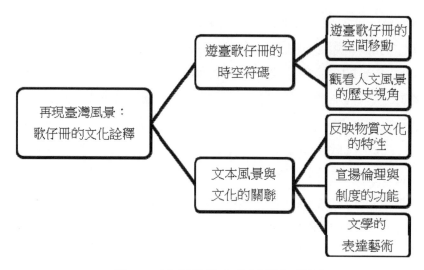

圖4-1　歌仔冊的文化詮釋架構圖

　　本節擇取《嘉義歌》、《最新週遊歌》、《臺灣故事風俗歌》、《嘉義行進相褒歌》、《對答相褒歌》、《乞食改良新歌》、《最新火車歌》、《楊本縣過臺灣敗地理》、《遊臺勸世歌》、《臺灣舊風景新歌》等歌仔冊為研究素材。從遊臺歌仔冊的時空符碼、歌仔冊文本風景與文化的關聯兩層面，詮釋歌仔冊的文化內涵。先探討遊臺類歌仔冊的空間移動、觀看風景的歷史視角，再從反映物質文化的特性、宣揚倫理與制度的功能、文學的表達藝術等面向，詮釋與物質文化、社群文化及表達文化的關聯。

二　遊臺歌仔冊的時空符碼

　　遊臺歌仔冊觀看風景的題材，蘊含空間移動與歷史的敘事視角。敘事的特質是一連串事件發生在特定的時間和空間內，而這時空交會的場景與生活相關，暗寓不同文化時代的人類思維、感知和經驗的依

據。[2]歌仔冊多為敘事文學，因敘事牽涉時間與空間場域，故須兼顧兩者，才能解讀出文本潛藏的時空符碼。以下將從歌仔冊旅臺的空間移動、觀看風景的歷史視角兩層面加以分析。

（一）遊臺歌仔冊的空間移動

與遊臺主題相關的歌仔冊，文本多透露空間移動的訊息。《嘉義歌》故事主角搭火車由臺北南下嘉義探訪朋友，行經艋舺、板橋、鶯歌、新竹、中港直到中部的臺中、彰化等站名。後半段寫主角在彰化過夜，隔天搭車繼續南下，最後抵達目的地嘉義尋訪友人。[3]過程中描述從臺北到嘉義的自然景物與田園風光，並提及各地民眾勤勞耕作，因而豐收的景象。如形容他里霧（斗南）的情況：「下面地土好風水，親堂叔姪帶做堆。同姓个人帶全位，有厝無數大竹帷。作失个人真可取，見做頭路真工夫。」此地親友互助合作，因而能維持基本的溫飽。作者藉由這趟從北到南的火車之旅，反映臺北人對中、南部的新奇體驗，建構於鐵道所見臺灣自然意象與人文風景。

日治時期歌仔冊《最新週遊歌》，又名為《遊臺新歌》，出版於1927（昭和二）年。[4]敘述從廈門渡海來臺的過程，提及臺中地理環境佳，並描繪當地的公園、酒樓，再往南到彰化八卦山、嘉義八景，沿路發現許多不同的熱帶植物及景觀。除了敘述實際行經的臺灣主要

---

2 范銘如：〈臺灣新故鄉五十年代女性小說〉，《中外文學》第28卷第4期（1999年9月），頁111-115。

3 1920（大正九）年普遍改臺灣地名，此歌仔冊的枋橋板橋、艋舺改為萬華、新竹縣「紅毛田」改為竹北等。廈門會文堂發行《嘉義地理歌》（首頁卷端題名：最新臺灣嘉義地理歌）；黃塗活版於1925（大正十四）年出版《嘉義歌》，夾頁題名《嘉義地理歌》，內容與會文堂版相同。

4 王金文：《最新週遊歌》（臺北市：黃塗活版所，1927年），典藏於國立臺灣大學圖書館楊雲萍文庫歌仔冊。

的車站外，也旁及集集支線。另一篇日治時期歌仔冊《臺灣故事風俗歌》出版於1934（昭和九）年，敘事者拜訪嘉義的老友，藉此描繪臺灣各地風情。[5]此篇歌仔冊提及火車行經臺北、板橋、樹林、山子腳、桃園、安平鎮、楊梅、中壢、大湖、紅毛田（竹北）、新竹、香山、中港、苗栗造橋、後龍庄、苗栗大街、南門火車頭、三塊厝莊、銅鑼灣、新竹、大安溪、後里庄、葫蘆墩圳、大溪、臺中、烏日庄、大墩、彰化、員林庄、茄苳腳、二水、社頭、濁水溪、嘉義、臺南大埔頭等地。為對照此兩部歌仔冊行經鐵道車站的古今地名，故羅列文本共同的站名於表4-1。

表4-1　《最新週遊歌》、《臺灣故事風俗歌》古今站名一覽表

《最新週遊歌》	《臺灣故事風俗歌》	現今站名
艋舺	艋舺	萬華
板橋	板橋	板橋
樹林	樹林	樹林
山仔腳	山仔腳	山佳
桃園	桃園	桃園
中壢	中歷	中壢
安平鎮	安平鎮	埔心
楊梅	楊梅	楊梅
大湖口	大湖口	湖口
紅毛田	紅毛田	竹北
新竹	新竹	新竹

5　許金波：《臺灣故事風俗歌》（臺中市：瑞成書局，1934年），典藏於國立臺灣大學圖書館楊雲萍文庫。

《最新週遊歌》	《臺灣故事風俗歌》	現今站名
香山	香山	香山
中港	中港	竹南
造橋	造橋	造橋
后壠	後龍庄	後龍
苗栗	苗栗	苗栗
銅鑼灣	銅羅灣	銅鑼
三義河	三義河	三義
大安	大安	泰安
後里庄	后里庄	后里
葫蘆墩	胡爐墩	豐原
潭仔墘	潭子墘	潭子
臺中	臺中	臺中
烏日庄	烏日庄	烏日
彰化	彰化	彰化
茄苳腳	茄冬腳	花壇
員林	員林庄	員林
社頭	社頭	社頭
田中央	田中央	田中
二八水	二八水	二水
斗六	斗六	斗六
他里霧	他理霧	斗南
大莆林	大埔林	大林
打貓庄	打貓	民雄
嘉義	嘉義	嘉義

　　此兩部歌仔冊多呈現由北往南的空間移動路線，文本多詳列火車
行經的主要站名。這些地名彷如空間符碼，呈現作者對臺灣地名的認
知。為呈現兩部歌仔冊行經縱貫線的地點，故標示兩部歌仔冊縱貫線
鐵路的主要站名於圖4-2。

　　圖4-2以日治時期1934（昭和九）年婦人俱樂部雜誌七月號「溫
泉・海水・登山・名所　全國旅行案內地圖」為底圖，另以實圈點標
示兩部歌仔冊縱貫線鐵路的主要站名。原圖除了標示出當時主要的景
點外，也詳細繪製臺灣各式鐵道路線，包括：官營鐵道、森林鐵道、
製糖會社鐵道、臺車，呈現出當時綿密的客貨運鐵道路網。回顧縱貫
線發展的歷史，自1895年日人投入二千八百八十八萬圓經費，約十年
的時間修築新竹以南的鐵路。1901年淡水線完工，（1908）年4月20日
從基隆到打狗（今高雄）全線完工通車，並於10月24日舉行縱貫線全
通式。之後由於島上產業發展，臺中線所經山路造成運輸瓶頸，於
1919年開始修建縱貫海岸線，1922年海岸線由竹南至彰化完工通車。
此外，1917年宜蘭線為基隆至新城，至1924年全線通車；屏東線為高
雄至枋寮，也在1941年完工通車。除縱貫海岸線、宜蘭線、潮州線
（今屏東線）及臺東線之外，民間也興建許多地方鐵路，與林業、炭
礦、製糖等產業的發展有關。[6]縱貫鐵路的完成，是臺灣現代化里程
碑之一。連接臺灣南北，彌補原本臺灣河川水運多為東西方向的不
足，使南北交通往來更為通暢便利，各種民間鐵路的連結也影響臺灣
的產業發展。

6　洪致文：《珍藏世紀臺灣鐵道・幹線鐵路篇》（臺北市：時報文化出版公司，2001
　　年），頁31-41；洪致文：《珍藏世紀臺灣鐵道・地方鐵道篇》（臺北市：時報文化出
　　版公司，2001年），頁13-23。地區性的鐵道文化資產如糖鐵、林鐵、鹽鐵等。日治
　　時期除了兼營營業線的產業道大量增加外，已對外客貨營業為主，非以產業本身原
　　料、產品、社用品運搬目的為考量的地方鐵路，如臺北鐵道株式會社與臺中輕鐵株
　　式會社的路線，也得以興建並持續經營。

圖4-2 《最新週遊歌》、《臺灣故事風俗歌》主要站名圖

資料來源：中央研究院建置地圖與遙測數位典藏計畫「臺灣旅行案內地圖」
（http://gis.rchss.sinica.edu.tw/mapdap/?p=4843&lang=zh-tw）為底圖，
再加以編製而成。

　　空間是文化位置的隱喻，身分認同和知識皆是位置性產品，正如它是歷史性產品一樣。文本即是一種象徵性空間，標幟出人物或作者在社會中特定的文化位置。空間閱讀側重空間配置結構的文化位置，將情節與人物心理的演變看成是每一次文化接觸後的發展。[7]若以空間閱讀歌仔冊，將發現有些文本記錄某個年代的城市風景。如《最新週遊歌》提到嘉義的田中時計店、嘉興商店、榮町公會堂、桃子尾、東市、不夜街等。此外，《嘉義行進相褒歌》（中集）提及丈夫帶初至嘉義的太太出外遊街，沿路介紹警察署、圖書館、嘉南大圳、夜市、東市場、西門町、豐茂商店、戲院、金振山眼科、布店以及西菜市等嘉義市街景。這些1930年代建築、商店等城市意象，不僅隱含現代文明、科學與知識表徵的關係，亦表現地方感（sense of place）。[8]「地方」是有意義的區位（a meaningful location），是人類創造出來並以某種方式依附其中的有意義空間。[9]當《嘉義行進相褒歌》的作者所建構的空間，伴隨著故事中人物特殊的經驗、歷史性脈絡的累積，並產生認同感時，地方的意義便產生。此歌仔冊所描寫的臺灣為具有高度可想像性的特色，且意識到此地是對自己具有意義的，亦即人對於臺灣情感上的依附，因而表現地方感的意義。

　　至於戰後的《遊臺勸世歌》目前可見兩部版本，其中一部收錄於中央研究院王順隆「閩南語俗曲唱本歌仔冊全文資料庫」（簡稱中研院本），作者陳甲為推銷封面的蟾蜍油藥品，自述搭乘上午六點二十

7　Friedman, Susan Stanford, *Mappings: Feminism and the Cultural Geographies of Encounter* (Princeton: Princeton University Press, 1998), pp.137-138.

8　麥國安：《嘉義行進相褒歌（上集）》（嘉義縣：玉珍漢書部，1934年），典藏於國立臺灣大學圖書館楊雲萍文庫。

9　Tim Cresswell 著，王志弘，徐苔玲譯：《地方：記憶、想像與認同》（臺北市：群學出版社，2006年），頁138。

分從臺中站出發遊臺。[10]一路北上行經潭子、豐原、后里、三義、銅
鑼、苗栗、後龍、造橋、竹南、新竹、竹北、新豐、湖口、楊梅、中
壢、桃園、鶯歌、樹林、板橋、臺北、汐止等地。再從基隆乘坐特快
車返回臺中，接著隔天再搭乘上午六點三十分由臺中站出發的火車，
一路南下行經烏日、彰化、花壇、員林、社頭、田中、二水、林內、
斗六、斗南、大林、民雄、嘉義、水上、後壁、新營、六甲、官田、
善化、新市、永康、臺南、仁德、路竹、岡山、橋頭等地，最後抵達
高雄站結束行程。[11]另一版本收錄於國立臺灣文學館「臺灣民間說唱
文學歌仔冊資料庫」（簡稱臺文館本）[12]，作者白言住在臺中，文本所
提行經詳細地名如下：從臺中搭特快車到八堵，經暖暖、瑞芳、金瓜
石、猴洞，越過三貂嶺、牡丹坑、頂双溪、貢寮、福隆、石城、大
里、大溪、龜山、外澳、頭城、礁溪、四結，進入宜蘭市、二結、羅
東、冬山、新城、蘇澳。回到西部海岸線的新竹竹南再向南：淡文
湖、大山腳、後龍、龍港、公司寮、白沙屯、新埔、通霄、苑裡、日
南、大甲、甲南、清水、沙鹿街、龍井、大肚、追分，返回臺中南下
屏東連高雄，「全省一週遊呼暢，蟾蜍油是好信用。」由高雄到鳳
山、後庄、九曲堂、六塊厝、屏東、麟洛、西勢、竹田、潮州、崁
頂、溪州、社邊、大鵬、東港、林仔邊、佳冬、北旗尾、水底寮，西
部縱貫鐵路的最後一站是枋寮，後又搭乘特快車返回臺中。為呈現兩
種版本的《遊臺勸世歌》主要站名，茲繪製如圖4-3：

10 王順隆：〈遊臺勸世歌〉，《閩南語俗曲唱本「歌仔冊」》第1477冊（廈門市：廈門會文堂）。

11 若考察這些舊站名廢用的時間來論斷，約可推測創作年代應在1949年以後至1953年之間。楊士賢：〈『歌仔冊」與教化思想的結合─以〈遊臺勸世歌〉為析論對象〉，《臺灣源流》第60、61期（2012年10月），頁116-140。

12 收錄於國立臺灣文學館「臺灣民間說唱文學歌仔冊資料庫」（http://koaachheh.nmtl.gov.tw/bang-cham/thau-iah.php），瀏覽日期2015年5月6日。

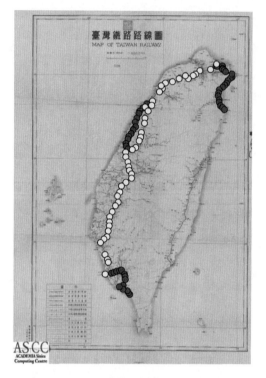

圖4-3　《遊臺勸世歌》主要站名

資料來源：以中央研究院建置「地圖與遙測數位典藏計畫」地圖數位典藏整合查詢
　　　　　系統（http://map.rchss.sinica.edu.tw/）「臺灣鐵路路線圖」為底圖，再
　　　　　加以編製而成。

　　「臺灣鐵路路線圖」為一九五〇年臺灣鐵路管理局所繪製，圖
4-3以此圖為底圖再加以標示。「閩南語俗曲唱本歌仔冊」版是從臺中
站出發遊臺，先北上再返回臺中後，又南下到高雄，以白圈點標示主
要車站。「臺灣民間說唱文學歌仔冊」版則是先到臺灣北部，再到東
北角，經過宜蘭，再轉回西部，沿著海岸線（海外線）南下至枋寮，
再回到臺中，故以白圈點標示不同車站。這些歌仔冊文本所提及的地
名，非隨機想像，而是由日治到戰後鐵道發展的實體空間。

（二）觀看人文風景的歷史視角

　　「歷史敘述」（historical narrative）暗含文本結構，必須經過對史料做出判斷的選擇和安排，以達到理解歷史意義的目的。[13]歌仔冊如何敘述臺灣的歷史？臺灣清治時期的重大政治事件，除了朱一貴、林爽文事件外，中期戴潮春的反清事件（1861-1865），也曾受到學界關注。例如陳兆南以《萬生反歌》抄本比對不同版本，發現抄本在細節與故事氛圍，有助於重現當日的情景。[14]有些歌仔冊於記錄臺灣歷史時，以情節的安排、人物的刻劃、觀點的檢驗及意義的傳達等面向，呈現觀看臺灣人文風景的敘事特色。如出版於1925（大正十四）年《嘉義歌》，從「說出清國一事志，臺灣一省天下知」等敘事，呈現將臺灣納入清國版圖一省的視角。文本又表達對日治時期施政的看法：「日本臺灣整地理，日本算來好心成，調整臺城如東京」、「日本設造真正交」，以肯定的語氣評價殖民統治下的現代文明建設，傳達被殖民者的歷史敘事觀點。又將日本取代清朝治理臺灣歸諸於天運，因此說：「光緒坐天是運尾，出有少年十歲外，未曾學行先學飛。」嘲諷光緒皇帝少年當政的不當，以感嘆清王朝衰頹的命運，對比讚賞日本殖民現代化的建設。

　　在族群方面，《嘉義歌》記述客家莊的女子：「看見赤腳恰巧神，看見面形十分好。生成面肉白波波」，不僅形容客家婦女赤腳及皮膚白皙，面容姣好的外貌，又描述生活方式。如楊梅厝「通是女人塊耕

13　陳新：〈論二十世紀西方歷史敘述研究的兩個階段〉，《思與言》第37卷第1期（1999年3月），頁1-25。

14　天賜重抄本的講述者在大部分唱段維持著事件的詳細講述的特質，而陳振坤抄本在細節和故事氛圍，強調東勢角兩方對戰的細節，結合陳振坤抄本和天賜重抄本，更有裨益於重現當日的場景。陳兆南，施懿琳、陳益源編：〈《萬生反歌》抄本內容試探〉，《2012閩南文化國際學術研討會論文集》（臺南市：成功大學閩南文化研究中心，2012年11月），頁51-94。

作，男人在厝腰子婆」，「客人查某好禮數，不管查某共乾埔，那入伊厝個門戶，有分大小塊稱呼。」客家女人下田耕作，男人卻在家照顧幼子；又言客家婦女有禮貌，按輩份大小稱呼來者的風俗。[15]回顧日本殖民政府在臺灣進行大規模的人口普查和登記，將殖民地人民的種族身分固定。臺灣內部涵蓋人群存在的差異，反映之前清帝國時期不同地域人群分類與統合的不同樣貌，但在殖民地範圍這個統一標籤之下，這些樣貌開始被勾勒得越來越清晰和近似。日本知識份子透過文化創造，明晰其種族語言、文化、風俗習慣等特性，從而讓客家群體在臺灣社會突顯出來，成為獨特的族群。[16]客家意象是指一種移情的族群想像，認為某些文化特質、生活習慣是屬於客家族群，許多象徵語彙是價值系統所賦予這些意象意義的文化符碼。這些符碼有其歷史脈絡和記憶過程，透過歌仔冊的再現，隱含作者對於客家族群的想像。

新歷史主義者之所以不向史家求其客觀性，是因為他們認為歷史總是後來者對於過去事件的敘事（narrative）的觀點，認為歷史藉由個性的塑造、主題的重複、聲音和觀點的變化、可供選擇的描寫策略等寫作技巧，也就是一般在文學創作的情節編織（emplotment）技巧，才能記錄歷史。歷史敘事本身如論述，而論述在形成的過程中，總是會選擇、抬高某些歷史因素或歷史事件，同時也壓制和貶低某些因素或事件。歷史學家面對的是過去留存下來的文本，他所撰寫的歷史本身也同樣是文本，這文本具有虛構的成分，因為他或多或少必須運用柯林烏（R.G. Collingwood）所謂的「建構的想像」（constructive imagination），這種想像力協助歷史學家利用現有的事實，找出所發

---

15 洪淑苓：〈火車、自動車與博覽會——日治時期臺灣閩南語歌仔冊中三種現代化事物的想像與意涵〉，《2009閩南文化國際學術研討會論文集》（臺南市：國立成功大學中國文學系，2009年12月），頁254-257。

16 陳麗華：〈談泛臺灣客家認同——1860-1980年代臺灣「客家」族群的塑造〉，《臺大歷史學報》第48期（2011年12月），頁1-49。

生的事。[17]如名為《最新週遊歌》的歌仔冊，表面看似觀賞臺灣各地風光，實則於上集先提及盤古開天地等傳說，接著鋪陳漢族朝代更替的歷史。此本歌仔冊作者為廈門人，從傳說到祖述三皇五帝，不僅提及「夏紀商周文武齊，春秋戰國成亂繼」，接著細數秦、漢、三國、漢晉梁唐周五代，明、清等世系。同時批評「清末恰無勢」，以至於「漢家興起廢大清」，流露以漢文化為中心的思想，並以中國的朝代拼接臺灣。文本又延續日治時期的敘事，「且說福建一臺灣，原來舊底屬青蕃，國姓打歸清國管，今屬日本來週全」，「法度比清有恰反，革故鼎新無照原」。下冊提及「日本法度盡發明，舟車所至个光景，人力所通道路平」、「官邸分設各位評，日本官吏幾十等，每日巡查亦探偵」，具體強調殖民法治、官制以及交通等建設，呈現以旅人觀看日本治臺的敘事視角。

　　另一類型歌仔冊《楊本縣過臺灣敗地理》的主角楊桂森，曾於1810（嘉慶十五）年來臺灣任職，歌仔冊中有關楊本縣的記載，是位明察秋毫、料事如神、四處受理冤案的官員，和傳說的負面形象有所差距。歌仔冊提到敗地理位置的內容，最北的如基隆下包土（金包里）、滬尾（淡水）、竹塹、三角湧、南投、清水等地，最南遠達恆春等地。許多歷史人物的傳說分布範圍遠離歷史人物本身實際上的活動區域，查閱文獻史籍，得知楊桂森任彰化知縣曾修建彰化城、重建書院明倫堂等；又於1812（嘉慶十七）年鹿港街尾溪流兩旁築堤並建橋，減低鹿港水患，鄉里將此橋命名為楊公橋。[18]此官員在臺灣僅三

---

17 White, Hayden 著，張京媛編：〈作為文學虛構的歷史文本〉，《新歷史主義與文學批評》（北京市：北京大學出版社，1993年），頁163。

18 周璽主編：〈規制志・城池・彰化縣城〉，《彰化縣志》臺灣文獻叢刊55種，頁35；〈建明倫堂碑記〉，《臺灣中部碑文集成》，《臺灣文獻叢刊151種》，頁20；〈列傳・政績・楊桂森〉，《臺灣通志》，《臺灣文獻叢刊130種》，頁451；〈規制志・津梁〉，《彰化縣志》，頁53。

年（嘉慶十五～十七年），活動範圍不曾超過彰化縣一帶。然而，傳說的足跡幾乎遍及臺灣西半部，而且降服妖怪、敗地理、帶兵殺敵、審判貪官、嚴懲惡霸等各種奇異傳說，超出合理的範圍。其他有關鄭成功傳說及嘉慶君遊臺灣傳說，皆是如此誇飾的模式。[19]楊本縣傳說屬於風水傳說的一種，胡萬川稱這類型傳說為「京官來臺敗地理型」傳說。京官敗地理傳說長久以來在漢文化圈中流傳，臺灣民間這一類傳說的背景都在清代，臺灣本來到處都有好地理，是出人才的好地方；但被朝廷派來的官員刻意的破壞，臺灣因此不能「出王」、「出賢人」。[20]此為藉由塑造人物的形象，呈顯觀看風景的歷史視角，隱含臺灣清治時期發展受到限制的託寓。

　　臺灣戰後歌仔冊如《臺灣舊風景新歌》，從書影封面上提到「反共抗俄，軍民團結」，發行地點為臺北市延平區民樂街一五二號，編作者為陳清波，可推知此歌仔冊為戰後時期的作品。[21]此類敘史的歌詞常為後繼「歌仔山」之「開臺歌」藍本，如楊秀卿、吳天羅、黃西田等人，時常「摘引名句」或全文照錄不斷唸唱。觀《臺灣舊風景新歌》的敘事方式，是以說史筆法敘述臺灣早期歷史發展。先從鄭氏來臺說起，接著說清廷治理臺灣的政策貢獻與缺失，後又提到近代社會現象，也刻劃臺灣風土民情和各地著名物產。文本開首即以「聽念臺灣舊風景，古早三四百年前，以前臺灣無王化」、「原早臺灣無人

---

19 在歷史上嘉慶君並未到過臺灣，但有關嘉慶君的傳說在臺灣中南部一帶流傳甚廣，且傳說的內容，常結合當地人物事蹟、名勝古蹟、物產等加以附會。賴淑娟：《嘉慶君遊臺灣故事之研究》（臺北市：臺北市立師範學院應用語言文學研究所碩士論文，2005年），頁91-92；林文龍：〈嘉慶君遊臺傳說雜考〉，《臺灣文獻》第41卷第2期（1990 年6月），頁167。

20 胡萬川：〈土地・命運・認同──京官來臺灣敗地理傳說之探討〉，《臺灣文學研究學報》第1期（2005年10月），頁1-22。

21 杜建坊：《歌仔冊起鼓──語言、文學與文化》（臺北市：南天書局，2009年），頁37。

管」，描述臺灣早期為南島語族的部落社會，此篇歌仔冊以漢人視角，提及臺灣缺乏帝王教化的觀點。又言：「清朝初時來接管，看做小小个臺灣，臺南府城竹塹縣，臺北也有平埔蕃」、「臺灣都市第一早，臺北號做大加蚋，一府二鹿三艋舺」。[22]如此刻意聯繫系譜的視角，跳脫日本殖民統治時期的種種敘事，而直接續寫國民政府來臺的景象。文本又提及「社會非常無衛生」、「臺北野未成都市，街頭巷尾專大埤。時代市區真荒廢，彎街越巷路真窄，亦無市場通買賣，第一鬧烈中南街。滿清時代無整頓，交通不便用航船」，或以「臺灣亦無自動車」等清治時期種種落伍情形，對照戰後現代化的建設。另以「頭鬃」、「小腳」等髮型及女子纏足等文化符碼，又以「時代束縛舊禮教」，「清朝亦無設學校」彷如前現代化的景象，批評社會風俗陋習。另一部冷戰時期的歌仔冊，如國立臺灣文學館收錄的《遊臺勸世歌》提到：「清榮快活過日子，反攻大陸著準備，軍民合作著一致，復興中華萬萬年。雲開月圓見清天，幸福兄弟來結緣，新兵就愛認真練，反攻通好得安然。」此類創作呈現當時的反共氛圍，藉由歌仔冊傳播教化的意識形態。

三　文本風景與文化的關聯

文化是依象徵體系和個人記憶、習慣而延續的社會共同經驗，歌仔冊的文本風景，蘊含諸多可觀察的文化素材。本節從反映物質文化的特性、宣揚倫理與制度的功能、文學的表達藝術等層面加以分析。

---

22 陳清波編：《臺灣舊風景新歌》（臺北市：延平區民樂街），典藏於國立臺灣大學圖書館楊雲萍文庫，頁1-3。

（一）反映物質文化的特性

　　從《嘉義歌》、《嘉義行進相褒歌》等歌仔冊文本中，反映當時社
會對火車等現代文明交通工具的體驗與好奇，以及日本殖民的痕跡。
這兩部歌仔冊記錄從臺北坐火車到嘉義，沿途介紹臺灣各車站；另一
方面也介紹該地的人文，如福佬、客家人的生活、耕種等習性，呈現
臺灣日治時期的物質文化及當時民眾的生活情形。如《嘉義歌》描述
中部烏日庄「男女大小食檳榔，嘴齒烏烏成生番，下港个人古早例，
頭棕鬐尾札紅紗，檳榔荖葉是大禮。」記錄烏日庄所見檳榔的功能，
認為「下港人」比「頂港人」保存更多的古俗古禮。又言「卜趁錢銀
著頂港，亦有金山塗炭空。下港通是作田人，卜趁錢銀著四冬。」北
部人依賴淘金、挖煤礦，而南部人則以種田維生。交通的便利促使臺
灣南北的生活經驗得以交流及比較，促使歌仔冊的敘事者從一個臺北
閩南族群的觀點，記錄臺北以外的地理與民情。[23]「物質文化」不只
是被動的「反映」社會文化體系、人類適應環境的紀錄，而是在社會
文化繁衍、再生的過程中扮演主動與積極的角色。[24]在物質文化中影
響頗深的如現代交通建設，不僅是「行」的工具的變遷，更促使臺灣
邁向現代社會，影響民眾的日常生活。《嘉義歌》產生的時代背景，
主要與日治時期火車事業及鐵道部的興起，影響臺灣的礦產開發、青
果業運輸，推動社會經濟發展有所關聯。其他鐵道旅行的宣傳品中，
如《臺灣鐵道旅行案內》或各種觀光手冊對於臺灣風景、物產的描
述，不僅方便旅客採買特產、土產，同時也形成對臺灣的認識，亦即

---

23 洪淑苓：〈火車、自動車與博覽會──日治時期臺灣閩南語歌仔冊中三種現代化事
　　物的想像與意涵〉，頁254-257。
24 陳玉美：〈文化接觸與物質文化的變遷：以蘭嶼雅美族為例〉，《中央研究院歷史語
　　言研究所集刊》第67本第2份（1996年6月），頁419。此論文提供關於物質文化的定
　　義與功能，以及物質文化與社會文化關聯等面向的參考。

殖民統治者希望塑造、展示的臺灣形象。

　　關於飲食文化的紀錄，《最新週遊歌》提及「臺中過了烏日庄，男女大小食檳榔。」「說到下港食檳榔，可比頂港烟茶湯。在伊檳榔是好物，男女大小皆存長。」[25]檳榔的作用應用在以往農耕時勞苦的傳統生計活動，成為時代的變遷下物質的符碼象徵，具有喚回過往文化記憶的功能。臺灣社會中，檳榔不僅被用來當作治療疾病、防止瘟疫的藥物，也被用來當作社交、婚禮場合的禮物，甚至被用來當作宗教祭祀的祭品或是行使巫術時的法物。嚼食檳榔可以建立或強化族群與文化認同。[26]在此歌仔冊中，檳榔不只是咀嚼慾望的嗜好物，而是與北部的香菸、茶及甜湯一樣，具有與拜天敬鬼神等祭典，以及婚禮等生命禮儀中的物品所具溝通的功能，隱含臺灣物質文化與民間禮俗之間的關聯性。[27]又如《對答相褒歌》從男女相褒始，提到基隆九份一帶到阿里山的職業工作，例如：礦場、鐵工廠、蔗鋪、製麵粉或製材工廠等，同時介紹當時的工作場所運作狀況與設備。[28]至於《遊臺勸世歌》（中研院本）收錄諸多與飲食產品有關的描述，如三叉湖「桃李出產滿街路」、樹林「菸酒全省最名雅」、員林「蓬萊產地最中心」、二水「青果出產土地肥」、民雄「雜穀出產最多量」、南靖「製糖會社介大間」、新營「隔壁鹽水出鹽遲」、番子田「近在麻豆出文旦」、新市「蓮霧出產好氣味」等。在各地物產方面，如汐止「炭礦

25　《最新週遊歌（下本）》，頁2。

26　林富士：〈試論影響食品安全的文化因素：以嚼食檳榔為例〉，《Journal of Chinese Dietary Culture》第10卷第1期（2014年4月），頁43-104。

27　以婚禮中的茶為例，如提親、相親時端茶待客，「送定」（訂親）由待嫁女端甜茶，或婚宴後「吃新娘茶」。至於由黑棗、花生、桂圓、蓮子等物做成的甜湯，則是象徵「早生貴子」。

28　許應元：《對答相褒歌》（嘉義市：捷發漢書部，1935年），典藏於國立臺灣大學圖書館楊雲萍文庫。

煙銅最多枝」、七堵「石炭出產滿街路」、花壇「出產好花排好看」、
嘉義「出產大杉最大枝」等皆具代表性。這些物產中的嘉義香杉，又
名巒大杉，因特殊之香氣、木理通直均勻、耐蟻性強及加工易等特
性，成為重要經濟樹種之一。若從另一部《遊臺勸世歌》（臺文館
本）除了提到「一年二冬好收成，增產出米蓬萊種」之外，亦詳舉芎
蕉、糖、鹽產量豐，並呈現樟栳油、金礦、炭礦、棉等臺灣各地物產
的樣貌。

在住的方面，於私家宅院頗具盛名的為板橋林本源古厝，《嘉義
歌》及《臺灣故事風俗歌》皆以「造起小城四面群」，同樣的手法形
容大家族的宅院。另於《最新週遊歌（上本）》，則可見「板橋本源富
貴子，蓋倒臺灣第一名」的說法。[29]這三部歌仔冊描寫行經板橋時，
皆不約而同提起林本源古厝具代表性的建築。從形塑「虛假山水」引
發遊園者體驗「真實山水」的樂趣，呈現林園主人感官、即時的、表
象的理想吉祥世界。這種來回於裝飾與真實世界的設計，與來回於戲
曲人生與真實人生之移情作用。林園美學意識之成形，由傳統匠師以
建築裝飾的福祿壽形式，直接表達現實利益的理想世界，或是以詩書
琴畫具體形象的圍牆形式，直接訴諸感官上的滿足，呈現裝飾性、直
覺性、感官性的世界。[30]如此藉由建築物與世界發生關聯，或是將生
活方式、宅院或工藝品，轉換為一連串的符碼，成為認知結構的一種
象徵式再現。

---

29 《最新週遊歌（上本）》，頁5。

30 林本源古厝林園之入口經驗的營塑，從白花廳以來的細窄長廊的空間壓縮手法，與
其他園林並無不同，但是入園立即面對結合藏書、讀書，與聲光閃爍之演戲唱戲的
不相容性格的多重性格的空間，為第一景區。單一空間方鑑齋的空間設計，或是以
假山布景的處理，甚至整體林園空間環境特質的形塑，在在都呈顯這種二元或多重
性的園林特質。黃蘭翔：〈臺灣板橋林本源園林的真假與虛實〉，《美術史研究集
刊》第30期（2011年6月），頁185-354。

（二）宣揚倫理與制度的功能

鐵道文化制度的影響是帶動旅行、觀光事業的發達，《嘉義歌》讚賞日本殖民政府建造鐵路：「一時起行就閣到，去到樹林個車頭，通庄鐵路造透透。」「算來日本是真交，各處火車有人搭。火車起行到庄頭，一時去到大湖口。十九鐘久就能到，日本設造真正交。」「老早算是溪埔地，無人能過濁水溪。有設火車人正多，後日車頭變大街。」「真交」、「真正交」皆是表達歌仔冊編唱者的讚歎。然而在現代化的火車之旅中，透露另一種內心的感受。如：「彰化落車踏著地，日本巡查難得梳。咱今出外亦未報，想著事志真羅梭。心肝想起真煩惱，到只枝當有准無。」因為主角是臨時起意南下訪友，忘了申報，所以雖未看到日本警察，心中仍忐忑不安。[31]如此的情節透露被殖民者的不安心理，隱含對殖民制度的批判。

有關道德倫理為主題並涉及社會救濟制度的歌仔冊，以《乞食改良新歌》頗具代表性。作者因感於施乾先生（1899-1944）創設愛愛寮收容遊民的義舉，編寫這首七字歌仔，以歌頌施乾的善心，並勸人向善。施乾為臺灣日治時期滬尾辦務署（今淡水區）人，為愛愛寮（今臺北市私立愛愛院）的創辦者。以優異的成績畢業於臺北工業學校（今臺北科技大學）機械科後，任臺灣總督府商工課雇員，銜命調查艋舺地區貧戶之時，親見當地乞丐甚多，甚至幾代都靠乞食維生的慘狀。於是決心從根本改善這些人的生活，並著手開始教導乞丐讀書識字、學習生活技能。1925（大正十二）年辭去人人羨慕、待遇優渥的公職，變賣家產，在今天的大理街搭建房舍，設立「愛愛寮」。他時常拖著拖車，到處尋找乞丐、鴉片癮者、精神病患和痲瘋病患等被

31 洪淑苓：〈火車、自動車與博覽會—日治時期臺灣閩南語歌仔冊中三種現代化事物的想像與意涵〉，頁256。

社會遺棄的人，帶到「愛愛寮」收容，施乾及妻兒都與他們生活在一起。他關注慈善救助之弊，於是透過著述《乞食的社會生活》、《乞食撲滅論》專書、報刊投稿、巡迴演講、成立乞丐撲滅協會、發行機關報等方式，引導民眾了解社會責任，啟蒙當代大眾對乞丐救助的認知。愛愛寮創始之初囿於經費有限，施乾透過各種方式募集資金，成立協會獲得定時定額寄附金及各界捐款；接受各地市街委託收容乞丐，獲得地方集資捐助，著述乞丐撲滅專書並指導院民製作手工藝品販售，以維持寮費支出。連滿洲國著名的外交部長謝介石，於1933（昭和八）年3月12日樂捐三千銀。[32]施乾雖歷經風波，仍盡心奉獻於愛愛寮，收容人數日增。[33]就日治時期社會福利政策發展的脈絡而言，施乾的社會救助具時代意涵，此臺灣人自發的社會改革行動，也成為日本殖民政府宣揚人道主義社會事業的重要櫥窗。在日本殖民體制下，雖然進行各項現代化建設，但是有效解決乞丐問題的卻不是公部門，而是施乾以平等的心態、人類愛為基礎，協助乞丐脫離原先的生活型態。這種以撲滅乞丐現象為目標的行動，超越傳統功德式濟貧的慈善工作，可說是臺灣社會現代化的指標，同時也發揮臺灣傳統的互助精神。但是另一方面，在當時的社會福利體系和社會環境下，純粹民間的社會事業不易生存，終究必須仰賴官方支援。官方則透過

---

32 〈愛愛寮に三千圓謝介石氏が寄附金滿洲國一周年記念日に際して〉，《臺灣日日新報》第7版（1933年3月）。謝介石（1879-1954），本名愷，字介石，臺灣新竹人。1896年新竹傳習所畢業後擔任通譯。日俄戰爭（1904）前至東京擔任東京東洋協會學校臺灣語教師，並就讀於明治大學，滿洲國成立（1932）後，出任首任外交總長，1935年調任為第一任駐日大使，任內曾回臺參加臺灣博覽會的開幕，主持10月27日的開幕。有關謝介石的研究，請參閱許雪姬：〈是勤王還是叛國──「滿洲國」外交部總長謝介石的一生及其認同〉，《中央研究院近代史研究集刊》第57期（2007年9月），頁57-117。

33 〈施乾釋放さる　橫領の事實は明瞭なるも愛愛寮の實情を考慮し〉，《臺灣日日新報》第2版（1936年7月）。

「恩侍福利體制」，藉由社福資源的分配來進行對社福團體的控制、降低社會改革運動的激進化。[34]因日治時期資本主義下的臺灣社會貧富差距加劇，日本官方初始對乞丐問題視之漠然，致使乞丐的存在隱含一種合理性。施乾揭露如此的社會救濟制度，未能顧及弱勢族群的處境，民眾亦難以參與社會救助體系。他積極關注人的生存權，倡導唯有正視乞丐問題，社會公平正義才將得以實現的道德倫理觀；映照今日臺灣社會救助議題，仍具提供思索解決社會福利制度參考的價值。

爬梳「社群」（Community）一詞的脈絡，十九、二十世紀普遍的看法為意謂著高度的人與人之間的親密性、社會凝聚性、道德上的許諾，以及時間上的連續性。[35]社群文化中，由於勸善歌具教化的意義和功能，遂有不少民間文人編寫大量富有勸善教化意味的歌仔冊，以因應整個社會的實際需求。例如《遊臺勸世歌》內容即宣揚有關倫理教化思想，文本提到：「做人著愛照五倫，自然能得好老運。」著重於「五倫」之中的父子、夫婦、兄弟家庭組織的範疇。「做人著聽父母罵」，呼籲聽從父母的教導，以免誤入歧途。在夫婦關係方面，「男女配婚成足對，食老自然有所歸」。有關兄弟之間的相處，「家庭不通起風波，兄弟著愛真協力」。又分別闡述「勤儉」教化效果，並強調「有儉才有底」的效用。以對照的方式「趁錢著飼子孫大，食老自然能氣活」；反之，做人若「開錢總是無分寸，著愛粒積破病本」。此外，又將「好善樂施」和「貪花好柳」形成對比，勸誡轉為行善布施之用，這樣方可積修功德、福延子孫。呼籲社會大眾「仙人打鼓有時錯，改惡從善事著無」、「做人差錯愛悔過，千萬不通做糊塗」，勸

---

34 王昭文：〈殖民體制下的社會改革理想實踐──以日治時代的愛愛寮為例〉《輔仁歷史學報》第14期（2003年6月），頁197-235。

35 陳文德著，陳文德、黃應貴主編：〈導論──「社群」研究的回顧：理論與實踐〉，《「社群」研究的省思》（臺北市：中央研究院民族學研究所，2002年），頁1-41。

人反省改過並重新出發，以積極正向態度應世的理念。[36]另一部臺灣文學館的《遊臺勸世歌》版本，不僅描述各地風景，亦藉地名的特性而加以闡述，如「苑裡過了名日南，光路不行行日暗」，地名為「日」，具光明的意涵，藉以象徵勸人勿「行暗路」為非作歹。《遊臺勸世歌》以第一人稱口吻，透過搭乘火車遊歷臺灣西部各縣市的方式，順便唱唸勸世文句，傳達各種傳統的教化思想。此一「遊記」結合「勸世」的筆法，發揮歌仔冊教化思想所營造的意義。

（三）文學的表達藝術

　　歌仔冊用字多口語，易使閱聽大眾了解敘事的意涵，施炳華認為：「歌仔冊雖以文字表現出來，卻是民間活潑生動語言的書寫。」[37]杜建坊亦言：「歌仔冊是一種表音文字紀錄」，[38]文學為運用口語及文字的表達藝術，本節以探討歌仔冊的文學手法為例，分析歌仔冊如何藉由各種表達形式與內容相呼應。研究文學須關照文化視角，呈現族群、環境與時代等層面的文化風貌；文學同時又是文化的載體，兩者互依互存。舉例而言，數字有鋪陳的意義，有些歌仔冊應用傳統文學中的八景詩句法，如《最新週遊歌》下集描述嘉義北香湖、紅毛井、水火同源等景觀，與八景詩的模式化書寫。此外，歌仔冊多以白描手法詳細記錄時間與數字，如《嘉義歌》提及「十九鐘久就能到」，《最新週遊歌》提及「七點三時無爭差」「火車卜行按時到」[39]、「時間一

---

36 楊士賢：〈「歌仔冊」與教化思想的結合—以〈遊臺勸世歌〉為析論對象〉，頁116-140。

37 施炳華：〈談歌仔冊中「相褒歌」的名與實〉，《民俗曲藝》第160期（2008年6月），頁76。

38 杜建坊：《歌仔冊起鼓——語言、文學與文化》（臺北市：南天書局，2009年），頁49。

39 《最新週遊歌（上本）》，頁5。

點零六分」、「停宿幾分就起行」[40]，或是《臺灣故事風俗歌》提及
「時鐘六點二十分」、「十幾分鐘就能到」[41]，皆描述火車時刻與行進
快速。這些歌仔冊提及火車體驗與地方描寫，因搭配具體的火車各站
名與時間紀錄，使火車之旅呈顯真實性，讀者有身歷其境的感覺。[42]
這幾部歌仔冊以具體點出火車時刻的表現手法，隱含著重時間的現代
性觀念。

　　在句式的變化方面，《最新火車歌》運用反覆的句式，如先以
「花」為起興，重複「一欉好花」的句式。[43]又以「火車卜行」形容
火車啟動的情境，如「磅內空」、「行鐵枝」等視覺意象、或是「哮吱
吱」、「水螺聲」等聽覺意象。全篇又多以「火車行到」的相同句式，
接續行經的地名，如打狗山、桃仔園、曾文溪等。歸納《遊臺勸世
歌》通篇常以「過了」的句式貫穿，以表達空間移動的更迭。[44]統計
此篇文本共出現四種不同地點的過渡句式，如「銅鑼過了是南勢」、
「南勢過了名苗栗」、「竹北過了去山崎」、「湖口過了伯公岡」。前三
例句以「過了」連接兩地，並加「是」、「名」或「去」作為過渡語；
然而，當地名為三個字時，如第四例句則直接接續「伯公岡」等地
名。《遊臺勸世歌》多採上二句地名，下二句勸世；或上一句是地
名，下三句是勸世的技巧。

　　施炳華整理「相褒歌」句法的特性歸納出：說唱形式是七言四句

40　《最新週遊歌（下本）》，頁1。

41　《臺灣故事風俗歌》，頁1。

42　洪淑苓：〈火車、自動車與博覽會──日治時期臺灣閩南語歌仔冊中三種現代化事
　　物的想像與意涵〉，頁254-255。

43　王順隆：〈最新火車歌〉，《閩南語俗曲唱本「歌仔冊」》第80冊（廈門市：廈門會文
　　堂）。

44　王順隆：〈遊臺勸世歌〉，《閩南語俗曲唱本「歌仔冊」》第1477冊（廈門市：廈門會
　　文堂）。

型的重複（早期也有不限於七言的），多為長篇的歌唱形式，是「以某一事物為主題」，或「對口唱和」或「個人獨唱」。有些「相褒歌」的內容以男女打情罵俏的情歌為題材，大多是「對口唱和」的形式。[45]柯榮三分析臺灣歌仔冊中擬七字仔一唱一和、一問一答等褒歌調的形式稱為「相褒結構」，且題材不限於情歌。相褒結構的作用除了抒情之外，亦可發揮穿針引線、編織故事的敘事功能。[46]《嘉義行進相褒歌》中集敘述妻子尋找到丈夫，她表達如俗諺「嫁狗隨狗」的意願，樂與丈夫同甘共苦。又提及丈夫帶剛來嘉義的太太出外遊街，沿路介紹警察署、圖書館、嘉南大圳、夜市、東市場、西門町、豐茂商店、戲院、金振山眼科、布店、西菜市等。[47]歌仔冊藉由對話體的方式表情達意，如《嘉義行進相褒歌》〈中集〉以相褒的形式，藉由男女對話體相互傾訴。筆者將其中一段加上括弧註明夫與妻的對話：[48]

（夫）我是帶此干苦度，心肝哪敢想別途。驚汝哪來受艱苦，生活困難未對挪。

（妻）人廣嫁狗塊狗走，那通放我在後頭。守時待運等時候，人有忍耐隻有肴。

（夫）我是驚娘汝干苦，不是我身心肝黑。等待那有好地步，苦力不作改別圖。

（妻）干苦嗎著悶依持，總是漸等好時機。共汝度苦過日止，日後就有出頭時。

---

45 施炳華：〈談歌仔冊中「相褒歌」的名與實〉，頁87。

46 柯榮三：〈臺灣歌仔冊中「相褒結構」及其內容研究〉（臺南市：國立成功大學臺灣文學系博士論文，2009年），頁87。

47 麥國安：《臺灣行進相褒歌中集》（嘉義縣：和源活版所，1934年）。典藏於國立臺灣大學圖書館楊雲萍文庫。

48 《嘉義行進相褒歌》，頁1-2。

　　此段採夫妻兩人輪流分別抒發內心感受，真情流露。描述分隔兩地的夫妻終於在嘉義相見，雖然妻子不怕日子艱苦，表示願在家中幫忙做針線，但丈夫仍表示對妻子充滿愧歉。如此互相回應的形式，易於吐露雙方心事並深度溝通，隱含夫妻彼此體諒與扶持的深厚情感。

　　就情節結構而言，《乞食改良新歌》的作者於1934年親臨愛愛寮現場而觸景生情，詳述自己為何敬佩施乾，並回溯自己十二歲以後的貧苦流離，因而對於乞丐的處境能感同身受。如此以類似報導的方式，回顧1923年以來施乾以具體的行動為乞丐解決困境，並駁斥對施乾不利的流言，不僅鋪陳施乾公益的行為細節，並細膩描述如何為乞丐的衣食住行多方關照。文本提到收容的功德如：「乞丐算是歹命子，入寮飢寒不免驚，骨力手藝學正正，出寮就無乞丐名」。出身微寒的作者，對於乞丐的時運不濟深具同理心，大力讚揚施乾伸出援手提供食宿，並且教導一技之長，培養謀生能力，期許從受助者成為自助者以徹底擺脫貧窮的困境。其中關於乞丐的典故，列舉歷史人物伍子胥、東周平王姬宜臼、東漢光武帝劉秀、唐睿宗李旦、北宋宰相呂蒙正等帝王將相為例，呼籲民眾勿看輕一時落魄的乞者。[49]以第一人稱的敘事視角，穿插敘事者經歷，詳述因十二歲時家境困苦，從新竹搬到後龍荒郊野地，海風凜冽，使人皮膚黝黑。海邊都是缺水的砂質

---

49 如伍員即戰國伍子胥，唐《樂府詩集·雜曲歌辭六》曾描述受楚王追殺逃到吳國，有一段時間以吹簫乞食；在虞世南《結客少年場行》的詩中亦提及：「吹簫入吳市，擊筑遊燕肆」，皆可見伍員乞食的事蹟。此外，玉龍太子即東周周平王，任幽王太子時，在褒姒入宮受寵後被廢，出奔申國，西周亡後被諸侯擁立即位，開立東周。民間自《史記·周本紀第四》敷衍傳說，清光緒年間佛山人梁紹仁據以創作木魚書《玉龍太子走國陰陽扇》共80本，後彙編成10集。又如，東漢光武帝劉秀，也曾在避難時行乞度日。此外，章回小說《薛剛反唐》描述唐睿宗李旦為太子時也曾落難而行乞通州，之後被胡發收留賣雨傘，後中興唐朝的事蹟。另一位宋朝呂蒙正，年輕時亦行乞，住在破瓦窯中，後入朝拜相，亦是此歌仔冊取材舉例的來源。

旱地，皆非良田，難以栽種作物；若碰到連綿陰濕的下雨天，更難耕作種植。靠海維生的漁民出海捕魚要看天候狀況；如果天候不佳無法出海，很難能食到白米，只能以番薯度日。文本中又言及基隆養老堂與臺南愛護寮兩個社會救濟機構，前者為1881年基隆通判梁純大及士紳捐款設置的乞食寮；後者為臺南士紳集資籌設。其他南部、北部及中部等地收容所也預備興建。[50]全篇依敘事結構分為四部分：褒揚—用典、褒揚—駁斥、褒揚—自敘、影響—勸善。以褒揚施乾善行為主軸，以同理心了解乞丐的處境，清楚陳述義行將使乞丐與公眾雙方獲益，勸人解囊響應。至於愛愛寮已不僅是具體的建築空間，而是提供溫暖與希望的地方。

又如《臺灣舊風景新歌》的敘事以順時性為故事情節的發展方式，敘述臺灣從移墾社會到現代化社會的發展。先從鄭氏來臺說起，文本提到「國姓少年真僥勇，將官逐个真盡忠」，視鄭氏王化為統治的開端。鄭氏建南寧府，並劃分天興、萬年二區，將漢文化傳播至臺灣，描述鄭氏驍勇善戰，卻將其失敗歸於天命。接著提到清廷接管在臺政策，記載臺灣清治時期城市的變化及風土民情，公共建設、城市照明、衛生設施皆落差甚大，以衛生、教育、風俗的落後情形，與戰後的現代化做對比。刻意對照今日「近來男女真平等，剪髮流腳即文明」、「科學漸漸即發達」、「荒埔礦野變田園」，將臺灣所有現代化建設皆歸功於國民政府的企圖。此歌仔冊刻意略過日治時期的存在，強調在國民政府的治理之下一躍為現代社會，文本隱含受限於當時政權所欲形塑的敘事。

---

50 基隆養老堂為1881年基隆通判梁純大及士紳捐款設置的乞食寮，位於今基隆仁愛區同風里忠孝市場，曾一度荒廢。1908 年遷至石硬港（今南榮派出所隔壁），更名養命堂，後改名養老堂。臺南愛護寮日治時期稱為愛護寮仔，位於今日光華街199號，1946年與慈惠院合併後，改名臺南救濟院，為今日財團法人臺灣省私立臺南仁愛之家新都養護所之前身。

四　結語

　　歌仔冊以主動挑選、重組、編排並賦予意義的文化符碼，組成一套有秩序、可理解的臺灣文化敘事。臺灣的自然與人文風景具多樣性，詮釋歌仔冊中的風景，具有召喚臺灣文化記憶的功能。歌仔冊可作為認識臺灣文化的媒介，然因對於人、事、物的不同理解，而隱含形塑文化的動態過程。如此的敘事文學，須兼顧敘事的時間與空間場域，才能解讀出文本潛藏的時空符碼。遊臺題材文本所提及的地名，呈現出日治到戰後鐵道發展的實體空間。至於藉由觀看風景的歷史視角，以感嘆清王朝衰頹的命運，對比讚賞日本殖民現代化的建設；或是臺灣清治時期發展受到限的託寓、戰後的反共氛圍等歷史脈絡。這些符碼有其歷史脈絡和記憶制過程，透過歌仔冊的再現，隱含作者對於族群的想像。

　　為理解歌仔冊與物質文化、社群文化及表達文化的關聯，故以反映物質文化的特性、宣揚倫理與制度的功能、文學的表達藝術等面向加以詮釋。在物質文化方面，《嘉義歌》等歌仔冊產生的時代背景，主要源於日治時期火車事業及鐵道部興起。有些歌仔冊則藉由食物或建築物與世界發生關聯，並轉換為營生活所需的符碼，成為認知結構的象徵式再現。有關倫理的主題並涉及社會救濟制度的歌仔冊，如《乞食改良新歌》宣揚積極關注人的生存權，社會公平正義才將得以實現的道德倫理觀；《遊臺勸世歌》則結合遊臺的形式，發揮教化思想的目的。文學為運用口語及文字的表達藝術，這些歌仔冊著重文學具實的表現手法，且隱含遵守時間的現代性觀念。或運用反覆的句式，表達空間移動的更迭；或以多種反覆句式的變化，藉由對話體的方式表情達意。敘事結構或以陳述主角行徑為主軸，以同理心了解弱

勢的處境；或以順時性為故事情節的發展方式，呈現歌仔冊以各種表達形式與內容相呼應。

　　曾永義認為傳說以及地方風物傳說有助於吸引遊客前來遊賞，蘊含於今日觀光旅遊的實際價值。[51]俗文學的研究日益受到重視，已積累為數可觀的學術成果；若能將這些成果應用於日常生活中，有助於在地文化的傳承。尤其歌仔冊有關臺灣風景書寫的題材，不僅是地方風景的敘事，若善加運用於教學，具有親近本土文化的教育意義；若能與文化觀光的導覽相結合，當能拓展深度旅遊的效能。歌仔冊中的敘事者藉由火車旅遊或社會事件的報導，帶領讀者走覽臺灣各地的風土民情，再現自然與人文風景，因而豐富了讀者的想像。這些來自民間鄉土氣息的語料，且具敘事特性的文本，多蘊含時空符碼及文化意涵，實為臺灣珍貴的文化資產。

圖4-4　本節所引歌仔冊書影

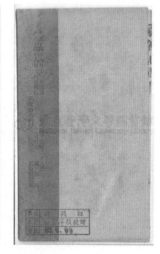

---

51 曾永義：《俗文學概論》（臺北市：三民書局，2003年），頁362。

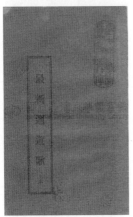

資料來源：典藏於國立臺灣大學圖書館楊雲萍文庫歌仔冊。

第二節　歷史創傷與行旅記憶：吳濁流的戰亂敘事

一　前言

　　戰亂影響的層面既深且遠，除表象的生命財產殞滅失落外，創傷

後壓力症候群為戰亂傷口的印記之一。在戰時承受的心理創傷，如目睹親人死亡、散離及環境大肆毀壞後的驚嚇，在戰後雖被壓抑，但沉默受苦一代的兒時記憶和身心創傷並未完全消失，成為縈迴不散的記憶。戰爭是人類所製造的慘痛經驗，臺灣經歷數次戰亂，造成的創傷問題頗值得重視。瀏覽以戰亂為題材的作品，重新閱讀這些生命經驗或歷史敘事，有助於理解個人及集體的傷痛記憶，亦是研究心態史的重要素材。日治時期臺灣文獻關於戰亂的題材，如吳德功《讓臺記》與洪棄生《中西戰紀》、《中東戰紀》及《瀛海偕亡記》，多流露文人對戰亂的感受，並呈現民眾在世變中的無奈處境。[52] 此類關於早期臺灣戰亂的作品呈顯作者敘事心理的動機，從文字所建構的記憶中，透露戰亂所造成的災難與傷痛。

　　學界對於戰亂與創傷議題的研究已累積一些成果，如以戰爭動員體系主題為探討範疇，或將日治末期的戰時體系分成四個時期，進行以臺灣為中心的國際戰爭研究，探討臺灣遭逢不同歷史時期戰亂的情境。[53] 文學研究者則探討災難與文學等相關的議題，或以廣島的創傷為例，分析臺灣小說二戰經驗的記憶與認同主題。[54] 學術期刊如《臺

---

52 吳德功（1850-1924）所撰《讓臺記》描述1895（光緒二十一）年4月14日中日簽約，至9月27日北白川宮親王卒於臺灣止，逐日記載一百三十餘日民眾參與戰事的情形及史事。洪棄生（1866-1928）所撰《中西戰紀》記錄1884（光緒十）年清法戰爭的經過；另一部《中東戰記》則記錄1895（光緒二十一）年清日甲午戰爭的經過為主；《瀛海偕亡記》則記錄武裝抗日的情形。林淑慧：《禮俗・記憶與啟蒙——臺灣文獻的文化論述及數位典藏》（臺北市：臺灣學生書局，2009年），頁134-155；166-169。

53 林繼文：《日本據臺末期（1930-1945）戰爭動員體系之研究》（臺北市：稻香出版社，1996年）。吳密察：〈乙未之役（1895）的記憶與描寫〉，發表於國立臺灣大學歷史系主辦「集體暴力及其記述：1000-2000年間東亞的戰爭記憶、頌讚和創傷」國際研討會（2005年7月）。

54 黃心雅：〈廣島的創傷：災難、記憶與文學的見證〉，《中外文學》第30卷第9期（2002年2 月），頁86-117；許俊雅：〈記憶與認同——臺灣小說的二戰經驗書寫〉，

灣文學研究學報》第十三期（2011年10月）曾以臺灣文學與戰爭為徵
文專題。至於以太平洋戰爭書寫為研究素材的學位論文，多以鍾肇政
《怒濤》、陳千武《活著回來》、李喬《孤燈》、東方白《浪淘沙》及
葉石濤數部作品為主要詮釋文本。然而，因作家個人的經歷及感受不
同，對於戰亂的想像及記憶亦各具風格。在臺灣作家群中，吳濁流於
小說、漢詩及旅外遊記裡，長期敘說對戰亂的觀感，流露有關戰亂的
省思，無論質與量皆相當可觀。回顧有關吳濁流的研究成果，將發現
以往從分析版本或寫作手法，如日本學者河原功（2007）分析各類版
本的流衍。有關另類現代性的主題，如廖炳惠（2002）的深度詮釋；
另如張惠珍（2007）亦以認同主題為詮釋的焦點。至於家族史則刊載
於《新竹文獻》第五十一期「吳濁流紀念專輯」（2012年9月），如吳載
長〈吳濁流家族發展史略〉及故居修復等議題。此外，關於歷年吳濁
流研究論文的綜合分析，則如簡義明（1997）、張恆豪（2011）等。[55]
但就目前的研究成果而言，少見爬梳其各類文本中戰亂敘事的意義。
故本節專就吳濁流作品中有關的戰亂題材，包括戰爭描述及戰後的逃
離、流亡影響、戰爭反思等面向，詮釋戰亂與創傷的相關議題。

　　吳濁流（1900-1976），本名吳建田，新竹人。1941年任南京《大
陸新報》記者，一年後返臺，先後擔任1942年《臺灣日日新報》、

　　《臺灣文學研究學報》（臺南市：國立臺灣文學館，2006年4月），頁59-93。如《臺
　　灣文學研究學報》的第13期以「台灣文學與戰爭議題研究」為專題。

55 河原功著，張文薰譯：〈吳濁流《胡志明》研究〉，《臺灣文學學報》第10期（2007
　　年6月），頁77-110；廖炳惠：〈旅行、記憶與認同〉，《當代》第175期（2002年3
　　月），頁84-105；張惠珍：〈紀實與虛構：吳濁流、鍾理和的中國之旅與原鄉認同〉，
　　《臺北大學中文學報》第3期（2007年9月），頁29-65；吳載長：〈吳濁流家族發展史
　　略〉，《新竹文獻》第51期（2012年9月），頁7-20；簡義明：〈吳濁研究現況評介與反
　　思——以臺灣的研究成果為分析場域〉，《臺灣文藝》第159期（1997年10月），頁8-
　　29；張恆豪：〈從高音獨唱到多元交響——吳濁流研究綜述〉，《文訊》第305期
　　（2011年3月），頁56-59。

1944年《臺灣新報》、《臺灣新生報》日文版、1946年《民報》的記者。這樣的經歷，使得他不僅具有觀看歷史事件的敏銳度，且兼具當代現實感。1949年吳濁流擔任臺灣機器工業同業公會專門委員，因公務緣故而出差至世界各地旅行，並於戰後戒嚴時期仍得以親覽許多戰地、遺跡與紀念物。他的先祖曾舉家從廣東遷臺，由於二房的伯父參與抗日戰役，導致家族居處遭日軍燒燬。吳濁流自幼聽聞鄉里間描述日本接收臺灣之初，如何透過軍政及掃蕩土匪的理由，殺害民眾以平靖反抗勢力。他於《臺灣連翹》中引用勁草書局出版《日本法和亞細亞》的數據，指出1897至1902年間因被指控為土匪而遭逮捕者有八千零三十人，因而遭受殘殺者則有三千四百七十三人；1902年在大彈壓中被捕而處死者有五百三十九人，被誘殺者有四千零四十二人。顯現日治之初無論臺灣民眾是否參與抗日，皆可能淪為犧牲者的慘狀。他又自述因親眼目睹廖姓臺籍巡捕蠻橫行徑，致使其童年時期籠罩在日本憲警的陰影下。[56]吳濁流於1934（昭和十八）年動筆描述一名受日本殖民統治壓迫的臺灣人，到了中國後又困惑自己定位的情境。此代表作小說《胡太明》（後易名《亞細亞的孤兒》），葉石濤認為是一部不落俗套、不落窠臼的雄壯敘事詩，已成為臺灣文學史中的長篇著作。[57]《亞細亞的孤兒》完成於太平洋戰爭最激烈的時刻，吳濁流埋首撰寫之際，無法預知臺灣有一天能脫離帝國主義者的殖民統治。此書在非常時代裡表現出臺灣人的個性與迷失，把臺灣人內心最徬徨的情緒抒發出來。沒有經歷過那樣的時代，是難以書寫出這麼深刻的文字。[58]吳濁流以主角胡太明的遭遇為鏡，映照作者自我的處境，流露

---

56 吳濁流：《臺灣連翹》（臺北市：草根出版事業公司，1995年），頁15、19-20。

57 葉石濤：〈吳濁流論〉，收於《吳濁流集》（臺北市：前衛出版社，1991年），頁276-277。

58 吳濁流：《臺灣連翹》，頁8。

知識份子思索世變之際的迷惘，早已引發學界探討此小說中孤兒意識及認同的議題。至於吳濁流另兩本《無花果》、《臺灣連翹》屬自傳體的文學作品，記錄親身參與時代的感受及動盪時代紛雜糾葛的內幕。1968年所寫下的第一本自傳體小說《無花果》，勇於揭露當年的二二八事件，展現身為知識份子的社會良心，然於戒嚴時期曾一度遭禁。《無花果》序言提到：「無花果，雖無賞心悅目的花朵，卻總能在被踐踏的土地上，悄悄地結起纍纍的果實。」[59]此書為吳濁流前半生的自傳體小說，同時再現臺灣日治到戰後初期的歷史情境。此外，於1974年完成的《臺灣連翹》，由於處理的議題過於敏感，只有前八章刊登於《臺灣文藝》，直到吳濁流過世後，鍾肇政依他的遺囑將第九章到第十章譯出，始登在《臺灣新文化》上。此書以臺灣連翹一類的黃藤植物比喻臺灣人的命運，其求生的慾望不僅旺盛，不屈的意志也極為強烈。[60]為不使臺灣歷史事件被世人所遺忘，吳濁流除了獨力完成《亞細亞的孤兒》、《無花果》、《臺灣連翹》臺灣三部曲。

除臺灣三部曲涉及戰亂中人的處境之外，吳濁流於單篇小說、遊記及漢詩中亦常書寫戰亂的題材。如短篇小說〈路迢迢〉、遊記《南京雜感》、《東南亞漫遊記》以及《濁流千草集》、《扶桑拾錦》、《東遊雅趣》、《環球吟草》等漢詩集裡，亦蘊含相關的主題。吳濁流如何以文學的筆法表現有關戰亂的敘事？其創作反映哪些敘事與認同的心理狀態？又因吳濁流熱愛旅行，他的旅外書寫，究竟再現何種戰爭遺跡？此類議題又透露作者哪些內在省思？

因小說多描繪從武裝抗日到太平洋戰爭世變下的人物處境，而遊記及漢詩則抒發旅外所見世界各地戰跡的感受。為探究這些主題的種

---

59 吳濁流：《無花果》（臺北市：草根出版公司，1995年），書前序。

60 吳濁流：《臺灣連翹》，頁8-13。

種面向，先以圖4-5呈現研究進路及論文架構：

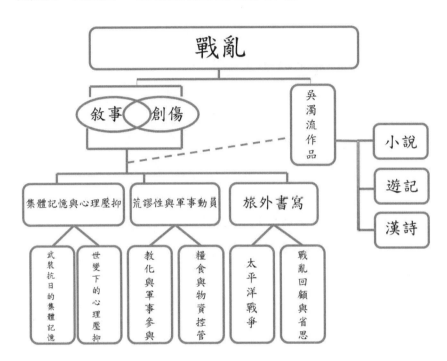

圖4-5　吳濁流戰亂敘事架構圖

　　本節所謂戰亂敘事，包括清日戰爭至割臺之後的武裝抗日，或是太平洋戰爭期軍事動員及目睹世界各種戰亂遺跡或紀念物的感懷。吳濁流以親身經歷、聽聞或參訪戰爭遺跡及紀念物等為寫作題材的主要來源。為理解作家的生活背景及作品氛圍，筆者曾訪談吳濁流的兒子吳萬鑫先生、女兒吳愛美女士、孫女吳杏村女士及甥女吳郁美醫師等人，感受親人記憶中的吳濁流耿介個性，並得知其創作的心路歷程及多采的旅遊經驗。[61]以下各節就吳濁流長期持續為歷史發聲的作品，

61　筆者曾訪談吳濁流的兒子吳萬鑫先生、女兒吳文美女士、孫女吳杏村女士及甥女吳郁美醫師等人。承蒙這些後代分享對於吳濁流耿介性格及嚴謹家庭教育的感受，並

爬梳這些書寫戰亂的相關題材，並詮釋其作品所蘊含歷史創傷與行旅
記憶的內在意義。

二　旅外詩的戰亂題材與省思

　　吳濁流一生喜好旅遊，他書寫世界各地戰亂遺跡的題材來源，多
是直接親臨事件現場所引發的感懷。[62]吳濁流《談西說東》的手稿自
言其旅外心境：「自退休以來，離開人群常常覺得寂靜難耐，所以安
靜守己也已不容易過日子，於是靜中後動，參加世界旅行，行行走
走，要看山水名勝，藉此解脫人生的寂寞。」[63]（參見圖4-6）茲歸納
吳濁流旅外書寫中的戰亂詩於表4-2：

回憶其與文友交流的情形。有關吳濁流手稿，依家屬告知，手稿目前多捐贈新竹縣
　文化局典藏。訪談時間：2011年12月23日，地點：食記餐廳。

62 吳濁流旅遊世界，如東南亞、中東、歐洲、非洲、澳洲、美洲等地。呂新昌曾根據
　吳濁流的年譜，整理吳氏的旅外年代。呂新昌，《吳濁流及其漢詩研究》（臺北市：
　前衛出版社，2006年），頁84-98。

63 參考台灣客家文學館，〈鐵血詩人吳濁流〉，吳濁流手稿《談西說東》。http://literature.
　ihakka.net/hakka/author/wu_zhuo_liu/author_main.htm，瀏覽日期：2012年1月30日。

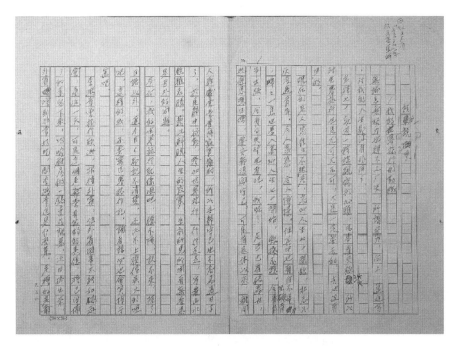

圖4-6　吳濁流《談西說東》手稿

圖片出處：臺灣客家文學館

http://literature.ihakka.net/hakka/author/wu_zhuo_liu/wo_composition/wo_book/ew/
800x600/3.jpg

表4-2　吳濁流旅外書寫的戰亂詩題一覽表

國家	地點	詩題	出處	頁碼	旅外年代
中國	上海	送禮山再赴上海	濁流千草集	132	1941
		過吳淞炮臺	無花果	95	1941
	江蘇	弔戰場	濁流千草集	121	1941
		偶感	濁流千草集	120	1941
日本	沖繩	弔琉球王墓	扶桑拾錦	60	1971
			東遊雅趣	170	1971

國家	地點	詩題	出處	頁碼	旅外年代
		參觀舊海軍司令壕	扶桑拾錦	60	1971
		參觀山丹塔	扶桑拾錦	60	1971
	廣島	弔廣島原子彈爆跡	東遊吟草 收於濁流千草集	114	1957
		看廣島原子彈跡有感	扶桑拾錦	66	1971
			東遊雅趣	195	1971
	長崎	看長崎原子爆彈跡	濁流千草集	213	1957
		觀長崎浦上天主堂弔 原子彈爆跡	東遊吟草 收於濁流千草集	114	1957
美國	夏威夷	珍珠港雜詠	環球吟草	53	1968
	華盛頓	硫磺島海軍殉難紀念 碑	環球吟草	47	1968
	紐約	聯合國大廈	環球吟草	47	1968
德國	柏林	西柏林有感	環球吟草	38	1968
英國	布萊頓	遊英皇夏宮有感	環球吟草	41	1968
馬來西亞	檳城	觀升旗山之碑有感	東南亞漫遊記	18	1972
馬來西亞	吉隆坡	馬來亞之虎事件有感	東南亞漫遊記	25	1972
新加坡	新加坡	讀日本佔領時期死難 人民紀念碑有感	東南亞漫遊記	30	1972

備註：

1. 《環球吟草》、《扶桑拾錦》、《東遊雅趣》合輯於《晚香》（臺北市：臺灣文藝雜
   誌社，1971），附表中的頁碼出自於此書版本。
2. 〈弔琉球王墓〉、〈看廣島原子彈跡有感〉皆同時收錄於《東遊雅趣》與《扶桑拾
   錦》兩書。
3. 附表「旅外年代」欄為參考吳濁流年譜所推測的時間。

為理解吳濁流旅外詩的戰亂地景位置分布，茲繪製圖4-7。

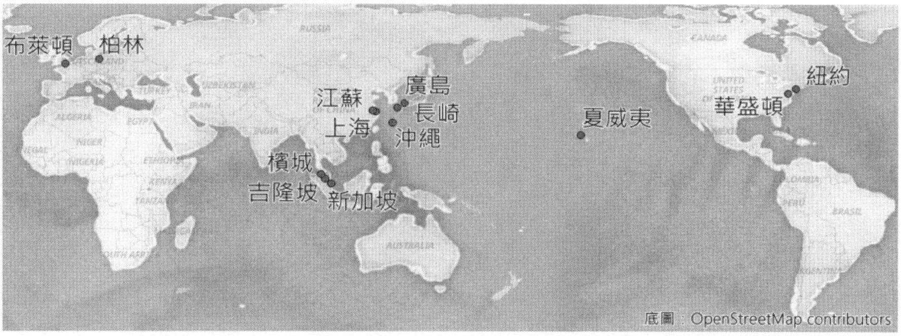

圖4-7　吳濁流旅外詩的戰亂地景分布圖

　　吳濁流經由參觀戰亂遺跡、紀念館及紀念碑等方式回溯各地戰事，這些歷史體驗可作為「移情」的文化景觀。以下將分項探討他親臨戰亂場景或紀念物後的省思。

（一）參訪太平洋戰爭遺址及紀念館

　　太平洋戰爭結束後，由於造成人類社會龐大的傷害，因此不少地方設置遺址保護區或是紀念館，用以憑弔並提醒世人戰爭的負面影響。在許多與博物館及歷史遺跡有關的旅遊活動中，常選擇以再現的方式展演其歷史觀光符號的內涵，透過這種方式強化歷史景點的符號價值與意義表述。[64]吳濁流於旅外書寫中，有時藉由戰爭遺跡、紀念館或紀念物等，傳達對戰亂的省思與批判。因太平洋戰爭的題材為吳濁流關注的面向之一，故本節以戰事的發生時間點為序，詮釋其主題詩作。如〈珍珠港雜詠〉描述此事件的戰跡：「珍珠港上想當時，莽撞日軍襲此基。萬里西來看戰跡，秋風落日弔痴兒。」[65]創傷場域的

---

64 陳瑾瑜：〈歷史的觀光展演：析論英國哈斯汀戰爭的歷史重演〉，《中正歷史學刊》第13期（2010年12月），頁70-71。

65 吳濁流：〈珍珠港雜詠〉，《環球吟草》（臺北市：臺灣文藝雜誌社，1971年），頁53。

追憶功能是使人認知且見證一個屬於過去的事件，以圖未來的世代所能了解。在記憶中必須找一個起點，以便使回憶能夠經由聯想的過程，找回想要記住的事物，則「場所」便成為回憶的起點。[66]詩中所指的「珍珠港」即是回憶的「場所」，此事件發生於1941（昭和十六）年12月7日，六艘航空母艦組成的日本海軍特遣兵力，對美設置在夏威夷群島的珍珠港海軍基地進行猛攻。造成美國共計約三千四百三十五人傷亡，其中四艘戰艦遭擊沉沒，另外四艘嚴重損毀；飛機全毀一百八十八架，受損亦有六十三架之多。日本襲擊珍珠港，頓時震驚美國，因而增強同仇敵愾的決心，「毋忘珍珠港」更成為全國的呼聲。於是，當時原本遭遇反對勢力阻擋的羅斯福總統（1882-1945），在民意支持下全力加速戰爭的步伐。[67]吳濁流的《環球吟草》詩集呈現至世界各地旅遊的心境。其中這首〈珍珠港雜詠〉與戰爭題材有關的詩，記錄他親臨事件現場的感發，在夕陽蕭颯秋風中憑弔此歷史事件，表達無法認同日本突襲珍珠港的舉動，更批判日方未顧及後果向美軍發動攻擊的不智。

太平洋戰爭爆發後，硫磺島因戰略位置的重要性而成為日本的據點，1945（昭和二十）年2月19日至3月底的硫磺島戰役，美國與日本雙方傷亡極為慘重。吳濁流〈硫磺島海軍殉難紀念碑〉提到：「硫磺島上樹旗時，勇敢美軍絕世姿。世界紛紛爭霸裡，幾人戰死幾人知。」[68]此詩所述的硫磺島為太平洋上的火山島，面積約為二十平方公里，為小笠原群島中的第二大島。島內南部有一座尚未冷卻的死火山，名為折缽山，此山終年噴發霧氣，因硫磺味瀰漫全島而得名。一

---

66 Frances A. Yates 著，薛絢譯：《記憶之術》（臺北市：大塊文化出版公司，2007年），頁96-97。

67 鈕先鐘：《第二次世界大戰的回顧與省思》（桂林市：廣西師範大學出版社，2003年），頁316-329。

68 吳濁流：〈硫磺島海軍殉難紀念碑〉，《環球吟草》，頁47。

九四五年二月美軍集結約二十二萬參戰兵力，由第五艦隊司令普魯恩斯上將統一指揮進攻此島，美軍在火力準備階段共投擲超過二點八萬噸的彈藥，投擲密度達到每平方公里為一千四百噸。後來美軍登陸部隊遭日軍火力反擊，因而造成嚴重傷亡。在硫磺島戰役期間，日軍守備部隊陣亡高達二萬二千三百〇五人，美軍陣亡則為六千八百二十一人，傷患為二萬一千八百六十五人。[69]為了紀念此次戰役，美國華盛頓國家公墓陵園於1954年建造一座青銅紀念碑。吳濁流到美國旅遊時，目睹華盛頓阿靈頓公墓旁的硫磺島海軍陸戰隊紀念碑，深有所感而寫下此詩。詩句開頭令人聯想美國著名的二戰照片之一，當時戰地記者所攝陸戰隊士兵攀登硫磺島最高峰，於折缽山頂豎起美國國旗的畫面。這場戰役是太平洋戰爭的轉折點，美軍在此建立離日本最近的基地，從島上出發的美軍重型戰鬥轟炸機航程涵蓋大部分日本。從記憶的構成看來，除了親身經驗與詮釋外，更多時候是透過種種再現機制與儀式活動，得以再建構與傳承，而成為國家民族集體記憶。透過對災難事件的詮釋與理解，可以達到重新裱框經驗認知結構的效果，並協助建立具意義且可理解史觀。[70]發生於硫磺島的戰爭，美國與日本曾因立場差異而對此事件有不同的紀念儀式。吳濁流的詩句正提醒後人：美國雖然奪得硫磺島，卻造成美軍六千多人陣亡，兩萬餘人負傷；日軍亦為堅守此島而致使二萬多人戰亡，紀念碑正訴說這場爭奪戰雙方所付出的沉重代價。

　　1971年4月吳濁流至沖繩觀光，曾自言此行單純為好奇心所驅使。他回憶在第二次世界大戰末期，1945（昭和二十）年3月美軍攻

69　馬智沖：〈沉默的記憶：圖說硫磺島戰役遺跡〉，《國際展望》第2007卷第6期（2007年3月），頁82-83。

70　陳淑惠，林耀盛，洪福建，曾旭民：〈九二一震災受創者社會心理反應之分析——兼論「變」與「不變」間的心理社會文化意涵〉，《中大社會文化學報》第10期（2000年6月），頁35-60。

占沖繩的前一日，正從臺北回故鄉避難。當時沖繩戰況激烈且傷亡慘
重，令他印象深刻；再加上他對於琉球群島行政權又歸回日本感觸良
多，於是決定至沖繩觀光。吳濁流將此趟旅程的見聞寫成〈東遊雅
趣〉，後於《臺灣文藝》刊載；至於此行所作漢詩，則收錄於《扶桑
拾錦》、《環球吟草》中。[71]如〈弔琉球王墓〉描述：「荒塚萋萋雜草
邊，春來依舊罩寒煙。慘悲戰禍今雖杳，惟見星旗高插天。」[72]琉球
王國首里城的歷代王墓，以及三座建在岩壁上壯觀的石建築玉陵墓
室，皆位於沖繩本島南部。此沖繩的發源地保存早期歷史古蹟，亦留
下太平洋戰爭遺跡，詩中所言星條旗則顯示戰後由美國所統治的現
狀。另一首〈參觀舊海軍司令壕〉更道盡戰爭的慘烈：「強暴日軍最
後期，深壕地下設軍基。任他狡兔營三窟，難免天誅自殺時。」吳濁
流於詩後註解：「此壕設在一小山地下，深二十五公尺，長二百二十
五公尺，是太平洋戰爭沖繩方面根據地隊的司令部。1945（昭和二
十）年6月13日子夜一點，將兵四千餘名在此壕內自殺。」[73]此為舊海
軍司令部戰壕，正當硫磺島戰役即將結束的時候，另一支美軍部隊正
準備攻打位於琉球群島的沖繩島。在島上的那霸和首里兩座城市，日
本中將指揮官牛島滿（1887-1945）建造由碉堡、山洞及隧道所連接
而成的防禦網路。在交戰過程中，儘管兩千名日軍全力抵抗，但終不
敵美軍的攻擊，美方於1945年4月24日占領島嶼。至於〈參觀山丹
塔〉一詩提到：「山丹石塔話當年，視死如歸巾幗賢。舊跡猶留千古
恨，萋萋芳草繞碑邊。」[74]此追悼詩背景為1945年3月23日的深夜，沖
繩師範大學校女子學部縣立第二高中的女學生二百多名，在十八名教

---

71 吳濁流：《晚香》，頁169-170。〈東遊雅趣〉即收錄於此書中。

72 吳濁流：〈弔琉球王墓〉，《扶桑拾錦》（臺北市：臺灣文藝雜誌社，1971年），頁60。

73 吳濁流：〈參觀舊海軍司令壕〉，《扶桑拾錦》，頁60。

74 吳濁流：〈參觀山丹塔〉，《扶桑拾錦》，頁60。

師的帶領下至陸軍醫院服務，後來她們多數因過度勞累且受到美軍侵襲而傷亡。[75]山丹塔就是為悼念亡靈而立，石碑上刻著喪亡的女學生和教職員的名字，呈現此次動員所造成的慘烈後果。

　　二次大戰後，吳濁流於1971年5月至廣島時，舊友小尾郊一博士為他導覽市區名勝。首先他們至廣島高臺遠眺而吟誦道：「重遊廣島上高臺，明媚風光眼界開。草木哪知前劫大，春來仍放好花來。」以草木不受原子彈爆炸劫難的影響，依然於此春季百花綻放，呈現戰後市容復原的景象；草木看似無知，但如今已走過昔日劫難而展現生機。吳濁流因舊地重遊而回憶起十五年前第一次參觀原爆遺跡，當時曾作一首〈弔廣島原子彈跡有感〉：「慘極彈痕舊跡存，犧牲廿萬未招魂。江山埋沒人間苦，只見幽花夕照昏。」[76]當年他至歷史現場，親身感受慘烈氛圍；又以傷亡數字突顯戰爭對民眾的巨大傷害。詩中以「埋沒」、「幽花」、「夕照」等意象，隱喻為無辜犧牲的民眾抱屈。他感傷此處彈痕猶新，四周不見樹木花草，只據存一片赤地，樓房慘遭戰火損毀等場景。那年廣島居民死亡人數約為六萬四千六百〇二人，1946年8月試射線計量局的估計，受輻射傷害者超過十五萬一千人。於戰爭毀滅性的現實下，那些傷殘或遺傳的損害，甚至受害者的恐懼心理等，是統計學者所無法確切報告。原子彈不僅摧毀城市，奪去許多人珍貴的生命，並使生還者長期忍受未知的痛苦和煎熬。[77]吳濁流於1957年與1971年參觀廣島原爆平和紀念資料館，眼見這些慘絕人寰的資料而感觸良多。[78]災難紀念博物館強化對戰爭不義之控訴，但各

---

75 馬智冲：〈沉默的記憶：圖說硫磺島戰役遺跡〉，頁82-83。

76 吳濁流：〈弔廣島原子彈跡有感〉，《晚香》，頁195。

77 Detlef Bald 著，蔣仁祥，王宏道譯：《核子威脅：1945年8月6日，廣島》（臺北市：麥田出版社，2000年），頁2-11。

78 吳濁流：〈弔廣島原子彈跡有感〉，收錄於《濁流千草集‧東遊吟草》，頁114。

具理念的團體，常出現截然不同的詮釋。[79]如廣島原爆資料館的種種
展示，為日本對於此災難事件的紀念方式。當吳濁流再次重回原爆遺
跡時，卻見當年的赤地已轉變為公園，花木欣欣向榮，僅留一棟炸壞
的樓房作為紀念，他深有所感而再度撰詩：「彈痕猶在令人驚，一瞬
犧牲廿萬名。江山不染人間淚，依舊春煙籠劫城。」即使他多年後再
次目睹原子彈跡，仍心有餘悸。雖然此地的自然景觀日漸復甦，但當
時瞬間原爆所造成的災變，對民間造成莫大的劫難。

　　吳濁流不僅至廣島參觀二次大戰原爆遺跡，亦至長崎憑弔。1955
年長崎設原爆館，他在〈觀長崎浦上天主堂弔原子彈爆跡〉形容：
「原子爆彈跡尚存，我來此地弔孤魂。犧牲十萬芳靈杳，剩有頹牆破
壁痕。」[80]同樣的遺跡場景，於另一首〈看長崎原子爆彈跡〉更詳細
透露觀後感懷：

> 浦上天主堂，建之殉教鄉，東洋誇第一，美麗又堂皇。一九四
> 五年，八月初九天，殘酷原子彈，擲下起濃煙。火光焚玉石，
> 焰閃九重天，焦熱生地獄，全市苦油煎。犧牲十萬眾，存者只
> 呼天，轟動全世界，未聞有抗言。基督精神死，問誰代申冤，
> 忍看此聖跡，遍地是孤魂。[81]

此詩所言天主堂位於十六世紀基督徒前往宣教的浦上地區，江戶時代
的禁教措施未能阻擋民眾持續私下信教；禁教令解除之後，於1914

---

79 Susan Sontag 著，陳耀成譯：《旁觀他人之痛苦》（臺北市：麥田出版社，2004年），
　　頁112-135。

80 吳濁流：〈觀長崎浦上天主堂弔原子彈爆跡〉，收錄於《濁流千草集‧東遊吟草》，
　　頁114。

81 吳濁流：《濁流千草集》，頁213。

（大正三）年長崎市內建造浦上天主堂。這座曾是最壯觀的教堂，使
長崎市的基督徒長時間壓抑的宗教熱情終於可以抒發，以三十三年的
時間興建兩塔式的羅馬式教堂。1945（昭和二十）年8月9日長崎浦上
天主堂為原子彈落下的中心地點，教堂瞬間夷為平地，只剩下部分殘
壁破瓦。當時正在天主堂舉行彌撒的神父與信徒，由於爆炸的輻射，
以及隨之而來塌陷崩解的瓦礫，而當場死亡。吳濁流參觀此原爆紀念
館，描繪原子彈的威力所造成的傷害和天主堂所僅存的遺壁。陳佳利
的研究（2007）指出：博物館透過選擇紀念物再現的功能，建構社會
之集體記憶，進而書寫族群與國家的歷史，成為建構想像共同體之重
要來源。[82]其中災難紀念型博物館所扮演的角色，一方面經由重新建
構與詮釋事件或災難本身，使得創傷經驗重複討論與再經驗；另一方
面，因博物館的集體性質及其提供的敘事與參觀經驗，民眾藉由對歷
史悲劇及災難之反思，而凝聚民族情感及生命共同體之意識。廣島與
長崎原子彈爆炸紀念館為紀念型博物館，不僅提供民眾一個抒發悲
傷，進而建構集體記憶的場所。在民眾的共同記憶中，災難與傷痛比
享樂或是光榮更重要，也更有價值，因為它能緊密結合民眾，喚起患
難與共的情感，進而使人民凝聚成一個堅實的共同體。[83]博物館一方
面可以透過展示與對歷史事件之反省，扮演促進道德社群形成的機
制；另一方面，也可以成為連結國家民族之過去與形塑民眾集體記
憶、凝聚生命共同體的場域。戰爭紀念博物館以與第二次世界大戰相
關的館為數最多，這些戰爭紀念型博物館成立的目的，是為記取戰爭

82　陳佳利：〈創傷、博物館與集體記憶之建構〉，《臺灣社會研究季刊》第66期（2007
　　年6月），頁102-143。

83　張譽騰：《博物館大勢觀察》（臺北市：五觀藝術出版社，2003年），頁146。世界各
　　國所建立的各種紀念型博物館，除日本原爆和平紀念館外，又如美國華盛頓猶太浩
　　劫紀念館（the United States Holocaust Memorial Museum）、及英國皇家戰爭博物館
　　（the Imperial War Museum）等皆是。

慘痛的教訓，並且警告世人不再重蹈覆轍，吳濁流所參觀的原爆紀念館即為顯例。

　　吳濁流因緣際會到世界各地旅遊，如：1972年1至2月因具有機器工業同業至東南亞考察旅行的地點包括香港、曼谷、檳城、吉隆坡、新加坡等，共歷時二十日，並將此趟旅行再現於《東南亞漫遊記》（手稿請參見圖4-8）。此書提及一1969年5月13日馬來西亞發生華人與馬來人發生流血衝突事件，犧牲兩千餘人的生命。原本華人與馬來人相處和睦，卻因華人為祖國抗日，當時馬來西亞淪陷於日本，日本軍隊善於離間，造成馬來人仇視華人，而使不少華僑受害。[84]吳

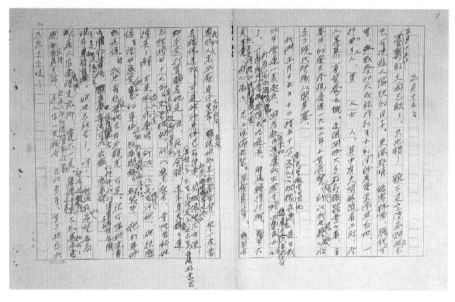

圖4-8　吳濁流《東南亞漫遊記》手稿

圖片出處：新竹文化局（吳濁流家屬捐獻典藏）

　　http://literature.ihakka.net/hakka/author/wu_zhuo_liu/wo_composition/wo_book/es/
　　800x600/2.jpg

---

84 吳濁流：《東南亞漫遊記》（臺北市：臺灣文藝雜誌社，1973年），頁24-25。

濁流批判日本不思反省自身的罪惡，反誣陷華僑是侵略者，使當地居民與華僑互相懷疑猜忌；直到經歷這場教訓後，馬來西亞境內族群才重新互信合作。遊記中又提到吳濁流一行人前往馬來西亞的「升旗山」，此山為檳榔嶼的最高峰。二次世界大戰日本無條件投降後，綽號「馬來亞之虎」的日本山下奉文大將在此處升旗投降而得名。吳濁流到此因知山下大將殺害無數生命，不禁悲憤作詩：「升旗山上意遲遲，回憶日軍侵略時。山下瘋狂如老虎，令人憤慨讀殘碑。」[85]此外，吳濁流見當地居民經歷戰亂滄桑，所以又吟詩抒發感懷：「日月如梭又幾經，人間故事不留形。江山不見暫時血，依舊江山萬里青。」[86]他於詩後又表達對於馬來西亞的居民已逐漸淡忘被侵略的歷史，不知當年「馬來亞之虎」的指揮官如何迫害民眾，因而感慨不已。

　　吳濁流至新加坡參觀死難人民紀念碑，此碑由日本賠償金所建立，原是紀念慘遭日軍殺害者。碑文內容提到1942年2月15日至1945年8月18日，日軍占領新加坡，許多無辜的平民慘遭殺害，他們的屍骨經歷二十餘年後才得以收殮與重葬。[87] 1941年太平洋戰爭時期，日本占領新加坡長達三年又六個月，並稱作「昭南特別市」（「昭南」有南方之光的含義）。[88]吳濁流見紀念碑遙想當年日軍迫害的場景，現今卻成為男女情愛的幽會地點，於是作詩以抒所感：「讀罷碑文皺兩眉，箇中淚史幾人知。而今四柱豐碑下，談情說愛對對癡。」[89]吳濁流惋惜如今僅有少數人詳知戰亂事蹟，藉由遊記闡釋此四根柱象徵新

---

85 吳濁流：《東南亞漫遊記》，頁18。

86 吳濁流：《東南亞漫遊記》，頁25。

87 吳濁流：《東南亞漫遊記》，頁29-30。

88 シンガポール市政會：《昭南特別市史》（東京：日本シンガポール協會，1987年），頁417。

89 吳濁流：《東南亞漫遊記》，頁30。

加坡的建國精神，與馬、華、印及其他民族共存的內在意義。吳濁流
思及這戰亂的紀念物，又不禁發出感嘆：他認為臺灣受日本統治五十
年，死難人數比新加坡更多，且更為慘烈，但臺灣至今卻未如新加坡
建立壯觀的紀念碑。他發覺新加坡重精神而不重物質，所以善用日本
賠償金建造此碑，以凝聚國民精神。吳濁流更讚賞新加坡僅獨立六年
時間能有今日成就，此種國民性為主要的原因之一。[90]如此跨越疆界
後，藉由比較自我與他者文化的差異，並從中批判本土文化的現況。
作者於《東南亞漫遊記》再現臺灣與東南亞諸多差異，但同時也梳理
連結異地共有的歷史，召喚出戰亂的記憶。

（二）戰亂的回顧與省思

　　旅遊使人超越尋常習性與規範，而能省視內在陌生的自我。透過
記錄旅途中所意識到的事物，隱含窺見旅人被勾動的生命經驗；書寫
旅行的流動，則能重新詮釋旅人主體的遊移與認同。[91]吳濁流成為一
位旅人進入異地社會並接觸異國文化時，所要面臨的是未知或不可預
見的變數，因而人的相應有了無窮的可能性。也就是在這些異同的反
覆辯證中，吳濁流更了解自我觀看世界的面向，讀者也更了解旅人的
各種反思。藉由吳濁流的旅外書寫，可從中分析其身處異地時，如何
觀看、思辨與反省，進而呈現彼此的同質性與異質性。透過旅遊書寫
解讀這一去一返之間的立場與轉變，將有助於理解他與異文化之間的
關係。吳濁流於1941（昭和十六）年1月12日至1942（昭和十七）年3
月21日，中日戰爭期間曾旅居上海、南京等地，回臺後所撰《南京雜

---

90 吳濁流：《東南亞漫遊記》，頁30。

91 李君如，彭盛裕：〈境外之鏡：自旅行文本中探索主體的心理投射〉，《人文社會學
　　報》第2期（2006年3月），頁91。

感》以主題式內容，鋪寫至上海、南京行旅的見聞。[92]此次的中國經驗，對於吳濁流日後的文學創作，如《亞細亞的孤兒》、《無花果》及《臺灣連翹》具有深遠的影響。他在《南京雜感》自言對於南京的關心，是始自中日戰爭之後；在此之前，不曾與中國有任何接觸，也未思考過自己的中國觀。曾因日本教科書所言：「鄰國是個老大之國、鴉片之國、纏足之國，打起仗來一定會敗的國家，外患內憂無常的國家。」這些學生時代被灌輸的觀念，仍影響留存於他的心中。[93]在赴南京之前，吳濁流曾擔任日文教師，南京之行對他而言，意味著對殖民政府及教育的失望，因而促使他決定一探「祖國」的風貌。[94]吳濁流先到上海，於赴南京的途中所見盡是「滿眼烽煙」，他未料南京處處殘留戰爭影響下的陰影，且無法感受到自由氣息，不禁感嘆道：「我覺得大陸上的人比臺灣人更可憐。如今不管在那兒都是日本人的天下。」[95]吳濁流始知中國大陸竟和臺灣一樣受日本軍警的掌控。他到中國親身觀察戰後災難的情景後，所書寫諸多有關戰爭的題材，不只是流露個人體驗戰爭蹂躪後的荒涼感，並隱含批判發動戰爭者的行徑。

　　他於《無花果》中描述因親眼目睹戰後的上海，不禁感到「國破乞丐在」的悲哀。[96]上海滿目瘡痍的景象，令吳濁流感到相當震撼，又因乞丐成群而生淒愴與悲涼。他更具體記錄於中國所見戰爭遺跡，如《無花果》所提到的〈過吳淞砲臺〉：「戰禍到處留下著痕跡，有一支大煙囪，中間給大砲轟開一個洞。我覺得胸腔裡痛楚陣陣，感慨無

---

92 吳濁流的〈南京雜感〉原以日文寫成，曾於《臺灣藝術》連載十個月。

93 吳濁流著，張良澤譯：《南京雜感》（臺北市：遠行出版公司，1977年），頁51-54。

94 廖炳惠：《另類現代情》（臺北市：允晨文化出版公司，2001年），頁15-16。

95 吳濁流：《南京雜感》，頁106。

96 吳濁流：《無花果》，頁96。

量，口占一絕。『百戰英勇跡尚留，吳淞烽息幾經秋。滔滔不盡長江水，今日猶疑帶血流。』顯示往日的激戰，所見皆荒涼。」[97]如此以第一人稱親見遺跡的方式，傳達了戰爭悲嘆的情緒而易於感染眾人。後來吳濁流又行至上海而撰寫〈送禮山再赴上海〉一詩：「又事艱難苦別時，莫因時局亂生悲。山河雖復瘡痍滿，肯把中原醫不醫。」[98]他目睹城市損毀，內心興起與友朋離別之苦；卻期盼莫因戰事而萌生悲意，即使屢次遭受戰爭波及，只要有決心，重建家園指日可待。另一篇書寫戰亂無情的作品〈偶感〉則描繪：「神州遍地泣哀鴻，骨肉相殘熱戰中。落日豪華餘艷在，殘威尚染滿江紅。」[99]抒發他對戰事連連、家破人亡現象的痛心，以及山河變色的感嘆。

　　吳濁流於1941（昭和十六）年至中國任《南京新報》記者，1942（昭和十七）年回臺任職《臺灣日日新報》記者，1944（昭和十九）年擔任《大陸新報》、《臺灣新報》、《臺灣新生報》日文版的記者，戰後1946年任《民報》記者。他於南京擔任從軍記者時，上野編輯部長談及時事，提到從蘇州到南京目睹殺戮與暴行，禁不住慷慨激昂抨擊日本的中國政策之誤，甚至還斷定日本必受天譴。吳濁流記錄道：「如果這些言論給聽到了，那就只有上斷頭臺一途了。他明知這樣，而且竟膽敢向臺灣人的我說出，倒是聽的我著實給嚇了一跳。」[100]原有的被殖民身分與歷史記憶交互碰撞，旅行書寫也隱含更多值得探究的調整軌跡。吳濁流不僅記錄中日戰爭的事蹟，亦以懷古的方式，評論紫金山戰略地位的特殊性。如〈弔戰場〉：「烟俠混沌日昏暗，西望

97　吳濁流：《無花果》，頁95-97。
98　吳濁流：《濁流千草集》，頁132。
99　吳濁流：〈偶感〉，收錄於《濁流千草集·東遊吟草》，頁120。
100　吳濁流：《無花果》，頁105。

中原弔戰場。故國山河多白骨,紫金山下莫懷鄉。」[101]幾千年以來,世人認為能控制紫金山就能控制京城,該處因此留下戰爭的痕跡。此山高四百九十四公尺,幾乎無樹木,為險阻的岩山,山上殘留著許多小型的碉堡,訴說著當時激戰的情形。[102]在自然風景的表層下,隱藏戰亂苦痛的記憶;動亂結束後反省戰爭,卻難以找出戰爭理性化的線索,僅能以混沌昏暗寄寓困境。如此以反諷的手法勸人莫懷鄉,反映民眾無奈的心境。

　　吳濁流喜以賦詩方式記錄旅遊所感,他認為漢詩的表現與西洋近代文學的表現不同,是抽象或印象式的描寫,是由現實抽出一個概念,或是印於心的概念;但此概念是根據現實,不是憑空得來的。[103]他至英國旅遊曾於參觀皇宮後,撰寫〈遊英皇夏宮有感〉:「西來特訪帝王家,宮殿豪華絕世奢。都是吸民膏血物,珍珠寶貝令人嗟。鴉片戰爭史永存,罪魁宮殿白雲屯。而今霸道已傾敗,宮外斜陽照賊魂。」[104] 1842(道光二十二)年英軍以大砲和來福槍發動戰爭,繼舟山被強行占據之後,又於5月27日從杭州灣轉向長江的門戶吳淞口,六月十六日英國以七艘軍艦、六艘輪船首先進攻吳淞砲臺。長達兩個半小時的大砲對擊,近百人相繼在炮彈的爆炸中身亡,被英艦所壓制後,中國的門戶自此敞開。[105]吳濁流遊覽英國皇宮時,此夏宮即是一個勾起回憶的場所,使他不禁聯想有關鴉片戰爭所造成的創傷。藉由批判英國皇室奢華及壓迫民眾的行徑,並以「罪魁」、「霸道」、

---

101 吳濁流:《濁流千草集》,頁121。

102 吳濁流:《南京雜感》,頁103-104。

103 吳濁流:《濁流千草集》,頁11。

104 吳濁流:〈遊英皇夏宮有感〉,《環球吟草》(臺北市:臺灣文藝雜誌社,1971年),頁41。

105 麥天樞,王先明:《中英鴉片戰爭:帝國之昨天》(臺北市:風雲時代出版公司,1996年),頁249-406。

「賊魂」等負面修辭，譴責侵略者的不義，以強調帝國霸權沒落的必然。

二次大戰從1941（昭和十六）年德國計畫性實行滅絕戰爭以來，不僅壓制軍事抵抗，且不理戰爭的成規而下達殺死俘虜的命令，又建立專門特別支隊以謀害反抗者，對於占領的國家及地區進行掠奪。[106]當吳濁流到德國時，見西柏林受到戰爭影響的情形，他在〈西柏林有感〉形容道：「戰禍重重西柏林，淪亡痛苦恨尤深。驚看德國人民壯，重建華都費苦心。」[107]柏林為二次世界大戰時期德國的首都，1945（昭和二十）年2月3日美陸航第八空軍出動近千架 B-17空中堡壘轟炸機，在六百架各型戰鬥機護航下，對柏林發動大規模的轟炸，全市幾被摧毀而成一片廢墟。三月英美盟軍先鋒部隊攻入德國境內，蘇聯空軍亦對柏林進行大規模的突擊轟炸。由於長時間處在蘇軍使用的重型爆破炸彈不斷突擊之下，許多防禦工事被摧毀，市內發生數十次強烈爆炸而形成火海。[108]盟軍的轟炸機在三年內對柏林共投下六萬五噸的炸彈，蘇聯的大炮在短短的十二天戰役中，對城市發射四萬噸砲彈，使柏林陷於槍林彈雨的環境之中。[109]吳濁流一方面回顧西柏林戰亂的歷史，一方面也驚訝於德國人民的堅強，並觀摩此民族重建都會的用心。

1968年吳濁流到美國旅遊時，正值越戰期間，他在〈聯合國大廈〉一詩中提到：「聯盟議何事，國際亂紛紛。自由今已杏，越戰斷

---

106 Jost Dulffer 著，朱章才譯：《二次大戰與兩極世界的形成》（臺北市：麥田出版社，2000年），頁94。

107 吳濁流：〈西柏林有感〉，《環球吟草》，頁38。

108 于重宇：《二次大戰十大著名戰役》（臺北市：靈活文化公司，2004年），頁245-268。

109 Duncan Anderson、Lloyd Clark & Stephen Walsh 合著，趙宇清，孫玉澄譯：《東線戰場》（臺北市：知書房，2004年），頁267-268。

人魂。」[110]吳濁流立於聯合國大廈前，質疑此國際組織的功能，如今已無法妥善處理世界紛亂不平的樣態。他甚至批判1959年越戰以來，人類基本人權之一的「自由」已渺茫不見。重大心創者時刻與創傷記憶共存，難以自制，記憶在重複展演中不斷加強，主要導因於「親人死亡，我仍苟活」的罪惡感，使人必須以哀悼和傷痛來紀念死亡。[111]吳濁流的詩隱含越戰慘絕人寰的黑暗面向，某些戰區如同煉獄般的場景，更造成許多士兵及親人深沉的創傷。另一首〈無名英雄墓〉則書寫另一種心境：「為國犧牲死，無名何讚雄。可憐無數骨，地下伴寒蟲。」[112]官方試圖藉由塑造紀念碑的意義，彰顯國家的觀點或利益；但紀念碑一旦被建立之後，卻往往被觀者賦予各種解釋，而產生不同於原本意圖的社會效果。因此，紀念碑並不代表集體記憶（collective memory），它們所蘊含的是匯集的記憶（collected memory），亦即許多不同的、分別的記憶，被聚集在共同的空間並被企圖賦予共同的意義。[113]戰爭是有組織的暴力，由正規的軍事機構，以組織的形式所展現集體暴力，造成無可彌補的傷害。吳濁流的書寫為經由旅外參觀紀念物以感受戰地氛圍，引領讀者隨著作者的記憶，走過這些時代創傷。

三　結語

　　創傷的形成並不在於事件本身，而是在於之後受創主體對其回憶

---

110 吳濁流：〈聯合國大廈〉，《環球吟草》，頁47。

111 LaCapra, Dominick, *Writing History, Writing Trauma* (Baltimore: Johns Hopkins Press, 2001), pp.22-23.

112 吳濁流：〈無名英雄墓〉，《環球吟草》，頁48。

113 James E. Young, *The Texture of Memory: Holocaust Memorials and Meaning* (London: Yale University Press,1993), p.11.

與詮釋。因事件帶給個人的驚嚇過於巨大而無法言說，或是事件的突發性而難以理解；又因來自社會環境的壓力而加強個人之壓抑，使得對於事件詮釋難以有固定的意義。吳濁流藉由戰亂創傷的文學作品，以同理心書寫被壓抑的意識、戰爭的荒謬性與親歷戰爭遺跡現場的觸動。對於清廷割臺後武裝抗日的受挫、軍事動員的物資控管以及教化影響、太平洋戰爭的場景與世界戰亂所造成的災難等題材，於自傳、小說、遊記、漢詩中多有所著墨。

　　吳濁流的戰亂敘事，實務的層面較多，如戰爭期臺灣人受到皇民化影響；徵兵、物質管制、思想文化管制等。本節透過「世變記憶與心理壓抑」、「太平洋戰爭的荒謬性與軍事動員」以及「旅外書寫的戰亂遺跡與省思」等面向，進行吳濁流作品中戰亂敘事的考察。他於《濁流千草集》、《扶桑拾錦》、《東遊雅趣》、《環球吟草》、《東南亞漫遊記》呈顯對戰爭所形成的創傷，或體現於性別、認同、族群意識上對戰爭情境的反映。臺灣初被納入日本帝國版圖時民眾反抗、軍事動員下臺灣物資匱乏的情景與戰地遺跡的目擊，都使吳濁流一再對戰爭產生難以釋懷的傷痛。因此吳濁流的文學作品多隱含戰爭的慘烈意象，並流露對戰亂背後形成因素的批判與省思。

　　他除了個人的文學創作外，戰後曾創辦《臺灣文藝》雜誌並設立文學獎，對於提攜後進不遺餘力，以實際行動落實對臺灣文化的關懷。[114]吳濁流自身也以文學創作再現臺灣的歷史傷痕，如《亞細亞的孤兒》隱喻戰亂的影響；《無花果》、《臺灣連翹》以自傳性質敘述臺灣人於戰亂及世變下的際遇與命運，〈路迢迢〉更直陳對戰爭的厭

---

114 吳濁流的孫女吳杏村於座談提到：幼時協助祖父將每期剛出版的《台灣文藝》，裝袋分贈文藝界朋友的情形，呈現吳濁流及家人為此刊物付出的心力。此座談於國立台灣師範大學台灣語文學系舉辦《台灣文化講座》活動，李瑞騰〈愛旅行的吳濁流先生〉演講，（2011年12月23日）座談會上分享。

惡。在旅外漢詩中,提及原爆創傷及對世界各地戰亂的深沉感受。吳
濁流以旅人身分運用聯想,以理解歷史遺跡及紀念物的歷史文化內
涵。文學是吳濁流發聲與抒發情感的重要載體,從他的文學作品見證
戰亂所造成悲慘的災難,也再現歷史創傷與行旅記憶。他不僅著重於
記錄歷史創傷及地景的脈絡意義,並透露其深層的歷史意識,及喚起
大眾珍惜自由和平的普世價值。

第三節 《自由中國》所載臺灣跨界遊記的敘事策略

一 前言

臺灣旅遊書寫研究方興未艾,赴外旅遊是一種特殊空間場域的移
動經驗,遊記常以時代危機、空間轉移的個人情感結構,於私人的論
述中流露作者對旅行與回憶複雜互動的思索過程。若將焦點置於作
者、報刊雜誌等媒介,分析空間移動的體驗衝擊、風景意象或認同等
議題,則能發掘旅遊敘事的多元性。此類議題涉及旅人如何再現時間
記憶與空間記憶,以及記憶的影響、互滲的論述過程,或是個人記憶
與社會記憶間的密切關聯等重要議題。

關於旅遊文學與文化的研究,學界已積累許多成果;然而,分析
戰後至六○年代旅遊文學史料,多聚焦於徐鍾珮《英倫歸來》等少數
遊記,較未從各刊物蒐羅旅遊文本,故此階段的遊記研究尚存多處學
術空白。旅遊研究的議題雖日漸熱絡,有些論文針對旅遊文本加以論
析,卻未探討歷史脈絡及作者等,因而較難以呈現作者的創作目的。
臺灣戰後旅外有所限制,又因在圖書查禁法令影響的出版生態下,留
存至今的海外遠遊書寫頗為難得。由胡適擔任發行人的《自由中國》
雜誌,1949年11月於臺北創刊。主要的編輯為雷震和殷海光,後因編

輯群理念與行動觸及國民黨的禁忌，雷震於1960年不幸遭逮捕，《自由中國》於此年被迫停刊。至於在時代背景方面，若欲理解六〇年代《自由中國》雜誌的相關研究，可參考薛化元《《自由中國》與民主憲政》所提供的分類索引。又如《思與言》四十九卷一期登載多篇與《自由中國》有關的論文，如王之相、王中江、蘇瑞鏘等論文；其他學術期刊亦曾登載小山三郎、蕭高彥、楊秀菁等人所發表相關的論述。以往的論文多以《自由中國》有關的雷震或殷海光等人物為核心，或探討刊物與時代議題的對話；這些研究成果雖有助於遊記作者及雜誌背景的理解，但較未關注遊記文本的分析。因刊物所收錄的遊記多自由精神的議論，時而發揮文學的啟蒙功能；且因這些遊記不論於內容或形式上，多再現時代氛圍，於戰後旅遊書寫史上別具意義，故以此雜誌所載跨界遊記的敘事策略為研究範疇。

　　就探討遊記的撰寫背景而言，關注於文人的學養、文化資本與旅遊動機與目的，有助於分析旅遊敘事的位置。戰後初期的旅遊書寫，多見隨國民政府渡海來臺人士的作品，這些作者具漢文資本的優勢，當時的文壇已為渡海來臺人士所占。女作家曾寶蓀為曾國藩的後代，於1912年赴英入倫敦大學。[115]她曾將留學英國的經驗寫成〈英遊雜感〉，闡述英國發展現況。又如畫家孫多慈的〈西班牙之行〉，敘述在友人瑪賽小姐協助下參訪西班牙，並透過建築、繪畫和歷史事件，呈現西班牙的民族性及地景特色。於梨華赴美留學期間在《自由中國》發表〈海外寄語〉系列數篇，記錄實地走訪美國所體會的風土及文化；另一位女作家叢甦所著〈西雅圖的秋天〉、〈蝸居和漂鳥〉，則流

---

115 曾寶蓀1912年赴英入倫敦大學，五年得理科學士，復在劍橋牛津大學習研究科目，又進修師範一年。曾寶蓀：《曾寶蓀回憶錄》（臺北市：龍文出版社，1989年），頁282。

露離散海外複雜糾葛的感受。[116]又如雷震、殷海光等知識份子的海外遊記，以及陳之藩等留學生移居的敘事，蘊含異地記憶與敘事方式，故擬爬梳遊記的主題，以呈現遊記的歷史脈絡與多元意義。

　　記憶是憑藉著場所和影像而確立，場所是指記憶容易掌握的地點，例如房子、建築物等地景；影像是指想記住的事物的形狀、記號等。[117]若將敘事研究應用於分析遊記，於選擇、重組或化約的過程中，文本的內容與表現形式傳達出作者何種敘事位置？戰後政權轉移及歷史驟變影響文壇生態，遊記又蘊含哪些功能性？藉由海外書寫透露怎樣的世界觀？此類旅遊文學與文化之間的相關議題，值得細加探究。基於以上問題意識，茲將本節的研究架構，列於圖4-9：

---

116 叢甦，本名叢掖滋，臺灣大學外文系畢業後赴美，得紐約哥倫比亞大學圖書館學碩士，任職美國洛克斐勒圖書館。

117 Frances A.Yate, *The Art of Memory*（Chicago: The University of Chicago, 1974), pp. 26.

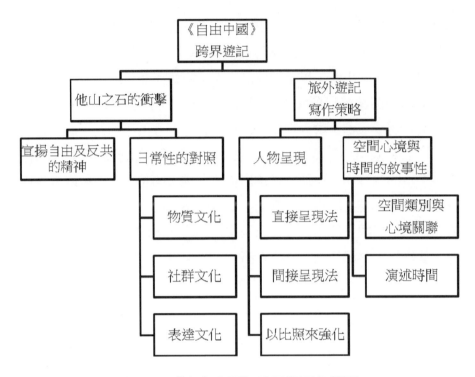

圖4-9　《自由中國》跨界遊記架構圖

　　圖4-9呈現先以敘事的主題切入，再分析作者表述手法的研究進程。著重於人物、空間與時間層面加以舉例分析，並詮釋此類旅遊文本的脈絡意義。

二　他山之石的衝擊

　　從閱讀臺灣戰後的旅外見聞，得以感受旅人的跨界意識，呈顯因文化差異而形成的批判與省思。以下將從宣揚自由及反共的理念、對照日常文化的差異兩層面加以分析。

（一）宣揚自由及反共的理念

　　1947年美國外交及戰略家肯楠（George F. Kennan）提出合縱連橫的圍堵政策，美蘇雙方的對抗不僅限於軍事方面，凡有利於敵消我長的策略都在考慮之列。其中重要的一環便是思想與文化的競爭，因此美方特別著力於將自身形塑為知識的前導、民主的先鋒、自由世界的領袖。為了達到這個目標，遂有文化外交之議，以及具體的執行措施，如《自由中國》即曾受惠於美國新聞處的贊助。[118] 1950至1957年任美國駐臺灣大使的藍欽（Karl L. Rankin）認為美國應該積極建設臺灣，使之成為美國的政治資產。越戰發生後到1951年7月停戰談判，提出「自由中國」的說法，即是將臺灣發展成所有愛好自由的中國人的「聚合點」（rallying point）。他又建議華府鼓勵蔣介石將臺灣建設成「民主的櫥窗（show case），使中國大陸人民相信國府統治下的生活較理想，造成華人對中共的離心力。」後來在美國鼓勵下，國府開始在宣傳上強調臺灣是「自由中國」、「民主櫥窗」，藍欽的建言有助於這些1950年代心戰口號的形成。[119]作為冷戰布局的出版品，有些以宣揚美國價值觀的長處、圍堵共產思想的傳播與蔓延為目的；或是以傳播美國文化霸權與意識形態為標準，共產黨統治地區以外的廣大華文世界，企圖產生影響的功能。

　　美國人對於臺灣自由主義者的支持，集中在雷震、胡適等較出名的知識份子身上。《自由中國》成員多是從中國大陸來臺，受美國影響甚鉅的開明知識份子。此刊物曾獲亞洲基金會的財政贊助，因為亞

118　冷戰時期設置的今日世界出版社，亦為與美國新聞處密切相關的文化組織。單德興：〈冷戰時代的美國文學中譯——今日世界出版社之文學翻譯與文化政治〉，《中外文學》第36卷第4期（2007年12月），頁317-346。

119　張淑雅：〈藍欽大使與一九五〇年代的美國對臺政策〉，《歐美研究》第28卷第1期（1998年3月），頁206-207。

洲基金會的秘密支持者是中央情報局，樂於贊助在臺灣僵化政治環境
中敢唱反調的人。此雜誌以謀求海外銷售，爭取僑胞擁護為目標之
一，所以設有香港通訊、越南通訊、曼谷通訊等專欄。[120]作者多為自
由主義者，將政治與文化關聯，致力於通過啟蒙及思想變革。如殷海
光作為戰後渡臺群體的一員，其遊記多流露哲學素養，不僅批判臺灣
社會弊病，並針砭時政。1952年6月殷海光發表自述性文字〈我為什
麼反共〉公開表明「政治民主」才是自己的核心目標。從第五卷五期
起，至第十一卷七期止，以連載方式將海耶克的名著《到奴役之路》
譯介給臺灣社會。[121]殷海光1955年1月至6月赴美，同年4月《自由中
國》刊載其遊記，後又修改集結出版。[122]回顧遊記的論述主軸，多是
現代人在倫理價值發展落後於科學技術的社會中，徬徨冷漠如患恐思
症般，對思考未來產生抗拒，因而產生「文化失調」的現象。殷海光
不僅探析美國得以富強的自由民主精神，並發表對於極權統治下諸多
文化弊病的評論。胡盧一讚揚殷海光的遊記為「以記述觀察美國為
經，解析說理為緯」。[123]從觀看美國的風土民情，對照臺灣威權體制
的環境，並藉此批判當時社會氛圍中無處不在的黨國教化。

---

120 美新處贊助《自由中國》的研究參考 Nancy Bernkopf Tucker：《不確定的友情》（臺
北市：新新聞，1995年），頁147。

121 何卓恩：〈自由與平等：《自由中國》時期殷海光、夏道平對政治與經濟關係的反
思〉，《思與言》第49卷第2期（2011年6月），頁91-125。

122 殷海光此次旅美，除了〈西行漫記〉之外，其餘遊記於1955年5月刊載於香港的
《祖國周刊》，直至1955年9月，殷海光方將之集結成《旅人隨記》，由香港友聯出
版社出版。到了1966年，殷海光又修訂《旅人隨記》中文字，並易名為《旅人小
記》，由臺北水牛出版社出版。殷海光逝後二十週年，乃由桂冠圖書公司輯於《殷
海光全集》第九冊《雜憶與隨筆》中。殷海光著，林正弘、潘光哲、簡明海編：
〈書前編輯說明〉，《雜憶與隨筆》，《殷海光全集》（臺北市：臺大出版中心，2013
年），頁11-13。

123 胡盧一：〈介紹一本「新老殘遊記」〉，《自由中國》第17卷第8期（1957年10月），
頁27-29。

　　殷海光〈西行漫記〉提到世人多使用邱吉爾所言「鐵幕」一詞，但真正了解的人卻很少。他赴美訪問前，先至日本旅遊，並在回歸後的遊記分析現代統治技術可能發生的情境：「它使你自以為這個世界就是他們所安排的那個樣子的世界。在這一套『安排』之下呼吸視聽得太久了，即使是最具有獨立思想的傾向和能力的人，也無可避免地多少要受到影響。只有等他跳出這一『安排』之後，他才曉得自己底思想在哪些地方受到歪曲，他才曉得這個世界底真相如何。然而，這樣的機運，畢竟是很少的。」[124]他自言一離開圍困六年之久的觀念藩籬，驟然飛臨東京，恍如置身另一世界。實地到日本以後，令他最驚異的不是東京的繁華，「而是自己的頭腦也竟受人歪曲」。身為學者教授的殷海光，驚訝於這六年來曾陷於媒體的誤導，「只要打開報紙，對於日本的報導，不是美軍占領如何如何，便是政局如何動搖；其他方面，則幾乎一字未提。」他認為政治充其量只是人生社會活動之一方面而已，實際上人生社會的活動甚多。民主國家以社會活動為主體，主體並不跟隨政治，而是政治必須跟著社會走，所謂：「政治也者，不過是浮在這主體之上的浮萍罷了」。殷海光一到東京，所接觸的就是社會主體，特別強調觀察輿論極為重要。誠如文中所言的「安排」，主要為政治權力介入大眾媒體與個人生活的影射。若置於文化脈絡中重新加以檢視，將跳脫社會的慣性與個人經驗的侷限，迥異於未出家園之前被「安排」，藉以詮釋旅行前後思想與視野的轉變。

　　反共思想為《自由中國》所載遊記題材的特色，例如以往分析陳之藩《旅美小簡》系列遊記，多聚焦於他的留學生活；然而重新瀏覽這些原發表於《自由中國》的作品，如於胡適紐約住所談論馬克思共產主義，所言：「共產黨的統一戰線或稱聯合戰線，真是騙了天下蒼

---

124 殷海光：〈西行漫記〉，《自由中國》第12卷第8期（1955年8月），頁15。

生。」[125]即是流露冷戰時反共氛圍的話語。又如記者陳定一亦表達對
共產勢力的厭惡，至西柏林採訪後舉例論述在共黨統治下的民眾漸漸
甦醒，共產黨的宣傳不能解決他們的飢餓和貧乏。他們在鐵幕中被壓
得無力呻吟，渴求鐵幕以外的新鮮空氣，生活在自由世界的民眾在他
們的眼中成為自由與民主的象徵，已不是如蘇聯所宣傳的敵人。所以
不斷有人拋妻離子從東部偷渡封鎖線逃生到西柏林，雖知若被紅軍察
覺便會被置諸死地，不少人仍孤注一擲冒險嘗試。[126]這些皆是海峽兩
岸對立下批判共產政治的言論，在國際情勢上為西方自由民主陣線與
共產主義陣線兩大陣營的對壘；批判歐洲的共產社會，亦是鞏固陣
營、同仇敵愾的方式。有些海外華僑基於國族上的歸屬感，與國民政
府同立於反共抗俄陣線。例如有關澳洲的遊記，孫宏偉〈北行途中話
澳洲〉提到華僑對於世界民主反共潮流的認識，在雪梨成立的反共抗
俄後援會，即是所謂「旅澳僑胞站在反共民主陣線的最高表現。」[127]
此一反共路線，不僅能鞏固國民政府流亡來臺的統治基礎，亦是獲得
美國支持的重要關鍵。

　　為強化宣揚自由的理念，在記憶中必須找一個起點，以使回憶能
夠經由聯想的過程，找回想要記住的事物，則「場所」便成為追尋自
由回憶的起點。[128]旅遊敘事所指的地景即是回憶的場所之一，例如盛
孝玲的〈耶路撒冷遊記〉提到：於一所女尼庵以俄語交談的人士，冒

---

125 陳之藩：〈旅美小簡之二・哲人的微笑〉，《自由中國》第12卷第6期（1955年3
　　月），頁28。

126 陳定一：〈柏林通訊・12月2日・一個柏林，兩個世界！〉，《自由中國》第4卷第3
　　期（1951年），頁10。

127 孫宏偉：〈北行途中話澳洲〉，《自由中國》第9卷第7期（1953年），頁22。

128 Frances A. Yates 著，薛絢譯：《記憶之術》（臺北市：大塊文化出版公司，2007年），
　　頁96-97。

著九死一生的危險，逃出「社會主義天堂」的祖國。[129]他們在這小小山城獲得宗教的自由，找到精神上的烏托邦。作者見此處桃花源，反思現實社會的局勢，不禁感慨阿猶兩族在宗教上彼此逼迫的現況。刊登於《自由中國》的遊記不僅關切自由的議題，亦記載歐洲人心態轉變。如記者曾英奇所觀察到歐洲各地民眾生活的情形，並形容彷如杜甫詩所描寫唐玄宗天寶十五年長安陷落的王孫家。[130]遊記回溯半個世紀前多是冒險家、囚犯、流浪者、商人、製造家赴美的現象，當時學者思想家多認為北美絕無文化可言。然而，到近一個世代，反而是第一流的人物越是願意到美國。另一方面，他又提出歐洲人的反思：「俄國是個活閻王，美國是個吸血鬼；活閻王窮兇極惡，會把他們打下十八層地獄，吸血鬼則和顏悅色，看來並不可怕，然而若防之不慎，就會使你骨瘦如柴了。因此，大戰以後歐洲人的兩種心理防線同時建立了起來，雖然左右兩線在性質及強度上容有不同，但他們的打算卻只有一個：歐洲人要重新站立起來。」[131]美蘇可謂當時世界兩大帝國，所謂帝國並不建立權力中心，也不依賴固定的疆界或壁壘，而是逐漸將全球領域併入其開放與擴張的整體中。[132] 1946至1947年嚴酷寒冬造成歐洲經濟衰退，此篇遊記報導歐洲人的處境，反映冷戰時期俄國及美國雖強調以帝國主義軍事占領或壓制，然帝國對於文化滲透影響甚鉅的情況。

　　在亞洲的觀察方面，具美軍身分的辛之魯駐日工作時，其行為與

---

129 盛孝玲：〈耶路撒冷遊記〉，《自由中國》第12卷第10期（1955年），頁21。

130 曾英奇：〈紐約通訊·5月20日·哀王孫——遊歐觀感之一〉，《自由中國》第4卷第11期（1951年），頁22。

131 曾英奇：〈紐約通訊·6月1日·西歐的防線——遊歐觀感之二〉，《自由中國》第4卷第12期（1951年），頁18。

132 Michael Hardt & Antonio Negri，韋本、李尚遠譯：《帝國》（臺北市：商周出版公司，2002年），頁45。

想法深受美國人影響，曾於〈美軍生活〉寫出不少關於軍旅生活的所
見所聞。[133]在〈太平洋上〉遊記提到《馬尼拉時報》（*Manila Times*）
揭露菲律賓政府官員及海關人員的貪污案，又有一篇時論〈孔子與今
日政治〉，闡明「政者正也。子率以正，孰敢不正？」的道理。[134]從
《馬尼拉時報》猛烈抨擊政府的貪污、低能和腐化，可見菲律賓報紙
新聞自由的程度。他認為「菲律賓還是有希望的，希望在於有言論的
自由！」藉由旅外所見公共傳播的情況，透露作者積極肯定言論自由
為國家發展願景的核心要素。東南亞作為橡膠、錫、石油在內的原料
產地，和溝通東西、南北半球交通的十字路口，對自由世界來說事關
重要。海外華僑的認同，並非天生站在國民政府立場，所以在美國新
聞署的指示下，美國之音製作大量揭露中國共產黨政權的殘酷與壓
迫，宣傳臺灣繁榮進步的節目。[135]為引導華僑加入反共陣營，遊記的
作者刻意以論述發揮影響的功能，如易希陶於〈巴印紀遊〉提到路過
印尼時，許多華裔青年在蘇門達臘島上船，見其青年對中國大陸的真
實情況毫無理解，竟為共匪的宣傳而以為是地上天堂。他聽聞島上許
多華僑，夜間不敢出外，否則可能受到土人惡辣的襲擊，事後報警也
屬徒勞，因此華僑的生命財產幾乎失去保障。他們既不能安居樂業，
自然會懷想到祖國，這是青年踏上中國大陸的主要原因。[136]易希陶分
析當地排華浪潮與尋求歸宿，詮釋東南亞華僑何以受到蠱惑，強調反
共的立場；另一方面也肯定東南亞華人圈共產勢力，足以與資本主義
陣營分庭抗禮的事實。

---

133 辛之魯：〈我可以幫助你嗎？〉，《自由中國》第11卷第12期（1954年），頁13。

134 辛之魯：〈太平洋上〉，《自由中國》第17卷第12期（1957年），頁21。

135 劉雄：〈東南亞華僑如何被捲入冷戰漩渦〉，《濟南大學學報》第16卷第3期（2006年），頁57-59。

136 易希陶：〈我的最後航程〉，《自由中國》第17卷第11期（1957年），頁29。

又如曾寶蓀見戰後英國的景象，全國上下厲行節約，不分男女，勤於勞動，服裝均以符合經濟為主，不求美觀；經濟上，同業無糾察組織，亦無黑市，自動守法、心甘情願的表現，認為這是英國政治之所以能民主的原因。同時認為英人為中共所欺，誤會臺灣政治仍未脫獨裁典型；並以參照手法舉出「來臺後政治之改進，建設之成功，如減租限田，糧食出超，物價穩定，及民選縣市長等事實，證明其誤。」[137]曾寶蓀雖遠赴海外觀摩英國戰後的民主現況，儘管具有文化資本；然而對臺灣政治、經濟制度的實際面，卻未能深入理解。曾寶蓀將資訊剪裁，建構成符合政治目的，呈現其認知小難跳脫執政當局宣傳口號的影響。當時臺灣為獨裁及霸權的政治氛圍所籠罩，這種高壓統治手段正是雷震、殷海光等人於《自由中國》所極力批判的。

雷震在個人自由與言論自由層次掙扎，其自由主義的理念受制於冷戰現實。[138]他曾明確批判：「共產黨和法西斯是一對孿生子，他們是以暴力和殺人來作統治手段的。」[139]以類比的手法批判共產黨令人唾棄的面向，又在追憶留日細節之餘，另指出文人學者和知識份子不知天高地厚，成天盲目的自吹自擂。批判竭慮製造自誇狂的根據和理由，陷一般無知國民於夜郎自大；甚至獨裁者天天以「領袖」、「領導者」自居而恬不知恥。如此對獨裁統治者自大的批判，隱含對臺灣戒嚴時期政治制度的不滿。他的旅遊回憶提到在日本讀書十年，目擊身受，隨時隨地感到遭受侮辱的苦痛。當他進入異地社會並接觸文化時，所面臨的是未知或不可預見的變數，因而人的相應有了無窮的可

---

137 曾寶蓀：〈英遊雜感〉，《自由中國》第7卷第7期（1952年），頁25。

138 王之相：〈一位自由主義者的戰爭〉，《思與言》第49卷第1期（2011年），頁81-104。

139 雷震：〈八高三年和中京景物（續完）〉，《自由中國》第20卷第12期（1959年），頁30。

能性；也就是在遊記中的異同與反覆辯證，雷震更了解自我，讀者也
更了解他的不同面向。

　　從《自由中國》創刊初期，雷震即因自由、民主的主張與執政當
局發生許多衝突。此一衝突源自於國民黨內部從戰前延續下來狹隘的
言論尺度，認為凡違反反共抗俄國策、違反領袖意旨、淆亂視聽，影
響民心士氣者，皆屬於違法言論。《自由中國》的言論顯然是蔣中正
的心中刺，甚而需要在起訴書中留下對言論的批判。最後仍選擇以
「文字叛亂罪」論處，顯示已不顧外界觀感執意予以定罪。[140]雷震所
面臨時代的複雜性是後來所不能相比的，他強調在讀者未習於自由言
論的風氣以前，說話的態度應該相當的謹慎，以免使這個刊物對於國
家，利未見而先產生害處。[141] 1951年5月在聯軍取得韓國戰場的優勢
後，美國杜魯門總統已然確立保臺而不與中共政權妥協的政策方向。
臺灣地位的安定，使得《自由中國》在解除立即緊急危難的壓力後，
逐漸放棄對官方侵犯人權行動的容忍態度。另一方面，國民黨當局在
冷戰的歷史時空條件下，得到美國持續軍援的支持，對過去為了爭取
美援而重用的政治人物，以及有利於國際宣傳形象的《自由中國》雜
誌的重視程度亦大幅降低。就在此一時空條件轉折之時，以〈政府不
可誘民入罪〉的社論作為導火線，《自由中國》與國民黨政府的關係
也進入摩擦期。在此之時，《自由中國》開始批評官方侵害人權的行
動。其後由於保安司令部對《自由中國》的壓制，激起討論言論自由
的保障問題，同時也處理以言論自由為內涵的民主主張。[142]《自由中

---

140 楊秀菁：〈權衡下的10年罪責：雷震案與1950年代的言論自由問題〉，《國史館館
　　刊》第40卷（2014年），頁103-138。

141 雷震：〈《自由中國》三週年的回顧與自省〉，《雷震全集》第十三冊（臺北市：桂
　　冠出版公司，1989年），頁32。

142 薛化元：〈《自由中國》雜誌自由民主理念的考察——一九五○年代臺灣思想史研究
　　之一〉，《臺灣史研究》第2卷第1期（1995年），頁127-160。

國》所載對於異時空的描寫，多連結社會脈動及蘊含針砭時弊的大敘事，匯集時代的旅遊記憶。有些異時空的描述融入報導文學特點，並以批判政治凝聚共同情感。

（二）文化差異的對照

希臘哲人亞里斯多德曾提到：「幸福無法獨立於德行之外而存在，人民必須要能充分的休閒以利其德行的發展。」因分析休閒與幸福的關聯性，以及休閒於日常生活德行的養成上所扮演的重要角色，故後人尊稱為西方休閒哲學之父。[143]對旅人而言，遊記收錄許多休閒活動的親身體驗，並蘊含回歸後的省思，因而別具文化的意義。李亦園曾將認為可觀察的文化素材，主要分成三大部分：一為物質文化或技術文化，因克服自然並藉以獲得生存所需而產生，包括衣食住行所需之工具以至於現代科技。二為社群文化或倫理文化，因為營社會生活而產生，包括道德倫理、社會規範、典章制度、律法等。三為精神文化或表達文化，因克服自我心中之「鬼」而產生，包括藝術、音樂、文學、戲劇以及宗教信仰等。[144]在物質文化方面，例如回臺之後的殷海光，於遊記中語重心長分析美國社會的多處缺失，批判重效率而輕思考等弊病。然而，在「行」的層面，〈爬蟲多，不咬人〉一文讚揚美國「交通管理規則良好，人民守法成性……最要緊的，各人從很小的時候起教育所給他的在他腦筋中打轉的那點東西：重視生命。」又具體描述親身經歷的感受：「我總是被請先走。膽小如我者，受寵若驚，既慚且感，總是三步做兩步，很快地跨過車頭。」又

---

143 葉智魁：《休閒研究——休閒觀與休閒專論》（臺北市：品度公司，2006年），頁26-27。

144 李亦園：《田野圖像》（臺北市：立緒文化公司，1999年），頁73。

如：「除非絕對必要，不能按喇叭，所以很少聽到爬蟲叫。」[145]以爬蟲比喻汽車，肯定美國民眾遵守交通規則的日常習慣，更推崇其尊重生命的現代公民素養。同時，他也觀察到社會井然有序，於交通、教育、乃至瑣碎生活中，表達出普遍尊重他人自由與生命價值的態度。從自幼教導「重視生命」的概念延伸體現於外，進而構成具有心靈開放與互信的社會，能各自追求生活目標、互相尊重隱私。關於遵守交通規範的觀察紀錄，另一位旅人辛之魯在夏威夷島上，描寫所見的第一個印象就是「車讓人」，而不是人讓車。道路上車水馬龍，車子總是讓人先行通過，使他想起「東京和臺北汽車橫行霸道的情形；然而在島上居民似乎比汽車高貴威風，汽車像一條長蛇似的靜靜駛過，喇叭之聲已絕於耳。很少看到警察，重要街口的紅綠燈都是自動管制，一般人民守法的精神令人驚異。」[146]這些遊記的互相參照，呈顯美國各都會或是夏威夷島上，「行」的文化何以值得觀摩，對比臺北與東京日常交通亟需改善之處。

物質文化的特色於飲食日常性的差異，如雷震在日本八高讀書時對飲食的體驗，列舉臺灣人製的黃蘿蔔，較日人製的甜味重，推測是糖在臺灣的價錢比日本便宜的緣故。又如臺灣人將芝蔴搾出的麻油澆在菜上，而日本人吃拌菜，不使用麻油，只把現炒的一粒一粒熱芝蔴撒在菜上。兩者方法上不同，然原理相同，都是在拌菜上加點香味的意思。於此可見兩國習俗、來源儘管相同，而嬗遞演變的結果，方法則往往互有差異。日本對於年節與食物也講究，「一年甜到頭，來年都不愁」，吃雜煮表示祝賀新年之意。[147]至於魚子數目眾多，為「不可勝

---

145 殷海光：〈西行漫記〉，頁17。
146 辛之魯：〈太平洋上〉，頁22。
147 雜煮（zoni），亦稱雜煮餅和生魚子，雜煮就是把餈粑切成小塊放在湯裡煮，加上白菜、肉片、大葱，或者加些「鰹節 Katsuobusbi」（由魚肉製成的，有七八寸長，

數」之意，所以吃魚子取其「多得很」的意思，這和中國南方（江浙皖）新年吃「十景菜」意義皆是希望吉利。在日本時所喝屠蘇酒與端陽節洗菖蒲湯，也是仿照中國的習俗。每一學生應於新年裡向他的指導教授拜年，表示敬意和謝意，與中國拜年的情景一樣。他觀察到許多習俗在中國早已蕩然無存，但日本人到今天卻仍保留的現象。

　　除了訪美主要行程之外，殷海光〈西行漫記〉又提到至東京所見鄉下婦女著和服，但東京市婦女服飾之美化，比臺北程度高多了。[148] 在此篇遊記的多處段落，皆發抒對於物質文化差異的比較，如：「美國貨品只是氣壯山河，多而已。他底工業出品之多，舉世無敵。但是，論手工藝品之美，在許多方面，恐怕不及日本。」又言：「司機底品質，比紐約底要好：他們端正，不要小費，不叫著兜攬生意，更不欺負生客。」日本流行文化源自美國，而臺灣亦受日本文化所影響，美國商品雖種類繁多，但論手工藝的品質美國仍不及日本精細。遊記也提到各國的建築與交通設施，如易希陶見巴基斯坦的國都格拉齊，此為該邦的第一海港。當船靠近此埠頭，看見提行李的苦力蜂擁而上，觀其服裝態度等，令他回憶起二、三十年前旅行長江一帶碼頭情景。市區的一般建築和中國大陸若干城市半中半西的店鋪樣式頗相彷彿，惟其髒骯凌亂，則有過之。尤其為街衢中的臨時棚搭，此雖與臺北街頭的違章建築，性質相近；但其設備之簡陋，分布之普遍，則尚非臺北所能比擬。[149] 雷震在日本讀書時，觀日本對於交通發展先求普遍敷設，故只用三呎六吋的狹軌建設鐵路，未料及工商業迅速發展的結果，運輸大量增加，需要寬軌鐵路增加行車的速度；但全部改建

　　酒杯口粗，像一根木棒）的碎末，以增加其香味。雷震：〈八高三年和中京景物（四續）〉，《自由中國》第20卷第8期（1959年），頁29。

148 殷海光：〈西行漫記〉，頁16。

149 易希陶：〈巴印紀遊〉，《自由中國》第17卷第7期（1957年），頁23。

工程浩大，故無法進行的情形相似。以海外鐵軌的參照比較，藉此批判殖民時代物質建設的侷限。

在社群文化方面，如雷震的遊記論及日本學校制度，並以他就讀的第八高等學校為例，舉出實驗室設備和運動場規模等，遠不如一高完備宏偉，班次亦不若一高之多，而訓育方面卻特別嚴格，一切採取管理與統一的制度。一高對學生採取自由放任主義，校內生活交由學生會自治、自理。第八高校學生穿著整潔的制服、帽子戴得端正，皮鞋也擦得乾淨，說話彬彬有禮；非若一高學生以穿髒衣、戴破帽、著爛皮鞋為光輝榮耀，而走起路來，大搖大擺，老氣橫秋，旁若無人的驕傲態度所可比擬。[150]就高校畢業生而言，無論進入實業界、或進而修習更專精之學科，均能成為高等官、商業主事者、學術專攻者，此類學校即為養成左右社會思想者之處。[151]根據第八高等學校校史所載，關於舊制高等學校宿舍生活的意義，為人格教育造就紳士的場所，並著重道德修養為主。客觀的修養則是與人的接觸交涉體驗，宿舍生活在高等學校教育中具有特別的意義，尤其在人格的修養上。此外，他曾親身到鄉間探訪農家飼蠶應用科學方法，遵照蠶事試驗機構所傳授的知識進行，蠶房置有溫度表、濕度表及通風設備，視天氣的變化而增減室內的溫度和濕度，蠶種則由國家設立的「育種製造所」每年悉心配製，照成本售與農民。他觀察日本學校切實與農民聯繫，這些實例強調日本產學教育值得效法之處。

有關亞洲的遊記如易希陶於〈巴印紀遊〉提到在印度的觀察，「最高的是僧侶階級（Bra-hman），大多從事法律、教育、技術、醫學等專門職業；其次為武士階級（Kashatiya），包括軍人、實業家之

---

150 雷震：〈八高三年和中京景物〉，《自由中國》第20卷第5期（1959年），頁24。
151 海後宗臣：《日本近代學校史》（東京：成美堂書店，1936年），頁142-144。

類；再次為農商階級（Vaisya）人數最多，構成社會的基礎；最低的
是奴隸階級（Sudra），為其他各階級所驅使奴役，社會上的一切下賤
工作，都由彼等負責，而且代代相傳，永無翻身的資格。」[152]遊記顯
示印度仍有階級制度的情形，與澳洲的遊記呈現的社群文化則與印度
差異甚鉅。在澳洲縱然官高位崇、饒有資財，但在社會上依然無法享
受特殊禮遇，在家中仍需從事勞動相關事務。正是因為人力缺乏以及
國民普遍勞動，養成人人獨立、平等和自尊尊人的美德；由於珍視人
力，社會上更產生尊重人權及人道的觀念。澳洲人在世界運動的成就
佔極高地位，無論網球、曲棍球等都有優良成績。一個人口不到九百
萬的國家，竟在運動上能有如此表現，實令人敬佩。運動能團結與協
調社會上各階層各角落的民眾，亦是消除社會畛域的方法。[153]此篇澳
洲旅遊敘事呈現日常生活裡財富及地位容有不同、職業與信仰亦有
別，但多認同優化生活品質及尊重人權的價值觀。從遊記觀察印度與
澳洲社群文化的對比，透露日常活動所形塑的民族性，或隱含追尋人
性化環境的欲求。

　　民眾在表達對現狀的不滿時，威權體制往往將現有政治無法達到
的皆視為對立面，而自身的缺漏、政治異端等，便被同樣視為印證權
力的無能而籠統地被擺到同一陣線。陳之藩便因此於遊記中發出「民
主，並不是一群會投票的驢」的省思。[154]他讚許美國十幾歲的小孩就
得以發明，二十幾歲的年輕小伙子可以作臺柱教授。反觀自己的國家
忙於簡任薦任委任等公務體系，且批判「給長官送月餅，孩子們卻在

---

152 易希陶：〈巴印紀遊〉，頁24。

153 孫宏偉：〈北行途中話澳洲〉，頁21。

154 陳之藩：〈旅美小簡之十一・哲學家皇帝〉，《自由中國》第13卷第3期（1955年8
　　月），頁24。

當太保太妹。」[155]等社會現象。在國外期間，他亦聽聞教授談人生，談文化，突然悲從中來，認為「最可怕的是死寂，我們這一代，真如死一般的寂下來了」。[156]關於文化素養的培育方式不同，使陳之藩面對差異不禁感慨萬千。此處即暗喻臺灣由政治思維到典章制度的僵化，不僅箝制人民的思想，更影響群體的心靈自由，在凝重的社會氛圍下形成噤聲不語的苦悶。

又如於梨華遊記提及友人介紹經紀人幫忙接洽稿件事宜，之後經紀人請她到紐約訪談，接見者是他的秘書，除了官方的讚美外，接著告訴她美國讀者的口味與她的寫作風格不同，美國人最愛閱讀中國奇怪的風俗、習慣、特性等。於梨華向秘書說：「寧為玉碎不為瓦全。」美國在文化上對於文字語言素養的不同。[157]於梨華於美看戲，友人母親認為「爭氣事大」[158]，顯示此長輩遇事之認真，也暗讚美國人辦事迅速及誠實不欺的精神。

在表達文化的層面，殷海光於遊記中透露對二戰之後作為世界頭號技術和工業化國家——美國感到失望，故僅訪問美國城市半年即提早回臺。[159]冷戰時期遊記透露面對現代化、都市化的衝擊，現代城市生活令人產生厭倦麻木感。強調大都會因為人口的密集、各種社會活

---

155 陳之藩：〈旅美小簡之一‧月是故鄉明〉，《自由中國》第12卷第5期（1955年3月），頁22。

156 陳之藩：〈旅美小簡之七‧到什麼地方去？〉，《自由中國》第12卷第11期（1955年6月），頁28。

157 於梨華：〈海外寄語之四‧一年的成績〉，《自由中國》第17卷第4期（1957年8月），頁29。

158 於梨華：〈海外寄語之一‧胃氣和爭氣〉，《自由中國》第17卷第1期（1957年7月），頁26。

159 北京大學哲學系王中江教授曾就此求證過他的夫人夏君璐女士：1955年殷海光以哈佛大學哈佛燕京學人身分赴美，在一年的期限中他只待了半年就返回了臺灣，原因是他不習慣於美國的生活。王中江：〈殷海光的終極關懷、文明反思與「人」的理念〉，《思與言》第49卷第1期（2011年3月），頁119。

動交往頻繁，而造成不斷變動的、過度的內在與外在刺激。傳統的鄉
鎮生活，由於連綿不絕的習俗而達致穩定均衡的狀態，這種穩定的生
活模式植根於潛意識的心理層次；然而在大都會多變的生活中，由於
過度的刺激，自我必須保護其潛沈的心理層次，只用「上層」意識的
部分來應付劇烈的變動，於是出現所謂意識過度強化的問題。[160]由於
神經面對過多的刺激，耗盡能量，故無法敏銳地對新刺激予以反應。
在往昔未聞多種因素共同影響之下，心靈的識別能力被削弱退化到，
一種原始的遲鈍狀態，而這種有關麻木感的解釋，也間接有助於我們
了解華滋華斯所說的都市中人「盲目追求毫無節制的刺激」之原因，
或如韋伯等人對現代社會「工具理性」的批判，殷海光於遊記中批判
美國人的素養，「你們不太好沉思，就氣質來說，很難出一位像羅素
這樣的大思想家。」同時又提醒世人，「如果你從美國人不夠深沉，
就推論美國人淺薄，那你底邏輯不及格，還得從大學一年修起。歷史
固然必須時間，但佔時間長的民族不必就一定歷史豐富。美國人自己
底歷史雖短，但一點一滴他們都愛護。並不像許多地方，改朝換代，
或流寇蠭起，便盜、劫、焚、毀、破壞，唯恐不及，結果所剩下的，
不是殘篇斷簡，便是殘垣敗壁。這個樣子的平均水準，還侈談歷史文
化，真是令人羞憤。美國大大小小的城鎮，有數不清的歌劇院、博物
館……美國有藝術。」[161]不僅以邏輯的觀點分析文化現象，更由旅遊
經驗中比較文化差異的特色。他並非全盤接受異地文化，在政治的強
力干預下，他的批判雖不點明主體，僅以略語或比喻來表現，但抨擊
的對象呼之欲出。如此旅遊後的書寫，呈顯哲學家別具一格的思維與
視域。

---

160 余君偉：〈都市意象、空間與現代性：試論浪漫時期至維多利亞前期幾位作家的倫
　　敦遊記〉，《中外文學》第34卷第2期（2005年7月），頁28。
161 殷海光：〈西行漫記〉，頁19。

旅人常觀照全世界各地宗教與風俗的特殊性，例如雷震在日本觀看聞名全國獨一無二的「裸祭」（Hadakamatsuri），參與祭祀的人一律赤身裸體，以布巾或布條拋擲於遊行的男子身上，並把布條撕毀拋棄於地，象徵惡魔撕碎丟掉，有驅邪降伏之意。[162]象徵將疾病、災難等負擔從某人身上轉給別人或動物、或其他物體上。採用交感巫術以達除疫驅魔的效果。[163]又如易希陶在〈巴印紀遊〉中，見巴基斯坦人多為回教徒，因宗教規範限制，市內的電車，男女座位，都被嚴格的劃分，不許混坐；在此邦社會裡，一夫多妻制度極為普遍，左擁右抱，視為倫常。另外，印度人崇信印度教，對牛頗為尊敬，見牛跑到街頭店鋪吃東西，也不敢加以驅逐。[164]遊記多描繪奇風異俗，以獵奇的視角，記錄觀察各國特殊的風俗習慣。相對於早期以漢文化為中心的遊記，此雜誌所載遊記的風俗，多平鋪直敘風俗的性質、功能等，較無誇飾主觀的價值判斷。

女作家的遊記透露個人關於表達文化的意涵，如1959年10月10日雙十節深夜的遊記中叢甦有感而發，自言只是「異鄉人」、「浮荷」，未能「生根」，並在聚會中反思臺灣海外宣傳工作刻不容緩。[165]留學生赴海外旅遊，與旅行皆是由來去之間，進行知識、經濟與文化資產的交換提升。所不同者，旅行的過程是變動的、暫時的，旅人的出發點與回歸地都是「家」；但是六〇年代的留學生儘管懷著學成歸國的理念短期離家，最終卻選擇留美。因此，她們雖與旅者一樣，具備「獲得」的進取心與行動力，卻與旅人的際遇迥異。留學是女性旅行

---

162 雷震：〈八高三年和中京景物（四續）〉，頁28。

163 J. G. Frage 著，汪培基譯：《金枝：巫術與宗教之研究》（臺北市：桂冠出版公司，1991年），頁787-797。

164 易希陶：〈巴印紀遊〉，頁23-24。

165 叢甦：〈西雅圖的秋天〉，《自由中國》第2卷第11期（1959年），頁29。

的一種模式，亦是在某些特定歷史與社會語境裡認可的改變手段，尤其是戒嚴時期的單身女性。所以如果我們由旅行的角度審視，留學不啻為某種歷險與開拓，臺灣戰後旅外遊記的發展與政經環境有所關聯，國際地位未明且在強權戒嚴時期，出國深造為改善處境的方法，海外遊記保存戰後臺灣與其他種族文化接觸互動的歷程。藉由叢甦等人的遊記，得見臺灣女性知識份子在遷徙過程中的個人選擇、處境與困境，或是在新舊社會環境於海外紀錄精神文化的創作意識。

三　旅外遊記寫作策略

旅行包含遠離故土之後對異地生活的觀察和體驗，以及回歸之後對本身文化的衝擊和反省，這兩者相激相應構成旅遊文學的主要內涵。將旅行訴諸文字的遊記，記錄耳聞眼見的實際經歷，並抒發人情、環境或歷史的觀察和感想。《自由中國》的遊記如何藉由直接、間接、及比照等方式以呈現人物形象？又核心事件如何與空間及時間相映照？本節將從人物形象、空間心境與敘事的時間性加以分析。

（一）人物形象

將人物建構視為層層相連的樹狀架構，其組成元素是以逐漸增加的統合力量分類，再聚合起來。敘事學研究者李蒙・姬南（Shlomith Rimmon-Kenan）歸納人物的呈現有直接、間接、及比照等三種方式。[166]本節將以圖4-10列出人物形象塑造的主要方式。

---

166 Shlomith Rimmon-Kenan, *Narrative Fiction: Contemporary Poetics* (London and New York: Routledge, 2002).

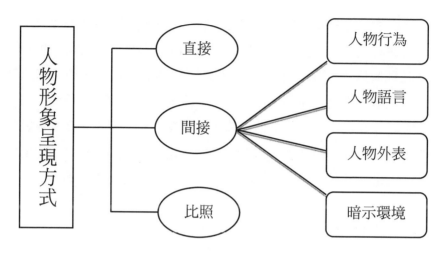

圖4-10　人物形象呈現方式

　　以圖4-10的架構為基礎，列舉以下數則應用之例：

1 直接呈現法

　　在文本中由最具權威性的聲音的敘述者，出面直接指明人物的特質（character trait）。例如：陳之藩與朋友的聊天的話題中，曾論定：「裘・赫胥黎是當代生物學的權威，阿・赫胥黎是文學的鋸子。」[167] 或是形容人物的多重特質：「富蘭克林是外交家、政治家、科學家，既是文學家，富蘭克林好像一粒種子，它蘊含著一個未來，這粒種子二百五十年前種下，二百五十年後成了這樣一顆花繁葉滿的奇株。」[168] 如此透過敘述者直接刻劃人物的性格特徵，暗示要求讀者接受這個人物性格特徵的界定。

---

167 陳之藩：〈旅美小簡十六・覓回自己〉，頁33。
168 陳之藩：〈旅美小簡十八・印字小工二百五十年誕祭〉，頁26。

2 間接呈現法

　　歸納間接呈現法如以下四種：（1）人物的行為：人物的性格特徵可藉由 a 單次（或非慣例性）的行為：揭露人物的動態面，如孫多慈提到西班牙之行聆聽到縈繞腦際的故事，描述一九三六年西班牙國共戰爭時由上校 Moscardo 駐守，不幸在彈盡援絕的情況下，不得已率領守軍退入 Alcazar 城堡，以待援兵抵達。共軍擄將軍之子以威逼利誘，卻撼不動將軍堅貞的心，忍痛靜聽其子絕命之槍聲，因此激發西班牙的士氣而拯救家園。[169]如此由單次行為構成的人物軼事，突顯人物的特質。作者對於表達民族魂的一幕感受最深，故藉由記錄將軍此次行為塑造人物形象。

　　b 習慣性的行為：傾向於揭露人物不變或者靜態的一面，例如於梨華遷到普林斯頓之際，愛因斯坦已於一九五五年四月故世，無法一睹本人風采，曾舉法烈克奈的描述：「我見他時立即為他高貴的容貌，簡單動人的風度所迷惑。」並認為他總是把自己關在書房內，不喜參加宴席或雞尾酒會，而過著一種近乎絕世的孤獨生活。藉由如此不在意世俗的禮節，間接述其愛因斯坦的為人風格。[170]陳之藩亦曾形容愛因斯坦「常忘了兌取支票，正如釣魚者釣上魚來，又拋入水中一樣，他從未考慮到這些瑣事。」[171]這些以小窺大的習慣性事件，頗具反映人物真純的內在性格的功能。又如劉生遊記描述胡志明組織的共產黨，於一九四五年殺傷五千名越南國家主義份子，被清算者的妻子兒女到他面前求饒恕，卻命令軍隊將他們驅散。然而對朋友之死，公開

169　孫多慈：〈西班牙之行〉，《自由中國》第10卷第9期（1954年5月），頁309-310。

170　於梨華：〈海外寄語之三・白色小屋的主人〉，《自由中國》第17卷第3期（1957年8月），頁25。

171　陳之藩：〈旅美小簡之十四・釣勝於魚〉，頁28。

痛哭流涕、悲不自勝，並撤換了火槍隊隊長，藉此保持他仁慈的聲譽。[172]如此平鋪直敘的描述個別事件，深具反諷意義。以上所列舉重要的單次（非慣例性）的行為或習慣性的行為，多具象徵性的意涵。

（2）人物的言語：一個人物的言語，不論是「對話」或沈默的心靈活動，敘述者都可以透過這個言語的內容或形式，來彰顯人物的性格特徵。〈旅美小簡〉引述史懷哲的親口話語：「西方文明欠非洲土人許多債，我要以身相贖。」[173]當時在非洲行醫五十年的史懷哲，其流露人道關懷的真誠言語，與理念的實踐相呼應。由於文本中的人物，其語言具個人的特色而有別於敘述者，因此他的話語形式或風格成為形塑／呈現人物最好的方法之一。言語可用來暗示人物的出身、原鄉、社會階級與職業，而且進一步彰顯他的特質。例如陳之藩提到科學家不僅忘卻薪俸的多寡，有時即使厚祿巨利的機會到來，在他們眼中也淡如雲煙。發明原子衝擊器的勞倫斯，旁人建議申請專利後，將比瓦特擁有更多的財富，但他只微笑以對並表明志不在此。有些學者一旦發現自己的興趣所在，常一直將此興趣帶到墳墓裡，發明小兒麻痺症預防針的沙克說：「我所確知的是：科學家不是政治家，我不是明星，讓我回到實驗室去。」又如布許博士在退休演說中說：「在以用畢生精力，追求一渺茫希望，而所以還仍有純粹科學研究的人，這股內在的動機是來自一信仰。我們對所看所感的東西，所以具有推理能力與推理興趣，都是一種信仰的行動。」陳之藩認為若從一個神學家的口中說出，是不具說服力的，而出自領導英美科學界的科學家口中，卻是耐人尋味的。[174]他又舉如愛因斯坦所說：「我堅決相信，財富不能引領人類向前，即使在好人手裡亦屬如此。唯有偉大而純潔

---

172 劉生：〈南越北越行走〉，《自由中國》第13卷第3期（1955年8月），頁16。
173 陳之藩：〈旅美小簡二十二・河邊的故事〉，頁24。
174 陳之藩：〈旅美小簡十七・泥土的芬芳〉，頁30。

的人，才可以導出善的觀念與善的行動來，你能想像摩西、耶穌、甘
地夫成天背著錢口袋亂轉嗎？」[175]這些耳熟能詳且態度篤實的科學
家，都是以鞠躬盡瘁的精神，作死而後已的努力，而他們話語所流溢
出情感上的滿足，卻是極富於宗教意味。

　　（3）人物的外表：a 人物自身無法掌控的外在特點，例如孫多
慈於西班牙認識黃瑪賽，黃小姐的父親為中國人，曾做過駐法領事；
母親為比利時人，並描述黃小姐的外貌：「碩長的身材，白皙的皮
膚，高高的鼻子襯著深褐色的髮和眉，給人一種明豔之感。」[176]這些
身高‧眼睛的顏色，具遺傳／傳承的意味。b 人物自身可以掌控的外
在特點：例如，髮型、衣服，具另外因果關係的暗示。例如從愛因斯
坦於1940年上課時照片的神采，與白髮如銀的風度卻是超群的，那時
已屆花甲之年，而他站在黑板邊的樣子，卻毫無六旬老翁傴僂不直之
態。[177]於梨華形容從他所選擇衣著的外表，得知其愛好自然的個性，
及投入教學時「不修邊幅」的風格。又如劉生至越南的遊記以胡志明
為焦點人物，形容他的身體瘦弱，只有一百磅體重的老人，態度溫
和、說話緩慢，經常披一件短外衣在肩上，似乎永遠覺得寒冷的樣子
[178]。胡志明外表雖羸弱，卻暗示其內在機警、偽裝，且口才犀利。又
如叢甦刻劃菲律賓、法國、緬甸、日本、拉丁美洲、北歐、非洲、義
大利、約旦、印度、匈牙利的德籍留學生的外貌、服飾及舉止。[179]並
描述他們都有一段屬於自己的或短或長、或驕傲、或卑微的文化背景
之際，隱含人物外在形貌與文化的關聯。

---

175 陳之藩：〈旅美小簡十六‧覓回自己〉，頁33。
176 孫多慈：〈西班牙之行〉，頁25-26。
177 於梨華：〈海外寄語之三‧白色小屋的主人〉，頁25。
178 劉生：〈南越北越行走〉，頁16。
179 叢甦：〈西雅圖的秋天〉，頁29。

（4）透過環境來暗示：人物所在的周遭環境，例如，房屋、街道、城鎮，以及人文環境的迥異常影響家庭、社會階級，並用來作為暗示人物特徵的換喻。如普仁斯敦高等研究所的創立宗旨，提供無用之學的學者一個安靜思想、平安用餐的地方，未料幾位學者在此凝思理論物理、數論邏輯等基礎科學，卻有助於解決第一次歐戰通貨膨脹等現實社會的問題，且促成發明計算機，在此人文環境的研究成果呈現這些學術貢獻是「無用之用，真乃大用」，並暗示所謂「無用之學」的學者，對於社會的深層影響。

3 以比照來強化

李蒙・姬南刻意用「強化」這個詞來說明這種策略的運用，因為此策略依賴直接呈現法和間接呈現法建構人物的特徵，爾後再用這個「比照」的策略進一步加強。例如陳之藩形容「甘地摩頂放踵，紡線曬鹽，為無助的奴役生活向人間乞求人道的憐憫；托爾斯泰則棄家產，砍柴補鞋，為無助的苦人生活向人間乞求人道的憐憫；許懷瑟則獻身瘴疫，行醫非洲，為無助的土人的苦痛生活向人間乞求人道的憐憫。」[180]羅列甘地托爾斯泰及許懷哲等人的事蹟，並比照同為實踐人道主義的精神，而無怨無悔投入服務。又談及對於科學家的苦悶，舉愛因斯坦、歐本海默、羅素等人為例，他認為愛因斯坦是一個源頭，而苦悶的浪潮在美國沸騰，如華盛頓大學召開的生物物理學家會議，邀歐本海默參加，因校長疑此人有問題，於是受邀的人全拒絕出席。[181]如此以人物之間比照的手法，將人物置放於相同的情境下，比較他們命運的異同，深具強化作用。

---

180 陳之藩：〈旅美小簡二十二・河邊的故事〉，頁24。
181 陳之藩：〈旅美小簡之十・愛因斯坦的苦悶〉，頁29。

（二）空間心境與敘事的時間性

　　敘事學家密姬・芭爾（MiekeBal）曾感嘆從敘事文本的理論中，衍生出來的概念裡，甚少如「背景／場景／場所／空間」這樣不證自明，但大家對它還是茫然不清，且只有少數的理論文章探討到這個概念。[182]查特曼則認為：透過「場景」的設計，人物的行為／舉止與情感，就會在這種精心建構的「場所」與「諸多的物件」襯托之下，恰適地浮現。他主張：「背景／場景」最主要的正規功能之一，就是形塑作品的氣氛、反映人物的心境。[183]空間場景與人物心境的照映，如叢甦在雙十節於領事館觀看「臺灣寫真」放映影片，回憶衡陽街、重慶南路、總統府、龍山寺、兒童樂園、碧潭吊橋、陽明山、日月潭、高雄煉油場、造紙場、臺北紗廠等臺灣地景。[184]這些地景勾起她懷念與家人相聚的情境，以及「那土地上的文化傳統和理想」。臺灣的重層歷史，致使漢文化轉移變遷來臺後產生與中國文化不同的新風貌。另一方面，她又形容於異地留學，感到「一種漂鳥式的顫動和姿勢，有些瀟灑，也有些蒼涼；同時，悟出一個哲理：當任何地方都不是家的時候，任何地方也都是家。」[185]異域的陌生疏離，誘發思鄉之情。就「離散」（diaspora）的觀點而言，她所感受的飄泊身分在遊記中成為烙在心靈上的印記。西雅圖的「場景」是用來「襯托人物」的心境，叢甦的遊記以西雅圖秋天陰冷而多雨的環境，映照她的漂泊感；與臺灣的地景是文化烏托邦的心靈寄託，形成對照的理想心境。

　　「空間」的架構可分為「外在的空間」（outer space）與「內在的

182　Mieke Bal, *Narratology* (Toronto: University of Toronto Press,1992), p. 93.

183　Seymour Chatman, *Story and Discourse: Narrative Structure in Fiction and Film* (Ithaca and London: CornellUniversity Press,1978), pp.138-141.

184　叢甦：〈西雅圖的秋天〉，頁29。

185　叢甦：〈西雅圖的秋天〉，頁29。

空間」（inner space），「外在的空間」代表解放、安全。例如陳之藩在遊記中提及，「這一葉扁舟終於消失在一片黎明的眩光中，我的思潮好像也沖入一靜謐的山谷裡。」[186]文中藉描寫一老教授釣魚，拓展談論為利、為趣之別。以其划槳而去，大量描寫對外在空間美感的體會，增強其文中「趣」的事實外，透過此景抒發心情，使讀者能與之共鳴。又如曾英奇描寫瑞士風景的秀麗，發抒對此環境的評論，「大戰以後瑞士雖無接受美援，然而目前卻是全歐人民生活水準最高的國家」。反思觀察此現象後，並好奇地詢問：「以瑞士資源的貧乏，為甚麼會生活得這樣富足呢？」瑞士人以「一百七八十年持續的和平」自豪的回應。[187]如此的旅遊敘事是以瑞士的外在環境空間，象徵其和平、安全的特色；而「內在的空間」可暗示受「監禁／控管」。[188]例如，殷海光的遊記提到參觀美國的小學後，引發比較臺灣小學教育的種種潛在問題。[189]從外在校園空間彷如監禁般，到內在教材的意識形態控管，隱含當時臺灣教育著重於權威崇拜，造成學生缺乏獨立自主的思考能力，如此的空間極具象徵的意涵。

　　自然場景種類包括簡單、低調的「背景」，有時以概括的手法再現，而未詳實描述。譬如孫宏偉描寫沿途風平浪靜，十天海程所經過的幾是澳洲東海岸的全部，船隻在澳洲著名的珊瑚島嶼大圍牆內（Great barrier Reef）行駛。[190]開頭總括背景後再鋪敘出下文，即傳統文人慣用形塑氛圍之敘事筆法，文中展現出人物於此單調氛圍的活動。又如孫多慈描寫介紹西班牙鬥牛的一節，場景僅略作點綴，而將焦點置於表演的進行與人物行為。盛孝玲〈耶路撒冷遊記〉則描寫車

186　陳之藩：〈旅美小簡之十四・釣勝於魚〉，頁28。

187　曾英奇：〈紐約通訊・5月20日・哀王孫——遊歐觀感之一〉，頁22。

188　Mieke Bal, *Narratology*, p.97.

189　殷海光：〈從卡片說起〉，頁46-47。

190　孫宏偉：〈北行途中話澳洲〉，頁22。

子通往耶路撒冷路上的景致，蜿蜒起伏公路不多的行人、零落的車
輛、駱駝與羊群等，這些皆是安排於草原背景上的物件。[191]除了駱駝
可稍作識別地域之外，其他多是普遍性的存在。作者營造出一片郊野
風光，使宗教在城市的喧囂與自然景致間，成為介於人文與自然間調
和適當與普世性價值連結，達到以背景形塑氣氛的作用。至於劉生到
越南河內懷有政治目的，故空間的鋪陳較少，僅以橋、旅舍點綴；作
者刻意刻劃有關建築中的胡志明雕像，以人物牽引出後文敘述的政治
評議。[192]此文著重於環境的作用與氛圍心境，較少描述性的文字渲
染，場景所呈現的文化氛圍，是經由作者的剪裁、擷取，得以聚焦於
政治主題上。

　　關於人文地景的背景／場景，如陳定一的遊記提到蘇維埃戰勝紀
念碑象徵蘇聯的威力，凡是到柏林的人多於此處拍照以作紀念。他回
憶時常遙望那塊紀念碑，彷彿看見史達林在克里姆林宮的寶座上，發
出猙獰狂笑並發誓：「我一定要統治全世界！」作者感嘆史達林卻未
曾想到希特勒獨裁的悲劇。又觀察街道兩旁貼滿共產黨的口號，「自
由德國青年團」的標語和旗幟最惹人注目，此團是「希特勒青年團」
的遺物，幾乎每一東德的青年都要被迫參加。又如他描寫的東西德街
道地景：西柏林給人第一個驚人的印象就是復原的情形，強調「一到
晚上，燈紅酒綠，一片歡笑，商店、咖啡店、餐館和戲院都擠得水洩
不通，沿街的窗櫥中陳列著引誘人的物品。」對比的地景是東柏林蕭
條與荒蕪：「街上的窗櫥中稀疏地排列著一些物品。東柏林掃除殘渣
廢瓦的工作的確做得很好，但是似乎誰也沒想到要將毀壞了的家園重
整起來，滿目都是破壞的與淒涼。」[193]既是「自由」，則為何不能選

191　盛孝玲：〈耶路撒冷遊記〉，頁20。
192　劉生：〈南越北越行走〉，頁16。
193　陳定一：〈柏林通訊・12月2日・一個柏林，兩個世界！〉，頁10。

擇是否參加？如此的「自由德國」即是一種反諷手法的應用。作者不
斷以西德、東德繁榮與廢墟的反差景況，褒貶，自由國度與共產政權
統治下的境遇。

　　在人文的地景方面，殷海光曾參觀日本的古蹟，他提到：「在我
未瞻仰皇宮以前，憑著我這小百姓多年來實地的經驗想像，以為一定
是森嚴萬狀，警衛周密，到處都豎著禁止通行的牌告。」呈顯日本於
保護文化資產之餘，更用心營造民眾與古蹟親近的氛圍，這些旅遊經
歷與他原先想像的有所差異。又如易希陶觀察倫坡市街，認為大有東
方情調，房屋建築，雖不若孟買、格拉齊諸城的華麗整齊，但都市的
設計，似非雜亂無章。維多利亞公園內有博物館、美術館、圖書館
等，規模雖不太大，但都井然有序。令作者聯想到臺北新公園的博物
館，無論在房屋的建築、陳列的內容，實都遠在他人之上，可惜一般
社會甚至主管當局，不知加以愛護，視為多餘的點綴品。他不禁發出
批評：「房屋則今天作展覽會，明天作示範揚，陳品則東搬西運，七
藏八塞，內容的毀損日多，房屋的破壞日甚，內部負責人士，雖個個
對此痛心疾首，然亦莫可如何。」[194]博物館是收藏文物、展示歷史的
機構，以日治時期總督府博物館為例，各類藏品在不同的時期呈現出
消長不一的生命史，這反映出博物館在不同時期角色定位的轉變。[195]
作者觀看外地博物館的陳設、展示，痛心戰後臺北博物館不受重視。
這些評論多是由於外在環境激發作者內心省思，藉遊歷以廣見聞進而

194 易希陶：〈我的最後航程——續本誌第十七卷七期「巴印紀遊」〉，頁28。

195 從1908年以自然與產業標本為主的收藏，後被「文化產物」所取代，關注的焦點
　　改為「統治的文化技術」。歷史與「蕃族」於1920年代成為臺灣總督府博物館收藏
　　與展示的兩大主流，呈現日本殖民統治的合理性與正當性。運用「同化」的策
　　略，強調日本與臺灣歷史的淵源；或是採用「文化標本」式的陳列，強調原住民
　　與我群之間的差異。李子寧：〈殖民主義與博物館——以日據時期臺灣總督府博物
　　館為例〉，《臺灣省立博物館年刊》第40期（1997年），頁241-273。

檢視自己本土文化的面向。

　　至於旅遊出發前想像與實際參觀後感受的落差，如曾英奇尚未到法國之前，想像中的法國人是健談、機警、敏感、好動的，想像中的巴黎是喧囂、熱鬧。然而親自參訪後，改變了被譽為「不夜之城」的巴黎的印象，只感受到無比的沉悶。他認為「巴黎並沒有衰老！而是法國人的心情太沉悶了。」[196]記者因以巴黎為歐洲之行的總聯絡處，先後停留近三個禮拜，感受巴黎不再瀰漫樂天樂地的情緒，而是密佈沉悶空氣。如此藉由以往與現在不同的對比，流露特殊時代的空間感。

　　另一著名的人文地景是有關康克特的描寫，於梨華訪「美國早期文化的發源地」康城時，提及此地與諸位有名偉人的關聯，如十九世紀出名的哲學家梭羅、教育家艾可特，與隱居的作家霍桑以及哲學家、演說家及詩人愛默生等，這些偉人作家都在這座小城渡過他們的一生，同時建立他們的事業，並常聚在一起討論研究。作者欣賞這百花齊放的時期，又參訪古物館與偉人的故居，瞻仰前人遺留下來的文物與作品。[197]至於陳之藩亦到許多大人物曾生活的所在地，如撰《金銀島》的蒂文生、雷學發明大家亞歷山大森等。[198]人文地景是如何被形塑的？一個空間藉由人物在現實中的公眾性與經歷成就，與一段路或一間鄉村小屋等不具有高度識別性的空間相連結，得以被加持成為有別於山水的人文地景。人文地景提供旅人繼續參與想像的養分，成為參與人文地景塑造的一員。

　　場所也與「知覺方位」相連結，這些相關聯的「場所」就稱為人物所處的「空間」。密基・芭爾認為三種知覺與我們的「空間感」

---

196 曾英奇：〈紐約通訊・5月20日・哀王孫──遊歐觀感之一〉，頁21。

197 於梨華：〈海外寄語之六・訪康克特〉，頁29。

198 陳之藩：〈旅美小簡十五・山水與人物〉，頁28。

（perception of space）有關：視覺、聽覺、觸覺，而這三者也可能在演述故事的「空間」時，扮演一個重要的角色。[199]以視覺描寫空間的遊記，例如劉生透過另一個亞洲的空間：「凡是共產黨到的地方，市面一定十分清冷。河內自然也不能例外。河內最高貴的住宅區——保爾貝路，呈現一片清冷的景象。咖啡店、飲酒鋪、西藥店……都把門關得緊緊的。」[200]隱含越南北部河內所呈現冷戰氛圍下的影響。又如孫多慈在遊記中，形容欣賞教堂壁畫的感受，整間壁畫皆由西班牙畫家 Goyay Lucientes（哥雅‧路西恩特斯）所繪，這些壁畫牽引使她跨越時空到更廣闊的藝術世界。至於多重感官與空間相互照映的遊記，例如盛孝玲在遊記中，透過視覺與聽覺描摹「綠樹叢中的一角紅牆，又惹起了我們的好奇心。穿過綠蔭覆蓋的山門，躺在我們面前的是一條碎石路，路旁高松夾道，園中古木參天，寺院不大；但收拾得明窗淨几，纖塵不染。」對於景色幽靜的顏色、形狀、大小等描寫細膩，更襯托出鐘聲清脆悠遠的聽覺意象，營造出令人解放出塵，安心自在的感覺。

　　密姬‧芭爾認為「空間」這個概念指涉的是：人物出現的地理／地形位置（topological position），以及事件發生的地點。[201]「空間」裡的形狀、顏色、大小，透過視角感受將空間真實化，隱含於旅遊過程中觀察到的痕跡。例如，遊記描寫戰爭「空間」裡的形狀，舉一排排的房子被盟軍的飛機炸平，或是由於地面作戰而成一片廢墟，柏林的建築在戰爭結束時只有五分之一未遭損傷。東柏林掃除殘渣廢瓦的工作做得很好，但是似乎誰也沒想到要將毀壞的家園重整，滿目都是

199　Mieke Bal, *Narratology*, pp.94-95.

200　劉生：〈南越北越行走〉，頁16。

201　Mieke Bal, *Narratology*, p.93.

破壞的淒涼。[202]至於描寫顏色的遊記，孫多慈於瑪德里路途中的感受為「迎著陽光在一片紅色的曠野上馳騁著。巴黎的冬天是灰色的，差不多一個半月沒見過陽光了，這時真如在昏睡中忽然清醒，輕鬆而愉快。」[203]藉由敘述環境顏色的反差，襯托出明朗輕快、上揚的情緒，呈現安全舒適之感。又如於梨華遊尼加拉瀑布，夜晚時瀑布與彩色燈光互相交映，見其月圓星滿的夜空，興起一股莫名的惆悵。她見明月的光華靜靜地洒在瀑布上，彷彿新娘的銀色面紗輕飄入河，這樣的景致更勝燈光投射令人眼目撩亂的光景，不禁感嘆欣賞瀑布的人是否有「小舟從此逝，江海寄餘生」的胸襟呢？[204]另外，有關描寫空間大小的遊記，例如陳之藩在遊記中，描寫普林斯敦高等研究所圖書室的周圍是一個的小房間，小房間只有兩把椅子，與一個黑板，小門關上後這屋裡即是自己的天下，可以上天入地的思想。[205]遊記中聚焦於此研究空間，著重於描寫空間規模之小，驚訝其環境雖小，卻能匯集世界各地之大研究，襯托思想飛騰的反比關係。

　　遊記的時間敘事性隱含作者的歷史感，並有助於讀者建構歷史想像。所謂歷史是「記述人類社會賡續活動之體相，校其總成績，求得其因果關係以為現代人之一般活動之資鑑者」。[206]歷史思維著重於建立歷史想像力，強調過去與現在的對話，關注於人、事、時、地、物以及如何進行、為何產生等要素。[207]有些遊記藉由評價事件與人物，

---

202 陳定一：〈柏林通訊‧12月2日‧一個柏林，兩個世界！〉，頁10。

203 孫多慈：〈西班牙之行〉，頁25。

204 於梨華：〈海外寄語之五‧尼加拉瀑布〉，頁29。

205 陳之藩：〈旅美小簡之六‧智慧的火花〉，頁28；〈旅美小簡十九‧智者的旅棧〉，頁23。

206 梁啟超：《中國歷史研究法》，（上海市：商務書局，1922年），頁1。

207 簡後聰：〈論觀光休閒之本質暨其與歷史及地理之關係〉，《北市教大社教學報》第7期（2008年12月），頁14-15。

與現代社會對話，蘊含歷史時間的思維。例如劉生的〈南越北越行走〉著重於敘述越南分裂為兩個政權的歷程，以越南的歷史時間為主軸，穿插歷史人物及場景為例，與現今的反共氛圍及國際局勢作對話，具歷史的鑑誡性。

「文本的時間」所指涉的是文本中空間維度（spatial dimension）的設計，演述一個事件、一個場景的「文本時間」，實際上是以占據文本的「篇幅空間」——多少行、多少段、多少頁，這種「空間維度」來計算的。篇幅長，讀者閱讀「文本的時間」也就越長。例如，究竟一連串的事件中的哪個事件在文本中，占據比較長的、演述的「文本時間」？敘事學家以久暫（duration）等概念來論述。[208]即是分析故事的「事件時間」，這個時間可以用「幾分鐘、幾小時、幾天、幾月、幾年」，這種時間究竟有「多久」的概念來計算。傑聶提出「敘述步速」（pace in narrative）是就分析「事件時間」與「演述時間」的長短、「久暫」而言。他認為：如果以不變的常速（constant pace）為標準，可區分兩種敘述速度的變化，即「加速」（acceleration）與「減速」（deceleration）。「加速」：指涉的是在文本的標準常速中，以比較短略的文本篇幅，來演述比較長久的時段，這個敘述策略所產生的敘述效果就是敘述步速的「加速」。[209]例如，於梨華在波斯頓只以簡單的「稍微玩了一下」一語帶過，只以一句話來連接前後的時間點這是「無話則短」的筆法，敘述步速加快的運用，也是情節的「撮要」（summary）。例如，雷震回憶於日本留學十年期間，特別花長篇幅撰寫為流落在日本的中國勞工服務，擔任一年多華工共濟會名古屋分會副會長兼夜校校長的經驗。他另提到曾在八高就讀的王希天，為

---

208 Shlomith Rimmon-Kenan, *Narrative Fiction: Contemporary Poetics*, pp.44-45.

209 Shlomith Rimmon-Kenan, *Narrative Fiction: Contemporary Poetics*, p.53.

一虔誠之基督徒，於共濟會會長任內全心全意關懷華工，卻不幸罹難，而後此會停辦且工人陸續被迫遣送回國的歷程。[210]文本結尾敘述步速緊湊，涵括回溯王希天的事件，長篇旅日的故事就此斷然終止，使人閱讀後低迴不已。

另如「減速」的例子：於梨華早前便已十分嚮往尼加拉瀑布的景色，她在赴美期間參觀瀑布，雖只停留一天，卻花了數千字的篇幅書寫。特別是夜晚的尼加拉瀑布，從周遭的建築景觀，到瀑布隨著時間遷移的色彩變幻，與周遭景色相映襯，無不鉅細靡遺。[211]此外，她對愛默生故居所在的小城康克特，則運用極大的篇幅加以描述。[212]從康城的歷史背景到名勝古蹟，及愛默生故居內的細微擺設，皆完整的記錄下來，使讀者感受時間的流動頗為緩慢。又如孫宏偉乘船遊覽澳洲東海岸，整整十天的行程，對於約克海岬、飛禽島、星期小島等地點只以「繞過」或「是海參集散地」簡短描述，直到阿拉佛拉海漁區才運用較長篇幅描述潛水採珠的危險和政治鬥爭，顯見其旅行的目的主要關注在異國的政經文化方面。[213]另如，易希陶在駐留印度期間，將坐車時觀看到的事件詳細記錄。又當易希陶至錫蘭時，令其印象深刻的不是異國市街風情，而是因觀光需要開立傳染病預防證明，故到當地醫院注射，醫師竟索取高額醫藥費，討價還價後方才了事。[214]如此經歷使他大感訝異，故以極長篇幅敘述，其餘的觀光景點反倒成為次要。

---

210 雷震：〈八高三年和中京景物（續完）〉，頁29-30。

211 於梨華：〈尼加拉瀑布〈海外寄語之五〉〉，頁157。

212 於梨華：〈訪康克特〈海外寄語之六〉〉，頁189。

213 孫宏偉：〈北行途中話澳洲〉，頁31。

214 易希陶：〈巴印紀遊〉，頁24；〈我的最後航程——續本誌第十七卷七期「巴印紀遊」〉，頁28。

　　至於文本中的「演述時間」，李蒙‧姬南與另一位敘事學者傑聶認為以「幾行、幾段、幾頁」，這種「篇幅」多長的概念來計算。關於「實況場景」的演述，經歷的實際時間短暫，卻用長篇幅來敘述，這是「有話則長」的筆法，例如：盛孝玲的耶路撒冷遊記提到在耶城待了兩週，但全文約用了二分之一的篇幅，分別敘述抵達第二天的棕梠日和一年一度的踰越節，對於遊行和儀式的記載詳盡，亦為減速的手法。[215]又如，陳之藩從平湖回費城的路上，特地將司若愛克湖、喬治湖分段描述，與曾居住湖畔的偉人史蒂文生、亞歷山大森做連接，並藉題發揮，感歎中國的歷史人物往往被人遺忘。[216]這些皆是「以比較長的文本篇幅，來演述比較短暫的時段」，為遊記運用「減速」的敘事手法。「減速」或者「加速」的策略性交叉運用，通常暗示該時段是不是重心，也暗指該事件重要與否。

　　雷震回憶於日本留學的經驗，此段期間為影響他形塑其重要人格的重要階段。他就讀第八高等學校，雖然受到宿舍規章的約束，實際上其他高校宿舍生活多為自由奔放的。有關第八高等學校的歷史，從《瑞寮史》、《第八高等學學校學寮史》等記述，得知「亂鬧」的習俗流傳已久。1928（昭和三年）創立二十週年紀念活動時的亂鬧，從八高運動場的聯歡會，擴展到校外街上也擠滿了群眾，連名古屋市中心榮町交叉點變成舞蹈場，一直延伸至名古屋車站，形成街上亂鬧的緣起。[217]作者因回憶留學故事，敘述特別詳盡，客觀描寫似地理誌。雷震認為：「今日出國既不可能，不悉何日能夠獲得重遊的機會，一溫

---

215 盛孝玲：〈耶路撒冷遊記〉，頁21。

216 陳之藩：〈旅美小簡十五‧山水與人物〉，頁28。

217 山口拓史：《第八高等学校──新制名古屋大学の包括学校①》（名古屋：名古屋大學文書資料室，2007年），頁31-33。

舊夢，故略記舊遊，以實回憶。」[218]連載的遊記篇幅頗長，娓娓敘述
多年間留學的經歷，近似回憶錄性質。又如孫多慈的遊記呈現藝術家
的回憶，當旅途觀賞畫作而進入忘我境界時，曾敘述：「我忘了飢渴、
疲勞和寒冷，忘了人世間一切的愁煩！包圍我的只是純潔，無疵，和
和諧，圓滿，至美盡善的境界。我感到無比的安慰與滿足。」[219]遊記
透露作者捕捉凝結時間的永恆性，傳達沉浸於某個重要經驗的一種狀
態、藝術的忘我境界，呈顯旅行書寫的時間意義。

四　結語

　　藉由遊記分析旅人於異地如何觀看或批判，解讀這離與返之間的
視角，有助於理解作者的心路歷程。遊記多處以參照或比較的方式，
呈現批判理念的內涵。將旅人與旅遊事件置於時間與空間的脈絡，以
臺灣為旅外的出發點，呈現旅遊敘事的意義。1949至1960年《自由中
國》所載跨界遊記，饒富文學與歷史脈絡意義，流露時代危機、空間
轉移的個人情感結構，透顯作者對旅遊與記憶複雜互動的思索過程。
這些遊記的情節與現實或象徵式的場景，與自然及想像世界相呼應，
隱含旅人再現時間與空間的記憶。如今在全球化之下，時間與空間都
被壓縮，也使旅遊邁入新的態勢。重新檢視旅遊所具的空間移動特
性，探討旅遊敘事呈現作者與空間情境的關聯，並詮釋感官意象及描
寫主題的空間心境，將有助於深化旅遊書寫研究的意義。

　　遊記不只是旅行經驗的紀錄，而是具有作者的主觀見解和想像要
素。旅行經驗是實的、具體的，作者的見解和想像是虛的、抽象的遊

---

218 雷震：〈八高三年和中京景物（五續）〉，頁31。
219 孫多慈：〈西班牙之行〉，頁25-26。

記為介乎虛實之間，因旅行者的見聞、感觸、認知、反省和批評，藉著文學的形式加以表現的作品。分析《自由中國》所載遊記的題材，多蘊含自由理念及反共思想，如殷海光、陳之藩等人的遊記常聚焦於冷戰時反共的氛圍。曾寶蓀著重敘述戰後英國的景象，辛之魯以軍旅的身分觀察海外制度，雷震在追憶留日細節之餘，也常流露對當代社會的省思。遊記收錄許多休閒活動的親身體驗，並因參照比較而別具文化的意義。例如遊記中的物質文化特色展現於飲食日常性的差異上，如雷震在日本八高讀書時對飲食的體驗及比較，又批判日本鐵路敷設未能趕上工商業發展迅速的步調。易希陶觀察巴基斯坦等地，殷海光於遊記語重心長分析美國社會的多處缺失，批判重效率而輕思考等弊病。敘事在人物形象刻劃的應用方面，如於梨華及陳之藩皆在遊記中運用以小窺大的習慣性事件，反映愛因斯坦等時代人物的內在性格。在人文地景方面，美國康克特城保存人文故居與紀念物，於梨華與陳之藩的遊記，參與人文地景塑造的詮釋。劉生的〈南越北越行走〉敘述著重於越南分裂為兩個政權的歷程，以越南的歷史時間為主軸，穿插歷史人物及場景為例，與反共氛圍及當時的國際局勢相映照。遊記有助於讀者建構歷史想像，同時也藉由評價事件與現代人物，與現代社會進行脈絡式的對話。

透過旅遊見聞的分析，呈現旅人由於社會地位、學識背景等因素，觀察到不同都會的文化差異。從閱讀臺灣戰後的旅外見聞，得以感受其跨界意識，呈顯因文化差異而形成的時代氛圍。本節主要以兩大面向加以詮釋：從宣揚自由及反共的理念、對照日常文化的差異，探討觀察海外社會現象所造成的衝擊，故分析這些遊記所蘊含的理念、省思，以及物質、社群、表達文化的內涵。再從人物形象、空間心境與敘事的時間性，分析遊記的書寫策略。遊記藉由直接、間接及比照等方式刻劃人物形象，例如人物形象是透過行為、言語、外表及

環境等間接的方式呈現。空間心境方面則投射於外在及內在空間，自然與人文地景，以及形狀、顏色、大小等視覺，或聽覺及觸覺等空間感。至於文本的時間為演述事件、場景所占的篇幅，如運用加速與減速的策略，呈現速度的變化或暗指事件的重心。看似平凡的遊記，實則隱含作者如何運用敘事技法，傳達特定時期至海外的所思所感。因遊記表現形式與內容所欲傳達的理念相關聯，與期望藉由遊記分析所透露的冷戰主題及論述，再現人物及時空記憶，以釐析此雜誌所載跨界遊記的敘事策略。

表4-3 《自由中國》遊記篇目一覽表

作者	篇名	日期	卷次	頁碼
陳定一	柏林通訊‧12月2日‧一個柏林，兩個世界！	1951年2月1日	4：3	19、10
曾英奇	紐約通訊‧5月20日‧哀王孫——遊歐觀感之一	1951年6月1日	4：11	21-22
曾英奇	紐約通訊‧6月1日‧西歐的防線——遊歐觀感之二	1951年6月16日	4：12	18-20
曾英奇	紐約通訊‧6月15日‧與劫後王孫話將來——遊歐觀感之三	1951年7月1日	5：1	19-20
曾寶蓀	英遊雜感	1952年10月1日	7：7	24-25
孫宏偉	北行途中話澳洲	1953年10月1日	9：7	21-22、31
孫多慈	西班牙之行	1954年5月1日	10：9	25-26
郭嗣汾	山中書簡	1954年9月1日	11：5	24-25
公孫嬿	嗩吶（臺北觀音山左近）	1954年10月1日	11：7	23-24
陳之藩	旅美小簡之一‧月是故鄉明	1955年3月1日	12：5	22
陳之藩	旅美小簡之二‧哲人的微笑	1955年3月16日	12：6	28
陳之藩	旅美小簡之三‧出國與出家	1955年4月1日	12：7	22
殷海光	西行漫記	1955年4月16日	12：8	15-20
陳之藩	旅美小簡之四‧童子操刀	1955年4月16日	12：8	30
陳之藩	旅美小簡之五‧並不是悲觀	1955年5月1日	12：9	21
盛孝玲	耶路撒冷遊記	1955年5月16日	12：10	20-22

作者	篇名	日期	卷次	頁碼
陳之藩	旅美小簡之六・智慧的火花	1955年5月16日	12：10	28
陳之藩	旅美小簡之七・到什麼地方去？	1955年6月1日	12：11	26
陳之藩	旅美小簡之八・成功的哲學	1955年6月16日	12：12	22
陳之藩	旅美小簡之九・失根的蘭花	1955年7月1日	13：1	27
陳之藩	旅美小簡之十・愛因斯坦的苦悶	1955年7月16日	13：2	29
劉生	南越北越行走	1955年8月1日	13：3	15-20
陳之藩	旅美小簡之十一・哲學家皇帝	1955年8月1日	13：3	24
陳之藩	旅美小簡之十二・鐘聲的召喚	1955年8月16日	13：4	23
陳之藩	旅美小簡之十三・祖宗的遺產	1955年9月1日	13：5	29
陳之藩	旅美小簡之十四・釣勝於魚	1955年10月16日	13：8	28
陳之藩	旅美小簡十五・山水與人物	1955年11月1日	13：9	28
陳之藩	旅美小簡十六・覓回自己	1955年11月16日	13：10	33
陳之藩	旅美小簡十七・泥土的芬芳	1956年1月16日	14：2	30
陳之藩	旅美小簡十八・印字小工二百五十年誕祭	1956年3月1日	14：2	26
陳之藩	旅美小簡十九・智者的旅棧	1956年10月16日	15：8	23
陳之藩	旅美小簡二十・惆悵的夕陽	1956年12月16日	15：12	28
陳之藩	旅美小簡二十一・哈德遜劇院	1957年1月16日	16：2	27
陳之藩	旅美小簡二十二・河邊的故事	1957年2月1日	16：3	24
於梨華	海外寄語之一・胃氣和爭氣	1957年7月1日	17：1	26
於梨華	海外寄語之二・烏托邦在何處？	1957年7月16日	17：2	28

作者	篇名	日期	卷次	頁碼
於梨華	海外寄語之三・白色小屋的主人	1957年8月1日	17：3	25
於梨華	海外寄語之四・一年的成績	1957年8月16日	17：4	29
於梨華	海外寄語之五・尼加拉瀑布	1957年9月1日	17：5	29
於梨華	海外寄語之六・訪康克特	1957年9月16日	17：6	29
易希陶	巴印紀遊	1957年10月1日	17：7	22-24
陳之藩	寂寞的畫廊	1957年11月1日	17：9	26-27
易希陶	我的最後航程──續本誌第十七卷七期「巴印紀遊」	1957年12月1日	17：11	28-30
辛之魯	太平洋上	1957年12月16日	17：12	21-23
易希陶	南德風光	1958年4月16日	18：8	17-21
雷震	八高三年和中京景物	1959年3月1日	20：5	22-27、30
雷震	八高三年和中京景物（二續）	1959年3月16日	20：6	25-27
雷震	八高三年和中京景物（三續）	1959年4月1日	20：7	28-29
雷震	八高三年和中京景物（四續）	1959年4月16日	20：8	27-29
雷震	八高三年和中京景物（五續）	1959年5月1日	20：9	30-31
雷震	八高三年和中京景物（六續）	1959年5月16日	20：10	27-28
雷震	八高三年和中京景物（七續）	1959年6月1日	20：11	30-31
雷震	八高三年和中京景物（八續）	1959年6月16日	20：12	28-30
叢甦	西雅圖的秋天	1959年12月1日	21：11	29
叢甦	蝸居和漂鳥	1960年5月16日	22：10	25-26

──〈再現風景：歌仔冊的臺灣文化記憶〉收錄於《臺灣文學研究學報》第22期（2016年4月），頁49-77。

──〈歷史創傷與行旅記憶：吳濁流的戰亂敘事〉收錄於《臺灣文獻》第65卷第2期（2014年6月），頁251-294。

──〈《自由中國》所載臺灣跨界遊記的敘事策略〉收錄於《臺灣史學雜誌》第20期，2016年6月，頁116-152。

第五章
結論

　　移動的經驗使人與外在世界互動的關係有所轉變，因人一離開原有的生存環境，人與環境之間便會產生異質性，而發展出與以往不同的生活模式。作者藉由再現的表現手法，聯繫實存的地景及地景的意義。另從文本中檢視帝國及殖民論述，多見有些文化受到遮蔽，或受到他者的話語所影響，或以他者的方式記錄。地景意義的產生是由於眾人的觀看所累積而成，研究移動意象即是探討歷來空間或地方想像的形成過程；閱讀作者回歸後的論述，更能理解連結其移動經驗與理念的實踐。

　　本書藉由資料庫蒐集歷時性的旅遊書寫並分類歸納，且參照田野資料，以深化臺灣文人旅遊與文化主題的研究。隨著資訊技術的日益精進，資料庫的檢索功能與附加檢視工具，能呈現多種資料的相關理路，如各式圖表、檢索結果呈現模式、檔案關係圖等。不但有助於蒐集外緣背景的檔案文獻，將龐雜的資料歸類，更可提供多元的研究切入角度。此外，不同的資料庫間因收錄文獻史料以及建置者觀念取向的差異，而造成資料庫功能上的差別，並影響使用者應用資料庫的方式。故以臺灣旅遊文學史的角度為例，從使用者的需求分析多重應用的面向，並作為未來相關資料庫建置的參考。

　　後分類的資料庫如臺灣歷史數位圖書館（THDL），詳列檔案的年代、出處、詞頻，有助於快速得知資料的時間順序，並系統性歸類資料來源。如以當時用語查詢 THDL「明清檔案」中的「番＋婦」檢索結果，文獻數量高峰為1787年林爽文事件發生期間，多為原住民女性

金娘作為女軍師被押解至京城過程的奏摺，顯示原住民女性參與事件的情況。從大量清治初期采風詩文看來，不僅記錄作者的移動經驗，亦透露對異文化與陌生事物的想像。宦遊文人生產文本的過程，也同時形塑帝國的文化權力，透過某種文化區分將異己壓抑或邊緣化。運用此資料庫歸納原住民風俗差異及移風易俗等主題，有助於拓展清治時期文化視域研究的面向。

又透過 THDL「明清檔案」檢索「巡臺御史」的詞頻分布圖，得出三次高峰期。對照史料分析，得知因1731年發生「大甲西社抗清事件」，為清治時期最大宗的平埔族抗清事件，故最高峰1732（雍正十）年眾多向皇帝回報事件後續的奏摺。第二高峰1725（雍正三）年則是因滿漢巡臺御史之間發生嫌隙，不少意見相左而上書的奏摺。第三高峰1747（乾隆十二）年為御史與撫臣意見不合，後引發清廷內部關切，並重新檢視巡臺御史的制度。高峰期多為官方關注的歷史事件，也是奏摺與巡臺御史所擔負功能的關聯性。從文化脈絡來看，巡臺御史的文化想像透過論述修辭，多成為帝國藉以遠端遙控的媒介。透過資料庫中詩文、奏摺與檔案，不僅呈現巡臺御史個人觀點與視角，亦藉由文本間的交互對照及詮釋，積累移動經驗與文學、文化關聯的主題研究學術成果。

遊記有助於理解作者的現代性體驗，如杜聰明藉由跨界的醫學觀摩之旅，增加個人的文化資本，也期盼提升臺灣醫學整體發展為目的。遊記再現歐美醫學現代性，且隱含醫學與帝國的關聯。杜聰明返回臺北帝國大學任教後又訂出三大研究方向：中藥、鴉片及蛇毒，這三個題材都具濃厚的本土色彩。杜聰明是以醫學的研究者觀摩各國醫學的制度、組織及設備等，並且經多方比較後，反思如何改善臺灣醫學環境。他眼見日本一味學習德國，致使殖民地臺灣無法見到醫學發展的多樣性。文本所載與歐美頂尖研究者對話，或與跨領域學者討

論，呈現他專業的態度分析醫院及學校制度的成果。這些人物形象、訪察事件和醫學教育環境的敘事策略，是以歷史文化、社會情境為導向。透露杜聰明與典範人物的共鳴及醫學關懷等面向，試圖展現文學與社會情境的互動。

現代性經驗亦展現於日治時期訪美見聞，此類文本為形構美國知識的來源之一。如顏國年因實業家的身分，工業為主的考察之旅；杜聰明以醫學研究者觀摩醫學研究。黃朝琴及林獻堂的旅遊則觀摩歷史、文化及國民特性。這些臺灣知識菁英所關注的紐約地景，多與都會的經濟發展、社會活動有所關聯。又參訪華盛頓故居、會議所及紀念塔，或是林肯紀念堂等。至於費城則再現保存制定美國憲法相關古蹟地景，並蘊含傳達美國自由理念。他們記錄可見的地景意象，並於遊記中詮釋地景的意義，且分析有關組織、制度等都市內在的深層文化。這些日治時期旅美書寫多呈現專業人士因移動經驗，激發思考個人及臺灣未來的方向，更影響其世界觀及日後的社會實踐。

日治時期知識份子多具曾至日本的經驗，於回歸後的論述中多涉及現代性議題。一些文人社群面對強勢的殖民同化政策時，經由觀摩社群間的論述，傳播啟蒙議題的影響力。他們除了著重提振道德等面向之外，亦在社會改革議題以及批判殖民者執政措施等方面，呈現知識份子對現代性的見解。臺灣文化協會會員曾於公共媒體發表的人權、自治與教育的理念，即是因殖民處境及新舊思潮的衝擊，而開拓以古典散文論述現代性主題的新面向。

臺灣的自然與人文風景具多樣性，詮釋歌仔冊中的風景，具有召喚臺灣文化記憶的功能。歌仔冊以主動挑選、重組、編排並賦予意義的文化符碼，組成一套有秩序、可理解的臺灣文化敘事。遊臺題材文本所提及的地名，呈現由日治到戰後鐵道發展的實體空間。至於藉由觀看風景的歷史視角，以感嘆清王朝衰頹的命運，對比讚賞日本殖民

現代化的建設；或是臺灣清治時期發展受到限制的託寓、戰後的反共氛圍等歷史脈絡。這些符碼有其歷史脈絡和記憶過程，透過歌仔冊的再現，隱含作者對於族群的想像。歌仔冊為表達臺灣文化的媒介，因對於人、事、物的不同理解，而隱含形塑文化的動態過程。

創傷的形成並不在於事件本身，而是在於之後受創主體對其回憶與詮釋。吳濁流藉由戰亂創傷的文學作品，以同理心書寫被壓抑的意識、戰爭的荒謬性與親歷戰爭遺跡現場的觸動。臺灣初被納入日本帝國版圖時民眾反抗、軍事動員下臺灣物資匱乏的情景與戰地遺跡的目擊，都使他對戰爭產生難以釋懷的傷痛。因此其文學作品多隱含戰爭的慘烈意象，並抒發批判與省思。在旅外漢詩中，提及原爆創傷及對世界各地戰亂的深沉感受，又以旅人身分運用聯想，理解歷史遺跡及紀念物的文化內涵。他不僅著重於記錄歷史創傷及地景的脈絡意義，並透露喚起大眾珍惜自由和平的普世價值。

戒嚴時期雜誌所載跨界遊記，蘊含特殊時空的敘事與脈絡意義，流露作者對旅遊與記憶複雜互動的思索過程。分析《自由中國》所載遊記的題材，多蘊含自由理念及反共思想，並呈現對當代社會的省思。遊記有助於讀者建構歷史想像，同時也藉由評價事件與現代各領域的人物，與現代社會進行脈絡式的對話。看似平凡的遊記，實則隱含作者如何運用敘事技法，傳達戒嚴時期至海外的所思所感。從閱讀臺灣戰後雷震、殷海光等人的旅外見聞，得以感受其跨界意識，隱含因文化差異而形成關於自由等議題的時代批判智慧。

旅遊文學的研究日益受到重視，已積累可觀的學術成果；若能應用於日常生活中，有助於文化的傳承與創新。關於臺灣風景的敘事，若善加運用於教學，不但能培養學生的地方感或認同，亦能發揮親近在地文化的教育意義；再與文化導覽相結合，當具拓展深度旅遊的功能。如歌仔冊中敘事者帶領讀者走覽臺灣各地的風土民情，再現自然

與人文風景，因而豐富了讀者的想像。這些來自民間鄉土氣息的語
料，為具敘事特性的文本，蘊含時空符碼及文化意涵，實為臺灣珍貴
的文化資產。

　　從文學所著重「意象」、「象徵」的特性，或寫實的表現手法，到
被統治經驗的共性與殊性，常與近現代文化密切相關。舉例而言，在
清帝國統治的邊陲，常產生高壓、強制、不平等、衝突、流離等現
象，且其區域間的差異非屬同質。臺灣清治時期官員與文人的移動
中，產生族群位階關係，仍有諸多相關議題值得開拓移動牽涉文化差
異觀察及論述，藉由刊物的登載而得以傳播至知識階層。如此因移動
經驗所產生的文本，內容與表現形式皆透露不同文化脈絡下的論述位
置及視域。若能藉由閱讀遊記，使讀者反芻地景的文化意義，審思作
者觀看的視域，則能深化歷史感與國際觀。旅外文學於是成為活化的
文化傳播，原初從對空間的想像，對照文本與親臨現場，亦引發個人
再建構文化記憶與批判的動因。臺灣的歷史特殊性與文化的構成密切
相關，在文化領受上比較雜揉，所以宜培養臺灣各階層與族群之間的
共通情感。期望本書藉由詮釋臺灣近現代移動意象與論述的文本，探
討再現文化的主題，以發揚臺灣文學與文化的淑世意義。

參考文獻

一　古籍、史料與文本

黃叔璥

1957　《臺海使槎錄》，臺灣文獻叢刊第4種，臺北市：臺灣銀行經濟研
　　　究室。

夏之芳

1751　《漢名臣言行錄》，乾隆十六年刊本。

1757　《奏疏稿略》，清乾隆廿二年刊本。

2004　《臺陽紀遊百韻》，收錄於陳支平主編：《臺灣文獻匯刊》，第4輯
　　　第18冊，北京市：九州出版社。

六十七

1961　《使署閒情》，臺灣文獻叢刊第122種，臺北市：臺灣銀行經濟研
　　　究室。

范咸主編

1961　《重修臺灣府志》，臺灣文獻叢刊第105種，臺北市：臺灣銀行
　　　經濟研究室。

王必昌主編

1961　《重修臺灣縣志》，臺灣文獻叢刊第113種，臺北市：臺灣銀行經
　　　濟研究室。

王瑛曾、余文儀主編

1983　《臺灣省重修鳳山縣志》，臺北市：成文出版社。

王瑛曾主編

1983 《重修鳳山縣志》，臺北市：成文出版社。

余文儀

1962 《續修臺灣府志》，臺灣文獻叢刊第130種，臺北市：臺灣銀行經
　　　濟研究室。

周璽主編

1936 《彰化縣志》，臺北市：臺灣大通書局。

董天工

1961 《臺海見聞錄》，臺灣文獻叢刊第129種，臺北市：臺灣銀行經濟
　　　研究室。

臺灣銀行經濟研究室編輯

1994 《臺灣中部碑文集成》，南投市：國史館臺灣文獻館。

蔣師轍、薛紹元

1895 《臺灣通志》，臺南市：國立臺灣歷史博物館。

阮元編

1966 《淮海英靈集》，臺北市：臺灣商務印書館。

中央研究院歷史語言研究所編

1953 《明清史料・戊編》，臺北市：中央研究院歷史語言研究所。

中國第一歷史檔案館編

1983 《康熙統一臺灣檔案史料選輯》，福州市：福建人民出版社。

1989 《雍正朝漢文硃批奏摺彙編》，上海市：江蘇古籍出版社。

1991 《乾隆朝上諭檔》，北京市：檔案社出版。

國立故宮博物院編

1977 《宮中檔雍正朝奏摺》，臺北市：國立故宮博物院。

1982 《宮中檔乾隆朝奏摺》，臺北市：國立故宮博物院。

王金文

1927 《最新週遊歌》，臺北市：黃塗活版所。

伊能嘉矩

1965 《臺灣文化誌》，東京：刀江書院。

杜聰明

1941 《臺灣歐美同學會名簿》，臺北市：臺灣歐美同學會。

1989 《杜聰明回憶錄》，臺北市：龍文出版社。

2011 《杜聰明言論集1》再版，臺北市：杜聰明博士獎學基金管理委
　　　員會。

　　　《杜聰明言論集5》再版，臺北市：杜聰明博士獎學基金管理委
　　　員會。

　　　《中西醫學史略》，臺北市：杜聰明博士獎學基金管理委員會

杜聰明著，杜淑純編

2008 《杜聰明（墨寶漢詩）紀念輯》，臺北市：杜聰明博士獎學基金
　　　管理委員會。2012《杜聰明博士世界旅遊記》，臺北市：杜聰明
　　　博士獎學基金管理委員會。

杜聰明著，章詩賓譯

1959 《中西醫學史略》，高雄市：高雄醫學院。

林獻堂

1956 《環球遊記》，臺中市：林獻堂先生紀念集編纂委員會。

許金波

1934 《臺灣故事風俗歌》，臺中市：瑞成書局。

許應元

1936 《對答相褒歌》，嘉義市：捷發漢書部。

陳清波編

　　　《臺灣舊風景新歌》，臺北市。出版社不詳

麥國安

1934 《嘉義行進相褒歌上集》，嘉義市：和源活版所。

　　　《臺灣行進相褒歌中集》，嘉義市：玉珍漢書部。

黃塗活版所

1925 《嘉義歌》，臺北市：黃塗活版所。

廈門會文堂

1920 《嘉義地理歌》，廈門市：廈門會文堂。

臺灣新民報社編

1934 《臺灣人士鑑》，臺北市：臺灣新民報社。

蔣渭水著，王曉波編

2005 《蔣渭水全集》增訂二版下冊，臺北市：海峽學術出版社。

賴和

2000 《賴和全集・新詩散文卷》，臺北市：前衛出版社。

臺灣總督府

1945 《臺灣統治概要》，臺北市：臺灣總督府。

顏國年

1926 《最近歐美旅行記》，基隆市：顏國年自印。

臺灣教育會

1939 《臺灣教育沿革誌》，臺北市：臺灣教育會。

臺灣總督府警務局編

1995 《臺灣總督府警察沿革誌》第二編——領臺以後の治安狀況（中
　　　卷），臺北市：南天書局複刻本。

吳濁流

1971 《晚香》，臺北市：臺灣文藝雜誌社。

1973 《東南亞漫遊記》，臺北市：臺灣文藝社。

1977 《南京雜感》，臺北市：遠行社出版。

1977 《功狗》，臺北市：遠行出版社。

1991 《吳濁流集》，臺北市：前衛出版社。

1995 《無花果》，臺北市：草根。

1995 《亞細亞的孤兒》，臺北市：草根。

1995 《臺灣連翹》，臺北市：草根。

2006 《濁流千草集》，臺北市：龍文出版社。

雷震

1989 《雷震全集》，臺北市：桂冠。

シンガポール市政會

1987 《昭南特別市史》，東京：日本シンガポール協會。

二　報紙與雜誌

周石輝等人編

1930-1944《詩報》第1號~第309號。

臺灣語通信研究會

1908-1941《語苑》第一卷~第34卷。

木下新三郎主編

1898-1944《臺灣日日新報》，臺北市：臺灣日日新報社。

臺灣民報社

1973 《臺灣民報》，臺北市：東方書局複刊。

臺灣青年雜誌社

1973 《臺灣青年》，臺北市：東方書局複刊。

臺灣雜誌社

1973 《臺灣》，臺北市：東方書局複刊。

臺灣民報社

1923-1930《臺灣民報》臺北市：臺灣民報社。

雷震、殷海光主編

1949-1960《自由中國》，臺北市：自由中國雜誌社。

又吉盛清

1996 《臺灣教育會雜誌別卷》，那霸：沖繩社ひるぎ。

三　現代學者專書

丁重宇

2004 《二次大戰十大著名戰役》，臺北市：靈活文化。

尹全海

2007 《清代渡海巡臺制度研究》，北京市：九州出版社。

王世慶

1994 《清代臺灣社會經濟》，臺北市：聯經出版公司。

王泰升

1999 《臺灣日治時期的法律改革》，臺北市：聯經出版公司。

王璦玲主編

2009 《空間與文化場域：空間移動之文化詮釋》，臺北市：漢學研究
　　 中心。

朱真一

2007 《從醫界看早期臺灣與歐美的交流》，臺北市：望春風。

吳治平

2008 《空間理論與文學的再現》，蘭州市：甘肅人民出版社。

呂紹理

2005 《展示臺灣：權力、空間與殖民統治的形象表述》，臺北市：麥
　　 田出版社。

呂新昌

2006 《吳濁流及其漢詩研究》，臺北市：前衛出版社。

李亦園

1999 《田野圖象》，臺北市：立緒文化公司。

2002 《臺灣土著民族的社會與文化》，臺北市：聯經出版公司。

李有成

2006 《在理論的年代》，臺北市：允晨文化公司。

李怡善

1969 《李洪九先生詩碑紀念冊》，臺北市：新民印刷廠。

李春清

2005 《詩與意識形態》，北京市：北京大學出版社。

杜正勝

1998 《番社采風圖題解──以臺灣歷史初期平埔族之社會文化為中心》，臺北市：中央研究院歷史語言研究所。

杜建坊

2009 《歌仔冊起鼓──語言、文學與文化》，臺北市：南天出版社。

杜國清

1993 《詩情與詩論》，廣州：花城出版社。

周婉窈

1989 《日治時代臺灣議會設置請願運動》，臺北市：自立報系文化出版部。

2003 《海行兮的年代：日本殖民統治末期臺灣史論集》，臺北市：允晨文化公司。

2009 《面向過去而生──芬陀利室散文集》，臺北市：允晨文化公司。

東海大學中文系編

2000 《旅遊文學論文集》，臺北市：文津出版社。

林柏維

1993 《臺灣文化協會滄桑》，臺北市：臺原出版社。

林淑慧

2004 《臺灣文化采風：黃叔璥及其《臺海使槎錄》研究》，臺北市：萬卷樓圖書公司。

2007 《臺灣清治時期散文的文化軌跡》，臺北市：國立編譯館、臺灣學生書局。

2009 《禮俗·記憶與啟蒙——臺灣文獻的文化論述及數位典藏》，臺北市：臺灣學生書局。

2016 《旅人心境：臺灣日治時期漢文旅遊書寫》，臺北市：萬卷樓圖書公司，再版。

林鎮山

2006 《離散·家國·敘述：當代臺灣小說論述》，臺北市：前衛出版社。

2011 《原鄉·女性·現代性》，臺北市：前衛出版社。

林繼文

1996 《日本據臺末期（1930-1945）戰爭動員體系之研究》，臺北市：稻鄉出版社。

施正峰

1998 《族群與民族主義——集體認同的政治分析》，臺北市：前衛出版社。

洪致文

2001 《珍藏世紀臺灣鐵道·幹線鐵路篇》，臺北市：時報文化出版公司。

2001 《珍藏世紀臺灣鐵道·地方鐵道篇》，臺北市：時報文化出版公司。

洪鎌德

1999 《人文思想與現代社會》，臺北市：揚智文化公司。

胡錦媛

2004 《臺灣當代旅行文選》，臺北市：二魚文化公司。

范銘如

2008 《文學地理：臺灣小說的空間閱讀》，臺北市：麥田出版社。

范燕秋

2005 《疫病、醫學與殖民現代性：日治臺灣醫學史》，臺北市：稻鄉
　　　出版社。

殷海光

2013 《雜憶與隨筆》，臺北市：臺大出版中心。

翁聖峰

2007 《日據時期臺灣新舊文學論爭新探》，臺北市：五南圖書出版公
　　　司。

袁行雲

1994 《清人詩集敘錄》，北京市：文化藝術出版社。

高莉芬

2008 《漢代歌詩人類學》，臺北市：里仁書局。

高莉芬

2008 《漢代歌詩人類學》，臺北市：里仁書局。

康培德

1999 《殖民接觸與帝國邊陲——花蓮地區原住民十七至十九世紀的歷
　　　史變遷》，臺北市：稻鄉出版社。

張炎憲、曾秋美、陳朝海編

2003 《20世紀臺灣新文化運動與國家建構論文集》，臺北市：吳三連
　　　臺灣史料基金會。

張炎憲等編
1987 《臺灣近代名人誌》第四冊，臺北市：自立晚報社。
張譽騰
2003 《博物館大勢觀察》，臺北市：五觀出版社。
許功名主編
2001 《馬偕博士收藏臺灣原住民文物》，臺北市：順益臺灣原住民博
　　　物館。
許佩賢
2005 《殖民地臺灣的近代學校》，臺北市：遠流出版公司。
許雪姬
1987 《清代臺灣的綠營》，臺北市：中研院近代史研究所。
逄增玉
2001 《現代性與中國現代文學》，長春市：東北師範大學出版社。
陳支平主編
2004 《臺灣文獻匯刊》，北京市：九州出版社。
陳文德著，陳文德、黃應貴主編
2002 《「社群」研究的省思》，臺北市：中央研究院民族學研究所。
陳重仁
2013 《文學、帝國與醫學想像》，臺北市：書林出版公司。
陳培豐
2006 《同化的同床異夢：日治時期臺灣的語言政策、近代化與認
　　　同》，臺北市：城邦文化公司。
陳植鍔
1990 《詩歌意象論》，北京市：中國社會科學出版社。
陳慈玉
1999 《臺灣礦業史上的第一家族：基隆顏家研究》，基隆市：基隆市
　　　立文化中心。

麥天樞，王先明合著

1996 《中英鴉片戰爭：帝國之昨天》，臺北市：風雲時代出版公司。

單德興

2008 《越界與創新──亞美文學與文化研究》，臺北市：允晨文化公司。

曾永義

2003 《俗文學概論》，臺北市：三民書局。

曾寶蓀

1989 《曾寶蓀回憶錄》，臺北市：龍文出版社。

鈕先鐘

2003 《第二次世界大戰的回顧與省思》，桂林市：廣西師範大學出版社。

項潔編

2011 《數位人文在歷史學研究的應用》，臺北市：臺大出版中心。

黃昭堂著，黃英哲譯

2004 《臺灣總督府》，臺北市：前衛出版社。

楊正寬

2007 《明清時期臺灣旅遊文學與文獻研究》，臺北市：國立編譯館。

楊玉齡、羅時成

1996 《臺灣蛇毒傳奇：臺灣科學史上輝煌的一頁》，臺北市：遠見天下文化出版公司。

楊玉齡

2002 《一代醫人杜聰明》，臺北市：遠見天下文化出版公司。

楊翠

1993 《日據時期臺灣婦女解放運動以臺灣民報為分析場域（1920~1932)》，臺北市：時報文化出版公司。

楊麗祝、鄭麗玲

2009 《臺北工業生的回憶》，臺北市：國立臺北科技大學。

葉高樹

2002 《清朝前期的文化政策》，臺北市：稻鄉出版社。

葉智魁

2006 《休閒研究──休閒觀與休閒專論》，臺北市：品度公司。

廖炳惠

1994 《回顧現代：後現代與後殖民論文集》，臺北市：麥田出版社。

2001 《另類現代情》，臺北市：允晨文化公司。

2006 《臺灣與世界文學的匯流》，臺北市：聯合文學出版社。

廖振富

2007 《臺灣古典文學的時代刻痕：從晚清到二二八》，臺北市：國立
　　　編譯館。

劉明修著，李明峻譯

2008 《臺灣統治與鴉片問題》，臺北市：前衛出版社。

劉澤民、林文龍編

2011 《百年風華：臺灣五大家族特展》，南投縣：臺灣文獻館。

蔡培火等著

1971 《臺灣民族運動史》，臺北市：自立晚報社。

鄭志敏

2005 《杜聰明與臺灣醫療史之研究》，臺北市：國立中國醫藥研究所
　　　出版。

鄭政誠

2005 《認識他者的天空：日治時期臺灣原住民的觀光行旅》，臺北
　　　市：博揚文化公司。

顏娟英

2001 《風景心境——臺灣近代美術文獻導讀》上、下冊，臺北市：雄
　　　獅圖書公司。

荊子馨著，鄭力軒譯

2006 《成為「日本人」：殖民地臺灣與認同政治》，臺北市：麥田出版
　　　社。

Alfred Hettner 著，王蘭生譯

1997 《地理學：它的歷史、性質與方法》，臺北市：臺灣商務印書館。

B.W. 里切、P. 伯恩斯、C. 帕爾默主編

2008 《旅遊研究方法》，天津市：南開大學出版社。

C. Wright Mills 著，張君玫、劉鈐佑譯

1995 《社會學的想像》，臺北市：巨流圖書公司。

Detlef Bald 著；蔣仁祥，王宏道譯

2000 《核子威脅：1945年8月6日，廣島》，臺北市：麥田出版社。

Dülffer, Jost 著，朱章才譯

2000 《二次大戰與兩極世界的形成》，臺北市：麥田出版社。

Duncan Anderson，Lloyd Clark，Stephen Walsh 合著；趙宇清，孫玉澄
　　　譯

2004 《東線戰場》，臺北市：知書房。

Edward W. Said 著，蔡源林譯

2000 《文化與帝國主義》，臺北市：立緒文化公司。

E.P.Tsurumi 著，林正芳譯

1999 《日治時期臺灣教育史》，宜蘭：仰山文教基金會。

Ernst Cassirer 著，李日章譯

1984 《啟蒙運動的哲學》，臺北市：聯經出版公司。

Ernst, Cassirer 著，甘陽譯

1997 《人論》，臺北市：桂冠圖書公司。

Frances A. Yates 著，薛絢譯

2007 《記憶之術》，臺北市：大塊文化出版公司。

Frances A. Yates 著，薛絢譯

2007 《記憶之術》，臺北市：大塊文化出版公司。

G.L. Mackay 著，林晚生譯

2007 《福爾摩沙記事》，臺北市：前衛出版社。

G.L. Mackay 著，陳宏文譯

1972 《馬偕博士略傳‧日記》，臺南市：教會公報社。

張京媛編

1993 《新歷史主義與文學批評》，北京市：北京大學出版社。

Immanuel Kant 著，李明輝譯注

2002 《康德歷史哲學論文集》，臺北市：聯經出版公司。

J.G. Frage 著，汪培基譯

1991 《金枝：巫術與宗教之研究》，臺北市：桂冠圖書公司。

Jurgen Habermas 著，曹衛東等譯

2002 《公共領域的結構轉型》，臺北市：聯經出版公司。

Michael Hardt、Antonio Negri 著，韋本、李尚遠譯

2002 《帝國》，臺北市：商周文化出版公司。

Michael Ryan 著，趙炎秋譯

2006 《文學作品的多重解讀》，北京市：北京大學出版社。

Nancy Bernkopf Tucker

1995 《不確定的友情》，臺北市：新新聞社。

Norman Hampson 著，李豐斌譯

1984 《啟蒙運動》，臺北市：聯經出版公司。

Sontag, S.著，陳耀成譯

2004 《旁觀他人之痛苦》，臺北市：麥田出版社。

Tim Cresswell 著，王志弘、徐苔玲譯

2006 《地方：記憶、想像與認同》，臺北市：群學出版社。

Zygmunt Bauman 著，郭國良、徐建華譯

2001 《全球化──人類的後果》，北京市：商務印書館。

山口拓史

2007 《第八高等学校──新制名古屋大学の包括学校①》，名古屋：名古屋大學文書資料室。

日本植民地教育史研究會編

2005 《植民地教育体験の記憶》，東京：皓星社。

石原道博

1967 《國姓爺》，日本：吉川弘文館。

海後宗臣

1936 《日本近代學校史》，東京：成美堂書店。

Alexandros Ph Lagopoulos Eds

1986 *The City and the Sign: An Introduction to Urban Semiotics*, New York: Columbia UP.

Benedict Anderson

1991 *Imagined Communities: Reflections on the Origin and Spread of Nationalism.* New York: Verso.

Bourdieu Pierre

1993 *The Field of Cultural Production,* Columbia University Press.

Caruth, Cathy

1996 *Unclaimed Experience: Trauma, Narrative, and History.* Baltimore: The Johns Hopkins University Press.

Cathy Caruth

1996 *Unclaimed Experience: Trauma, Narrative, and History,* Baltimore and London: Johns Hopkins.

Dominick LaCapra

2001 *Writing History, Writing Trauma*, Baltimore and London: Johns Hopkins.

Douglas C. D. Pocock Ed

1980 *Humanistic geography and literature: Essays on the experience of place*, London: Croom Helm.

Frances A.Yate

1974 *The Art of Memory*. Chicago: The University of Chicago.

Friedman, Susan Stanford

1998 *Mappings: Feminism and the Cultural Geographies of Encounter*, Princeton: Princeton University Press.

Gaye Tuchman

1978 *Making news: A study in the construction of reality*. New York: Free Press.

Henri Lefebvre, Donald Nicholson-Smith trans

1991 *The Production of Space*. Oxford: Blackwell.

Jackson, John Brinckerhoff

1984 *Discovering the Vernacular Landscape*, New Haven: Yale University Press.

James A. Millward

1998 *Beyond the Pass: Economy, Ethnicity, and Empire in Qing Central Asia,1759-1864*, Stanford: Stanford University Press.

James, Clifford

1992 "Traveling Cultures" in Lawrence Grossberg et al. eds. *Culture Studies*, London: Routledge Press.

LaCapra, Dominck

2001 *Writing History, Writing Trauma*. Baltimore: Johns Hopkins University Press.

Lewis P. Hinchman, Sandra Hinchman

1997 *Memory, Identity, Community: The Idea of Narrative in Human Sciences*, NewYork: State University of New York Press.

Marianna Torgovnick

1990 *Gone Primitive: Savage Intellects, Modern Lives*. Chicago: University of Chicago Press.

Mary L. Pratt

1992 *Imperial Eyes: Travel Writing and Transculturation*, New York: Routledge.

Michael ,W. Doyle

1986 *Empires*, Ithaca: Cornell University Press.

Michael Hanne, Eds.

1993 *Literature and Travel*, Amsterdam: Rodopi.

Michael J. Hogan

1996 *Hiroshima in history and memory*. New York: Cambridge University Press.

Mieke Bal

1992 *Narratology*, Toronto: University of Toronto Press.

Millward, James A

1998 *Beyond the Pass*: *Economy, Ethnicity, and Empire in Qing Central Asia, 1759-1864*. Stanford: Stanford University Press.

Perdue, P. C.

2005 *China Marches West*. Cambridge, Mass: Belknap Press of Harvard University Press.

David De-wei Wang and Ping-hui Liao

2006 *Taiwan under Japanese Colonial Rule 1895-1945: History, Culture, Memory*, New York: Columbia University Press.

Pocock, Douglas C.D.

1981 *Humanistic geography and literature: Essays on the experience of place,* London and Totowa: N.J Croom Helm Press.

Pratt, Mary Louise

1992 *Imperial Eyes: Travel Writing and Transculturation*, New York: Routledge.

Raymond Williams

1973 *The Country and the City*, New York: Oxford UP.

Seymour Chatman

1978 *Story and Discourse: Narrative Structure in Fiction and Film*, Ithaca and London: CornellUniversity Press.

Shlomith Rimmon-Kenan

2002 *Narrative Fiction: Contemporary Poetics*, London and New York: Routledge.

Teng, Emma Jinhua

2004 *Taiwan's Imagined Geography: Chinese Colonial Travel Writing and Pictures,1683-1895,* Massachusetts: Harvard University Press.

Tuchman, Gaye

1978 *Making News: A Study in the Construction of Reality*, New York: Free Press.

Waley Cohen, Joanna

2006 *The Culture of War in China: Empire and the Military under the Qing Dynasty*, London: I.B. Tauris Press.

Williams Raymond

1980 *Problems in Materialism and Culture*, London: Verso.

Young, J. E.

1993 *The Texture of Memory: Holocaust Memorials and Meaning*. New Haven; London: Yale University Press.

四 期刊論文

方孝謙

1999 〈什麼是再現？跨學門觀點初探〉,《新聞學研究》第60期,頁115-148。

王中江

2011 〈殷海光的終極關懷、文明反思與「人」的理念〉,《思與言》第49卷第1期,頁105-146。

王之相

2011 〈一位自由主義者的戰爭〉,《思與言》第49卷第1期,頁81-104。

王昭文

2003 〈殖民體制下的社會改革理想實踐——以日治時代的愛愛寮為例〉《輔仁歷史學報》第14期,頁197-235。

王淑芹

2006 〈威廉斯的文化思想詮釋〉,《山東大學學報》第3期,頁152-155。

王瑷玲

2004 〈記憶與敘事：清初劇作家之前朝意識與其易代感懷之戲劇轉化〉,《中國文哲研究集刊》第24期,頁39-103。

皮國立

2009 〈臺灣的中國醫療史之過往與傳承——從熱病史談新進路〉,《中國歷史學會史學集刊》第41期,頁71-126。

朱真一

2001 〈臺灣早期留學歐美的醫界人士（五）第一位官派到歐美的杜聰明博士（1）〉,《臺灣醫界》第44卷第12期,頁68-69。

2006 〈從醫界看早期臺灣與歐美的交流（五）鴉片問題國際化及早期歐美留學生（3）：杜聰明的研究與對事件的感想〉,《臺灣醫界》第49卷第12期,頁56-60。

朱迺欣

2008 〈杜聰明與早期民間戒烟運動和鴉片癮治療〉,《臺灣神經學學會神經學雜誌》第17卷第1期,頁66-73。

池永歆

2005 〈清初異己空間的書寫：《諸羅縣志》「番俗考」中的想像的地理〉,《人文研究期刊》第1期,頁159-174。

何卓恩

2011 〈自由與平等：《自由中國》時期殷海光、夏道平對政治與經濟關係的反思〉,《思與言》第49卷第2期,頁91-125。

余君偉

2005 〈都市意象、空間與現代性：試論浪漫時期至維多利亞前期幾位作家的倫敦遊記〉,《中外文學》第34卷第2期,頁11-30。

吳文星

2000 〈日治時期臺灣的教育與社會流動〉,《臺灣文獻》第51卷第2期,頁163-173。

吳佩珍

2007 〈日本自由民權運動與臺灣議會設置請願運動——以蔣渭水〈入

　　獄日記〉中《西鄉南洲傳》為中心〉,《臺灣文學學報》第11期,
　　頁109-132。

吳載長

2012　〈吳濁流家族發展史略〉,《新竹文獻》第51期,頁7-20

宋文薰、劉枝萬

1952　〈貓霧捒社番曲〉,《文獻專刊》第3卷第1期,頁1-20。

李力庸

1996　〈戰爭與糧食:太平洋戰爭前後臺灣的米穀統制(1939-1945)〉,
　　《兩岸發展史研究》第2期,頁103-137。

李子寧

1997　〈殖民主義與博物館──以日據時期臺灣總督府博物館為例〉,
　　《臺灣省立博物館年刊》第40期,頁241-273。

李永熾

1992　〈從啟蒙到啟蒙〉,《當代》第76期,頁50-63。

李有成

1992　〈裴克與非裔美國表現文化的考掘〉,《歐美研究》第22卷第1期,
　　頁75-93。

李君如、彭盛裕

2006　〈境外之鏡:自旅行文本中探索主體的心理投射〉,《人文社會學
　　報》第2期,頁91-113。

李祖基

2003　〈清代巡臺御史制度研究〉,《故宮博物院院刊》第2期,頁38-45。

李捷金

1980　〈臺灣早期的西醫〉,《臺灣醫界》第23卷第2期,頁27-30。

杜正宇

2012　〈真相與想像之間:論美國貝茜羅斯故居的歷史保存〉,《成大歷
　　史學報》第42期,頁1-53。

杜聰明

1970 〈第四次北美旅行之見聞〉，《臺灣科學》第24卷第3、4合併號，頁56-68。

周婉窈

1995 〈歷史的記憶與遺忘──「臺籍日本兵」之戰爭經驗的省思〉，《當代》第107期，頁34-49。

林文龍

1990 〈嘉慶君遊臺灣傳說雜考〉，《臺灣文獻》第41卷第2期，頁159-180。

林呈蓉

2009 〈太平洋戰爭時期臺灣的社會變革──以《新建設》記事為中心〉，《臺灣史料研究》第33期，頁61-85。

林玫君

2004 〈日治時期臺灣女學生的登山活動──以攀登「新高山」為例〉，《人文社會學報》第3期，頁199-224。

林淑慧

2007 〈資料庫於臺灣文學史教學與研究的應用〉，《國立臺北大學中文學報》第2期，頁209-244。

2015 〈醫學訪察的記憶：杜聰明歐美之旅的敘事策略〉，《臺灣文學研究學報》第21期，頁1-38。

林富士

2014 〈試論影響食品安全的文化因素：以嚼食檳榔為例〉，《Journal of Chinese Dietary Culture》第10卷第1期，頁43-104。

林開世

2003 〈風景的形成和文明的建立：十九世紀宜蘭的個案〉，《臺灣人類學刊》第1卷第2期，頁1-38。

河原功著，張文薰譯

2007 〈吳濁流《胡志明》研究〉，《臺灣文學學報》第10期，頁77-110。

邱家宜

2012 〈戰後初期臺灣報人群體的多重「感知結構」〉，《新聞學研究》
　　　第112期，頁117-158。

金鑠

1977 〈清代臺灣文官制度之研究〉，《成大歷史學報》第4期，頁1-40。

金觀濤、劉青峰

2011 〈隱藏在關鍵詞中的歷史世界〉，《東亞觀念史集刊》第1期，頁
　　　55-84。

施炳華

2008 〈談歌仔冊中「相褒歌」的名與實〉，《民俗曲藝》第160期，頁
　　　75-121。

施懿琳

2004 〈日治時期臺灣左翼知識份子與漢詩書寫——以王敏川為分析對
　　　象〉，《國文學誌》第8期，頁1-34。

胡萬川

2005 〈土地・命運・認同——京官來臺灣敗地理傳說之探討〉，《臺灣
　　　文學研究學報》第1期，頁1-22。

胡曉真

2006 〈旅行、獵奇與考古——《滇黔土司婚禮記》中的禮學世界〉，
　　　《中國文哲研究集刊》第29期，頁47-83。

范銘如

1999 〈臺灣新故鄉五十年代女性小說〉，《中外文學》第28卷第4期，
　　　頁106-125。

孫大川

2005 〈被迫讓渡的身體：高砂義勇隊所反映的意識構造〉，《當代》第
212期，頁92-101。

容世明

2012 〈臺灣總督府醫學校醫學生1903年的日本修學旅行〉，《臺灣醫
界》第55卷第11期，頁43-47。

2014 〈《長與又郎日記》的研究價值：臺灣醫療史與近代史的觀察〉，
《臺灣史研究》第21卷第1期，頁95-149。

馬智冲

2007 〈沉默的記憶：圖說硫磺島戰役遺跡〉，《國際展望》第2007年第
6期，頁82-83。

張小虹

2002 〈看，不見九二一：災難、創傷與視覺消費〉，《中外文學》第30
卷第8期，頁83-131。

張恆豪

2011 〈從高音獨唱到多元交響——吳濁流研究綜述〉，《文訊》第305
期，頁56-59。

張淑雅

1998 〈藍欽大使與一九五〇年代的美國對臺政策〉，《歐美研究》第28
卷第1期，頁193-262。

張惠珍

2007 〈紀實與虛構：吳濁流、鍾理和的中國之旅與原鄉認同〉，《臺北
大學中文學報》第3期，頁29-65

張隆志

2004 〈殖民現代性分析與臺灣近代史研究：本土史學史與方法論芻
議〉，收錄於《跨界的臺灣史研究——與東亞史的交錯》論文集，
臺北市：播種者文化，頁133-160。

莊玟琦、邱上嘉

2004 〈都市空間意象探討〉,《設計學報》第4期,頁116-127。

許宏彬

2004 〈誰的杜聰明?從科學家的自我書寫出發〉,《臺灣社會研究季刊》第54期,頁149-176。

2005 〈從阿片君子到矯正樣本:阿片吸食者、更生院與杜聰明〉,《科技、醫療與社會》第3期,頁113-174。

許俊雅

2006 〈記憶與認同——臺灣小說的二戰經驗書寫〉,《臺灣文學研究學報》第2期,頁59-93。

許雪姬

1978 〈首任巡臺御史黃叔璥研究——試論其生平、交友及著述〉,《臺北文獻直字》第44期,頁123-132。

1999 〈皇民奉公會的研究——以林獻堂的參與為例〉,《中央研究院近代史研究所集刊》第31期,頁167-211。

2007 〈是勤王還是叛國——「滿洲國」外交部總長謝介石的一生及其認同〉,《中央研究院近代史研究集刊》第57期,頁57-117。

2011 〈林獻堂《環球遊記》與顏國年《最近歐美旅行記》的比較〉,《臺灣文獻》第62卷第4期,頁161-219。

郭亭亞、王逸峰、謝秀雄

2012 〈臺灣觀光休閒領域之研究趨勢分析——以 TSSCI 期刊「觀光休閒學報」為例〉,《商業現代化學刊》第6卷第3期,頁49-66。

郭秋顯

2005 〈夏之芳「紀巡百韻」輯佚考錄——「全臺詩」指瑕考辨之一〉,《古今藝文》第31卷第2期,頁25-43。

陳玉美

1996 〈文化接觸與物質文化的變遷：以蘭嶼雅美族為例〉，《中央研究院歷史語言研究所集刊》第67本第2份，頁419-439。

陳佳利

2007 〈創傷、博物館與集體記憶之建構〉，《臺灣社會研究季刊》第66期，頁105-143。

陳培豐

2008 〈日治時期臺灣漢文脈的漂流與想像：帝國漢文、殖民地漢文、中國白話文、臺灣話文〉，《臺灣史研究》第15卷第4期，頁31-86。

陳淑惠，林耀盛，洪福建，曾旭民

2000 〈九二一震災受創者社會心理反應之分析——兼論「變」與「不變」間的心理社會文化意涵〉，《中大社會文化學報》第10期，頁35-60。

陳新

1999 〈論二十世紀西方歷史敘述研究的兩個階段〉，《思與言》第37卷第1期，頁1-25。

陳翠蓮

2003 〈抵抗與屈從之外：以日治時期自治主義路線為主的探討〉，《政治科學論叢》第18期，頁141-169。

2013 〈大正民主與臺灣留日學生〉，《師大臺灣史學報》第6期，頁53-100。

陳慧玲

2005 〈從敘說分析（Narrative Analysis）角度看吳濁流在日治經驗下的自我書寫〉，《東南學報》第29期，頁135-149。

陳瑾瑜

2010 〈歷史的觀光展演：析論英國哈斯汀戰爭的歷史重演〉，《中正歷史學刊》第13期，頁65-107。

陳麗華

2011 〈談泛臺灣客家認同──1860-1980年代臺灣「客家」族群的塑造〉，《臺大歷史學報》第48期，頁1-49。

單德興

2007 〈冷戰時代的美國文學中譯──今日世界出版社之文學翻譯與文化政治〉，《中外文學》第36卷第4期，頁317-346。

游鑑明

1992 〈有關日據時期臺灣女子教育的一些觀察〉，《臺灣史田野研究通訊》第23期，頁13-18。

湯熙勇

1990 〈清代巡臺御史的養廉銀及其相關問題〉《人文及社會科學集刊》第79卷第11期，頁53-79。

1990 〈清代臺灣教育研究之1──巡臺御史清代臺灣的科舉教育的貢獻〉，《史聯雜誌》第17期，頁99-117。

2001 〈日治到戰後初期臺民參與軍務之經驗及其影響（上）〉，《臺北文獻直字》第137期，頁151-185。

2001 〈日治到戰後初期臺民參與軍務之經驗及其影響（下）〉，《臺北文獻直字》第138期，頁149-187。

馮祺婷

2009 〈取經日本的「東遊記」──《臺灣教育雜誌》（1903~1912）漢文版中的「文明」魅影〉，《臺灣文學評論》第9卷第3期，頁93-116。

黃心雅

2002 〈廣島的創傷：災難、記憶與文學的見證〉,《中外文學》第30卷
第9期,頁86-117。

2005 〈創傷、記憶與美洲歷史之再現：閱讀席爾珂《沙丘花園》與荷
岡《靈力》〉,《中外文學》第33卷8期,頁69-106。

黃進興

2003 〈「歷史若文學」的再思考——海頓・懷特與歷史語藝論〉,《新
史學》第14卷第3期,頁81-121。

黃蘭翔

2011 〈臺灣板橋林本源園林的真假與虛實〉,《美術史研究集刊》第30
期,頁185-354。

楊士賢

2012 〈『歌仔冊」與教化思想的結合——以〈遊臺勸世歌〉為析論對
象〉,《臺灣源流》第60、61期,頁116-140。

楊秀菁

2014 〈權衡下的10年罪責：雷震案與1950年代的言論自由問題〉,《國
史館館刊》第40期,頁103-138。

楊淑媛

2003 〈歷史與記憶之間：從大關山事件談起〉,《臺大文史哲學報》第
59期,頁31-63。

葉永文

2003 〈日據時期臺灣的醫政關係〉,《臺灣醫學人文學刊》第4卷第1、
2期,頁48-68。

葉維廉

2006 〈比較文學與臺灣文學〉,《臺灣文學研究集刊》第1期,頁1-25。

葉憲峻

1999 〈清代臺灣儒學教育設施〉,《臺中師院學報》第13卷,頁187-203。

2004 〈清代臺灣的社學與義學〉,《臺中師院學報》第18卷第2期,頁45-69。

葉龍彥

2003 〈日治時期臺灣觀光行程之研究〉,《臺北文獻》第145期,頁91-95。

詹素娟

2006 〈「熟番」身世～臺灣歷史上的原住民〉,《臺北文獻直字》第158期,頁1-32。

雷祥麟

2010 〈杜聰明的漢醫藥研究之謎 ── 兼論創造價值的整合醫學研究〉,《科技醫療與社會》第11期,頁199-263＋265-283。

廖炳惠

2002 〈旅行、記憶與認同〉,《當代》第57期,頁84-91。

廖高成

2008 〈是(離)地景還是心景:《郊區佛陀》中的空間和地方〉,《英美文學評論》第13期,頁157-185。

廖肇亨

2008 〈長島怪沫、忠義淵藪、碧水長流 ── 明清海洋詩學中的世界秩序〉,《中國文哲研究集刊》第32期,頁47-51。

劉士永

1997 〈1930年代以前日治時期臺灣醫學的特質〉,《臺灣史研究》第4卷第1期,頁97-147。

劉振維

2008 〈論清代臺灣書院學規的精神及其對現代教育的啟示〉，《哲學與文化》第35卷第9期，頁107-127。

劉雄

2006 〈東南亞華僑如何被捲入冷戰漩渦〉，《濟南大學學報》第16卷第3期，頁57-59。

劉麗卿

2011 〈巡臺御史六十七在臺期間（1744-1747）之詩作論析〉，《臺中教育人學學報：人文藝術類》，第25卷第1期，頁41-57。

樂黛雲、李亦園

1998 〈文學人類學走向新世紀〉，《淮陰師範學院學報》第20卷第2期，頁41-46。

鄭文惠

2011 〈導言從概念史到數位人文學：東亞觀念史研究的新視野與新方法〉，《東亞觀念史集刊》第1期，頁47-54。

鄭祖邦

2005 〈現代性的戰爭論述 —— 列寧與傅柯對克勞塞維茲的兩種解讀〉，《當代》第212期，頁16-35。

賴維菁

1997 〈帝國與遊記 —— 以三部維多利亞時期作品為例〉，《中外文學》第26卷第4期，頁70-82。

1998 〈不列顛之外的粉紅色世界 —— 試讀安東尼・崔珞普的「澳洲行」〉，《中外文學》第27卷5期，頁136-159。

戴炎輝

1976 〈清代臺灣番社的組織及運用〉，《臺灣文獻》第26卷第4期，頁329-357。

薛化元

1995 〈《自由中國》雜誌自由民主理念的考察——一九五〇年代臺灣思想史研究之一〉,《臺灣史研究》第2卷第1期,頁127-160。

簡後聰

2008 〈論觀光休閒之本質暨其與歷史及地理之關係〉,《北市教大社教學報》第7期,頁1-18。

簡義明

1997 〈吳濁研究現況評介與反思——以臺灣的研究成果為分析場域〉,《臺灣文藝》第159期,頁8-29。

顏娟英

2000 〈境由心造——「臺灣的山水」兩篇〉,《古今論衡》第5期,頁112-122。

魏稽生、嚴治明

2009 〈臺灣礦業的一大問題——廢棄礦坑地盤下陷的安全評估〉,《鑛冶》第53卷第1期,頁27-37。

新谷恭明

2001 〈日本最初の修学旅行の記録について——平澤金之助「六州游記」の紹介〉,《九州大学大学院教育学研究紀要》第4號,頁37-61。

李恒全

2006 〈臺北帝国大学成立史に関する一考察〉,《神戸大学発達科学部研究紀要》第14卷第1期,頁45-54。

松永歩

2012 〈地理的想像力の醸成と沖縄師範学校の修学旅行〉,《政策科学》第19卷第4號,頁225-240。

Michel Foucault 著，薛興國譯

1998 〈傅柯：論何謂啟蒙〉，《聯經思想集刊》第1期，頁13-35。

Alston P.

1982 "A third generation of solidarity rights：progressive development obfuscation of international human right law? "*Nenthrelands International Law Review* 29, pp.307-365.

Behan McCullagh

1993 "Metaphor and Truth in History", *Clio* 23.1, pp.23-49.

Ewick, Patricia & Susan S. Silbey

1995 "Subversive Stories and Hegemonic Tales: Toward a Sociology of Narrative", *Law& Society Review*29.2, pp.197-226.

P. L. Pearce & M. L Caltabiano

1983 "Travel Motivation from Travelers' Experiences", *Journal of Travel Research*22, pp.16-20.

五　研討會論文、學位論文

Emma J. Teng

1997 *Travel Writing and Colonial Collecting: Chinese Travel Accounts of Taiwan from the Seventeenth through Nineteenth Centuries,* Massachusetts: the Department of East Asia Languages and Civilizations of Harvard University for the degree of doctor of philosophy.

何孟興

1989 《清初巡臺御史制度之研究》，臺中市：東海大學歷史學研究所碩士論文。

吳密察

2005 〈乙未之役（1895）的記憶與描寫〉，國立臺灣大學「集體暴力及其記述：1000-2000年間東亞的戰爭記憶、頌讚和創傷國際研討會」論文，臺北市：臺灣大學歷史系主辦。

吳智偉

2002 〈戰爭、回憶與政治——戰後臺灣本省籍人士的戰爭書寫〉，臺北市：臺灣師範大學歷史研究所碩士論文。

林佳蓉

2008 〈歷史類數位典藏資料庫內容之檢視〉，臺北市：國立臺灣師範大學圖書資訊研究所碩士論文。

林雅慧

2009 〈「修」臺灣「學」日本：日治時期臺灣修學旅行之研究〉，臺北市：國立政治大學臺灣史研究所碩士論文。

室屋麻梨子

2007 〈《臺灣教育會雜誌》漢文報（1903-1927）之研究〉，臺南市：國立成功大學歷史研究所碩士論文。

柯榮三

2009 〈臺灣歌仔冊中「相褒結構」及其內容研究〉，臺南市：國立成功大學臺灣文學系博士論文。

洪淑苓

2009 〈火車、自動車與博覽會——日治時期臺灣閩南語歌仔冊中三種現代化事物的想像與意涵〉，《2009閩南文化國際學術研討會論文集》，臺南市：國立成功大學中國文學系主辦。

莊嘉玲

2002 〈臺灣小說殖民地戰爭經驗之研究〉，臺北市：國立臺灣師範大學國文系在職進修班碩士論文。

許雪姬

1982 《清代臺灣武備制度的研究──臺灣的綠營》，臺北市：國立臺灣大學歷史學研究所博士論文。

陳兆南，施懿琳、陳益源編

2012 〈《萬生反歌》抄本內容試探〉，《2012閩南文化國際學術研討會論文集》，臺南市：成功大學閩南文化研究中心主辦。

陳詩沛

2010 〈成果展示：明清行政檔案引用關係之建構〉，「2010第二期獎助研究生計畫成果發表會：打造歷史資訊平臺」，臺北市：國立臺灣大學數位典藏研究發展中心主辦。

楊倍昌

2011 〈杜聰明對漢醫學的科學想像與中醫體制化〉，「臺灣科技與社會研究學會第三屆年會」，臺北市：臺灣科技與社會研究學會主辦。

劉方瑀

2004 〈被選擇的臺灣──日治時期臺灣形象建構〉，臺南市：國立成功大學歷史研究所碩士論文。

蔡素貞

2008 〈日據時期臺灣人對日本文化之迎拒：殖民性、現代化與文化認同〉，臺北市：中國文化大學史學研究所博士論文。

賴淑娟

2005 〈嘉慶君遊臺灣故事之研究〉，臺北市：臺北市立師範學院應用語言文學研究所碩士論文。

索引

書名

二劃

人論　88 89 197

三劃

乞食改良新歌　6 206 223 229 231

小琉球漫誌　34 47 54 64

四劃

中西醫學史略　110 116 134

內閣大庫檔案　5 20 37 44 71 74

王敏川選集　199

五劃

玉堂蠹餘　49

六劃

自由中國　7 13 25 203 259 260
262-270 273-276 278 279 281 282
295 296 298 301 306

七劃

孝經　61

宋名臣言行錄　49 70

巡臺錄　46 63 64

扶桑拾錦　238 241 242 246 258

杜聰明先生榮哀錄　103

杜聰明言論集　103 109 117 120
121 122 125 130 133

杜聰明博士世界旅遊記　5 12 102
103 107 113 116 143 144 148 157
160 164 167

八劃

亞細亞的孤兒　237 253 258

周易原始　49

明清臺灣行政檔案　20 21

明實錄　20

東征集　34

東南亞漫遊記　238 242 250 251
252 258

東遊雅趣　238 241 242 246 258

林肯傳　158 164

林獻堂先生遺著紀念集　199

九劃

南京雜感　104 238 253 255

奏書稿曻　48 69 70

柱下奏議　49

二十五劃

文學研究叢書·臺灣文學叢刊 0810007

再現文化：臺灣近現代移動意象與論述

作　　者　林淑慧
責任編輯　蔡雅如
特約校稿　林秋芬

發 行 人　陳滿銘
總 經 理　梁錦興
總 編 輯　陳滿銘
副總編輯　張晏瑞
編 輯 所　萬卷樓圖書股份有限公司
排　　版　林曉敏
印　　刷　森藍印刷事業有限公司
封面設計　斐類設計工作室

發　　行　萬卷樓圖書股份有限公司
　　　　　臺北市羅斯福路二段 41 號 6 樓之 3
　　　　　電話 (02)23216565
　　　　　傳真 (02)23218698
　　　　　電郵 SERVICE@WANJUAN.COM.TW
大陸經銷　廈門外圖臺灣書店有限公司
　　　　　電郵 JKB188@188.COM
香港經銷　香港聯合書刊物流有限公司
　　　　　電話 (852)21502100
　　　　　傳真 (852)23560735

ISBN 978-986-478-084-6
2017 年 8 月初版一刷
定價：新臺幣 520 元

如何購買本書：

1. 劃撥購書，請透過以下郵政劃撥帳號：
　　帳號：15624015
　　戶名：萬卷樓圖書股份有限公司
2. 轉帳購書，請透過以下帳戶
　　合作金庫銀行 古亭分行
　　戶名：萬卷樓圖書股份有限公司
　　帳號：0877717092596
3. 網路購書，請透過萬卷樓網站
　　網址 WWW.WANJUAN.COM.TW

大量購書，請直接聯繫我們，將有專人為
您服務。客服：(02)23216565 分機 10

如有缺頁、破損或裝訂錯誤，請寄回更換
版權所有·翻印必究
Copyright©2017 by WanJuanLou Books CO., Ltd.
All Right Reserved　　　　　**Printed in Taiwan**

國家圖書館出版品預行編目資料

再現文化：臺灣近現代移動意象與論述 / 林
淑慧著. -- 初版. -- 臺北市：萬卷樓, 2017.08
　　面；　公分. -- (文學研究叢書. 臺灣文學叢
刊；0810007)
ISBN 978-986-478-084-6(平裝)

1.臺灣文學 2.臺灣文化 3.文學評論

863.2　　　　　　　　　　　　106007746